P9-BYH-854

ma ♡

Espero que
disfrutes este libro
que te traje con
mucho cariño.
Margarita

COLECCIÓN
NARRATIVAS

JORGE MARCHANT LAZCANO

EL AMANTE SIN ROSTRO

Tajamar
Editores

El autor agradece al Fondo Nacional de Fomento del Libro y la Lectura la beca otorgada el año 2007 para la escritura de esta novela.

El amante sin rostro
© Jorge Marchant Lazcano, 2008
© Tajamar Editores Ltda., 2008
La Concepción 358. Providencia. Santiago
Teléfono: 56-2-235.99.04. Fax: 56-2-264.29.20
www.tajamar-editores.cl
e-mail: info@tajamar-editores.cl
Inscripción en el Registro de Propiedad Intelectual: 164.070
ISBN: 978-956-8245-32-0

Composición: Salgó Ltda.
Diseño de portada: José Bórquez
Impreso en Chile/*Printed in Chile*
Primera edición: mayo de 2008

Ninguna parte de esta publicación puede ser reproducida, almacenada o transmitida en manera alguna ni por ningún medio, ya sea electrónico, químico, óptico, de grabación o de fotocopia, sin autorización previa del editor.

La gente puede amar sin verse, ¿no es cierto?
¿No te quieren a Ti toda la vida sin haberte visto
nunca?

GRAHAM GREENE
El final de la aventura

Se les figuraba que ya no tendrían que decirse nada
en lo que les quedara de vida. Pero sentían al propio
tiempo que, al incomunicarse en sus celdas respectivas, iban a separarse para siempre.

AUGUSTO D'HALMAR
Pasión y muerte del cura Deusto

UNO

No he vuelto a tener noticias de Isabel, le comentó Matías Reymond a Sebastián Mira a comienzos de mayo, como si estuvieran hablando de una amiga en común. Había pasado ya algún tiempo, y Sebastián sentía cierta curiosidad por enterarse de qué le había ocurrido a Matías en esos meses junto a su tía Isabel. Porque algo más tenía que haber sucedido. Matías había regresado decididamente cambiado y proseguía con su impasible silencio. Apenas sabía que la tía de su amigo estaba casada con un norteamericano, y había tenido la gentileza de recibir a su sobrino en su departamento en Nueva York, el invierno anterior.

Isabel Bradley —su nombre de casada— y Matías, no se veían desde algún incierto verano, pero eso había sucedido en Chile durante la adolescencia del muchacho. Si se lo hubiesen preguntado, él no habría sabido recordar el año. Fue su prima Ana Marie —parecía tener mejor memoria que Matías— quien se lo aclaró en cuanto volvieron a verse. Dicen que los actores de cualquier ficción no son otra cosa que los familiares del novelista. Matías Reymond sabía eso, puesto que ya había sentido *el primer escozor de la vanidad creadora* y había publicado una primera novela. En esos días de febrero en Nueva York, estuvo a punto de confundir actores con familiares. Si es que aquello no ocurrió.

Al postular al Taller de Escritores de la Universidad de Iowa, había leído algo acera de los nuevos narradores en los Estados Unidos. Parecían compartir proyectos sobre seres transponiendo fronteras, del Este al Oeste, del Viejo Mundo al Nuevo Mundo, del Sur hacia el Norte. Si existiera un tema que los cruzaría a todos en los próximos años, sería el de la inmigración. Atraído por aquellas ficciones multiculturales que también él podía llegar a ejecutar, Matías puso el

7

alma en la solicitud a la universidad norteamericana. Por eso mismo, la exclusión le dejó un fuerte sabor a primera derrota. Una sola novela publicada en el Tercer Mundo era poca cosa para los académicos de Iowa quienes, de acuerdo a los postulados en uso, parecían estar privilegiando a escritores de Indonesia, China, la India, Albania, Corea del Sur, Sri Lanka y hasta Afganistán por sobre autores latinoamericanos. Al decir de algunos profesores locales, Latinoamérica había pasado de moda. Una tontería, si se piensa que hay más de cuarenta millones de hispanos en su propio país. ¿O podía ser el inevitable contagio frente al sentimiento racista en contra de los ilegales que llegaban desde el sur? Los llaman *Illegal Aliens*, como si fueran seres venidos desde otro planeta, como el monstruo aquel que salía del vientre de un torpe astronauta en una antigua película. Claro que estos otros *aliens* —los que hablan en español— no salen del estómago de ningún norteamericano. Cruzan la frontera corriendo, trabajan como chinos para asiáticos enriquecidos, viven amontonados tomándose barrios completos en ciudades arruinadas o a punto de serlo, y hacen flamear banderas desconocidas delante del glorioso estandarte de las barras y estrellas. Pero eso Matías lo desconocía por completo antes de partir. Y era tal su ansiedad por vivir alguna experiencia —llamémosla *literaria*— un poco más afuera de las lejanas fronteras de su propio país, que, a cambio de ponerse de cabeza a escribir un nuevo texto, prefirió inscribirse en unos cursos de literatura en la Universidad de Nueva York. Sin ataduras sentimentales de ninguna especie, tal vez pensó que estando más cerca, aunque fuese geográficamente, de su objetivo, podrían abrírseles las puertas del famoso y codiciado taller. (Si es que nuestros países volvían a reencantar a esos profesores tan volubles.)

Más de alguien debió pensar que Matías Reymond seguía los pasos de su padre, aunque se trataba de unos cursillos de diez a doce sesiones, desde febrero a fines de abril, con una sola clase a la semana, lo que le dejaría el suficiente tiempo para leer y avanzar en la construcción de la tan ansiada segunda novela. Eso al menos creía Matías antes de viajar. Había formado parte de los equipos de guionistas de dos teleseries en la televisión chilena, cuando esta tarea ya no era considerada una especie de renuncia como les había sucedido a otros escritores mayores que él. Armando esas inconcebibles historias llenas de coincidencias —que hacen soñar a los cándidos desde la Patagonia a Bulgaria—, Matías pudo ahorrar suficiente dinero para esa aventura en la que estaba empecinado. De cualquier forma, el valor de cada curso no superaba los quinientos dólares, así pues, tampoco tenía que hacerse grandes expectativas respecto a lo que terminaría aprendiendo (en una de esas, apenas a perfeccionar historias para próximas teleseries). Todas eran, en el fondo, excusas razonables para justificar su desasosiego. Su novela *Los hermosos perdedores*, digámoslo claramente, no había tenido grandes críticas ni mucho menos grandes ventas. Matías comenzaba a comprender sus limitaciones. O lo que podía ser peor, los confines de ese oficio despreciable en el desconcertante y desolador escenario del fin del mundo.

Hacia fines de enero, una cálida noche de verano en Chile, Matías se juntó a comer con sus padres y les habló de sus planes. Como no había otros escritores en ninguna rama de la familia, ni José Pablo ni su mujer comprendieron muy bien el vagabundeo anunciado por su hijo y es posible que comenzaran a verlo como una especie de caso perdido. Aunque, después de todo, tan perdido como podían estarlo gran parte de los muchachos de las nuevas generaciones, entre quienes abundaban extrañas e inconcebibles labores. Matías había pensado en que a su padre podría ocurrírsele cómo solucionar la parte más complicada y más costosa de su aventura. Es decir, el alojamiento. No sabía bien qué lo llevó a creer en la posibilidad de que su padre concibiera algo adecuado a sus planes. Si existen dos personas distintas, esas son Matías y José Pablo Reymond. Los elevados cargos que José Pablo ha ocupado en la empresa privada, esa capacidad para persuadir, ese poder de dominio que es como su marca de fábrica, han obligado a Matías a sostener una voluntad obstinada para librarse de su influencia. Aún así, en más de una ocasión, el prestigio del padre ha hecho dudar a Matías de sí mismo como si todo lo que en José Pablo ha sido seducción en él fuera fracaso. Cuando huyo de su influencia, piensa a menudo, es como si temiera ser absorbido y devorado por su personalidad vigorosa. Una personalidad que, en ningún caso, me vendría mal en mi rol de escritor.

La historia de José Pablo Reymond en los Estados Unidos había ocurrido hacía mucho tiempo, por lo que, más que recordar posibles datos añejos o relaciones relegadas en el olvido, pensó de inmediato en su hermana Isabel. En realidad, Matías también había pensado nuevamente en ella y en la posibilidad de volverla a ver. Pero se enfocó en los acontecimientos familiares que llevaron a Isabel a esa forma de vida, como consecuencia de algo que comenzó más o menos de la siguiente forma. En 1973, a la caída del presidente Allende, su abuelo Pedro Nolasco Reymond se desempeñaba como funcionario de la embajada chilena en Washington. Aunque no militaba en el socialismo, tenía notoria simpatía por el presidente derrocado y —según pensaba— asesinado por los militares. (La versión oficial de los golpistas, después confirmada por sus opositores, decía que el presidente Allende se había suicidado). De la noche a la mañana, Pedro Nolasco Reymond se vio sin trabajo y despreciado por los militares, aunque en el fondo él los despreciaba aún más a ellos. En ninguna rama de los Reymond, decía, hay un solo uniformado. Sin interés alguno en regresar a la hecatombe chilena, en donde la mayoría de sus amigos habían quedado atascados en la miseria reinante, o en el mejor de los casos se habían exiliado, Pedro Nolasco logró obtener un cargo administrativo en alguna dependencia de las Naciones Unidas. De esa forma, junto a Silvia, su mujer, y sus hijos José Pablo e Isabel, los Reymond Court se mudaron a Nueva York por un tiempo al que sólo un golpe de suerte —un literal golpe en sentido contrario—, podría poner fin. Años después, atendiendo al hecho de que Pinochet parecía inamovible en su augusto cargo, José Pablo se graduó de economista en la Universidad de Chicago, mientras Isabel, la hija mayor, terminó casándose con Bill Bradley. Pero no entendamos mal el curso de los hechos. Esas cosas no ocurrieron por motivos políticos aunque a Pedro Nolasco Reymond no le gustara que su hijo José Pablo se convirtiera en defensor del libre mercado, ni a Silvia Court que su hija Isabel fuera incapaz de conseguir un buen partido chileno y optara por un abogado gringo sin pasado. Simplemente, todo fue parte de la rutina doméstica, los hechos concretos que ocurren en el devenir de cualquiera familia, en cualquier parte del mundo. Resultaba casi una ironía que varios ex-alumnos de Milton Friedman en Chicago, así como algunos compañeros de José Pablo, acabaran siendo los principales colaboradores de Pinochet. En realidad, no tenía mucho sentido que José Pablo Reymond empatizara con el egoísmo de los otros, y abrazara de esa forma la causa del capitalismo. Al fin y al cabo, estaba en esa situación por la simpatía de su padre con el socialismo derribado. Como sea, José Pablo no trabajó después para la dictadura militar en Chile. Simplemente, abrazó el monetarismo reinante desde la perspectiva del mundo empresarial. Aunque para Pedro Nolasco era casi exactamente lo mismo. Se le escuchaba despotricar con cierta frecuencia, varios años más tarde —hacia mediados de los ochenta—, un poco antes de morir muy joven a causa de un infarto, en contra de los llamados Chicago Boys y de paso contra su hijo.

Esa noche estival, cuando Matías les expuso a sus padres en un restaurante italiano de Providencia que realizaría el correspondiente cambio de guardia en los Estados Unidos, aunque ellos hubieran perdido la antorcha hacía mucho tiempo y la suya fuese por completo distinta a la del padre, José Pablo pensó de inmediato en su hermana Isabel.

—Quién mejor que la Isabel para que te reciba —señaló, enrollando sus fetuchinis con un tenedor y una cuchara. Matías perdió repentinamente el apetito ante la certeza del reencuentro, aunque le aseguró a su papá que no era su intención convertirse en una carga para nadie. Incluso dejó entrever lo incómodo que podía ser para él alojarse en Nueva York en el departamento de una tía paterna, prácticamente desconocida. En ese momento, cuando José Pablo Reymond pensó en la posibilidad de que su hermana le enseñara a Matías a dar sus primeros pasos en ese otro mundo, él a su vez consideró la posibilidad de que Isabel Bradley podía perfectamente negarse a recibir a un extraño. Eso es lo que yo soy para ella, pensó Matías. Un extraño. Isabel, por consiguiente, podría inventar algún compromiso, en el mejor de los casos recomendar un buen hotel distante del presupuesto de su sobrino. Sin embargo, Isabel estuvo dispuesta de inmediato a abrirle las puertas de su casa, como si ambos se hubieran visto recientemente, hubieran compartido cumpleaños y navidades como miembros regulares de la misma familia, y aquel otro verano en la costa chilena no estuviera tan distante en el tiempo y en la memoria. Matías tuvo la imprudencia de pensar que ella tal vez podía recordarlo por algún detalle. Pero de inmediato se dio cuenta de su error. Qué podía tener de reveladora la presencia de un niño o de un adolescente, apenas preocupado de sí mismo. Hasta antes de conseguir su primer trabajo en la televisión, a Matías le parecía que su vida casi no había comenzado. Ahora siento, pensaba a menudo, que hasta que no logre terminar mi segunda novela, apenas soy una especie de borrador de mí mismo. De acuerdo a ese desesperante punto de vista, la memoria de Isabel Bradley apenas le alcanzaría para verlo jugar con alguno de sus dos hijos. El varón era menor que Matías. Él no se acordaba ni de su nombre, que había causado tantas risas disimuladas entre las relaciones de Cachagua. La niña tenía su misma edad y se llamaba Ana Marie —tal cual, una mezcolanza de español y francés—, pero todos aquel verano le dijeron Anita María en perfecto castellano. ¿Cómo se llamaba el muchacho? ¿Stanford, Bradford? ¿Era posible que se llamara Bradford Bradley? No había caso. A los primos los recordaba mucho menos que a su madre. Porque, en honor a la verdad, a Isabel no la había olvidado nunca, aunque apenas se trataba del aura que rodeaba su presencia. El rostro de Isabel se había borrado, como si se hubiera desdibujado con el tiempo, o si el sol de ese verano hubiese estado particularmente refulgente en las tardes en que ella se tendía en la arena. Sólo un pequeño detalle físico de ella había quedado registrado en algún rincón de su vacilante memoria. Un detalle insignificante que estimuló la imaginación del adolescente despertando a las primeras demandas de su naturaleza. Las perfectas uñas de sus pies pintadas de rojo brillante, en contraste con las deslucidas uñas de las mujeres del círculo más cercano, madres, hermanas, tías, primas, amigas, quienes, de seguro, debieron intercambiar en el cerrado escenario de la playa, un comentario insidioso sobre esas extravagantes costumbres foráneas. Por esos mismos días, Matías había descubierto el video del filme *Lolita* de Stanley Kubrick. El encargado del club le dijo que era una película para mayores pero igual se la arrendó. Matías la vio oculto, como solía hacer las cosas que le parecían más importantes, preguntándose qué relación tendría esa particular *Lolita* del video con las *lolitas* que a diario compartían su adolescencia. ¿Es que acaso algunas de ellas se acuestan con sus tíos o con los amigos de sus padres? ¿Beberán coca-colas y comerán papas fritas con aquella misma incitación? Le impresionó particularmente la secuencia inicial de la película con los pies casi infantiles de Sue Lyon y esos incómodos algodones entre los dedos, mientras la mano de James Mason oficiaba el barnizado en blanco y negro, como un equivalente al acto sexual. La carátula decía que Kubrick exploraba el tema de la obsesión sexual. La relación entre el viejo y la chiquilla podía estar cargada de lujuria, pero aquello le pareció a Matías tan añejo como la supuesta censura de comienzos de los años 60, cuando se había realizado la película. Varias décadas después, las *lolitas* eran mucho más libres como para manejar por sí mismas las riendas de sus vanas historias. En todo caso, algo de la perfidia de esa *Lo* enloqueciendo al tortuoso y engañado veterano, algo de su precoz extrañeza, la traspasó Matías a la mujer desconocida que había llegado desde Nueva York, o mejor dicho a sus pies, porque estaba claro que para todos los veraneantes perpetuos, inamovibles, del mismo balneario, habituados a la más completa uniformidad, Isabel Bradley era una intrusa, una extranjera. A alguien tendría que haber trastornado restregándole los pies sobre la espalda, sobre los muslos, sobre el sexo. Aunque para los demás —o deberíamos decir *las demás*—, las uñas de Isabel pintadas de rojo no eran sino un signo inequívoco de la despreciable siutiquería norteamericana. Al igual que los nombres de sus hijos.

Sobre una cómoda inglesa en el living de José Pablo en Santiago, había una gran profusión de retratos enmarcados. Ciertas hermosas mujeres en traje de noche, o vestidas de novia, perdidas en pasadas décadas del siglo XX, eran veneradas abuelas, si de verdad todos debían creer en cuanto decían sus mayores. (Aunque a la abuela Silvia no le quedaba nada de hermosa, y nadie la veneraba en el pensionado de las monjas de la Providencia donde se le había ocurrido irse a vivir.) Algún día, en años posteriores, otros tendrán que creer, pensaba Matías, que aquellos niños fotografiados hasta el cansancio, seremos las personas en que nos convertimos, para deambular abrumados por estas mismas habitaciones. En un segundo plano en el orden de importancia sobre la cubierta de nogal, Matías la encontró a ella, o a ellos, a Isabel y Bill Bradley con sus dos hijos. El hombre le resultaba a Matías aún más desconocido porque no había acompañado a su mujer en esa visita a Chile. Sin duda era una fotografía más antigua puesto que el niño y la niña aparecían pequeños. Además, tan rubios, tan diferentes a los atributos latinos de su madre. Pero al ver a la tía Isabel en aquel retrato, reconoció de inmediato a la mujer que había estado tendida sobre la blanca arena de Cachagua en ese verano que no lograba ubicar con exactitud. Es decir, reconoció algo más que sus perfectos pies y aquellas uñas esmaltadas. De improviso descubrió que guardaba el recuerdo de cierta belleza inusual, o de cierta forma de imprecisa perfección, como si esa mujer hubiese permanecido agazapada en su cabeza, en silencio, distante, tal como correspondía con una tía que prácticamente no era tía. Matías se preguntó entonces si no sería un error que José Pablo tomara el teléfono esa misma noche, tras acompañarlos a casa después de la comida, y sin pedir su autorización, mientras él miraba los retratos, ya estuviera manejándolo todo, como era su estilo, llamándola. Se preguntó si tenía algún sentido volver a verla. Ella jamás se había vuelto a acercar. De seguro, no tenía que parecerse a nadie ni trataría de ser como ninguno de ellos. Pero antes de que ella lo consultara con su almohada, o al menos con su marido, como habría sido lo más lógico, ya preguntaba cuándo viajaría Matías y cuánto tiempo se quedaría en Nueva York. En ese momento, el joven escritor dedujo que Isabel Bradley no debía diferenciarse mayormente de su hermano y tomaba decisiones drásticas sin consultarlo con nadie. ¿O era que la autoridad que emanaba de José Pablo la alcanzaba incluso a ella, tan lejos? La idea de encontrarse en Nueva York con una fotocopia de ese hombre que al teléfono acordaba que pasaría en el departamento de Isabel los primeros días hasta encontrar alojamiento definitivo, se le hizo a Matías insoportable (una molestia que tenía la misma intensidad con que la había idealizado). El mes de febrero está a la vuelta de la esquina y no hay marcha atrás, pensó esa noche mientras caminaba por la vereda frente al cerro Santa Lucía en dirección a su departamento. En el viaje que emprendería, lo movía el impetuoso deseo de saber, de apoderarse de algo. Las luces del paseo clausurado de noche eran los testigos de su estado de ánimo. Creía necesario que todas esas rejas que impedían el paso a las profundidades del cerro, cayeran como sus propios miedos. Se imaginó a su tía Isabel comentándole a su marido y a sus hijos, la noticia de su visita.

Y entonces, una semana antes de la partida, sucedió aquello. O más bien dicho, lo que comenzó como un misterioso, intrincado secreto, terminaría al final conduciéndolos a todos hacia un abismo del cual sería difícil emerger sin heridas. Esta vez fue Lucía Reymond quien llamó a Marita, la mujer de José Pablo, para darle la noticia, hecha un mar de lágrimas, adelantándose a lo que pudiera salir en la prensa, si es que la Conferencia Episcopal no ponía atajo a cualquier habladuría. Monseñor Juan Bautista Reymond Capdeville, primo hermano de José Pablo, la gloria de la familia, se retiraba por propia voluntad a los sesenta años de edad a vivir una vida de oración en un convento o un monasterio en algún lugar de Latinoamérica. No parecía razonable que un obispo hiciera aquello. ¿Una vida de oración como un miserable monje de clausura? ¿Era posible aquella situación para un príncipe de la iglesia? Es una especie de muerte en vida, intentó explicarle Lucía a Marita, partiendo de la base que el ilustre sacerdote tenía aún una larga carrera por delante. Si ya Juan Pablo II lo había investido obispo, aún podía ser nombrado cardenal por Benedicto XVI. Esos al menos debían ser los sueños de Lucía y del resto de sus hermanos, quienes no podían resignarse a descender ante la mirada de los demás. La extraña noticia tenía el agravante de irse degradando hasta la categoría de chisme. ¿Se debería aquello a determinadas puniciones eclesiásticas? ¿Cuál era el motivo? En esas circunstancias, el sacerdote parecía haber partido al exilio sin una palabra de adiós. Cuando Matías se enteró de estos hechos no se explicó por qué motivo la tía Lucía había llamado a su madre. A diferencia de esa rama de la familia Reymond, José Pablo y su padre tenían una actitud distante a los asuntos religiosos. Indiferente, decía de sí mismo el abuelo Pedro Nolasco, ni ateo ni agnóstico, y su hijo siguió el mismo camino pese a haber recibido el riguroso catolicismo alemán de la Congregación del Verbo Divino. Gran parte de los varones de la familia, incluido el futuro monseñor, se había educado en el colegio que los sacerdotes germanos construyeron en el corazón del barrio El Golf a mediados del siglo pasado. Pedro Nolasco no se tomó la molestia de buscar otro colegio para su hijo. Al fin y al cabo, le quedaba cerca de casa. Después, alejados por completo de lo que Pedro Nolasco llamaba la pueril ritualidad católica, quizás por eso mismo fue capaz de sobrevivir en los Estados Unidos en el más completo anonimato secular, sin interés en prácticas religiosas —ceremoniales y mojigaterías—, ni exigencias de participación en rituales familiares. Como muchos librepensadores, se hacía del catolicismo una idea más severa que los propios creyentes. Quien, al parecer, no había sobrevivido del todo en aquel otro mundo, fue Silvia, su mujer. Jamás aprendió a hablar inglés y en cuanto regresó a Chile con su familia diezmada —eso era para ella el matrimonio de su hija Isabel con el abogado gringo—, comenzó a planificar su ingreso al pensionado de las monjas de la Providencia. De alguna forma, fue una suerte para ella que su marido muriera tan joven.

Matías no recordaba bien, pero al parecer su madre había sido compañera de curso con la tía Lucía en el Villa María y eso podría haber justificado su llamada telefónica en plena crisis. Sin embargo, Marita se había ido acostumbrando a estar casada con un hombre que había creído perder la fe estudiando monetarismo en Chicago. *Gone with the wind*, decía José Pablo respecto a sus creencias, pensando sin duda en la ciudad de los vientos más que en la película. Pese a ello, Marita quedó terriblemente impresionada con las palabras de Lucía Reymond, al parecer, procedentes de la *Imitación de Cristo: Tan muerto debes estar a los lazos del corazón, que habrías de desear vivir lejos de todos.* ¿Qué vida es esa, lejos de todos?, se preguntaba Marita con bastante desazón. La negación de sí mismo, le escuchó decir a su marido, pensando de seguro en las indescifrables palabras de Kempis, herencia de la educación en el Verbo Divino.

Matías reflexionó a la pasada en que el tío cura era otro extraño. Tan lejano como Isabel. De seguro, ella apenas guardaría el recuerdo de ese primo sacerdote a quien no había vuelto a ver. Los demás solían verlo oficiando matrimonios de la parentela, y luego, poco o nada. Su reluciente obispado estaba lejos del alcance de todos.

Una noche de comienzos de febrero, volando sobre el extenso continente, desvelado en medio de la oscuridad y el desorden de la cabina económica del airbus convertida en inmenso dormitorio, Matías pensó nuevamente en Juan Bautista Reymond, aquel desconocido tío, perdido voluntariamente en algún punto remoto de esa vasta geografía, miles de pies más abajo, tal vez cerca del infierno, mientras su prima Isabel aguardaba por el sobrino en su elegante departamento neoyorquino, cerca del cielo. Algo le decía que, de cierta forma, debían parecerse. Oraciones más, oraciones menos, compartirían algún sentimiento moral. ¿La virtud quizás? ¿El resentimiento? ¿La venganza? En ningún caso la corrupción. También ella había optado por el exilio, aunque tal vez ni eso. ¿Había algún lado oscuro dentro de su corazón? A ella nadie le había preguntado cuando era una jovencita si quería dejar para siempre su patria, casarse con un hombre que no hablara su idioma, tener hijos que no conocerían la ciudad en donde ella había pasado su niñez y su adolescencia. Rumbo a ninguna parte, no le pareció prudente a Matías encontrarse al interior de esa cabina, cuando debía haber escuchado todas esas advertencias. De seguir así, se dijo, tal vez, muy pronto, llegue a parecerme a ellos. Aunque quizás no estuviera tan mal, después de todo. En la Universidad de Nueva York, leyendo a los clásicos de la literatura norteamericana, Matías se vería al fin tan perdido como esos parientes imposibles. Una vez que hubiera pagado la mensualidad, a nadie le importaría que su inglés fuera insuficiente. En medio de sus oraciones, retirado del mundo, monseñor Reymond comenzaría a morir para todos los demás. En algún tiempo no tan lejano, apenas lo recordarían sus hermanos. Pero en realidad el sacerdote no estaba muerto y ante los ojos de la familia no lo había tocado la más mínima vileza. No hacía nada había casado a uno de sus sobrinos en una antigua iglesia ubicada en un viejo barrio de Santiago. Recorrían media ciudad en sus automóviles sólo para darle nuevo lustre a una iglesia menoscabada por el tiempo. La deslumbrante novia avanzó entonces dichosa hacia el altar, soñando sin duda con los hijos que muy pronto tendrían el privilegio de ser bautizados por el mismo obispo, mientras Lucía Reymond, la madrina del novio, soñaba a su vez con lo cerca que estaba de Dios, por derecho natural. Detrás del altar, delante del obispo, siguiendo la curvatura del espacio neoclásico, el decorador del templo había puesto en letras capitales doradas: *Dejad que los niños vengan a mí*. Decoración por completo inútil. Las ilustraciones con que adornan los templos católicos, están destinadas a fomentar la piedad o a producir una sensación de comodidad sentimental. Precisamente, Matías tuvo cierta satisfacción emocional al recordar dentro del avión lo que había experimentado cuando observó las palabras de Cristo en letras capitales. Había vuelto a sentirse como el niño ansioso por llegar hasta el altar, el día de su primera comunión, esperando recibir la gracia del tío Juan Bautista. De más está decir que Isabel Bradley no se encontraba presente en aquella reciente ceremonia matrimonial en un viejo barrio de Santiago, y se perdió la bendición que todos los innumerables Reymond y sus relaciones recibieron del tío Juan Bautista esa tarde, por última vez.

Era real que la hermana de su padre vivía cerca del cielo, pero no por obra de cierta santidad adquirida por parentesco, sino apenas de acuerdo a la soberbia arquitectura de la ciudad. El departamento de los Bradley estaba ubicado en la mejor parte del upper East Side, en la calle 86 a pasos de la Quinta Avenida, cerca del Metropolitan Museum of Art. Al decir de la tía, quien en un comienzo sucumbió al rol de chaperona de su sobrino, era históricamente un lugar de privilegio desde que en 1860 se abrieron las verdes extensiones del Central Park, y las aparatosas mansiones de las grandes familias neoyorquinas fueron alineándose al costado este del parque, mientras en las calles laterales se construían casas georgianas. La mayoría de aquellas residencias dejó paso a enormes edificios de pesado aspecto, le contó Isabel, como lo fueron en su tiempo los falsos palacetes toscanos o los todavía más falsos castillos victorianos. Pero como aún no habían llegado a la famosa avenida en cuestión, todo lo que Isabel Bradley decía le pareció a Matías una materia abstracta y aburrida que, en los labios de aquella mujer, tomaba un aire de inapropiada arrogancia. Le pareció estar viéndola por primera vez. Era más bella de lo que recordaba o de lo que la mitología familiar pudiera haber creado. Bueno, allí están para ser admirados, comentó luego Isabel, porque en este país tan auto proclamadamente democrático, se inventó, quizás por eso mismo, la observación de la riqueza ajena. El principal panorama neoyorquino, mucho más que Broadway y sus teatros, mucho más que las espléndidas tiendas y los museos, e incluso la obligada y lastimera peregrinación a la zona cero, es la supuesta contemplación de la opulencia de los demás. Aquí los ricos se complacen en mostrar su riqueza. Ya ves, los magnates entregan sin vacilar sus grandes colecciones de arte a los museos y de inmediato le dan su nombre a las salas, transformándose en perfectos benefactores. A su manera, Isabel estaba queriendo decir lo que piensan esos mismos filántropos. Los individuos no crean la riqueza por sí mismos. Quien la crea es la comunidad y ellos son los guardianes de esa riqueza. Después de sus muertes, devuelven las fortunas al pueblo que las hizo posible. Esa sería la base de la filantropía. ¿Alguien podría creer semejante fantasía, además de Rockefeller? La respuesta parecía tenerla la propia Isabel quien de inmediato hizo otra observación. Aunque parezca paradójico, dijo, te va a llamar la atención la enorme cantidad de pobres en medio de la supuesta opulencia. Es algo que suele sucederles a los visitantes. Recuerdo que hace algún tiempo nos visitó una prima de Chile —no dio el nombre, ¿sería Lucía?—, y se aterró cuando bajamos a una estación del *subway*. Nunca en su vida, según ella, había visto tanta gente pobre.

Estacionaba el Jaguar frente a la entrada del edificio. Como Matías no la conocía lo suficiente, no supo si aquella mujer estaba hablando en serio o si le tomaba el pelo. Por un momento, al bajarse del coche, más que pensar en el poder económico de los Bradley —¿habrían donado algo alguna vez?—, creyó que la extrema confianza de su padre al telefonear a su hermana, cobraba su precio. Y era él quien tendría que pagar. Parecían estar ante el hotel en que Isabel se libraría del sobrino, de acuerdo al portero uniformado que desplazó un carro portaequipaje por la vereda, sobrevalorando la calidad del pasajero. Desilusionado aunque sin perder la sonrisa, el portero volvió al interior con el portaequipaje casi vacío, apenas ocupado por una maleta, un bolso de mano, y la mochila que casi le arrancó a Matías a la fuerza. No era felizmente la recepción de un hotel, aunque lo pareciera: en el centro del enorme espacio de mármol pulimentado había una aparatosa mesa redonda de indefinible estilo, sobre la cual había un aún más aparatoso arreglo floral que bien podría haber sido artificial. Aunque no lo era. Debo parecer otro de esos turistas embriagados ante la expuesta vida de los ricos, pensó Matías.

Lo había esperado con una enorme confianza en la entrada del Aeropuerto Kennedy. Cruzada de brazos, muy segura de sí misma, avanzó hacia el joven con extrema cordialidad sin dudar en ningún instante, no bien él salió de las dependencias, como si se hubieran visto el día anterior, o Matías fuera la más evidente continuidad de José Pablo. A pesar de los caracteres y gustos tan opuestos, no puede negarse que José Pablo y su hijo se parecen, aunque Matías aún esté a medio camino en todo sentido, y la madurez de José Pablo sea tan poderosa que excluye toda idea de inferioridad.

—¡Matías! —exclamó Isabel.

—Tía Isabel —dijo a su vez Matías siguiendo el plan trazado.

Ella entonces lo abrazó. En algún momento él pensó en la posibilidad de la equivocación. La mujer no llevaba pintadas las uñas de las manos y las botas que calzaba le impedían verle los pies. Pero, repentinamente, fue como si una nube hubiera cubierto el sol de aquella playa lejana, la de su memoria, y el rostro de Isabel se hubiera revelado en toda su frescura y naturalidad. El bestial frío de febrero, que lo golpeó a la salida de la terminal, se disipó por completo al interior del Jaguar, mientras recorrían un verdadero vértigo de autopistas imposibles de distinguir unas de otras. Se hicieron las preguntas de rigor, como si estuvieran respondiendo a un cuestionario inalterable. Todo era básico, una materia de principiantes: cómo está José Pablo, la Marita, tus hermanos, qué tal Santiago y la presidenta Bachelet. Le pareció extraño que no le preguntara por su abuela Silvia y mientras Isabel seguía averiguando cuánto tiempo pensaba quedarse en los Estados Unidos, y le hacía mirar hacia la izquierda para que viera a lo lejos el contorno inconfundible del Empire State Building, Matías caviló en los motivos por los que no le preguntaba por su propia madre. O bien ella supone que no la veo nunca, o están en permanente contacto, o simplemente no me pregunta por su madre porque no le interesa. Luego le tocó a él, y comenzaron las mismas preguntas de vuelta. Cuántos años lleva viviendo en Nueva York, tía, cómo están sus hijos, Ana Marie, y el tío Bill. Eso no podía estar sucediendo. Eso no estaba en sus planes. Parecía el primer capítulo de una de las teleseries en que había trabajado para ganarse la vida. O simplemente, había perdido de vista otra vez a Isabel Bradley, nuevamente había salido el sol intenso de un repentino verano, o era que en ella todo cambiaba. Tal vez sólo era una cuestión de vestuario o de utilería, como si el personaje estuviera equivocado de set. La tía Isabel conducía impetuosa, con manos firmes, seguras; una gruesa pulsera de oro en la muñeca derecha y el más clásico de los relojes en la izquierda. A fin de cuentas, aquella no era la mujer que Matías Reymond había contemplado sobre la arena de Cachagua. Isabel Reymond, la hermana mayor de su padre, acudía a su memoria casi desnuda, desprovista de joyas, indolentemente expuesta al sol.

El departamento estaba situado en el duodécimo piso. Ya se lo había dicho su madre en secreto: Si no son ricos, viven como tales. Que tu padre no me escuche, pero a mí me parece que les gusta aparentar. Bill Bradley es un gringo medio ordinario que se dedica a sacarle plata a los hispanos, había explicado Marita a su hijo, como si no compartiera parentesco alguno con los Bradley. La referencia a cierta acción ilegítima por parte de Bill Bradley no era más que su trabajo como abogado especializado en casos de inmigración. De cualquier forma, parecía imposible advertir aún el grado de esnobismo de la familia de Isabel, aunque sí el alto de los cielos en el departamento, mucho más elevados que en cualquiera vivienda antigua de Santiago, como si aquel fuera un territorio de colosos. El vestíbulo de los Bradley parecía una copia del lobby del edificio, sin el piso de mármol y con una gran mesa al centro, en este caso llena de libros de arte a los que, de inmediato, Matías atribuyó el rango de simples adornos. Parecían existir por sí mismos, sin la asistencia de ningún lector. Tuvo que reconocer su apresurado juicio al ingresar al gran living, a un costado, separado por dos grandes puertas. Había libros por todas partes. Sobre los escritorios —le llamó la atención la existencia de varios escritorios como si aquello fuese más bien una suerte de venerable biblioteca privada—, en las relucientes estanterías de madera, a los costados de los sillones, sobre taburetes, debajo de ellos. Quedaba claro que en aquella residencia los libros no eran una cuestión de adorno. Todo lo contrario de los numerosos cuadros —hermosos óleos bastante clásicos, paisajes, naturalezas muertas, retratos, entre los que Matías reconoció a algún maestro chileno de comienzos del siglo XX—, así como lámparas de sobremesa sobre los magníficos escritorios, y orquídeas, orquídeas de distintos colores en maceteros de porcelana china.

—Estás en tu casa —dijo la tía Isabel, y agregó—: No sabes lo que me alegra tenerte aquí.

Pensó en que le habría gustado que fuera su casa. ¿Incluyendo a esa mujer como su madre? Aunque de inmediato supo que no era cierto que estuviera en su casa. Esta no es mi casa, pensó Matías. No podía serlo. Yo no tengo ningún Lira colgando de mis paredes, se dijo a sí mismo con cierta ironía. Su verdadera casa —o deberíamos decir su departamento— está en la calle Victoria Subercaseaux, tiene apenas un dormitorio, y se lo había subarrendado durante su ausencia a Sebastián Mira quien trabajaba en el departamento de prensa del mismo canal de televisión, incapaz de abandonar la casa de sus padres mientras no le subieran el sueldo. A reglón seguido, Isabel Bradley subió una infinidad de *shades* sobre las ventanas, lo que hizo que la sala se llenara de luz. Cuando se acercaron a mirar el panorama, Matías comprobó que se encontraban a un costado del Central Park. De esa forma le daba la bienvenida a Nueva York. No era un parque lo que había allí, a varios metros de distancia, doce pisos más abajo, sino un mar congelado, unas extensas planicies blancas con esos troncos esqueléticos que resucitarían en la próxima primavera. Aunque la imagen era más bien desoladora, Matías tuvo la sospecha de su esplendor en verano. Parecía imposible que una ciudad pudiera permitirse semejante espacio de libertad, semejante cercanía al paraíso, si es que el paraíso sufre también el rigor de las estaciones. Supuso que era lo que correspondía de acuerdo a la opulencia civil anunciada por Isabel. La panorámica pareció insultarlo con su exuberante vacío. Ese bien podía ser el confín de la ciudad. Pero no era así. La ciudad proseguía aún al otro lado del parque, continuando al costado oeste, de acuerdo a esos rascacielos, a esas torres que se divisaban muy a lo lejos. Pensó entonces en esas rejas rodeando al cerro Santa Lucía en su ciudad y el insulto cobró mayor vigor. Isabel le preguntó si quería desayunar, o si tal vez prefería dormir, el viaje había sido largo y saldrían a almorzar a la hora que a él mejor le pareciera. Creyó que lo más adecuado era intentar dormir, o al menos, replegarse al lugar que ella le asignaría. La hermana de su padre se dirigió resuelta hacia uno de los escritorios desde el cual tomó un libro. Matías lo reconoció de inmediato. Era un ejemplar de *Los hermosos perdedores*, publicada hacía alrededor de seis meses.

—Quiero que me lo dediques —dijo Isabel, poniéndolo en las manos de su sobrino.

Asombrado, él quiso averiguar cómo lo había conseguido. No quería hacerse falsas ilusiones. Sabía perfectamente que los libros publicados en Chile no cruzaban frecuentemente las fronteras, salvo que fuesen grandes *best-sellers*. Tampoco su padre ni su madre le habían hecho algún comentario al respecto, como si hubiese sido imposible que una novela suya pudiera despertar algún interés entre esos parientes desconocidos, o lo que podía ser peor, como si en realidad no les interesara mayormente a ellos mismos. Hasta entonces, José Pablo Reymond no le había hecho a su hijo ningún comentario sobre su novela por el simple motivo de que no le atraían las novelas, menos aún las escritas por un joven de 25 años. A Matías le parecía que a su padre sólo le interesaban sus breves apariciones en la prensa, su reducida figuración pública, como si ese fuera el fin último de su dedicación o la puerta de entrada para comenzar a hacer dinero. Con mucha naturalidad, Isabel le respondió que lo había encargado por Internet directamente a una librería en Chile. Matías pensó en lo costosa que podía haber resultado esa operación. Pero estaba más que claro que le interesaban los libros. Posiblemente también a su marido. ¿Y a su hija? ¿Vivía Ana Marie con ellos? Y si no eran ricos, vivían como tales, de acuerdo al capcioso comentario de su madre. Volvió a mirar las delicadas flores en tonos morados, agrupadas en racimos terminales. Probablemente, mi mamá habría encontrado una siutiquería estas orquídeas en maceteros de porcelana, pensó, aunque no estaba tan seguro. María Alemparte enloquece con todo tipo de flores, en especial con las de su jardín de Cachagua. El muchacho sonrió. No quiso insistir en la forma como aquella mujer se había enterado de la existencia de su novela, porque había sacado una lapicera de su cartera y le daba la indicación pertinente.

—A Isabel Reymond... —señaló, recuperando de improviso su antiguo apellido, mientras Matías se sentaba en la punta de un sofá, con el libro abierto en la primera página—. Quiero ufanarme de que soy pariente del escritor.

Le habría gustado estar en el lanzamiento de *Los hermosos perdedores*, imaginó Matías. Y haber recibido la bendición de monseñor Reymond, aquella tarde en que el ilustre tío casó a mi primo en una vieja iglesia en donde casi todo el mundo se congeló. Una señora bajita y con el pelo muy tirante alisado hacia atrás, llevó una bandeja con café y pequeños sándwiches. Matías supuso que se trataba de una empleada porque, pese a que saludó en español, la tía no hizo ningún intento por presentarla y la mujer se retiró de inmediato. Era dominicana, lo supo después, se llamaba Caridad y le decían Charitín como a una exitosa presentadora de la televisión en Miami, y efectivamente, era la empleada de los Bradley. Mientras Isabel servía las tazas, Matías se distrajo mirando algunas fotos enmarcadas, perdidas entre los numerosos libros, en otra de las cubiertas. En una de ellas estaba José Pablo Reymond con su mujer y sus hijos e hijas, como ellos, los Bradley, estaban sobre la cómoda inglesa de sus padres en Santiago. Tuvo el tiempo suficiente para recorrer con rapidez la mayor parte de esos otros rostros desconocidos. Monseñor Juan Bautista Reymond no estaba entre ellos.

Así que ese parecía ser el motivo por el que Isabel Bradley lo había invitado a pasar unos días con su familia. Su pasión por los libros. Aunque él apenas hubiera escrito una primera novela, ella estaba dispuesta a acogerlo. No puedo vivir sin libros, le había dicho ante su observación. Son parte de mi vida.

—No recuerdo quién dijo que las casas se acaban, pero los libros siempre quedan —agregó Isabel mientras salían a la calle—. Esta casa se va a acabar algún día y entonces tendremos que darle un nuevo lugar a estos cientos de libros. Tal vez alguna biblioteca, porque no estoy tan segura de que a mis hijos les interesen.

Matías no supo bien quién salía perdiendo y quién ganaba ante ese comentario. La orfandad de los libros parecía importarle más que el destino de ese departamento o que las intenciones de sus propios hijos. Claro que, en ningún caso, parecía una mujer desalmada. Camino al restaurante, Isabel Bradley le aseguró a su sobrino que podía quedarse en el departamento hasta su regreso a Chile. Cuando dijo aquello, Matías creyó que la tía Isabel agregaría algo más por el breve espacio de silencio que siguió: tal vez en ese mismo momento se había arrepentido o una vez más se le pasó por la mente la idea de la fugacidad. El asunto fue que el taxista con turbante que los conducía por las calles de la ciudad, aceleró de improviso cambiando de carril, y cualquier titubeo por parte de Isabel se disipó por completo.

Ella no había tenido que hacer ningún esfuerzo para aislar a Matías en la galería de sus recuerdos, entre los numerosos sobrinos que jugaban ese lejano verano en la playa de Cachagua. El primer libro de Matías Reymond lo ubicaba por derecho propio en el lugar de honor, por sobre sus otros anónimos primos. Matías tuvo un ligero sueño de grandeza al imaginarse entre los autores favoritos de aquella lectora, de acuerdo al entusiasmo con que le habló de su novela mientras almorzaban en un restaurante que tenía todo el aire de un bistró francés. El lugar estaba bastante lejos del departamento, al otro lado de la ciudad, cerca del río Hudson, en el llamado Meetpacking District, algo así como el matadero de Nueva York. Ya tendrás tiempo suficiente para conocer el Village, así que probemos con algo diferente, propuso Isabel, asegurándole a Matías que el lugar se había puesto de moda, con sus viejas calles empedradas por donde alguna vez sólo transitaron matarifes y ahora circulaba la sofisticada clientela de Stella McCartney, de Alexander McQueen o del brasileño Carlos Miele. Probablemente aburrida del largo trayecto que había realizado al volante desde el aeropuerto al recogerlo esa mañana, Isabel había optado por un taxi aunque para Matías habría sido mucho más atractiva la idea de utilizar el tren subterráneo por primera vez. (Tal vez ella había querido librarlo de la contemplación de la miseria que había asustado a una de sus tías.) Durante el almuerzo en ese cálido lugar de resplandecientes maderas y cañerías a la vista, hablaron del libro como si hubiese sido una suerte de autobiografía del joven. Esa fue la sensación que tuvo Matías ante la forma como ella comentaba el relato. Parecía como si esos dos hermanos que iniciaban en la ficción de su novela una relación amorosa al reencontrarse tras años de separación, hubiese sido algo que en realidad le hubiera ocurrido a él con una de sus hermanas. Claro que, pensándolo mejor, también podía ser parte de la historia de la propia Isabel.

Matías intentó poner las cosas en orden en su memoria, mientras hacía el esfuerzo por sacar de sus conchas unas *mussels* en vino blanco, sin sufrir ningún tropiezo. Isabel Reymond Court era dos años mayor que su padre por lo que, en 1973, cuando se quedaron en los Estados Unidos después del golpe de estado en Chile, tenía dieciocho años. No sabía si había estudiado algo en los años posteriores, cuando José Pablo estaba en Chicago aprendiendo algunas leyes sobre la rapiña, con lo que la fe robustecida en el Verbo Divino se le había fugado con extrema facilidad. Lo único que Matías sabía era que, hacia fines de esa década, y atractiva como decían que era —y como es—, Isabel ya estaba casada con el abogado Bill Bradley. Mi padre, pensó Matías, jamás ha hecho, al menos delante de mí, ningún comentario sobre su cuñado. Ni para bien ni para mal. Mi madre, menos cautelosa, se refiere a él, cuando papá no la escucha, como el gringo ordinario con el que se casó la Isabel, aunque advierte que ha tenido buen ojo para hacer dinero y *tiene a tu tía como una reina*. De cualquier forma, sus padres no tuvieron nunca interés en comentar el romance de los Bradley, ni él ni sus hermanos en conocer detalles de su historia de amor. O en realidad, cuando tuvieron la edad suficiente para oírlos, ya se les había pasado a ellos el tiempo para hablar de idilios ajenos. Isabel era una figura abstracta que no regresó a Chile porque pronto fue la madre de dos hijos norteamericanos. Aunque a Matías le parecía que no tan pronto porque su hija mayor nació recién en 1982. Eso lo había sabido desde muy chico, porque Ana Marie y él habían nacido el mismo año, y Marita solía hacer pueriles comentarios al respecto: ¿Estará la Isabel enseñándoles a hablar castellano a la niñita con el nombre afrancesado y al niñito con el nombre siútico? ¡Qué difícil debe ser criar a esos niños en Nueva York, entremedio de negros y tanto delincuente!

En verdad, no había mucho más que poner en orden cuando ya le estaban retirando las conchas vacías en el restaurante del Meatpacking District. Entonces, ¿en qué podía parecerse la historia de Isabel a la de los personajes de su novela? Isabel Reymond no estuvo nunca alejada de su familia hasta que ya fue una mujer casada y formó su propia familia.

—Me encantó la forma como separas a esos dos hermanos en *Los hermosos perdedores* —le comentó entonces como si recién hubiera leído el libro—. ¿Quieres que te diga una cosa? Encontré en tu novela ciertos resabios de Henry James... Ahora todo el mundo quiere escribir como Henry James.

—Yo no —dijo Matías, levemente atemorizado con las consecuencias de esa comparación. No recordaba ningún título de ese autor.

—En su tiempo, no lo leía nadie serio aquí en su propio país. Lo encontraban esnob, medio afeminado, fuera de la realidad. Decían que escribía para entretener a la gente en sus casas de veraneo. A Henry James no le interesaba el crecimiento de los Estados Unidos, y se preocupaba en cambio de puros lores decadentes, princesas y nuevos ricos trasplantados. Ahora, su sentido de la observación nos parece fascinante —y miró a su alrededor. Matías pensó que habría preferido que ella le hablara de su libro.

—Tal vez Donoso te quede más cerca —continuó Isabel—. Tengo entendido que era fanático de James. Bueno, así sucede siempre. Las obras y sus ideas pasan de generación en generación. Hay algo de esos autores en tu novela, rindiéndole culto a una clase que se extingue.

—Yo no quiero rendirles culto —dijo él—. Más bien, quiero tratar de entenderlos.

Matías pensó de inmediato en que tampoco había leído suficientemente a Donoso. *En diez años, nadie me leerá...* había vaticinado el gran escritor chileno antes de morir. Por consiguiente, Matías estaba más cerca de los hijos de Isabel, despojado, indigno, de los libros de la biblioteca de los Bradley.

—Y el hecho de haber situado la historia en 1970 cuando Salvador Allende es elegido presidente de Chile —continuó Isabel—. Te voy a contar algo que se parece a tu novela, aunque Nabokov piense que soy infantil por identificarme con los personajes. ¿Has leído a Nabokov?

—Acabo de terminar *Lolita* —y Matías sonrió triunfante.

Ella no pareció oírlo porque de inmediato se enfrascó en una anécdota que, de seguro, le habría valido una mala calificación en las lecciones de literatura de Nabokov. Pero eso no venía al caso.

—Yo tenía una compañera en el Villa María perteneciente a una familia muy de derecha, gente muy importante y muy rica, y especialmente muy católica, de seguro del Opus Dei, que se fue a España aterrados ante la idea del comunismo, como si Chile se hubiera convertido en una nueva Cuba. Mi compañera podría haber sido como tu personaje, enamorándose de su hermano cuando se reencuentran. En todo caso, después nosotros nos vinimos a Washington cuando a mi papá lo asignaron a la embajada, y no tengo idea qué pudo suceder con mis compañeras de colegio...

Definitivamente, las mujeres de la familia habían estudiado en el Villa María, dedujo Matías, cuando se dio cuenta de que no hablarían de autores sino de argumentos. Tal vez en este punto —y por ello mismo— deberíamos aclarar a quienes no la han leído, la historia de *Los hermosos perdedores*. Como es posible volver sobre lo mismo, más vale hacer el mínimo esfuerzo. Una familia muy de derecha, tal como lo dijo Isabel Bradley, aunque no estemos seguro que tan católica. Matías Reymond no tocó para nada el tema religioso en su novela con el temor de que se le complicaran las cosas y perdiera el control del relato. El personaje del padre es un empresario poderoso y se queda en Chile con una hija adolescente. La madre, una mujer dominante e independiente, toma la decisión de irse a España y se lleva a su hijo varón. Años después, la madre muere de un tumor en Madrid y el hijo, anulado por la madre y convertido en un muchacho sensible y temeroso, vuelve a la casa de su padre en Chile, y se reencuentra con su hermana a quien no ve desde que era un niño. Como son una familia decadente y cargada de culpas —tal vez sí son excesivamente católicos—, los hermanos terminan enamorándose. La historia avanza hacia el inminente incesto, mientras el fantasma de la madre da vueltas por la casa santiaguina, desolada porque la dejaron enterrada en un nicho perdido en Madrid. La presencia fantasmal con mucho menos orgullo que el padre de Hamlet, apenas es capaz de suplicar para que traigan de vuelta sus despojos a Santiago. Aún hay espacio en nuestra tumba en el Cementerio General, dice en las sombras. Algunos críticos insidiosos y perversos dijeron que la novela de Matías Reymond tenía el mismo suspenso que una de las teleseries en que había trabajado —sin que probablemente aquellos críticos lo supieran— por el mismo tiempo. Pero Isabel Bradley no sabía de esos pequeños enredos tercermundistas y Matías no tenía ningún interés en descubrírselos. Cuando ella le preguntó cómo habían sido las reseñas críticas, Matías sólo recordó la más elogiosa. Se la sabía de memoria: *En un ambiente burgués, marcado por una época de grandes espasmos políticos y sociales, en medio de ritos clasistas y convicciones impuestas, los personajes de Matías Reymond adquieren un carácter trágico en tono menor.* De todas formas, no aburrió a su tía con detalles. Isabel quiso saber luego si la novela se vendía en España. Matías le contó que ni siquiera se vendía en Buenos Aires. A ella le costó comprender la falta de visión y la indolencia de los editores chilenos. No pudo dejar de sentirse emocionado e incluso halagado cuando, de un modo tan suave, ella le dijo que era una vergüenza que su trabajo sólo fuera conocido en un círculo tan reducido. Y a reglón seguido, volvió a la carga.

—¿Estás escribiendo un nuevo libro? —preguntó.

Matías se puso algo incómodo, porque en ese momento les habían llevado la cuenta y él pensaba en que debería pagarla, pero al invitar a su tía, ella se negó por completo y sacó su tarjeta de crédito. Habría sido el momento de lucirme con mi Visa Gold aún no estrenada, pensó Matías, pero tendría que esperar otro momento. La tía Isabel pareció aguardar el final de la transacción, pero de inmediato él se dio cuenta que en realidad ella estaba esperando su respuesta.

—Sí —le dijo, sin advertir las implicancias—, estoy haciendo anotaciones para trabajar en una novela sobre un cura.

Ella lo miró en silencio durante unos segundos, en una situación similar a la vivida en el interior del taxi cuando la incertidumbre parecía haberse instalado entre los dos. Pero en ese mismo momento el camarero moreno con ese rostro casi verdoso —indio de la India, como el taxista, imaginó Matías—, le trajo de vuelta la cuenta pagada y la tarjeta de crédito que Isabel rápidamente guardó en su billetera. Estaba tan distraída que, tras ponerse de pie sin volver a decir palabra y alejarse por el pasillo del restaurante, recordó que no había agregado propina en el recibo y se devolvió a dejar unos billetes sobre la mesa.

Cuando Matías le dijo a Isabel que intentaba escribir una novela sobre un cura, no estaba pensando precisamente en el tío sacerdote, mucho menos después de su misteriosa desaparición. Jamás se le habría ocurrido escribir sobre un hombre afortunado, un príncipe de la iglesia, un elegido de Dios. *Los hermosos perdedores* no hablaba precisamente de seres dichosos. Matías había leído una novela sobre un cura que le había recomendado un librero especializado en libros usados. Una curiosa y antiquísima novela chilena, le había dicho el librero, bastante olvidada como cualquiera novela nuestra con más de diez años —¿una alusión al destino de Donoso?—. La novela recomendada tenía más de setenta años y el sacerdote protagonista era un personaje atormentado, confundido, derrotado. Un personaje castrado, *con un cuerpo encerrado en la vestidura de sacerdote*, de acuerdo a un estudio que Matías leyó en alguna página de Internet. No pudo apartar de su pensamiento la figura patética del cura Deusto. Otras eran las razones por las que aquel lejano carácter había logrado conquistarlo. Nada que pudiera parecerse al resplandor de monseñor Reymond. Esa tarde, caminando al lado de esa inquietante mujer por un extenso paseo relativamente vacío, a orillas del río Hudson, muy cerca de donde habían almorzado, Matías tuvo la sensación de que ella estaba ensimismada en el repentino recuerdo de su primo sacerdote, como si sus relajadas y débiles palabras lo hubieran conjurado con su reciente carga de misterio. Isabel le indicó a la salida del restaurante que, si no sentía frío, quería enseñarle aquel paseo. Ante el entusiasmo del joven, llegaron de inmediato a la orilla ventosa y fría del Hudson. El río se extendía enorme, y una vez más, los colosales parajes vacíos permitían observar a lo lejos la asimetría de las gigantescas construcciones, en este caso, de New Jersey. Por el lado de Manhattan, nuevos edificios se interponían sobre antiquísimos galpones convertidos, a su vez, en nuevas, felices viviendas. La pareja se adentró por un muelle refaccionado hacia el río en donde aún se percibían las ruinas hundidas, semiocultas, de los antiguos muelles en desuso. En algún momento el viento les impidió seguir avanzando. Matías miró hacia el cielo. Una lenta línea de aviones descendía en el horizonte hacia el Aeropuerto de Newark. ¿Cómo podían hacerlo esos otros que cruzaban sobre Manhattan en distintas direcciones? ¿Qué hechizo los sostenía en ese extraño estado de placidez, como si estuvieran pintados en el cielo, mientras ellos casi se volaban sobre la tierra? Miró a su tía de reojo. Isabel Bradley ya se había enterado de algo más, no cabía duda alguna. Posiblemente algo que él no sabía acerca de monseñor Reymond.

—¿Ya lo supo? —le dijo Matías apenas.

Ella lo miró y Matías advirtió de inmediato que se había equivocado.

—Ya supe qué cosa... —murmuró Isabel, sonriendo.

—Lo del tío Juan —respondió él, sin saber a qué se refería exactamente.

Ella detuvo su marcha por el paseo e intentó ordenarse la melena que se le había desordenado por completo. Al darse cuenta que aquella era una tarea imposible, se encaramó las gafas solares convirtiéndolas en un improvisado cintillo para el pelo. Estaba muy pálida. Con el gesto, se desvanecieron muchos años de su cara. ¿O era cuestión de la prodigiosa palidez? Matías observó que parecía un poco más que una adolescente.

—No sé nada —dijo Isabel—, salvo que tú quieres escribir una novela sobre un sacerdote.

—Pero no se trata de él —precisó Matías de inmediato. No sabía por qué había dicho aquello. No tenía para nada claro cuál sería el rumbo que tomarían sus anotaciones literarias.

Y entonces ella lo llevó de vuelta al motivo de fondo, lo que parecía haber quedado en el aire desde que salieran del restaurante.

—¿Qué pasó con Juan Bautista? —preguntó Isabel con serenidad, librando a la situación de cualquier carga irregular—. ¿O debería decir, con monseñor Reymond?

—Al parecer ya no es más obispo —dijo Matías.

—Eso es imposible. Hasta donde tengo entendido, será obispo hasta que se muera. Los obispos son como los reyes. Pueden perder el trono pero no el rango —y volvió a mirar a su sobrino—. No estarás queriendo decirme que mi primo Juan Bautista se murió. Al escribir, eres mucho más directo.

—No, no se ha muerto...

—¿Y entonces?

Matías le dijo lo que apenas sabía, casi disculpándose por esa pretenciosa confesión inoportuna. Tuvo vergüenza de parecer un chismoso, recién llegado y murmurando cuentos de segunda mano, para colmo poco claros. Sintió que nuevamente habían vuelto al momento inicial, camino a Manhattan en el interior del automóvil de Isabel. Eran dos desconocidos buscando los más fáciles caminos para reconocerse. La chismografía oficial chilena podía ser un buen atajo. Más aún si para contarla, él sacaba la voz de su propia madre. Volvió a creer que Isabel Bradley no tenía interés alguno en su persona, así como él tampoco podía tener interés en ella. Después de todo, no sabía casi nada de ella y él no se entregaba con facilidad. Menos aún a una mujer. Los comentarios en torno a la novela apenas habían sido un pretexto para hilvanar alguna conversación pueril mientras almorzaban. Ya encontrarían, en los días siguientes, otros temas domésticos y familiares que justificaran su fastidiosa presencia en el departamento de los Bradley. Pero ya estaba en eso y no se podía echar para atrás. Así pues, junto a las turbulentas aguas del río Hudson, Matías le dijo a Isabel que el tío Juan Bautista se había retirado a los sesenta años a un monasterio perdido en algún lugar de Latinoamérica, de acuerdo a una carta que le había dejado a su hermana Lucía. Eso era todo. Que él supiera, no había más.

Y algo pasó en ese momento. Fue como si una especie de cortina invisible hubiera caído entre los dos, separándolos por completo. El viento frío de la tarde seguía allí, pero la atacaba especialmente a ella, al otro lado de ese vidrio en que se reflejaban, desencajándola, a punto de congelarle el rostro. Él supo de inmediato que estaría dispuesto a salvarla. No sabía de qué, pero si estaba en sus manos, lo haría de cualquier forma. De partida, hubiera querido darle calor. Alguna forma de calor humano. Sabía que de haber extendido su mano, no habría podido tocarla. Eso fue lo que Matías sintió. Isabel Bradley estaba y no estaba allí. Se veía aún más pálida, y mucho más frágil, cuando volvió a hablar.

—¿No sabes nada más? —preguntó.

—Lo siento, eso es todo lo que sé...

La quebradiza cortina pareció levantarse con dificultad. El viento los volvió nuevamente a la realidad. Con gestos mecánicos, como si súbitamente hubiera perdido toda su fascinante naturalidad, Isabel miró la hora y cayó en la cuenta de que estaba en el lugar inadecuado. Le dijo a su sobrino que tenía que acudir urgentemente hasta una iglesia en donde cumplía labores de voluntariado, para servirle la comida a un grupo de enfermos. Matías pensó que era demasiado temprano, al fin y al cabo recién habían terminado de almorzar, pero ella develó de inmediato su curiosidad señalándole que en ese país se comía muy temprano, más aún si se trataba de personas que tal vez vivían lejos, o estaban delicadas, vaya uno a saber. A grandes pasos habían cruzado la avenida junto al paseo e Isabel hizo parar otro taxi. Le preguntó a Matías si quería irse con ella, pero de inmediato advirtió que no era necesario, que era su primer día en Nueva York y tenía todo el tiempo del mundo. Le dijo que en esa misma calle 14, por donde habían llegado hasta la orilla del Hudson, podía encontrar todas las líneas subterráneas imaginables, y más de alguna lo dejaría cerca de la calle 86 Este. Ya era tiempo de iniciar su aventura, tenía las llaves del departamento en su bolsillo, y en el peor de los casos, si llegaba a perderse, para eso están los teléfonos, dijo, y le sonrió a su sobrino, sin saber exactamente lo que hacía, cerrando la puerta del auto que partió de inmediato, a toda velocidad, ciudad arriba.

DOS

Aún no ha transcurrido un año desde esa tarde de febrero cuando Matías Reymond descendió solo, por primera vez, a una estación del *subway* en la calle 14. No era el *terrible hoyo* de la 42 ni el de Union Square, tal como los describe en sus crónicas sobre Nueva York el poeta Rosamel del Valle. A fines de la década del 40, en el siglo pasado, trabajaba como corrector de pruebas en las Naciones Unidas, muchísimos años antes de que Pedro Nolasco Reymond llegara a la misma organización. El subterráneo al que bajó el nieto de Pedro Nolasco era otro hoyo *formidable*, otro abismo al que se descendía, otra *boca del infierno*. Los hoyos terribles seguían allí, en donde era posible advertir la pobreza no obstante la supuesta opulencia de la ciudad. Matías vio incluso mendigos buscando el calor en las profundidades. Al rememorar los hechos conocidos y conjeturar sobre los ignorados, Matías aún tiene la extraña sensación de que en ese breve tiempo invernal no hicieron más que descender por los más variados túneles, cada cual por separado, o quizás todos juntos sin darse cuenta, sin reconocerse incluso en algún sucio andén, en cuyas vías inevitablemente se cruzan las ratas. Si los muertos pudieran quedarse en los lugares que alguna vez amaron, Matías se habría cruzado con el fantasma de Rosamel del Valle, que amó a Nueva York aunque terminó muriendo en el barrio Ñuñoa de Santiago de Chile. ¿Le sucederá lo mismo a Isabel?

De seguro, tanto Matías como Isabel habrían desconocido a su fantasma, en medio de esa profusión de almas en pena camino al infierno. Porque aun cuando Isabel había leído sus poemas en el pasado, creía haber olvidado las más mínimas señas de identificación, hacía lo imposible por borrar los leves lazos que la unían con el pasado chileno. Nueva York y la familia que había formado eran, sin duda, un lugar de refugio, pero esa forma de exilio era, al mismo tiempo, la destrucción de su antigua conciencia. Temía llegar a ser la más perfecta imitación de sí misma.

Matías tampoco tiene claro si la separación de los Bradley provocó el descalabro final en la vida de Isabel. Él igual sabe que su tía tiene ahora otros motivos para ilusionarse. O era algo que ella esperaba desde hacía tiempo, algo aplazado en su incapacidad por arrostrar los hechos, quizás por comodidad, o porque su vida había adquirido tal nivel de extenuante pasividad, al extremo de que ese atascamiento en que vivía le impedía advertir la ruina a la vuelta de la esquina, o en la vereda del frente. Después de todo, al frente suyo, mirando por la ventana de su dormitorio, aunque fuera de costado, estaba la infinita desolación invernal de Central Park. Aunque, desde un punto de vista más optimista, el panorama cambiaría al terminar aquella temporada. Y eso ella lo sabía a la perfección. Al fin y al cabo, había vivido gran parte de su vida en esa ciudad. Por cierto, no todas las habitaciones del departamento de los Bradley tenían vista al parque. Mucho menos la que le habían asignado a Matías. Cuando más tarde regresó desde la calle, la oscuridad había descendido por completo y apenas había un par de luces encendidas en el recibo que, en su frialdad, había adquirido el aire del mausoleo en donde la madre-fantasma de *Los hermosos perdedores* quería dormir en paz. Era probable que no hubiera nadie en el departamento y que la señora de pelo tirante que les había servido el café aquella mañana, hubiese dejado esas señales luminosas para que él no se perdiera en su interior. De seguro, ella sabía que Isabel iría a dar la comida a ciertos enfermos. Pero ese era el único conocimiento doméstico sobre los Bradley que compartía con Matías. En rigor, él no tenía ninguna certeza de que su prima Ana Marie viviera con sus padres, aunque debía suponer que el hijo menor (¿cómo es que se llamaba?) vivía aparte porque estaba casado. Durante el almuerzo —ya lo sabemos—, Matías había acaparado la atención de su tía con deslavados comentarios acerca de la novela publicada, por lo que les faltó tiempo para que ella lo pusiera al día sobre el resto de su familia.

Matías volvió a entrar al salón en donde alguien había bajado nuevamente algunos de los *shades*, pero pudo mirar a través de una de las ventanas aún descubiertas el brillante espectáculo de las luces de la ciudad. Había caído la noche antes de tiempo y afuera hacía mucho frío. Volvió la vista hacia el espacio donde en la mañana se encontraba el parque, y pese a la oscuridad, pudo distinguir la superficie refulgente. No supo si vio o se imaginó a un par de figuras humanas caminando a lo lejos, como diminutos puntos negros en dirección a ninguna parte. Desde la perspectiva que le daba esa altura, era posible deducir que, si persistían en su intento de avanzar sobre la nieve, terminarían encontrando la muerte. Las luces de los edificios, al otro lado del parque, estaban terriblemente lejos como para augurarles a esos desdichados mejor destino. Se llevó las manos a los ojos como si hubiera despertado de una pesadilla y hubiese sido él quien se aventuraba por el parque. Sin mayor interés en advertir desgracias, volvió a su dormitorio en las profundidades del departamento. Encendió un par de lámparas de sobremesa, las que parecían ser el sello particular en la decoración general. Tampoco faltaba un escritorio frente a la cama. Revisó su celular. Nadie lo llamaría desde el otro lado del mundo, aunque más de algún mensaje podría perderse en el espacio estelar. Abrió luego el *laptop* con el fin de comprobar que sus mayores posesiones estaban aún en su lugar. Pero era una tarea inútil. No le era posible entrar a Internet, aunque precisamente por Internet sabía que en los cafés Starbucks había zonas wi-fi. Tendría que haberlo consultado con su tía en la mañana. De cualquier forma, no sabía cuán cerca de casa podía haber un Starbucks, en cuánto rato más regresaría Isabel, o si el tío Bill —¿le diría tío Bill?— estaría leyendo en el salón lleno de libros, o qué planes tenían para la hora de comida. Se echó sobre la cama con ganas de quedarse dormido hasta el día siguiente, en el preciso momento en que oyó su voz. Ana Marie debía estar en alguna parte del departamento, ya que el melodioso sonido de su voz le llegaba ligero y algo distante, casi como si alguien hubiera encendido apenas el televisor o algún equipo de música, aunque cantaba *a capella* seguramente el aria de alguna ópera.

No habían hablado de Ana Marie con la tía Isabel, pero Matías sabía por boca de sus padres que estudiaba canto en Juilliard, uno de los mejores conservatorios de artes escénicas en la ciudad. Capaz que tengamos a otra Villarroel en la familia, había dicho Marita al enterarse, algún tiempo antes, del regreso de la destacada soprano chilena al Teatro Municipal de Santiago. Como Ana Marie, Verónica

Villarroel también había estudiado en Juilliard, *amadrinada* por la célebre soprano Renata Scotto. Fue durante una representación de *La Bohème* en el suntuoso teatro de la ópera en la capital de Chile, cuando la Scotto puso atención en aquella desconocida que interpretaba a su lado el rol de Musetta. La excelsa diva dijo que el talento natural no podía desperdiciarse en esas lejanías y la convirtió en su protegida. Podía hablarse de la fuerza del destino o apenas era un asunto de coincidencias. Lo cierto es que la soprano chilena se había pasado gran parte de su vida viviendo en una humilde callecita del barrio Estación Central que tenía por nombre Federico Scotto. Y después dicen que esas cosas no pasan. De cualquier forma, Matías ignoraba todo esto y no le habría servido como material para una teleserie porque en las teleseries no se habla de cantantes de ópera. Tampoco para su segunda novela, porque, hasta donde tenemos entendido, quería escribir sobre curas. El simple comentario en torno a Verónica Villarroel hecho a la pasada por Marita Alemparte, había sido completamente irrelevante, ya que ni ella ni su marido —ni mucho menos su hijo Matías—, eran aficionados al arte lírico. La voz de pronto se silenció en el departamento de los Bradley. Nuevamente Matías sintió que algo no estaba funcionando bien. ¿Qué hacía allí echado sobre esa cama en su primera noche en Nueva York con las llaves de la puerta en el bolsillo? Lo mejor sería deslizarse sigilosamente de vuelta a la calle, escapándose de cualquier posible compromiso latoso. Él no había buscado esa situación. Era, posiblemente, el resultado de la persistente nostalgia de José Pablo Reymond por recuperar su adolescencia perdida.

Cuando recorría el pasillo a tientas con la intención de volver a salir, se abrió la puerta de un dormitorio. Una muchacha que no podía ser otra que Ana Marie le sonreía como si alguien hubiera hecho ya las presentaciones.

—Hola —dijo con gran naturalidad, muy segura de sí misma—. No te sentí llegar.

Entonces se acercó a Matías y en vez de besarlo, le dio la mano. Hablaba español correctamente, sin acento, aunque no había dicho mucho. Marita bien podría estar tranquila respecto a la educación que Isabel les había dado a sus hijos.

—Soy Ana Marie —agregó.

—Yo soy Matías.

—Me acordaba de ti —continuó ella—. Nos conocimos en Chile el año 95, en la playa, pero no me acuerdo del nombre del lugar...

—Cachagua —dijo Matías.

—También me acuerdo que tenemos la misma edad —señaló Ana Marie con absoluta seguridad, sin oírlo.

Nuevamente Matías pensó en lo feliz que habría estado su madre con ese comentario. La muchacha parecía algo mayor que él. ¡Y qué buena memoria tenía! Aunque era levemente más baja, tenía unos altos y prominentes pechos que se contradecían con el resto de su cuerpo, más bien pequeño y fino. Aquello fue fácil de advertir porque vestía una camiseta ceñida y estaba prácticamente desnuda de la cintura hacia abajo. Apenas llevaba puesto un calzón. El conjunto no estaba mal, pero en el intento por desviar la mirada, lo que más le llamó la atención a Matías respecto a Ana Marie Bradley —por sobre su aparente impudicia—, fue la enorme diferencia con el rostro de su madre. No semejaba ser la hija de Isabel. Miraba a su primo con unos ojos celestes casi transparentes, poco habituales entre los Reymond. Los ojos de la tía Isabel son oscuros, pensó Matías, posiblemente negros, como los de mi padre, y eso los hace parecer severos, casi hostiles. Él, en cambio, había sacado los ojos claros de Marita, aunque nunca como los de Ana Marie quien debió heredarlos de Bill Bradley. Ana Marie había cruzado los brazos y las piernas, apoyándose a medias sobre el muro, en medio de la penumbra rota por la tenue luminosidad que salía de su cuarto. Matías habría podido jurar, sin mirar al interior del dormitorio, que sólo había lámparas de sobremesa encendidas.

—Yo no tenía ningún interés en ir a Chile ese verano cuando nos conocimos —prosiguió su prima desvergonzada, como si estuviera refiriéndose a algo que recién había sucedido—, pero mamá estaba empeñada en que Sandy y yo...

—¿Perdón? Dijiste...

—Sandy... Mi hermano Sanford...

—¡Eso es! —gritó Matías lleno de entusiasmo ante la revelación—. ¡Sanford!

—¿Qué pasa con Sanford? —preguntó ella curiosa.

—No, nada —aclaró Matías—. Es que no podía recordar el nombre de tu hermano...

Ana Marie lo miró con cierta extrañeza, como preguntándose por qué razón alguien podía olvidar un nombre tan simple. Sin embargo, fue capaz de encontrar una causa.

—Mamá nunca le dice Sandy... Tal vez por eso se te había olvidado su nombre —dijo, y retomó la historia—. Como te decía, a mi mamá se le había metido en la cabeza que conociéramos a los primos y a los tíos chilenos. *Big deal*, pensaba yo. Quería quedarme con papá en Nueva York. Estaba estudiando ballet con mucho entusiasmo, y por culpa de ese viaje me perdí la posibilidad de aparecer en unas funciones de *Nutcracker* que tuvieron mucho éxito y se prolongaron más allá de la Navidad. Por eso, los primeros días, en... en... ¿cómo es que se llama la playa?

—Cachagua...

—En Cachagua... andaba molesta, no sé si te acuerdas. Además, los encontraba a todos unos antipáticos... Bueno, debo confesarte que eso se lo había escuchado a papá —y rió con cierto nerviosismo como si se le hubiera escapado algo indebido—. *Anyway*... cuando volvimos de Chile había crecido, o tal vez fue la comida; me encantó la comida chilena... ¡Ah, las humitas! ¡Acá nunca las han hecho! ¡Y esa *bean soup*! ¿Cómo la llaman?

¿Bean soup? ¿De qué estaba hablando esa chica?

—¿Porotos granados? —aventuró Matías asombrado.

—¡Acá jamás los habíamos comido! La comida chilena que a mamá le gusta es muy aburrida —aclaró Ana Marie dando por sentado que los porotos granados eran el plato que tanto le había gustado a ella—. El asunto es que algo me pasó con el ballet, o mejor dicho con mi cuerpo. De repente me di cuenta de que nunca sería bailarina, que eso era un juego de niñas, me habían crecido las tetas... *sorry*, creo que no es muy *polite* decir tetas... y no me parecía en nada a mis compañeras. ¡Ashley Perry está en el American Ballet y parece una tabla de *surf*! —y volvió a reír—. Igual lo mío era la música, pero no bailando, sino cantando, sabes que canto, ¿verdad?

—¿Ya estás actuando? —preguntó él, algo mareado por la cháchara de su prima.

—No, aún no, pero mañana audiciono para ser admitida en *Young Artists*... ya sabes... Juilliard Opera Center...

No. Matías no lo sabía. Apenas sabía que el Teatro Municipal de Santiago estaba en crisis, que el año anterior habían cancelado unas funciones de ópera, y habían despedido a los músicos de la Orquesta Filarmónica, cambiándolos por instrumentistas de la Europa del Este. Un día, pasando por la calle Agustinas, Matías había sido testigo de un verdadero espectáculo frente al teatro, con la orquesta chilena clamando apoyo y el coro cantando en plena vía pública, mientras por altavoces reclamaban contra las negligentes autoridades municipales. Asuntos de una impresionante vaguedad que no tenían nada que ver con lo que Ana Marie le estaba contando, pero eso era lo que se le venía a la mente cuando ella hablaba de la posibilidad de ser admitida en Nueva York en algún teatro importante. De seguro a ella no le ocurrirían las terribles cosas que les sucedían a los artistas en un país como Chile.

—¿Te gustaría ir a mi audición? —inquirió Ana Marie—. De seguro irá mamá. Vamos a interpretar una escena de *Dialogues des Carmélites*. Como la ópera no tiene grandes arias, elegimos con un compañero una escena compartida. ¡Es todo un desafío! Voy a hacer el rol de Blanche de la Force que interpretó Verónica Villarroel en Chile el 2005. Sabes que en Juilliard también estuvo Verónica —le explicó de inmediato, avanzando por el pasillo hacia el salón del departamento. Matías tuvo la impresión de que, casi como en un acto mágico, la circunstancia de estudiar en la misma academia tenía que convertirla necesariamente en otra diva. O esa fue la sensación que flotó en el aire cuando Ana Marie fue encendiendo una a una las lámparas de sobremesa del living. Tal vez era el camino a seguir por la joven, después que los porotos granados le habían arruinado la juventud, o al menos, la habían alejado de la danza. ¡Qué mierda sabía él de todas esas cosas!

—Cristina Gallardo-Domas también pasó por Juilliard. Estuvo maravillosa el año pasado en *Madama Butterfly*. Hubieras venido entonces a ver a tu compatriota.

Otra vez la famosa Juilliard, pensó impaciente Matías. Pero Ana Marie había entrecerrado los ojos y se puso a cantar:

Un bel dì vedremo
levarsi un fil di fumo
sull'estremo confin del mare.

Matías no comprendió nada, aunque la melodía insinuada por su prima le pareció conocida, y la voz, decididamente hermosa.

—Ah, y el antipático del crítico del *New York Times* lamentándose de la ausencia de divas.... Todo porque ahora muchas grandes cantantes vienen de Asia y de Latinoamérica. Creo que hay un sentimiento racista en su apreciación —continuó Ana Marie como si fuera parte de un monólogo que estaba ensayando.

Pero al verlo observar el desorden de los libros sobre los escritorios, debajo de ellos, en algunos sillones, en el más absoluto silencio, Ana Marie pareció recapacitar acerca de la incapacidad del primo chileno para seguirla en sus disquisiciones líricas.

—Disculpa que esté todo tan desarreglado —le dijo entonces, cambiando de tema. Matías pensó en que su tía Isabel no había reparado en aquel desbarajuste en la mañana, como si no fuera algo de importancia para ella. Esperaba no lastimar a la cantante con su carencia de conocimientos musicales.

—Creo que vas a entenderte muy bien con mamá. Es una gran lectora —agregó ella sin parecer ofendida.

—Lo siento —admitió él de igual forma—, no sé mucho de ópera.

En realidad, no sabía nada.

—No te preocupes. Tengo entendido que eres escritor.

—O sea, apenas he escrito una novela.

Pero ella, una vez más, no lo escuchó.

—Papá y mamá... los dos son grandes lectores... —precisó Ana Marie—. Se han pasado la vida leyendo y coleccionando libros. Pero este desorden lo provocó papá... Está revisando sus libros personales para embalarlos... Bueno, ya te habrá contado mamá que se van a separar...

Él la miró impactado. Isabel no le había contado absolutamente nada al respecto. Esa podía ser, entonces, la razón de su nerviosismo antes y después del almuerzo, reflexionó Matías. Su vacilación ante lo que debía o no debía decirle. De improviso, al tenerlo enfrente, la tía Isabel había tomado conciencia del disparate de su visita precisamente en esos momentos de crisis personal. ¡Qué dirían sus padres al saberlo!, pensó Matías, y se vio telefoneándolos para contarles el chisme, de la misma forma como ya había llegado a Nueva York con el cuento de la desaparición de monseñor Reymond. Nada estaba saliendo bien. Al día siguiente buscaría sin falta un nuevo alojamiento. Ante su silencio, Ana Marie comprendió su error.

—No te ha contado nada.

—No —murmuró Matías.

—Sucedió recién. Por eso estoy aquí...

—No te entiendo...

—Yo no vivo aquí... —le explicó adoptando un tono confidencial, o fue sólo que bajó la voz—. Mamá me llamó anoche para que viniera a acompañarla...También a ayudarla contigo. Ella cree que podemos entendernos, que podemos llegar a ser amigos. No quiere que, por ningún motivo, te vayas a sentir incómodo con la situación.

Le llamó la atención la sinceridad de la joven. Pero, ¿amigos?, ¿qué podía unirlo con Ana Marie? Ambos se quedaron callados como si hubieran estado pensando lo mismo, pero era que la puerta de entrada se había cerrado con cierta fuerza.

—Por favor, no te des por enterado —dijo Ana Marie con cierto nerviosismo que parecía contradecirse con su anterior franqueza—. De seguro, ella te lo contará a su tiempo.

En aquellas circunstancias, la futura diva ordenaba el olvido. Se arrepentía de sus confidencias y lo invitaba a callar. La curiosidad de Matías quedaría insatisfecha por el momento. Pero no fue Isabel quien entró al living, sino Bill Bradley, su marido.

Ana Marie llevó a Matías, al poco rato, a un café Starbucks que estaba situado en Lexington con la calle 85, muy cerca del departamento de sus padres. La ceremonia de presentación a Bill Bradley había sido lo suficientemente breve, porque detrás del abogado ingresó al living el mismo portero uniformado de la mañana, con varias cajas de cartón en las manos. Matías comprobó que el tío Bill —un perfecto norteamericano corpulento, de rasgos armoniosos y cutis algo colorado—, tenía los mismos ojos de Ana Marie, aunque los de él se veían enturbiados por la fatiga, posiblemente a causa de interminables alegatos y defensas inagotables. Le hizo un ligero gesto bastante mesurado a su hija para advertirle que estaba casi desnuda, y ella pareció recordar de improviso los pasos de baile de su niñez, antes de que le crecieran los pechos y sacara la voz. Ejecutó una especie de pirueta, se dio un par de vueltas detrás de los sillones y despareció por el mismo pasillo por donde antes habían entrado al salón. Ana Marie pareció repetir la seña hecha por su padre, dirigida esta vez a su primo para que la esperara. El dueño de casa se sacó de inmediato la chaqueta y en un español que, al parecer, practicaba mucho menos que su hija (cosa rara si se piensa que trabaja atendiendo demandas de hispanos), le preguntó al sobrino de su mujer qué tal había sido el largo vuelo desde Chile, sin dejar de revisar las portadas de un alto de libros depositados junto a una de las ventanas. Al mismo tiempo le daba instrucciones al portero para que los fuera poniendo en el interior de las cajas. De seguro mi madre habría reafirmado su opinión de que Bill Bradley es un mal educado, se dijo Matías. Pero de inmediato se le vino a la cabeza esa misma operación realizada por él mismo, algún tiempo antes, cuando a su vez había dejado la casa de sus padres. En aquel caso, la cantidad de libros apenas ocupaba un par de estantes, pero igual sabía que aquella era una acción privada en la que, a su juicio, hasta el portero sobraba. El momento en que volvemos a encontrarnos con un libro que nos apasionó en el pasado, tiene algo parecido a revivir una antigua historia de amor. Si la relación fue muy intensa, no se olvidan hasta los más mínimos detalles y el recuerdo puede resultar particularmente excitante. Con el libro pasa lo mismo. Incluso si no fue una gran lectura, pueden quedar las cenizas de una relación casual. El portero pareció comprender a su propia manera lo que estaba sucediendo —aunque apenas leyera el *New York Post* comprado a media tarde a veinticinco centavos—, porque no bien acomodó media docena de libros, recordó que debía volver a la entrada del edificio, y Bill Bradley entusiasmado en la tarea, sumido en el encantamiento de los lectores apasionados, le dio las gracias a la pasada, y se olvidó de todo en torno suyo, incluida la presencia del sobrino chileno. Está sucediendo lo que la tía Isabel temía, pensó Matías, los libros se van a comenzar a dispersar. Pero para entonces ya había regresado Ana Marie vistiendo blue jeans y un grueso chaquetón y de seguro el tío Bill ni lo escuchó cuando Matías pidió permiso para ir al dormitorio a buscar el *laptop*. Al regresar al salón dispuesto a salir a la calle, padre e hija parecían discutir. Pero al ver a Matías de vuelta se quedaron callados, o fue sólo que Ana Marie lo tomó de inmediato por un brazo.

—Necesito un lugar para entrar a Internet —le confidenció él.

En ese momento, Matías advirtió que sería imposible la operación en su propio *laptop*. Como hacer la configuración en su computador —si es que tenían el material adecuado—, tomaría mucho tiempo, y Ana Marie repentinamente tenía prisa por salir, la muchacha simplemente le ofreció el suyo.

Así fueron a dar al Starbucks de la calle Lexington.

Matías esperaba quedarse a solas en aquel ambiente de muros tan oscuros como, suponía, deberían haber sido los planes de Bill Bradley al salir de su oficina. De seguro el hombre no esperaba encontrarse con la presencia de un sobrino de su mujer a la hora de embalar sus libros. Con las luces perfectamente dirigidas hacia las pequeñas mesas, entre aquellos clientes en su mayoría jóvenes, bebiendo café en unos largos vasos de cartón, reinaba en el Starbucks el más completo desorden de sillas, bolsos en el suelo, chaquetas por cualquier sitio, como si aquella informalidad fuera parte de un perfecto modo de vida. Nadie parecía tener ninguna prisa ni estar dispuesto a enfrentar problema alguno. La vida allí se bebía a lentos sorbos como si jamás un acto ajeno los hubiera alterado. El ambiente de intimidad adecuado para que cantara Frank Sinatra —parecía hacerlo—, o tal vez era Tony Bennett, o Mel Tormé, Matías fue incapaz de distinguir del todo la voz. De cualquier forma, era una de esas canciones que de tanto oírlas —en su caso, en ciertas radios FM de su país—, uno cree conocer. Ana Marie hizo los honores del caso y Matías una vez más se quedó sin estrenar la tarjeta dorada. Después de todo, eran apenas dos cafés grandes en sus vasos reciclables. Mientras Ana Marie se encontraba en el mesón haciendo el pedido, Matías encendió el *laptop* de su prima y surgió una fotografía en donde Ana Marie sonreía de frente junto a una chica muy atractiva. Otra cantante de Juilliard, pensó. Gracias a la magia del wi-fi apareció la portada de Aol en la pantalla. En el correo electrónico había varios mensajes sin importancia, salvo el de su amigo Sebastián Mira, a quien le había dejado el departamento en Santiago. Lo abrió de inmediato.

¿Cómo llegaste? Mañana voy a Viña del Mar a hacer una nota sobre unos presuntos concejales corruptos, pero preferiría estar cagándome de frío en Nueva York. ¿Encontraste lugar o te quedas donde tu tía, o es demasiado pronto y aún no has decidido nada? ¡Gózala en vez de andar buscando alojamiento! En todo caso, y con carácter de urgencia, revisa el reportaje que hoy se mandó nuestra compañerita, la Romina Olivares. Después lo comentamos.

Un intenso olor a canela lo sacó del mensaje. Ana Marie se había sentado a su lado y le ofrecía azúcar o endulzantes en sobres de distintos colores. De acuerdo al tamaño de los vasos, Matías pensó en que estarían tomando esos cafés con leche cubiertos con canela en polvo hasta altas horas de la madrugada. Probablemente aquel era el plan de la mayoría de los clientes, y el deseo de su prima, quien volvió a tomar la palabra y a centrarse en los problemas de su familia. Después de todo, ya había hecho un adelanto inquietante sobre el posible futuro de sus padres. No pareció preocuparle el hecho de que se encontraban allí, no en plan de turismo ni para comadrear, sino porque el chileno quería entrar a Internet a cualquier precio. Incluso recurriendo a algo tan personal como el *laptop* de su prima. Desde hacía algunos segundos, Matías sólo quería salir de la curiosidad y leer el reportaje que había escrito Romina Olivares, su compañera de estudios en la Universidad Diego Portales. Pero como Ana Marie había asumido el desinterés por la ópera de su primo, y creería que en cambio le apasionaban las intrigas familiares, fue directo al grano contándole que la relación de sus padres se había deteriorado hacía ya bastante tiempo.

—Después que Sandy se casó con Susan y se mudaron a Baltimore —le explicó—, yo tomé la decisión de compartir un departamento en Brooklyn con una amiga actriz. La acabas de ver cuando encendiste el *laptop*.

Matías se olvidó de la chica y volvió a pensar en el nombre de su primo. ¿Cómo alguien se puede llamar Sanford?, se preguntó a sí mismo, al borde de la risa, pero como lo que su prima le contaba tenía cierto interés, trató de controlarse.

Hasta antes de la partida de los hijos, Bill Bradley y su mujer vivían para leer, siguió contando Ana Marie. No tenían muchos amigos y hacían poca vida social. Por ello, se pasaban los fines de semana buscando libros especialmente en Strand, la librería de ofertas más grande de la ciudad. Bill se sacudía así de los conflictos laborales en su oficina de abogados, litigando en contra de leyes de inmigración, de casos de discriminación o de accidentes callejeros. La pareja solía tener gustos parecidos en materia de ficción, y por cierto preferían autores norteamericanos e ingleses, aunque Isabel nunca había olvidado a los poetas chilenos y Bill, por su parte, coleccionaba libros de fotografía. De más está decir que Isabel tenía mucho más tiempo para la lectura diaria, por cuanto no trabajaba en cargos remunerados, y estaba ausente de casa sólo por algunas horas, no todos los días de la semana. Ana Marie recordaba a sus padres leyendo juntos desde siempre, revisando suplementos literarios, suscribiéndose a revistas que hablaban de escritores, en el mismo desordenado living a un costado de la Quinta Avenida. Por eso mismo, pusieron escritorios por todas partes, siguiendo las costumbres de los ingleses.

—Cuando regresé a casa después de haberme instalado en Brooklyn —siguió contando Ana Marie— algo radical había cambiado. Ya no existía la aparente complicidad de antes entre mis padres. Mamá leía encerrada en el dormitorio que ahora le pertenecía por completo, mientras papá se había cambiado al antiguo dormitorio de Sandy. Ese no fue el único cambio en sus costumbres. La banqueta a los pies de la cama matrimonial, estaba llena de libros de autoras mexicanas, colombianas, españolas, chilenas, como si mi madre sorpresivamente las hubiera descubierto, olvidándose por completo de los libros que le gustaban antes.

Ana Marie enumeró de inmediato una desordenada lista de nombres entre los que Matías reconoció a Roth, a Irving, Carver, Auster, McEwan, e incluso la Morrison. ¿Era posible que Isabel cambiara de gusto de esa forma de la noche a la mañana? Y la muchacha miró a Matías como si se lo estuviera preguntando directamente. Al fin y al cabo, él tenía cierta experiencia literaria y por consiguiente podía haber obtenido algún conocimiento del errático gusto de los lectores comunes y corrientes. Matías se distrajo por algunos segundos pensando en cómo lo había beneficiado el cambio de gusto en las lecturas de su tía Isabel. Quizás por ese afortunado mecanismo selectivo, ella había descubierto *Los hermosos perdedores* en una página de Internet, mientras recorría ese comercio virtual en busca de novedades literarias latinoamericanas.

—Anoche cuando llegué, mamá parecía impaciente por decirme algo, aunque yo creí que me diría otra cosa —prosiguió Ana Marie dispuesta a convertirlo en su confidente. La voz pareció temblarle.

—No te entiendo bien —le dijo Matías, olvidándose por un instante del mensaje de Sebastián.

—Yo creía que me revelaría algo muy importante. Esas cosas que se dicen cuando tu matrimonio no tiene más sentido y se va a acabar... Pero en cambio sólo me dijo que quería jubilarse de nosotros.

Como Isabel no había trabajado nunca en forma asalariada, jamás iba a jubilarse en el sistema americano. De esa forma, aquel retiro del que hablaba, a juicio de Ana Marie, era más bien una suerte de retiro anímico, una forma de terminar con su plácida vida en Nueva York y recuperar algo postergado o incierto del pasado.

—Tal vez quiera regresar a Chile —le dijo extrañada—. ¿Lo crees posible?

—¿No lo hablaste con ella? —le preguntó el muchacho.

—No fui capaz —respondió su prima.

Iba a decirle que apenas conocía a su madre, pero pensó en que Ana Marie debía saberlo mejor que él. Al fin y al cabo, no se habían pasado la vida viajando hasta el fin del mundo. Matías no recordaba que Isabel, ni mucho menos su hija, hubiesen vuelto a ir a Chile después de ese verano del '95 que Ana Marie recordaba con tanta facilidad por el cuento de la danza y los porotos granados (¿cómo los había llamado?, ¿*bean soup*?). Tampoco él los había visitado nunca. José Pablo, probablemente, pero su padre no solía comentar sus viajes. Por último, a Matías no le parecía posible que, por la simple razón de que Isabel leyera ahora a las Restrepo, a las Mastretta o a las Serrano, estuviera necesariamente renunciando a esa otra perfecta vida en inglés. Aunque por un leve segundo Matías recordó el comentario de su tía respecto al destino de la biblioteca. De cualquier forma, la pregunta de Ana Marie era por completo absurda, casi descriteriada. Le pareció más prudente no responderle nada.

—Debe ser la crisis de la ruptura, nada más —agregó Matías sin mucho convencimiento, volviendo los ojos al *laptop*, a ver si su prima comprendía su ansiedad.

Por un momento, aquello pareció posible, pero fue sólo que Ana Marie se olvidó de su madre y centró su atención en la figura de Bill.

Aquella incipiente disputa de la que Matías casi había sido testigo al entrar al living, algún momento antes, había tenido una razón muy precisa.

—Le pregunté directamente a papá de quién es la culpa —comentó Ana Marie.

—¿La culpa?

—La culpa de la separación.

—¿Te parece que uno de los dos puede ser culpable?

—No me cabe duda y papá me dio la razón.

Bill Bradley le había respondido a su hija que él era el único culpable, por cobardía, por insensibilidad, por miedo. El paso del tiempo y la inutilidad de esas vidas unidas sin sentido, no hacía más que confirmar sus palabras: el tiempo es el mayor enemigo del amor conyugal. Ana Marie había quedado sobrecogida con esa revelación. Existía un culpable, de acuerdo a la tristeza que repentinamente la envolvió.

—Aunque yo sé que hay algo más. ¿Qué es lo que ocultan? ¿Cuál es el miedo? —murmuró Ana Marie, pero de inmediato se sacudió la melancolía y recapacitando, agregó—: ¡Mira cómo intento complicarte la vida cuando acabas de llegar de visita! ¡Por favor, no me hagas caso, olvídate de todo! ¡Si mamá supiera como te he estado molestando con todas estas cosas, no me lo perdonaría!

Era imposible cumplir con los repentinos deseos de esa muchacha aparentemente bipolar. Él ya estaba involucrado en aquel pequeño drama familiar, el cual, ante sus ojos, perdía toda la intensa carga que Ana Marie pretendía asignarle. Quiso recordarle que los matrimonios se arman y desarman con una facilidad sorprendente. Más aún en ese país. Quiso decirle que los matrimonios no se hacían en el cielo. Pero, ¡qué podía él saber de la crisis que habían vivido esos seres desconocidos! ¡Qué podían importarle las crisis pasadas, presentes o futuras de los Bradley, si al día siguiente pensaba mudarse a otro alojamiento!

De esa absurda forma estaba comenzando su permanencia en Nueva York, adaptándose a ese instrumento de trabajo que no le pertenecía, antes de que abriera la primera novela que le propondrían para su estudio en la Universidad de Nueva York. Mientras Matías tomaba ese café con olor a canela en un Starbucks del upper east side junto a una futura cantante de ópera, Bill Bradley quizás ya estaba abandonando a su mujer, la hermana de José Pablo Reymond. (O al menos ya había terminado de embalar los libros que su mujer no le reclamaría.) Isabel alejada de cualquier comportamiento materno, miraba hacia las lejanías, hacia el sur, pensando *jubilarse*. Mientras tanto, entregaba cupones para la comida y el *pantry* a un enorme grupo de clientes con VIH-SIDA en el subterráneo de una iglesia católica, sin saber lo que le esperaba en casa, salvo la última novela de Laura Restrepo o de Isabel Allende. Y Matías descontaba los minutos, mirando de reojo el *laptop* ajeno junto al vaso de cartón, con la ansiedad de que Ana Marie lo dejara luego solo. Al fin y al cabo, la joven ya se había dado cuenta de la inutilidad de sus lamentos y parecía más necesario que volviera al departamento de la calle 86 Este a socorrer a su madre en ese trance difícil.

Urgente, había escrito Sebastián Mira. Revisa con urgencia el reportaje de Romina Olivares.

Matías había logrado recordar que su madre y la tía Lucía Reymond habían sido compañeras de curso en el Villa María. José Pablo Reymond había conocido a María Alemparte —a quienes todos llamaban Marita—, precisamente en un baile que dio su prima Lucía en un deslucido Prince of Walles Country Club, a comienzos de los 80. Eran años de escasez de dinero y muchos socios del Country venidos a menos se veían en dificultades para pagar las cuotas del club. Hubo quienes eliminaban a sus hijos como cargas extras, y los más sinvergüenzas intentaron hacer lo mismo con sus esposas, alegando que éstas no practicaban deporte alguno. Pedro Nolasco Reymond se sentía atacado por su propio hijo José Pablo cuando éste decía que todo aquello era consecuencia del gobierno de la Unidad Popular, una década antes, y que quienes más sufrían por el descalabro económico nacional eran los miembros de la clase media y la clase media-alta. Al fin y al cabo, los pobres de Chile siempre habían sido pobres, decía el padre de Matías, constitutivamente pobres, y aquel era un destino compartido en toda Latinoamérica.

Fue un noviazgo corto, al decir de Marita Alemparte. Nos casó el padre Reymond que todavía no era obispo, le contó alguna vez a su hijo Matías. El alza del petróleo y las deudas en dólares eran buenas excusas para disimular el definitivo descenso de la clase alta tradicional y la rapiña de los nuevos ricos surgidos a causa de la dictadura de Pinochet. Esos nuevos ricos podían parecerse a los millonarios neoyorquinos de los que le habló a Matías su tía Isabel, sólo en la exposición de sus riquezas. El hecho de tener dinero no les significaba ningún sentimiento de culpa como a los tradicionales católicos conservadores. Pero estaban lejos de cualquier gesto de altruismo, por lo que no podía esperarse de ellos desprendimiento alguno. Y como todo el mundo andaba detrás de dinero fácil, más aún con esos socios caraduras que pretendían dejar a sus mujeres fuera de pago, Lucía Reymond intentó conseguirle el Country a su primo José Pablo para la fiesta de matrimonio —pese a que los Reymond Court no eran socios—. Pedro Nolasco se negó rotundamente. Comenzaba a comprender el error cometido al educar a sus hijos como ricos. El enfurecido ex-funcionario de las Naciones Unidas amenazó a su hijo con no asistir al matrimonio y dejarlo de esa forma sin padrino, si realizaban la fiesta en ese club, según él, fascistoide y arribista. Las amenazas de Pedro Nolasco surtieron efecto y la famosa fiesta, apenas un simple cóctel, no se realizó en el Country Club sino en la casa de soltera de Marita Alemparte. En medio de la recesión mundial, los Alemparte no tenían ni whisky para sus invitados.

Cuando Matías nació, antes del año, en el tiempo justo para evitar habladurías, sus padres vivían en un confortable departamento arrendado en el único edificio estilo francés de la pequeña calle Luis de Valdivia, a un costado del cerro Santa Lucía. La misma calle de Matías, aunque es otro el departamento que él le dejó a su amigo Sebastián Mira al partir a Nueva York. El edificio donde vive Matías está en la esquina del cerro y se entra por Victoria Subercaseaux. Todo lo anterior se lo contó Marita a medias, precisamente cuando ella fue a conocer el departamento de su hijo y se asomó por la ventana del pequeño living a mirar a su alrededor.

La noche en que Matías Reymond inauguró aquel su primer departamento de soltero, entre otros invitados estaban Sebastián Mira y Romina Olivares. Se habían recibido de periodistas hacía tres años, tomando caminos bastante opuestos. Desde un comienzo, Matías supo que había estudiado la carrera equivocada y que el periodismo frívolo que se comenzaba a ejercitar en los años posteriores a la dictadura, no lo ayudaría en sus objetivos para convertirse en escritor. Tuvo la suerte de ser tocado por la varita mágica de un famoso escritor de teleseries, quien descubrió en él la capacidad para urdir buenas historias y arruinarlas luego en cien interminables capítulos. Se dijo a sí mismo que eso estaba mejor que los torpes reportajes para los noticiarios, o las notas para los programas matinales, aunque varios de los aspirantes a escritores de su generación de igual forma le hicieron la desconocida. Mientras Matías pasaba de la comedia al melodrama de lunes a lunes en horario completo, Sebastián Mira se paseó por todos los medios periodísticos de Santiago antes de ingresar al departamento de prensa del mismo canal en donde Matías escribía teleseries. Romina Olivares, por su parte, se dedicó a la investigación. Sin perder tiempo y ambiciosa como era, siguió la escuela de otras periodistas de generaciones anteriores que habían ganado fama, reputación y posiblemente dinero, denunciando escándalos y brutalidades ocurridas durante la dictadura de Pinochet. Con la incipiente democracia era posible que aún quedaran macabras historias desaprovechadas, o aparecieran otras inadvertidas por la censura militar. A Romina Olivares no se le escapó ni un lío de armas, ni la menor empresa de lavado de dinero, ni mucho menos los más recientes robos a mano armada tanto de la derecha como del oficialismo. Entonces, comenzaron a ponerse de moda los delitos sexuales y Romina se preparó para la nueva etapa consultando psiquiatras y leyendo manuales sobre desviaciones de todo tipo. Su fama de mujer fuerte, con el látigo en la mano, creció desmesurada y vertiginosamente al extremo de que durante el gobierno del presidente Lagos, y con apenas 27 años, llegó a desempeñarse por un tiempo como agregada de prensa en la embajada de un país centroamericano. Al darse cuenta de que no tenía nada que hacer en ese cargo salvo aburrirse y subir de peso, Romina sospechó que se lo habían dado para que se quedara callada. Rápidamente renunció a la diplomacia asegurando que no estaba dispuesta a perder su autoproclamado rol de atalaya de la república, para apenas servir como relacionadora pública del gobierno de turno. En aquella repartija de roles entre los tres compañeros, parecía que Matías se había llevado la mejor parte en asuntos monetarios. Ganó buen dinero como guionista, y tenía claro que tarde o temprano, debería retomar esa labor. Romina Olivares piensa ahora que comenzará a ganar dinero cuando lance su primer libro, pero hasta comienzos de aquel año aún no encontraba el tema adecuado para un trabajo mayor. A Sebastián Mira, indudablemente, era a quien peor le había ido. El trabajo en el departamento de prensa era competitivo e inestable, y también aguardaba por la gran oportunidad. Ese era el escenario de guerra de estos tres combatientes a comienzos de febrero.

Ana Marie había dejado finalmente a Matías para volver junto a Isabel. Él le prometió que la seguiría de inmediato, para devolverle el *laptop*, no bien enviara algunos correos electrónicos. Ana Marie volvió a pedir disculpas por arruinar su primera noche en la ciudad con enredos domésticos, pero esperaba que, de alguna forma, la presencia del pariente chileno permitiera darle otro cauce a los hechos. Tal vez nada era tan irremediable de acuerdo a su argumento de la falta de culpabilidad, pensó Matías. En una de esas, Bill Bradley había vuelto a poner sus libros favoritos en los anaqueles del gran living de la calle 86 Este y las cajas que llevó el portero habían ido a dar a la basura. Quizás, incluso, imaginó Matías, el tío Bill buscaría las ediciones en inglés —si es que existían— de las nuevas novelas favoritas de su mujer. Todo aquello le parecía poco probable, pero se quedó callado para no defraudar aún más a la inocente cantante de ópera. Al contrario de las teleseries que él solía escribir, en los melodramas de Puccini que Ana Marie Bradley debía conocer a la perfección, las cosas siempre terminaban mal: ¿no acaba suicidándose la famosa japonesita? Como sucedía en el reportaje que Romina Olivares había publicado en un importante periódico chileno:

¿Qué pasó con Juan Bautista Reymond Capdeville?
por
Romina Olivares

La historia del obispo chileno podría servir de argumento para una película de suspenso que la calificación religiosa ubicaría en la categoría "para adultos".
Aunque no es un tema nuevo al interior de la Iglesia Católica, lo que sucede actualmente con el obispo Reymond podría tener

algún parecido con lo que ocurrió el año pasado con el sacerdote mexicano Marcial Maciel, el fundador del grupo cristiano ultra conservador Legionarios de Cristo. Investigado por abusos sexuales a seminaristas, a Maciel se le pidió que "renunciara a todo ministerio público" de su actividad sacerdotal, y llevara "una vida discreta de oración y penitencia".

Los extraños hechos en torno a la misteriosa desaparición de monseñor Juan Bautista Reymond Capdeville, pueden haber tenido su inicio en los años 70, aunque por esos años, algunos antiguos compañeros de seminario —quienes prefirieron mantener el anonimato—, afirman que Reymond era mucho más que un simple seminarista. Todos quienes lo conocían admiraban en él su gran carisma, su liderazgo y su tremenda facilidad de comunicación entre los jóvenes. Esos mismos compañeros afirman que, con posterioridad, el sacerdote "solía tener actitudes extremadamente afectuosas, incluidos fuertes abrazos e incluso besos entre varones", pero por entonces nadie percibió conductas extrañas en él.

En esos años, la atención estaba puesta en los cambios políticos y nadie perdía el tiempo en problemas personales de orden sexual. El joven Reymond, sin embargo, no parecía comulgar con el catolicismo de izquierda y con los deseos de una Iglesia más libre y que se pronunciara claramente a favor de los más pobres. La Conferencia del Episcopado Latinoamericano en Medellín, había denunciado abiertamente nuestra situación de dependencia y lanzó un programa de reforma que involucraba a la Iglesia en todo el continente.

Las cosas comenzaron a cambiar para Juan Bautista Reymond en Roma, a comienzos de los años 90, después de que hubiera realizado estudios en Suiza. Perteneciente a una familia acomodada que perdió tierras con la Reforma Agraria del gobierno de Frei Montalva, el padre Reymond formaba parte de una singular especie de sacerdotes cuyo objetivo era reemplazar los dictados del Concilio Vaticano Segundo. La máxima gloria obtenida, al respecto, es tener al cardenal Ratzinger convertido en Papa Benedicto XVI. A la Teología de la Liberación de Medellín y su opción por los pobres, sacerdotes como Reymond

Capdeville proponían la fuerte presencia de la familia católica, en lo posible con muchos hijos, por lo que se puso especial hincapié en políticas antiaborto y antipreservativos. Realizó su trabajo excepcionalmente bien por cuanto fue ordenado obispo muy joven, apenas pasados los 40 años de edad. Pero algo no anduvo bien en Roma, y desempeñándose en la Comisión Pontificia para la Familia, el padre Reymond fue "castigado" y enviado de regreso a Chile para desempeñarse en un cargo de segunda importancia. A ningún obispo le sucede habitualmente eso. Pero a Juan Bautista Reymond le sucedió. "Una vez que lo nombraron obispo, vivía en una tremenda soledad —señala uno de aquellos antiguos compañeros de estudios—. A los sacerdotes no nos preparan para esa forma de vida."

Nuestro principal informante es el ex-diácono Nelson Soler Villa, casado, cuatro hijos, quien nos cuenta que desde que Reymond se hizo cargo de su obispado, su conducta pareció cambiar por completo.

"Desde un comienzo lo visitaban muchachos. No tenía ningún problema en darse besos con ellos y encerrarse en dependencias del obispado", declara Soler Villa, quien trabajó bajo las órdenes de Reymond. De acuerdo a este ex-diácono, Reymond ocupaba los dormitorios del obispado para alojar visitas provenientes de Santiago, la mayoría de ellos jovencitos de escasos recursos, los cuales no tenían ninguna relación con la vida pastoral. "Por el contrario, eran muchachos de costumbres desafiantes y burdas, que ocupaban un lenguaje inadecuado incluso frente al obispo, ante quien hacían bromas de doble sentido y de muy mal gusto." Soler Villa lamenta que otros visitantes de Reymond eran seminaristas atraídos probablemente por el enorme carisma del obispo. "Todo era oscuro, ambiguo, poco claro en la vida del obispo", dice el ex-diácono.

Al momento de renunciar a su cargo, Soler Villa escribió una carta dirigida a sacerdotes y religiosas de la zona, en la que expuso las razones de su renuncia, haciendo alusión a la conducta de Reymond, y de cómo esta alentaba a otros sacerdotes con las mismas inclinaciones a satisfacer sus apetitos con la tranquilidad de quien sabe no será sancionado por las autoridades eclesiásticas.

En dicha carta, que tuvimos la oportunidad de leer, no se mencionan las palabras pedofilia ni homosexualidad, pero, al parecer, todos los receptores entendieron con gran tristeza el mensaje.

Soler Villa es enfático en señalar que la jerarquía religiosa no trata la homosexualidad ni las actitudes pederastas como un "pecado" sino sólo como una "debilidad": "Las relaciones con mujeres, sin embargo, son consideradas una herejía y los sacerdotes sorprendidos o que deciden dejar los votos y casarse, son excomulgados y enviados fuera de la zona donde ejercían, para evitar el escándalo."

Los hechos se han precipitado en estos últimos días, cuando Juan Bautista Reymond mucho antes de cumplir 75 años (recién acaba de cumplir 60 años) en un acto inusual para un obispo que no ha cumplido la edad para retirarse y no ha sido ascendido ni está enfermo, fue declarado "emérito" que es lo mismo que decir "retirado". "El hecho no reviste irregularidad —explicó una alta fuente eclesiástica— pues Reymond no ha sido afectado por ninguna suspensión o castigo. No se ha iniciado ningún juicio eclesiástico en su contra, pues hasta ahora no hay ninguna denuncia. Él fue quien renunció. Seguramente la Santa Iglesia no lo destituyó porque no encontró consistencia en las quejas que le llegaron. Esto significa que monseñor Reymond no puede ejercer más labores pastorales, aunque no se encuentra suspendido de su sacerdocio. Puede celebrar misa ya que es un acto litúrgico, pero no puede dar charlas para matrimonios, ni estar a cargo de una parroquia o de un colegio, porque no le está permitido el contacto con la gente".

Enviado hace poco a México para una misión siempre relacionada con la familia, se comenta que el obispo no regresará a Chile. Miembros de su familia se negaron por completo a hacer declaraciones a este medio. La Asamblea Plenaria de Obispos reunida esta semana, asegura que comprende y respalda la decisión del ex obispo de retirarse a un monasterio para realizar labores de oración, y que antes de partir, Juan Bautista Reymond habría dejado escrito: "Pido perdón por este lado oscuro que hay en mí y que se opone al Evangelio."

TRES

Más de una vez en el pasado, Matías Reymond había pensado que, en la cadena familiar, él sería un eslabón poco sólido, fácil de desganchar. La idea de la emancipación había surgido en alguno de aquellos instantes cuando descubría la inseguridad de sus padres en relación a sus propios destinos. ¿Hacia dónde iba José Pablo? ¿Lo sabía? ¿Qué sucedería con la vida de Marita una vez que los hijos la abandonaran? ¿Seguiría los pasos de su suegra y alquilaría también una pieza en las monjas de la Providencia? Él creía que —en su caso— esa incesante búsqueda de ficciones era un ejercicio de disidencia, la tentación de evadirse, de ser otro, de no estar allí. Al menos, ya se encontraba en Nueva York, aunque no fuera gran cosa. Hasta su abuela Silvia había vivido en esa ciudad sin comprender del todo lo que sucedía con sus existencias. De cualquier forma, en esos pocos meses, proseguiría descontinuando la sutil dependencia de José Pablo, interesado en mantenerlo dentro de los márgenes de su fastidiosa monotonía. Aunque la vida, al fin y al cabo, consistía siempre en lo mismo. Repetir los mismos rituales. Pero, ¿el obispo desprendiéndose de esa forma tan brutal?

Porque también el tío Juan Bautista debió creer en la existencia de una nueva vida cuando tomó los hábitos, se dijo Matías. Fue lo primero que pensó, anonadado, en el Starbucks de la calle Lexington. Algo similar a lo que le habría sucedido a su prima Isabel cuando supo que, en lo sucesivo, su apellido sería Bradley, y tendría que aprender a vivir como si, repentinamente, se hubiera instalado dentro de ella una conciencia nueva. Una vida ajena, apartados de todos. *Tan muerto debes estar a los lazos del corazón, que habías de desear vivir lejos de todos*, le había dicho la tía Lucía a su madre al darle la vaga noticia de la renuncia de su hermano. Apenas una ausencia y luego el silencio.

Pero ni monseñor Reymond ni la tía Isabel estaban muertos aunque vivieran alejados de todos. ¿Es posible estar muerto a los lazos del corazón?, intentó preguntarse Matías. Aquello no parecía posible en el escenario de Nueva York, ante los embates insospechados del deseo o, por contraste, ante el aburrimiento cotidiano de Isabel dispuesta a jubilarse anímicamente, de acuerdo a las palabras de su hija. Del tío sacerdote sabía mucho menos. Las sospechas, las dudas en torno a un cura, nos son aún más desconocidas. Después de todo, monseñor Reymond no era tan infaliblemente perfecto como él mismo debió creerlo. Ni estaba tan distante —de acuerdo con el intransigente testimonio de Romina Olivares— de la extraña historia del cura Iñigo Deusto que el escritor chileno Augusto d'Halmar había creado en 1920. Aunque remitiéndose al mediocre texto de la Olivares, lo ocurrido con su tío era apenas una historia de bajas pasiones, el fracaso de una vocación sin atisbos de muerte. Aquella crónica de la derrota la estaba viviendo un primo hermano de su padre, enterrado en vida en algún lugar del continente latinoamericano. Al parecer, México, siempre según el informe de su compañera de estudios.

Sintió vergüenza por la ligereza con que le había planteado a su tía Isabel la posibilidad de escribir *una novela sobre un cura*, como si hubiera alguien en la especie humana igual a cualquier otro. Como si él no hubiera sabido que esta pasta de la cual estamos hechos es tan modificable, tan incierta. ¿Qué podía agregarse a la historia del cura Deusto que ya no hubiera escrito Augusto d'Halmar en el siglo anterior? Aunque, por otra parte, ¿no dicen que un buen escritor no hace más que enriquecer las ideas ajenas? Aquel sacerdote vasco que llega a Sevilla para hacerse cargo de la parroquia de San Juan de la Palma, conoce al joven gitano Pedro Miguel quien desencadenará la pasión en el alma del cura. Un poema oriental transcrito por el mismo autor, nos aclara el sentir del cura Deusto: *¡He pasado la vida entera en la renunciación!*

No era del personaje de quien tenía que preocuparse, se dijo Matías, sino del escritor abordando al personaje. Ante la pantalla refulgente del *laptop* de Ana Marie en el café Starbucks de Lexington con la 85, Matías tuvo en ese momento la primera urgencia del próximo texto. No era el ficticio cura vasco quien clamaba por su atención —porque no había existido nunca—, sino el novelista chileno expatriado en España, escapando de algo, tal vez como su propio tío escapaba de la gloria. El fantasma de d'Halmar tratando de comunicarse en las sombras como lo hiciera el personaje de la madre en su primera novela. Tras la lectura de *Pasión y muerte del cura Deusto*, Matías había indagado algunas pistas que pudieran conducirlo hasta las motivaciones del novelista. De esa forma dio con el crítico Alone escribiendo sobre d'Halmar en 1962, muchos años después de la muerte del escritor: *Hay algo que hasta ahora nadie ha dicho claramente, aunque todos lo saben: el uranismo de d'Halmar que no lo explica todo, pero sin lo cual nada se entiende.* Buscó el término en alguna antigua enciclopedia. Se hablaba de uranismo, especialmente en medicina legal, para designar a la llamada inversión sexual, especialmente en los hombres y cuando los órganos genitales no presentaban ningún *vicio* de conformación. Todo calzaba pese a esas monstruosidades enciclopédicas. Matías Reymond sabía que *Pasión y muerte del cura Deusto* es considerada como una de las primeras novelas que trata explícitamente el tema de la homosexualidad en lengua española. ¿El primer Premio Nacional de Chile es, ni más ni menos, un escritor gay? ¡Horror de horrores! ¿Es posible que eso ocurra en uno de los países más conservadores de la tierra? ¿Y la primera Premio Nobel en lengua hispana, nadando en las mismas aguas?

Volvió a pensar que Isabel sabía algo más. No se había puesto nerviosa solamente por las circunstancias de su separación matrimonial. ¿Sería él capaz, al día siguiente, de mostrarle el inquietante reportaje en la pantalla del *laptop* de Ana Marie? ¿Cuales serían las consecuencias en la prensa chilena?

Abrió los diarios virtuales. La Conferencia Episcopal en Chile había sacado la voz: *El sacerdote* —decían refiriéndose a sí mismos— *tiene la misión de representar al Buen Pastor. Por eso, no queremos justificar conductas impropias ni en obispos ni en sacerdotes. Sólo Dios conoce el corazón del hombre, sus intenciones más personales, las huellas de sus enfermedades psíquicas. Comprendemos y apoyamos la decisión de monseñor Reymond de retirarse a la vida de oración. Sabemos que partió de viaje en busca del lugar más adecuado para este propósito.*

¿Huellas de enfermedades psíquicas? ¿De qué hablaban los curas?

Un conocido sacerdote joven, con el liderazgo que Romina Olivares le atribuía a monseñor Reymond en su propia juventud, añadía que ellos mismos eran culpables, tal vez no conscientemente, al crear una imagen de sí mismos como seres superiores, alguien intermedio entre Dios y los hombres. Muchas veces, decía el mismo sacerdote, perdemos más energía en mantener esa imagen que en predicar el Evangelio. Por eso ha sido bueno todo lo que ha ocurrido, recalcaba, porque en realidad nos hace ver que no somos superiores a los demás, y nos enfermamos de cáncer o de apendicitis como todos los seres humanos. (Nos enfermamos, siempre la enfermedad, pensó Matías.) En el caso del padre Reymond, añadía luego el mismo sacerdote, no hay ninguna acusación de que haya cometido un delito. Ni una sola acusación, salvo habladurías. Monseñor Reymond es homosexual, —aclaraba el sacerdote como si lo conociera a cabalidad y el obispo lo hubiera autorizado a divulgar sus preferencias sexuales—, y hasta donde entiendo no es delito ser homosexual, ni dentro de la Iglesia ni fuera. Monseñor Reymond voluntariamente dejó de ser obispo, porque se da cuenta de que por su homosexualidad puede producir mucho daño a la imagen de la Iglesia Católica.

Matías apagó el *laptop*, momento en el cual volvió a aparecer en la pantalla Ana Marie junto a su amiga. ¿Una actriz, le había dicho? Y al caminar por esas calles desconocidas rumbo al departamento de los Bradley, recorría al mismo tiempo el amplio pasillo central de la capilla del Verbo Divino en donde había realizado su primera comunión. Alcanzaba a reconocer el rostro del ilustre pariente delante de la fila de compañeros, rodeado de cierta majestad que todos en la familia consideraban como su principal característica. La luz entraba por los enormes vitrales como si Dios mismo los iluminara, y ya casi frente a él, Matías recordó haberle mirado las manos. Las tenía grandes y hermosas, unas manos esculpidas en mármol con unas perfectas uñas, y de improviso, cruzando Park Avenue, las asoció con las uñas pintadas de rojo de los pies de la tía Isabel, aunque las uñas de las manos del sacerdote no tenían artificio alguno, salvo el acabado de su corte, como si hubiera sido una especie de modelo publicitando algún producto sagrado: la perfecta circunferencia de la hostia que en esos momentos depositaba en su lengua. Siguió evocándolo como si el tío se encontrara frente a él. Lo miraba a los ojos en el preciso instante en que el cuerpo de Cristo comenzaba a disolverse en su boca. El tío cura también lo había mirado en ese preciso segundo delante del enorme Cristo fragmentado de la capilla, reconociéndolo en aquella familiaridad que los ataba. Luego prosiguió con el compañero arrodillado a su lado. No hubo más. Al momento del desayuno, el sacerdote se excusó de acompañarlos por tener un compromiso fuera de Santiago. Matías aprovechó el terreno de las especulaciones sembradas por Romina Olivares. Quizás esa lejana mañana en Chile, el tío tenía una cita con algún muchacho algo mayor que yo, se dijo entrando al lobby del edificio de la calle 86 Este, alguien a quien no le daría la comunión, pero a quien abrazaría, desnudaría, acariciaría, con esas mismas perfectas manos.

No volvió a ver a nadie esa noche cuando regresó al departamento de los Bradley. La familia, los que aún quedaban, parecían haber desaparecido, o es que tal vez él se había demorado más de la cuenta en el café, y ellos se habían cansado de esperarlo suponiendo que había encontrado algún panorama más interesante. El único panorama de Matías tras revisar la prensa chilena, fue contestarle a Sebastián Mira para que lo mantuviera al tanto respecto a los acontecimientos en torno a su tío Juan Bautista. Intentó comunicarse con él a través de su celular pero no consiguió concretar la llamada. Tampoco se atrevió a comunicarse con José Pablo, como si tuviera que darle algún tipo de explicación por el texto de Romina. En el recibo del departamento estaban encendidas las mismas luces casi rituales y el joven visitante pensó en la posibilidad de buscar algún interruptor para apagarlas. Pero tampoco lo hizo.

Le pareció más oportuno volver a concentrarse en el real motivo de su viaje. Los cursos en la Universidad de Nueva York. Uno de ellos se llamaba *El lugar donde habitamos*, y trataba, por cierto, de Nueva York en la literatura, como fuente de inspiración para escritores de distintas épocas. El curso proponía redescubrir la ciudad leyendo clásicos como Scott Fitzgerald, y autores contemporáneos como Philip Roth, John Irving y otros. Tarea ardua para alguien como Matías Reymond, quien ni siquiera había descubierto la ciudad. ¿Cómo podría entonces *redescubrirla*? El otro curso en que se había inscrito trataba acerca de las dificultades para llevar grandes obras de ficción a la pantalla. Allí estaban Graham Greene, Vladimir Nabokov y William Styron. Había visto todas las películas aludidas salvo *La decisión de Sophie*, aunque recién había comenzado a leer a Graham Greene, claro que haciendo trampa. El mismo librero anticuario de los pasajes frente a la calle Miguel Claro, en Santiago, le había vendido una horrible edición en español de *El poder y la gloria*, editada por Emecé de Buenos Aires. Aunque el cursillo estaba enfocado en *The End of the Affair*, novela que también había llevado consigo en una edición de Andrés Bello igual de fea que la argentina.

Se durmió lleno de dudas respecto a todo. ¿De qué le servirían esas novelas y esas películas para la construcción de la suya? Tal vez Graham Greene y su obsesión con el catolicismo, el conflicto entre los deseos carnales de los hombres y la existencia de Dios como último fin. De cualquier forma, aquel no era el lugar en donde él habitaba, ni mucho menos el lugar en el que Augusto d'Halmar vivió alguna vez. Allí estaba el *uranista* otra vez delante suyo. Recordó haber visto alguna vez al escritor chileno en viejas fotografías. Un hombre corpulento y guapo, con el aspecto de un gran macho, aunque en realidad no recordaba su rostro. Podía muy bien no tener rostro, como el Dios de Graham Greene. (Las imágenes de las fotografías se desvanecen tan fácilmente.) Había leído que en su juventud, d'Halmar hablaba con vehemencia y enloquecía a jóvenes poetas y señoritas de sociedad. No debía presentar ninguna deformación *viciosa* en sus órganos genitales, aunque eso no tenía mayor importancia porque en esas épocas el sexo no existía. Si comenzaría a preguntarse seriamente acerca de los pasos y las motivaciones de aquel hombre, mejor hubiese sido tomar un vuelo en dirección a Sevilla, ciudad en donde el escritor chileno comenzó a escribir su novela el 1º de enero de 1920. Tal vez en Sevilla era posible cruzarse con su imponente fantasma sin rostro aunque, por lo mismo, ya no enloqueciera a nadie. Matías corría el riesgo de haberse equivocado de destino.

Sin embargo, no podía negarse que algo sugestivo estaba sucediendo en las otras habitaciones del departamento de los Bradley, y él podía ser testigo de aquella historia. Nueva York no era su lugar, de eso estaba seguro, pero sí el de esa mujer que por una extraña casualidad era su tía. Por ningún motivo podía perderla de vista como sucediera en Cachagua hacía muchos años. Algo lo atraía particularmente hacia ella. No era común que aquello le sucediera, aunque debía reconocer que cuando alguna mujer llamaba su atención, solía ser mayor que él. Como su vida comenzaría a regirse por las leyes de la literatura, pensó casi sin proponérselo en alguna novela de iniciación sexual. No se le vino ninguna a la cabeza tal vez por cansancio. Pero de igual forma aquello no venía a caso, porque no estaba en sus planes un *affair* con la hermana mayor de su padre. Aunque era posible un romance con alguna mujer, ¿por qué no? Era esta una de las ventajas de ser joven. Después vendría el tiempo de las conclusiones. Matías había nacido en 1982, y había crecido junto con la epidemia del sida. No eran muchos los muertos a su alrededor en esos veinticinco años, aunque había llegado a conocer la leyenda de algunos desgraciados a destiempo con las triterapias, y las de algunos sobrevivientes en la penumbra, en los acotados límites del mundo cultural chileno. Cuando tenía unos siete u ocho años, el niño que era entonces vio por la televisión un reportaje sobre la epidemia que lo dejó completamente horrorizado. Estaba entonces solo frente al aparato, temeroso de que alguien de la familia lo sorprendiera viendo aquello, porque había un muchacho joven en la pantalla que se estaba muriendo por tener sexo con otros hombres. Tuvo miedo, en especial de que su padre lo descubriera viendo esas imágenes. Aunque aquello no estaba sucediendo en Chile, sino, al parecer, en los Estados Unidos, igual le pareció que lo involucraba. Matías creció con la horrible sospecha de que eso podía ocurrirle a él. Sus inclinaciones personales demoraron luego en aclararse, y de las ligeras advertencias que comenzaron a aparecer en la primera adolescencia, pasó al franco temor en la juventud. Ya lo sabía desde aquella lejana y solitaria experiencia frente al televisor. El sexo era sinónimo de riesgo, cuando no de muerte. De esa forma, en la medida en que fue creciendo, fue también progresando la certeza de que, mientras menos sexo tuviera, las posibilidades de vivir serían mucho más grandes. Luego estaría la posibilidad de contraer matrimonio. Lo obligatorio era casarse, tener hijos. ¿No se escapan los hombres de la muerte precisamente teniendo hijos? ¿No adquiere el matrimonio su más completa validez cuando nace un hijo?

En julio de 1994, durante las vacaciones de invierno en el hemisferio Sur —un poco antes de la visita de Isabel Bradley con sus hijos a Chile—, José Pablo Reymond llevó a su familia en el tradicional peregrinaje a Florida. Estaban alojados en un hotel de Miami Beach, cuando, una tarde, Matías se arrancó solo por Washington Avenue, sin ningún objetivo salvo vagar por esa calle animada, mirando a su alrededor con la curiosidad de un adolescente marcado por la diferencia. Fue en un extraño comercio en el que divisó la presencia de muchos hombres errando tan solos como él, donde agarró al paso un periódico gratuito sin que ninguno de aquellos hombres reparara en su probable falta de edad para leer esas páginas. Se trataba de una publicación gay con mucha publicidad de discotecas, saunas y *resorts*. El pulso de Matías se aceleró ante ese tesoro que por extrañas circunstancias había caído en sus manos. O era sólo que se había escapado con esa intención precisa, buscando aclarar la muerte del muchacho anónimo en aquel reportaje televisivo que no había olvidado nunca, y que después no hizo sino multiplicarse hasta el cansancio. Matías no lo tenía claro esa tarde en Miami. Aunque sí supo que no podría regresar al hotel donde se encontraba el resto de la familia, con ese periódico que le quemaba las manos. La playa era lo suficientemente extensa para que nadie prestara atención a un niño latino haciendo el esfuerzo por leer en inglés. No fue tanto la lectura lo que le excitó, sino una fotografía publicitaria en que aparecía un hermoso muchacho rubio mostrando sus axilas peludas, mientras otro chico igual de atractivo, lo besaba en el cuello. Podrían haber sido amigos del otro muchacho que Matías había visto moribundo en el televisor de su casa en Santiago. Ambos estaban desnudos en la fotografía, completamente fuertes y saludables, y un texto al pie decía: *Nos enseñaron que la masturbación nos hacía mal. Ahora nos salva la vida.*

Matías entró al baño de un McDonald y encerrado en una caseta puso en práctica, una vez más, el aprendizaje. Él también quería vivir y crecer para ser como los muchachos de la fotografía publicitaria. Porque ya comenzaba a tener claro que los hijos no lo salvarían de la muerte. Sus fantasías lo acompañarían en su vida de soledad. Por muchos años, a partir de entonces, pensó en que ese era el camino más seguro. Aunque no tuviera un compañero a mano para que le besara el cuello.

No estaba recordando precisamente aquel momento perdido en su primera adolescencia, cuando a Matías se le pasaron por la mente vagas historias de iniciación sexual. Esa noche, antes de quedarse dormido en el departamento de Isabel Bradley —¿en cuál de aquellos dormitorios estaría ella durmiendo?—, él estaba lo suficientemente cansado para masturbarse, y mucho más aún, para haber salido a aventurarse en la noche invernal de Nueva York. Volvió a pensar en aquellas figuras humanas que había creído ver caminando sobre la superficie nevada del parque, al regresar esa tarde, y no supo por qué motivo las asoció una vez más con la derrota.

Frente al arco de mármol de Washington Square, a la mañana siguiente, Matías se acordó de algo que había olvidado la tarde anterior, cuando la tía Isabel le había preguntado por sus posibles lecturas. Allí, en ese sitio, transcurría una de las novelas de Henry James. Lamentó que no hubiesen incluido a Henry James en el cursillo *El lugar donde habitamos* ya que habría sido un buen pretexto para leer alguna. No estaba completamente seguro de que esas casas de ladrillo rojo del siglo XIX hubiesen sido el escenario de la novela del mismo nombre que la plaza, la cual, alguna vez, había visto en video bajo el título de *La heredera*. Pero desconocía el libro en que se basaba la película. Henry James le era un extraño por mucho que se encontrara pisando las calles de la ciudad donde nació, el lugar donde James alguna vez habitó. La falta de pertenencia volvía a gatillar en él. Sólo pertenecía a una generación que despreciaba los libros. ¿Podía su propia determinación ayudar al respecto? ¿Era ese el camino? Una vez más pensó en Sevilla y el cura Deusto, aunque estuviera en los territorios de la Universidad de Nueva York. Intuía débilmente que los escritores suelen perderse en lugares ajenos sólo para llegar finalmente a la puerta de la casa en donde nacieron. Le debió pasar a d'Halmar en España o a James en Inglaterra. La primera sesión de *El lugar donde habitamos* comenzaba el jueves siguiente. Matías reconoció la sala de clases en donde debería presentarse y luego vagó por los corredores mirando a su alrededor. En una gran pizarra se ofrecían departamentos para estudiantes de paso. Había muchos chicos y chicas anotando direcciones. La mayoría de ellos eran orientales, de seguro fanáticos de *Pokemón*. Muchachos con aspectos de rockeros o vampiros de pelo teñido y jovencitas pálidas y casi anoréxicas con carteras Prada o bolsos de Gucci, en plan de estudiar inglés. De acuerdo al entusiasmo con que se manifestaban, con esos chillidos ininteligibles, no parecían complicarse con los precios realmente exorbitantes. Matías no podía pagar esos alquileres.

Lamentaba sentirse tan cargado emocionalmente por los acontecimientos en Chile en torno al tío cura. Habitaba como nunca en ese territorio lejano del cual era imposible desconectarse. Había salido esa mañana del departamento de los Bradley sin encontrarse con nadie, como si repentinamente ellos lo hubieran olvidado. Incluso la señora del servicio tampoco se encontraba en la cocina, en donde parecía que nadie había desayunado ya que en el lavaplatos no había tazas sucias. ¿O es que todos eran rigurosos en el orden, o simplemente nadie se había levantado aún y el día comenzaba más tarde para los Bradley? Aquello le pareció poco probable. Se preguntó si acaso estaban actuando así para que él se sintiera cómodo, casi como si no existiera —lo que en definitiva le resultaba más embarazoso—, o eran tal vez las consecuencias de la crisis anunciada por Ana Marie lo que les impedía llevar una vida normal. A propósito de Ana Marie —como no sabía si ella había alojado en el departamento o había vuelto al suyo—, pensó en dejarle el *laptop* lo más visible posible tras usarlo nuevamente. Después de todo eran cerca de las nueve de la mañana de un día laboral cuando Matías salió de su dormitorio, y no había movimiento alguno en el departamento del duodécimo piso. Como fuera, siguió los consejos de su tía Isabel, y abrió el gran refrigerador para servirse jugo de naranja. Se preparó luego un café y sentándose a la mesa de la cocina, procedió a revisar sus correos electrónicos.

Había varios mensajes, pero, sin duda alguna, era imprescindible revisar de inmediato los de Sebastián Mira y Romina Olivares. No recordaba haber recibido nunca mensajes de Romina por lo que lo abrió con bastante ansiedad, imaginando el motivo. No se equivocó.

Hola Matías, te llamé a tu departamento y Sebastián Mira me contó que estás en Nueva York tomando unos cursos de literatura. ¡Qué bien, amigo!

Esperamos tu próxima novela. No sé si leíste el reportaje que escribí acerca de la desaparición de tu tío obispo; qué opinión tienes al respecto. De cualquier forma, te lo adjunto en archivo aparte. Voy a seguir adelante con la investigación para dar con su paradero e intentar entrevistarlo para que haga sus descargos. A mí no me amedrenta el poder de la Iglesia Católica en este país.

Te cuento que tu familia no quiere nada conmigo e incluso la señora Lucía Reymond amenaza con demandarme, pero estarás de acuerdo conmigo en que ya es imposible detenerse. Tengo entre manos el material que estaba buscando para un trabajo mayor, posiblemente un libro, y quisiera saber si cuento contigo en el caso de que logre ubicar al padre Reymond. Tenemos sospechas de que se encuentra en México. ¿Tienes un celular al que pueda llamarte? Ojalá te comuniques conmigo, cualquiera sea tu punto de vista. Un abrazo de Romina Olivares.

No quería tener *puntos de vista,* se dijo, hasta ver todas las cartas. Por ello, abrió sin demora el correo de Sebastián.

Matías, llamó la Romina Olivares anoche tarde preguntando por ti y ante su insistencia, le di tu mail. Le dije que no andabas con celular y no sabía en qué teléfono podía ubicarte, por si estás molesto con el reportaje que se mandó, pero tú sabes cómo es la Olivares cuando quiere conseguir algo, incluso me "sugirió" que si logra conseguir el lugar en donde se encuentra tu tío obispo, estaría dispuesta a compartirlo conmigo en calidad de reportero de televisión. Hoy lo hablé con mi editor en el canal y se rayó con la posibilidad. Mi editor "sugiere" también que no le pierda la pista a la Olivares por si da con el paradero de tu tío. La noticia es una bomba, es cuestión de ver la prensa hoy, por lo que demás está decir que averiguar el paradero de monseñor Reymond e intentar una conversación con él es una noticia de primera magnitud. Perdona si parezco más entusiasmado de la cuenta, pero, ¿cuál es tu onda con él? Sebastián.

Le contestó de inmediato, sin saber bien lo que decía:

Sebastián, ¿tú crees que la Romina Olivares compartiría contigo o conmigo el momento triunfal en que le entierra la lanza a mi tío? ¿Eres tan huevón para creer eso? Lo que sí puedo comprender es que la Olivares sienta que tiene una bomba entre sus manos después del reportaje desquiciado que se mandó. A mí, por favor, déjame tranquilo que estoy en otra, y no vayas a cometer la torpeza de llamar a mi padre, por ejemplo, para pedirle su opinión. No he hablado con él pero supongo que, como el resto de la familia, debe estar con la moral por el suelo. Todo me parece muy injusto a primera vista, porque el tío Juan Bautista está condenado en las sombras, y hasta los otros curas maricones parecen hacerle la desconocida. ¿Hay alguna acusación concreta de algo o son puras especulaciones? En cuanto a "mi onda con él", no tengo ninguna onda. Por favor, no se te ocurra darle el número de mi celular a la Olivares.

Tras dejar la universidad, caminó por la calle Bleecker hasta la Sexta Avenida, siguiendo las indicaciones de un mapa. Pero a cada vuelta de esquina, volvía a aparecer Sebastián Mira, juvenil e inocentón como muchos de esos muchachos cubiertos con gorros de lana. En algún momento, poco después de haberlo conocido en la universidad, había creído estar enamorado de él pero rápidamente se había dado cuenta que aquello no tenía sentido. Eran muy parecidos, y aunque la publicidad norteamericana impusiera parejas idénticas, pronto supo que así no funcionaban las cosas en esas materias. En el interior de algún oscuro cafetín creyó divisar a varias Rominas, pequeñas zorras de algún lugar equivalente a La Florida (de Chile) agazapadas detrás de un libro, dispuestas a la depredación. Con el correr de la mañana, había comenzado a surgir un punto de vista dentro de él. No quería involucrarse en las sospechosas investigaciones de la Olivares, aunque aquello pareciera un intento por defender algún presumible honor familiar. De cualquier forma, él más que nadie debería estar dispuesto a librar cierto tipo de batalla. ¿Era posible estar en el mismo frente del sacerdote? Siguió caminando por esas veredas llenas de cafés y restaurantes italianos. El barrio parecía muy poco americano, aunque, al mismo tiempo, era posible advertir que se le estaba haciendo un guiño a torpes turistas, la mayoría de los cuales no querían perder la protección que les brindaban unos enormes buses en los que se movilizaban. En las inmediaciones de la Sexta Avenida dio con la calle Christopher, incluso reconoció el viejo comercio de tabaco de la esquina, casi legendario, entrevisto en algún reportaje o en alguna película. Allí, a pasos, estaban las primeras muestras de la insípida vida gay, tras el desastre del sida. Matías se preguntó instantáneamente si alguna vez el tío Juan Bautista habría caminado por allí, en algún momento de su vida. Todo era posible. Al fin y al cabo, Juan Bautista Reymond era un hombre de mundo y no resultaba improbable que visitara esa ciudad antes o después de hacerse sacerdote. Cualquiera podía saber que la calle Chistopher y su vecindario habían sido el epicentro de la cultura gay a fines de los años 60, cuando Juan Bautista era un adolescente y estudiaba Derecho —según Matías tenía entendido— en la Universidad Católica de Chile. Pero recapacitó de inmediato. No se imaginó a un estudiante sudamericano, católico y conservador, ex alumno del Colegio del Verbo Divino, buscando señas de identidad por los terrenos donde se desató la historia homosexual del siglo XX. No era razonable pensar eso, por reaccionario que pareciera, aunque Romina Olivares y los curas de la Conferencia Episcopal lo gritaran a los cuatro vientos. El tío Juan Bautista no debió conocer nunca estas calles, concluyó Matías. Pero volvió de inmediato en su memoria a las páginas leídas en Internet. ¿Cómo decía aquel ex diácono en el reportaje de la Olivares? ¿No decía que todo era oscuro, ambiguo, poco claro en la vida del obispo? ¿Y aquellos seminaristas, compañeros suyo, hablando de una "tremenda soledad"? ¿No se nutren los sacerdotes de su propia soledad, en su propia celda, para intentar iluminar a los demás?

Andaba muy poca gente por las veredas a esa hora del día. Los antiguos cafés tampoco estaban demasiado concurridos, y el local al cual entró a hojear algunas revistas de hombres desnudos, estaba completamente vacío, salvo el correspondiente y aburrido dependiente hindú. Tal vez en la noche, se dijo a sí mismo, todo esto cambie, y retomó a Isabel en su memoria, y la necesidad de volver a enfrentarla. Tal vez preguntarle a ella si Washington Square no era el territorio de Henry James. Con o sin James, le parecía indispensable comprobar que ella estaba aún en el departamento de la calle 86 Este. No había vuelto a verla después del almuerzo en el Meatpacking District. Mientras leía sus *mails* en la mañana, creía que, en cualquier momento, ella entraría a la cocina y se vería en la necesidad de comentarle lo que estaba leyendo referente al destino de Juan Bautista. Pero aquello no ocurrió. En esas circunstancias bajó nuevamente al *subway* en la Sexta Avenida. En el tren que lo conducía *uptown*, Matías comprobó que tendría que bajarse en Times Square y hacer algún tipo de combinación para regresar al lado este. Algunos metros más arriba, encima de él, estaba Broadway y la zona de los teatros. Tuvo ganas de confundirse entre la multitud que subía alborotada como si el mundo se estuviera acabando. Pero la urgencia por el reencuentro con Isabel lo hizo apresurarse por los pasillos subterráneos en busca de la línea adecuada.

Todo estaba nuevamente silencioso en el duodécimo piso. Y Matías con paso rápido se dirigió al living. La vio de inmediato sentada, de espaldas, como si, desapasionada, tan solo observara la luz proveniente del espacio exterior por los amplios ventanales. Habían subido los *shades* hasta la parte más alta de las ventanas por lo que todo se inundaba de luz. Resultaba fácil darse cuenta que, tal como Isabel se encontraba, era imposible que alcanzara a ver ni un centímetro de la superficie del parque.

—Buenos días —le dijo Matías suavemente, casi como si recién se hubiera levantado y no viniera de vuelta de la calle.

Ella giró el cuello. Estaba sin maquillaje y tenía el rostro muy pálido, aún más juvenil que aquel que Matías guardaba en su memoria, ya no de un verano perdido en Cachagua, sino apenas del día anterior tras el almuerzo. Era como si la palidez entrevista en su semblante a orillas del Hudson, le confiriera a la mujer un extraño hechizo. A mayor palidez, Isabel retrocedía en el tiempo. Cualquiera que ignorara su pasado podía advertir las satisfacciones del amor en su rostro.

—José Pablo te llamó hace un rato —le dijo esbozando una sonrisa, y agregó—: Eres muy silencioso. No te sentí salir.

Él pensó que, tal vez, el silencio era una característica de los solitarios de la familia. Avanzó hacia ella y la besó en una mejilla. Isabel parecía no tener necesidad del maquillaje para verse bien. Sus ojos eran luminosos y transmitían una sensación de valentía.

—Fui a conocer la universidad —respondió.

—¿Todo bien?

—Sí. Todo bien —mintió.

—Tu padre quería saber cómo llegaste. Pensaba que tú lo llamarías anoche. Puedes hacerlo cuando quieras. Ya ves, siempre estamos pendientes de lo que hacen nuestros hijos. Como dice Graham Greene, cuando se tiene un hijo estás condenado a ser padre toda la vida.

¿A qué venía Graham Greene? ¿Se lo pasarían hablando de escritores? ¿Acaso ella había entrado a su dormitorio y revisado los ejemplares de sus novelas que él había traído desde Chile?

De cualquier forma, sintió cierto alivio porque Isabel no lo había olvidado, como había llegado a pensar antes de salir de casa, esa misma mañana. Visto desde otro ángulo, los Bradley podrían haber incurrido en la descortesía de dejarlo botado. Sus padres tampoco lo olvidaban, aunque él hubiese dejado su casa hacía un buen tiempo. Pero Isabel prosiguió con un comentario que lo intranquilizó por completo.

—La llamada de José Pablo me hizo pensar en que si hubiese tenido hijos en Chile, ellos habrían sido como tú.

Matías no había pensado hasta ese momento en la posibilidad de Isabel vista como madre. Sólo la había desfigurado en su mente como la hermana de su padre, y de tal forma, depositaria de algunos de sus más notorios defectos. La ambición desmedida, por ejemplo. Algo que José Pablo había aprendido en Chicago y que su hermana bien podría haber pasado por alto si es que la atracción por Bill Bradley no se hubiera basado en el poder del dinero. Algo le dijo que Isabel intentaba crear una nueva forma de familiaridad. Algo relacionado con lo que Ana Marie temía la noche anterior, y que clausuraba su vida presente hermoseada con atributos que él desconocía, para vincularse con la anterior —igual de ignorada por él—, la que tenía previamente a su matrimonio con Bill Bradley. Qué duda cabe, pensó Matías, los hijos que ella hubiese tenido en Chile, en otro matrimonio, con otro hombre, habrían sido diferentes. No sabía bien en qué sentido podían diferenciarse hasta el extremo de que ella tuviese esos extraños pensamientos. Al menos no habrían tenido esos nombres ridículos, se dijo. Y de inmediato, como si al pensar en él lo hubiera convocado, Sanford salió a colación.

—Déjame contarte algo —le dijo Isabel—, Bill se fue esta mañana a Baltimore.

A Matías le pareció como si ella le estuviera dando cuenta del itinerario del hombre que la abandonaba.

—No sé si te conté que Sanford se fue a vivir a Baltimore después de que se casó...

—Me lo contó Ana Marie —le respondió.

—¿Qué más te contó Ana Marie? —preguntó Isabel de inmediato, con cierta curiosidad, como si la imprudencia de la que hacía gala su hija no le fuera para nada ajena. Matías recordó la reserva que su prima le había pedido y prefirió actuar con cierta cautela ante los hechos.

—Nada en especial —susurró, restándole importancia a sus palabras—. Estuvimos haciendo recuerdos de ese verano cuando ustedes fueron a la casa en Cachagua...

—Eso sucedió hace una montonera de años. Ustedes eran niños...

—Ana Marie se acuerda perfectamente que tenemos la misma edad —agregó Matías.

—¿Ustedes dos?

Isabel se mostró interesada en ese pequeño dato que, al parecer, había pasado por alto. Ya comenzaban a notarse las diferencias, al menos en relación a las madres, pensó Matías. La suya era incapaz de olvidarse de fechas de nacimientos, de matrimonios, números telefónicos y especialmente de fallecimientos. María Alemparte siempre había sido una suerte de almanaque de acontecimientos familiares, a juicio de Matías, totalmente intrascendentes.

—Exactamente... —afirmó él.

—No lo sabía... —e Isabel volvió a mirar hacia la luz que inundaba la sala a través de la ventana, como si intentara distinguir algo. Un gesto probablemente automático que, en esas circunstancias, adquiría otra dimensión. Luego se puso de pie. Tomó un libro que estaba sobre uno de los escritorios, y lo colocó sobre otro alto, encima de otra mesa. Una vez más, no pareció un acto de ordenamiento, sino apenas una acción mecánica diferente que le permitía alejarse del sonido de sus propias sorprendentes palabras. Porque lo que le empezaba a contar a su sobrino escapaba a cualquier rutina.

—Bill fue a contarle a Sanford que no es nuestro hijo —señaló Isabel sin un gesto de rigidez, mucho menos de crueldad. Por el contrario, sus palabras parecieron irse mitigando ante la estupefacción de Matías, como si el amor maternal en aquella mujer fuera siendo cada vez más incierto, más frágil, más imperfecto—. Me lo dijo anoche antes de irse a dormir. Le va a decir a Sanford toda la verdad. No sé qué va a suceder, Matías. No sé cómo lo va a tomar Sanford. No sé, tampoco, por qué te lo estoy contando a ti.

Matías no sabía cuán equivocado estaba al pensar que se lo pasarían hablando de libros con esa mujer. Sintió ganas de preguntarle si el hecho de que su hijo fuera adoptado le había impedido a ella ponerle un nombre más razonable, tal vez algo más cercano a sus raíces latinas, pero se dio cuenta de inmediato que el asombro lo hacía desvariar. Por otra parte, la ligera confesión de su tía le hizo sospechar que aquella mujer bien podía ser una suerte de narradora en busca de algún tipo de complicidad. Una vez más, los libros, pensó. Era muy probable que no se hubiera pasado la vida leyendo novelas por simple distracción. A lo mejor era de esas personas que cree que los seres literarios son más reales que los imperfectos seres humanos auténticos. ¿Quizás tenía incluso un diario de vida para convertirse ella misma en una criatura de ficción? ¿Como Sarah pidiéndole a Dios un milagro en *El final de la aventura*? ¿Había hojeado el libro en su edición tan fea, de pie, en su dormitorio? De cualquier forma, Matías comprendió de inmediato que no estaba preparado para oír una confesión de ese calibre. Menos aún después de lo ocurrido con el tío Juan Bautista. ¿Qué estaba sucediendo? El cura volvió a colarse en sus pensamientos. No recordaba haber escuchado ninguna clase de rumor acerca del sacerdote. Nunca, jamás. Acerca de los Bradley, en cambio, habían estado siempre los velados chismes de su madre en torno a la categoría social de Bill trabajando con despreciables indocumentados. Pero eso, después de tantos años, no le importaba realmente a nadie porque era parte de una realidad que, por distante, se hacía invisible. Aunque al mismo tiempo, tener a un familiar residente en la ciudad de Nueva York, les confería a los Reymond Alemparte un cierto halo de prestigio que estaba por encima de pequeños detalles clasistas. Además, con el cuento bastante extendido de que en los Estados Unidos de América las clases sociales no importan y sólo interesa la ambición personal, los datos soterrados y mezquinos de Marita Alemparte en el fin del mundo, se basaban por completo en la ignorancia. Jamás había leído a Henry James como su

cuñada, y de haberlo hecho, no habría sido capaz de descubrir el esnobismo que algunos críticos creyeron ver en algunas de sus páginas,
cuando prefería la decadencia europea sobre la incipiente democracia
americana. Los límites de la sabiduría popular de la señora Alemparte remataban en el dicho de que la ropa sucia se lava en casa. Pero,
¿de qué ropa sucia podía hablarse con parientes viviendo en la calle
86 Este? Por otra parte, ¿quién lavaría las sotanas sucias —si es que
alguna vez las usó— de Juan Bautista Reymond?

Democracia y decadencia, en cualquier sentido.

Un hijo adoptivo no es un secreto tan terrible, pensó Matías
cuando fue capaz de reflexionar, algún rato después, al volver a quedarse solo, poniendo nuevamente los pies en la tierra. Al parecer, en
la vida diaria son casos bastante frecuente. Pero si su adopción se le
ha ocultado por más de veinte años a toda la familia como aparenta
ser el caso de Sanford —jamás había escuchado de sus padres ni un
solo comentario al respecto—, ¿qué movía a Isabel a contárselo a él?
O lo que parecía peor, ¿qué podía mover a Bill a contárselo a Sanford?
Se le pasaron entonces por la mente esas legiones de hijos adoptados
en sospechosas circunstancias que aparecían en los argumentos de
las teleseries. En aquellas historias, la hija adoptada solía ser la hermana menor de la protagonista, y para que el asunto resultara más
engorroso aún, estaba por lo general enamorada del mismo hombre
que su madre. Matías reparó de inmediato en la inutilidad de confe-
rirle a Isabel las características de una madre de teleserie. Incluso las
características de una narradora en una novela. Había dos caminos
posibles para que Isabel tuviera esa necesidad de hablar. O ella veía a
su sobrino como un escritor serio y reflexivo en quien podía confiar
sus temores, o simplemente lo estaba considerando como el hijo de
su hermano, la imagen más cercana de José Pablo Reymond, por no
decir de Pedro Nolasco, por no decir de las jerarquías masculinas
familiares y, como tal, el depositario de aquel secreto que ya era hora
de develar ante los ojos de todos los Reymond. ¿Algo parecido a lo
que hacía el cura al encerrarse en un convento? ¿No estaban todos
necesitados de gritar sus pecados, pidiendo perdón?

¿Cuál es el terrible miedo que nos impide a todos ser nosotros
mismos especialmente frente a nuestros padres? ¿Cuál es mi miedo?,
pensó Matías.

Esto no habría sucedido si yo no me encontrara aquí, se respondió de inmediato, aunque no sabía claramente a cuál de las preguntas estaba respondiendo. Si no hubiese tomado la decisión de venir a Nueva York en este preciso momento de mi vida, en el mismo preciso momento en que Isabel Bradley debe enfrentarse a su futuro. Cerca del instante en que el tío Juan Bautista se pierde en algún punto de la otra América.

Isabel inició su relato dando un largo rodeo. Tal vez porque no era la confesión de sus propios actos, sino sólo de lo que su marido pretendía hacer. En consecuencia, le explicó a Matías los motivos por los que suponía que Bill había viajado varias horas en un tren Amtrak —era poco probable que se fuera manejando— en vez de tomar un avión en dirección a Baltimore. Algunos años antes de que Bill naciera, le contó a Matías, antes de que terminara la Segunda Guerra Mundial, el abuelo materno de Bill había muerto quemado en un accidente que involucraba a un avión del Ejército.

—¿En Europa? —quiso saber Matías, desviándose a su vez.

—No, acá en Nueva York.

Hasta donde Matías tenía entendido, los frentes de batalla jamás habían llegado a los Estados Unidos por lo que le pareció que algo estaba errado en el relato de su tía. Pero ella explicó de inmediato que, tal como había sucedido con las Torres Gemelas, un avión se había estrellado entonces contra el Empire State Building y el abuelo de Bill se encontraba en una oficina del edificio. No habían sido, por cierto, terroristas árabes, ni pilotos comunistas o alemanes, ni siquiera japoneses suicidas atacando al corazón del enemigo. Apenas un bombardero del propio ejército norteamericano, intentando aterrizar en alguno de los aeropuertos de la zona en medio de un día terriblemente nublado.

—Bill creció averiguando acerca de todos los accidentes aéreos, sus posibles causas, las tragedias humanas como la que vivió la familia de su madre al quedarse sin el sustento del padre. Con los años fue creando una verdadera fobia en contra de los aviones. De tanto leer sobre accidentes, le tomó pánico a los aviones. Muchas veces no hemos viajado juntos porque simplemente se niega a subir a un avión... Ese es el motivo por el que no me acompañó a Chile en el año 95. Ya habíamos ido juntos cuando murió mi papá, y en esa ocasión el viaje se le hizo insufrible. Esa vez, cuando regresamos, me dejó muy en claro que no volvería a permanecer doce horas en la cabina de un avión.

Matías sintió que Isabel estaba divagando. No era ese el punto de importancia en torno a la partida de su marido. Pero la observación acerca de los posibles planes de viaje de Bill, la condujo hacia su verdadero objetivo.

—No sé si Bill llamó anoche a Sanford, y él lo estaba esperando en la estación de Baltimore. No sé si recién lo llamó esta mañana cuando iba en el tren —y de inmediato, Isabel miró la hora en su reloj y concluyó—: De cualquier forma, Sanford ya debe estar al tanto de todo y ya sabe quién fue su verdadera madre.

Entonces, Matías la vio quebrarse. Los ojos de Isabel se llenaron de lágrimas, y ella fue incapaz de contener su llanto. Instintivamente, Matías le tomó la mano. Pero de inmediato se alejó.

—Mira qué desastre —le dijo ella a su sobrino, limpiándose las mejillas con la misma mano que había tomado la suya—. No hay derecho que te arruine así el viaje.

Pero no se lo estaba arruinando. Matías lo sabía. La declaración hecha por Isabel varios minutos antes, comenzaba a tomar sentido. Si hubiese tenido hijos en Chile, esos hijos habrían sido como él. Como Matías Reymond. No como Sanford Bradley, casado con Susan Daniels, residente en la ciudad de Baltimore. Isabel lo había visto por última vez hacía muy poco tiempo, cuando Sanford los invitó a pasar las fiestas de Navidad con ellos. Susan había dado a luz su primer hijo unas pocas semanas antes, y no tenía ningún interés en dejar el confortable departamento ubicado en una de las espectaculares remodelaciones al costado del viejo puerto de Baltimore. Mucho menos ir a pasar las fiestas a Nueva York. Bill e Isabel tomaron entonces el Mercedes de Bill para celebrar la Navidad junto al primer nieto. Isabel atesoró un pequeño secreto desde antes de partir. Le pediría a su hijo que bautizaran al niño con el nombre de su padre. Sentía que ya era hora de recobrar algún lazo con su pasado, aunque fuera con algo tan simple como la continuidad de un nombre. Ni siquiera se atrevería a sugerir el nombre completo. Le bastaría con que la criatura se llamara Pedro —tenía claro que Pedro Nolasco era muy difícil—. Tuvo ganas de transmitirle su idea a Bill mientras este conducía por la atestada carretera en las horas previas a la Noche Buena. Él se concentraba en silencio en la autopista de New Jersey, tal vez aterrado de que uno de esos gigantescos aviones que aterrizaban casi sobre ellos, le cayera encima. Ella entonces creyó más prudente seguir también guardando silencio, por lo que se concentró a su vez en la lectura de la última novela de Isabel Allende sobre Inés de Suárez. Aún así, continuó creyendo en la posibilidad de tener un nieto que se llamara Pedro. Tal vez, incluso, pensó, les contaría la historia de Pedro de Valdivia, el fundador de Chile, aprovechando los datos propuestos en su novela por la escritora chilena. Sin embargo, todo cambió cuando llegaron al moderno departamento de Sanford. Algo muy extraño, dijo Isabel, les sucedió a ambos cuando se enfrentaron con el recién nacido. El niño era exactamente igual a aquel otro que ella había recibido en enero de 1984. Fue algo tan sorprendente que Bill emocionado buscó la forma de escabullirse hasta la calle. Ella lo siguió a los pocos minutos y lo encontró vagando cerca de una vieja fábrica convertida en flamante local de Barnes&Noble. Él la miró lleno de tristeza y no dijo ni una sola palabra. Ella siguió caminando a su lado, también en silencio e igualmente triste, como había sucedido en todo el trayecto desde Nueva York, y supo en ese momento que estaba perdida. Ninguno de los dos tuvo el más mínimo interés en revisar las estanterías de la librería, como lo habrían hecho en años anteriores. Esa noche estaban también presentes los padres de Susan que habían viajado desde Pennsylvania, y como nunca antes en casi toda su vida, Isabel se sintió completamente de más. La madre de Susan se había hecho cargo de la cocina, había llevado consigo el más surtido cargamento de repostería y dispuesta la comida ante la aparente inutilidad de su hija para atender a las visitas. Estaba en todo su derecho. Los Daniels pagaban gran parte del alquiler del departamento, mientras Bill se hacía cargo de que Sanford terminara sus estudios de administración de negocios en John Hopkins. Los Bradley apenas conocían a los padres de Susan ya que el noviazgo entre los muchachos había sido demasiado corto. La comida de Noche Buena se le hizo eterna a Isabel. En algún momento, alguien, no recordaba quién, preguntó cómo se llamaría el niño. Isabel no fue capaz de retener el nombre dicho por Susan, sintiéndose torpe al no poder sacar la voz y reclamar sus derechos sobre el recién nacido, como si su cabeza hubiera estado llena de ideas obscenas, nombres españoles bastardos, irreproducibles, impronunciables, y ella fuera una especie de invitada de piedra, en una de esas hasta la criada latina, alguien sin ningún derecho a reclamar nada. El departamento de su hijo le pareció tan ajeno como la familia de Susan y hasta los regalos resultaban inútiles, como si los hubiera comprado otra persona y no ella. Decididamente, aquel niño tan hijo de su padre, tan poco nieto suyo, no tenía ninguna posibilidad de llamarse Pedro, mucho menos Pedro Nolasco. ¡De dónde podían venirle caprichos tan absurdos!

—¿Por qué le puso Sanford? —preguntó entonces Matías en voz baja, contagiado por esa especie de furia con que Isabel había terminado de hablar.

—Cuéntame tú una cosa —interrumpió ella—. Pero cuéntame la verdad. Se morían de la risa de que mi hijo se llamara Sanford, ¿verdad? Lo encontraban una siutiquería, como se ríen de esos nombres raros que las empleadas domésticas les ponen a sus hijos... ¡O como la hija de Pinochet, por ejemplo! ¿No se llama Jacqueline una de las hijas de Pinochet? En Chile esas cosas no se perdonan... Les daba mucha risa que mi hijo se llamara Sanford, ¿no es cierto?

—Entonces, ¿por qué le puso ese nombre ridículo? —volvió a preguntar Matías, enérgico.

—No fui yo la que le puso el nombre —contó ella.

—Pero era su hijo.

—No —dijo Isabel—. Era el hijo de Bill.

Matías tuvo la certeza, en ese momento, de que a Isabel Bradley le habían sucedido muchas cosas en la vida. Todo lo contrario de su caso. A él no le había sucedido aún nada. De seguro le sucederían muchas en el futuro. Pero eso estaba por verse y no venía al caso. Y pensó en que esa mujer delante suyo, intentando ser honesta como nunca antes lo había sido, tal vez temía que ya no le sucedería mucho más en el resto de su vida. Que cuando mucho, lo que estaba por venir sería la repetición de los mismos errores cometidos en el pasado. Tienen razón quienes piensan que los jóvenes son los únicos seres capaces de comprender al mismo tiempo el pasado y los hechos actuales. El pasado no tiene en la juventud esa carga pesada, irreparable, con que actúa en las generaciones mayores. Con aquella pequeña convicción a su favor, Matías estuvo en condiciones de seguir oyendo la voz de Isabel.

CUATRO

Casi al mismo tiempo, mientras Isabel le contaba parte de los hechos a su sobrino, Bill Bradley comenzaba a hablar con Sanford en el departamento de Baltimore. Su hijo lo esperaba impaciente desde el llamado que Bill le había hecho en camino desde Nueva York, en un vagón del Amtrak. Sanford había telefoneado esa mañana temprano a la secretaria de su departamento en la Universidad John Hopkins —en donde participaba como asistente en un programa de *business administration*—, para decirle que, por razones familiares, no iría hasta la tarde. La voz de su padre llamándolo con tanta angustia mientras viajaba a su encuentro, le hizo temer lo peor. ¿Acaso le había sucedido algo a su madre? Sanford la había notado fatigada, distante, particularmente silenciosa, durante la Navidad pasada. Aunque, en rigor, ajustándose a los hechos, tanto Bill como Isabel se habían comportado extraños en esa fecha, casi como si el primer nieto no les provocara una dicha adicional. Ante el alboroto que había producido la madre de Susan desempacando mercaderías que había llevado desde Pennsylvania, disponiéndose a ejecutar antiguas recetas familiares, la conducta anodina y soterrada de sus padres lo había llegado a avergonzar. Bill se mantuvo en silencio al otro lado de la línea —tan silencioso como el mismo tren veloz—, y Sanford se salió definitivamente de las casillas.

—¡Dime qué pasa! —le gritó a su padre a través del celular.

Bill le pidió calma. Le dijo que era sólo una conversación impostergable. De inmediato, apagó su celular para no volver a recibir ningún llamado. Pero no era de su hijo de quien Bill se quería desentender. Al fin y al cabo iba a su encuentro. La llamada que temía contestar era la de su mujer.

En el par de horas que aún le quedaban antes de llegar a su destino, Bill intentó poner en orden sus ideas en torno a la figura de

Trisha Borger. Todo lo que había sucedido con Trisha estaba relacionado con el arte de la fotografía. Precisamente, haciendo retratos de actores y actrices para un agente teatral de Broadway, Trisha se había ido familiarizando con los rostros del drama y la comedia. A veces, esos jóvenes que ansiosos se exponían ante su lente, no llegaban más lejos que una audición parecida a la que se viera en *A Chorus Line*, el gran éxito del teatro musical norteamericano en los años 70. Bill recordaba que Trisha le contó haber fotografiado a la actriz que, algunos años después, interpretaba el rol de Diana Morales (como si eso tuviera una gran importancia), cuando el musical prometía permanecer para siempre en el escenario del Shubert en Manhattan. De cualquier forma, aquello no era lo más frecuente. Muy por el contrario, eran muchos, muchísimos más los perdedores, quienes terminaban pagándole a la fotógrafa unas copias para sus carpetas, dispuestos a encantar a directores y productores de alguna compañía teatral en el Medio Oeste o en el sur del país. Trisha se lamentaba de haber tenido que hacer otras copias —demasiadas a su juicio—, a pedido de los padres o de las parejas de talentosos bailarines o cantantes, para exponerlas sobre sus ataúdes, en sus tristísimas honras fúnebres. Eran las primeras víctimas del sida que comenzaba a atacar todavía en silencio a la comunidad de Broadway a comienzos de los 80.

Como era impaciente y dispersa, Trisha no recordaba bien dónde había visto las primeras exposiciones de aquellos fotógrafos que habían trabajado en Hollywood retratando estrellas del cine. Tal vez había sido en su adolescencia, cuando ella misma era una verdadera fanática del cine y hasta soñó alguna vez con hacer sus propias películas. Pero aquello parecía imposible para una mujer. Si era cuestión de revisar las estadísticas del cine norteamericano. ¿Dónde estaban los equivalentes femeninos desde Griffith a Woody Allen? Nunca logró conseguir algún productor que se interesara en sus propuestas o en sus argumentos, y ella misma fue incapaz de sacar adelante, por sí misma, esas precarias ilusiones. En rigor, su primera desilusión fue haber dejado botado un documental —precisamente sobre jóvenes actores— en su etapa de post-producción. En algún momento de su vida llegó a pensar que no era lo suficientemente tenaz para conseguir lo que se había propuesto. De esa forma fue buscando distintos caminos —no quería pensar que fueran pasos en falso—, hasta terminar montando un taller de fotografía en Williamsburg, Brooklyn. Confiaba en que algún día, esos rostros capturados por su lente, lograrían la fama de una Judy Garland, de una Joan Crawford, de una Audrey Hepburn, o un Paul Newman. No eran nombres al azar. Eran las estrellas que Sanford Roth había fotografiado en el Hollywood de los años 50. La joven fotógrafa de Brooklyn fue descubriendo los viejos retratos que Sanford Roth había publicado en revistas como *Harper's Bazaar*, *Life* y *Fortune*. Más difícil le resultó acceder a los ejemplares de *Paris Match* o *Stern*, hasta que un día descubrió que el afamado señor Roth incluso había expuesto en 1955, nada menos que en el Museo de Arte Moderno de Nueva York. De esa forma lo convirtió en su fotógrafo favorito.

Había otro dato que hacía a Sanford Roth particularmente seductor para Trisha. Haber sido amigo de James Dean aunque casi lo doblara en edad. Se habían conocido en la primavera del 55, aquel año tan afortunado para Roth y tan funesto para el joven actor, aunque por entonces todo iba con viento a favor en su carrera: estaba filmando *Gigante*, y el futuro le pertenecía por completo. Si seguía así, llegaría a ser más grande que Marlon Brando. Roth lo fotografió frecuentemente durante sus últimos seis meses de vida. Por eso mismo iba detrás de su Porsche, al interior de una *station-wagon* por el condado de San Luis Obispo, el 30 de septiembre de 1955, día del fatal accidente. Existe una leyenda negra acerca de las fotografías que Sanford tomó de su amigo muerto. Asombra esa extraña forma de fidelidad cuando el señor Roth apronta su cámara. En el silencio que rodea a la hora de la muerte —aunque para James Dean el momento haya sido lamentablemente estrepitoso—, el fotógrafo había sido capaz de superar el horror y hacer ese último gesto. Un año después del accidente, Roth dijo a la revista *Life* que no mostraría nunca esas fotografías porque eran espantosas, macabras. ¿Por qué las tomó entonces?, se preguntaba Trisha intentando ponerse en una situación parecida. ¿Sería ella capaz, alguna vez, de hacer algo similar? Tras la muerte de Roth acaecida en 1962, su viuda prosiguió con el misterio de las fotografías, señalando que éstas habrían sido hechas por su marido para ayudar en asuntos relacionados con seguros. ¿Para ayudar *a quién*? En un momento como ese, con el ídolo juvenil destrozado entre los fierros de su automóvil, ¿alguien podía haber estado pensando en *seguros*? De cualquier forma, hoy en día circulan por Internet unas extrañas fotografías en las que se ve parte del cadáver de James Dean, apenas su notable cabeza, dentro de una ambulancia como si esta fuese una especie de carro fúnebre. ¿Son las fotografías realizadas por Sanford Roth?

Pese a la morbidez de la historia (Trisha Borger siempre reconoció ante Bill que le gustaban las historias mórbidas), el nombre del fotógrafo le sugería a la joven la presencia de un amigo, tan evocativo y entrañable, como alguna vez lo pudo haber sido para el propio James Dean. Trisha se dijo que le habría gustado tener un maestro como él y comenzó a observar su estilo. Se dijo también que si algún día tenía un hijo varón, le pondría Sanford.

Bill apenas estaba iniciando su relato sobre la relación de Sanford Roth con James Dean, cuando su hijo Sandy pareció impacientarse. Tras descartar por completo la posibilidad de que le hubiera ocurrido algo malo a su madre, él esperaba escuchar algo muy grave en relación a sus padres, tal vez la confirmación de una próxima separación, después del extraño comportamiento que ambos habían tenido la noche de Navidad. Por ello, aquellas insípidas anécdotas que Bill le estaba narrando, le parecieron a Sanford teñidas por algún lastimero sentimiento de nostalgia. Conocía a la perfección el interés de su padre por los libros de fotografía e incluso creía haberle regalado, en pasadas Navidades, alguno relacionado con el mundo del cine. Pero de ahí a ocupar diez minutos de su valioso tiempo hablándole de ese tal Sanford Roth, era una licencia de su padre que a él le provocó una molestia difícil de controlar. A esa hora debía estar en John Hopkins en el programa de *bussines administration*, como todos los días. Algo parecía estar fallando en la cabeza de Bill Bradley para escaparse en medio de la jornada laboral y dejar botada a su clientela hispana a tantos kilómetros de distancia. Susan incluso estaba encerrada con el niño en el dormitorio para permitirles más libertad. Nada de lo que estaba sucediendo tenía sentido. Quizás habría tenido que llamar a mamá, pensó Sanford, para saber realmente de qué se trata todo esto. Definitivamente, estaba preocupado por su padre desde diciembre, cuando se había mostrado taciturno no bien había contemplado a su nieto. A lo mejor existía algún cuadro de depresión relacionada con el hecho de convertirse en abuelo a los 57 años. Lo averiguaría luego con algún profesor de sicología en John Hopkins. La conducta de su madre, entonces, podría haberse justificado como una suerte de rivalidad frente a la madre de Susan, si es que hubiera manifestado algún interés en demostrar sus habilidades culinarias. Pero Sanford sabía que su madre no tenía habilidad culinaria alguna, y, para variar, se pasó los dos días navideños enfrascada en la lectura de una novela en español. No tenía tampoco ningún interés en sociabilizar con los Daniels. A juicio de Sanford, Isabel nunca se veía realmente cómoda, salvo cuando estaba sola en su casa, con sus libros. Tal vez hubiera sido mejor prescindir de sus padres en esa ocasión.

—¿Por qué estamos hablando de estas cosas, papá? —preguntó Sanford mirando la hora. No creyó razonable que Bill siguiera haciendo uso de la palabra sin darse cuenta de su falta de acierto.

Bill no supo en qué parte del relato iba. Confundió los tiempos. Por una parte se vio a sí mismo a bordo del tren armando la historia que le contaría a Sandy, y por otra, no recordó exactamente hasta qué punto había llegado antes de que la exasperación de su hijo le hiciera perder el hilo. Como se trataba de una materia extremadamente delicada, esta vez fue él quien perdió la calma.

—¡Déjame terminar!, ¿quieres? —le gritó, levantándose del sillón, intentando poner las cosas en orden en su cabeza.

Pero la irritación de Sanford parecía ser mayor.

—¡Papá! —vociferó a su vez—. ¡Está desvariando! ¡Qué le pasa! ¡A qué vino!

Susan abrió entonces la puerta del dormitorio al sentir las voces alteradas de los dos hombres, y pretendió inmiscuirse, pero su marido le pidió que regresara junto al niño, intentando aclarar que no sucedía nada malo. Bill había observado durante la Navidad que Sanford manejaba por completo a su mujer, como si Susan no hubiera tenido una personalidad propia. Parecía una muchachita asustada, aunque saliéndose del rol asignado, ella aprovechó las circunstancias para ofrecerles una taza de café y sin esperar una respuesta y mucho menos un rechazo, se dirigió con pasos rápidos a la cocina desde la cual se dominaba gran parte del extenso salón.

Mientras Susan preparaba el café, los dos hombres se mantuvieron en silencio en un estado de tensión que podía palparse en el aire.

—¿Cómo está Isabel? —preguntó Susan a Bill, tratando de parecer calmada, mientras sacaba las tazas de un estante.

Bill permaneció en silencio como si no la hubiera oído. Proseguía de pie y miraba por el amplio ventanal hacia la calle. Había comenzado a nevar intensamente. Recién en el tren se había enterado de las condiciones metereológicas, al parecer nada favorables. La nieve cubría los tejados de las casas del Little Italy de Baltimore. Habían almorzado en una ocasión en uno de sus restaurantes, la primera vez que los había visitado. Se distrajo por completo pensando en algún sabroso plato de pasta.

—Papá —repitió Sanford, siempre con la voz alterada—, Susan le está preguntando por mamá.

La mujer terminaba de llenar las tazas en la cocina, mirándolos por sobre el pequeño muro que la separaba del salón. En más de una ocasión se había preguntado a sí misma cómo sería tener una madre sudamericana. Cuando supieron que la madre de Sandy era chilena, su propio padre le había revelado que jamás se habría casado con una mujer de otra nacionalidad, pero ella estaba lo suficientemente enamorada de su novio como para permitir que esa pequeña circunstancia interfiera en sus vidas. Sin embargo, en ese momento pensó que todo eso, de alguna forma, estaba ligado con Isabel. Podía casi presentirlo. Aunque su suegra no estuviera presente esa mañana, era ella quien tenía la culpa de lo que estaba sucediendo. Su suegro había girado desde la ventana y tenía la vista ligeramente perdida como si repentinamente se hubiera extraviado. Parecía no saber dónde se encontraba o qué podía estar haciendo en esa sala prácticamente desconocida. Por un instante, Bill tomó conciencia del error de haber ido hasta allí, y estuvo a punto de pedir disculpas a la pareja y bajar de inmediato a la calle. Tal vez si se apuraba, alcanzaría el tren del mediodía. Sintió una ligera molestia por su ya prolongado rechazo a los aviones que le había complicado tanto la vida. De no ser por ello, pensó, estaría de vuelta en Manhattan en algo así como media hora. Pero supo al mismo tiempo que si pedía disculpas y se mandaba a cambiar sin decir palabra, se llevaría el caos consigo. Es decir, no solamente se llevaría el caos de vuelta a Nueva York, al departamento de la calle 86 Este, sino que lo seguiría cargando como lo había hecho todos esos años desde la Navidad de 1983, cuando Trisha Borger, su amante, la mujer a la cual no había podido jamás sacarse de la cabeza, se había pegado un balazo en su propia, hermosa, testaruda y enferma cabeza. Probablemente, Trisha tampoco se sacó jamás a Bill de la suya, y se lo llevó consigo en su sueño eterno y ensangrentado, en ese momento miserable y pavoroso, sobre la misma cama que compartieron por un par de años en el departamento en Williamsburg, Brooklyn, allí donde la policía descubrió el cadáver de Trisha, un día después de su muerte, la sangre ya seca sobre las sábanas, y a su lado el pequeño hijo de tres meses que lloraba de hambre.

Fue en ese momento cuando Sanford reparó en que su padre había dejado una carpeta de cartulina negra sobre la mesa de café. Le pareció insólito comprobar su propio desinterés. En ningún instante se había fijado, hasta ese segundo, en que su padre no había ido a Baltimore con las manos vacías.

—Qué tiene ahí, papá —le preguntó, por eso mismo, entre curioso e irritado.

Isabel detuvo su relato porque apareció Charitín en el marco de la puerta para decirle que tenía un llamado telefónico.

—¿Quién es? —preguntó Isabel.

—Es la señora Susan —respondió la dominicana y se retiró.

Por cierto, su nuera no conocía el número de su celular. Isabel miró a Matías en silencio, haciéndole notar que aquello era bastante previsible, aunque era más probable que esperara una llamada de Sanford y no de Susan. Se puso de pie y avanzó hacia el pasillo.

—Tía —le dijo Matías sin saber bien qué diría—. Tal vez... no sé... no quiera hablar con ella... Si usted quiere, le digo que no está...

Ella le sonrió con un gesto parecido al agradecimiento pero que también podía traducirse como de inutilidad, y salió del salón detrás de la empleada.

La historia que le había contado a Matías era bastante trivial, aunque de igual forma impresionó al muchacho. No era común para él que una tía le revelara secretos tan bien guardados, por tantos años. Isabel le contó que Bill había conocido a esa tal Trisha Borger precisamente gracias a ella misma. Un chileno que después se convertiría en amigo suyo, había decidido asilarse en los Estados Unidos, cuando iba rumbo a su destino final en Europa, después de haber pasado un par de años exiliado en Costa Rica. Su experiencia bajo la dictadura de Pinochet —había sido militante del Movimiento de Izquierda Revolucionaria—, resultaba pavorosa de contar e Isabel le prometió a Matías que aquello lo dejarían para otra ocasión. El chileno se llamaba Félix Arana y en tan solo dos semanas de permanencia en la ciudad, mientras visitaba a un amigo, había tomado la decisión de quedarse en Nueva York. Estaba más que entusiasmado con la ciudad que en otros tiempos —especialmente cuando recibía instrucción militar en Cuba— habría considerado el corazón del enemigo. En ese punto, Matías pensó que sus expectativas en torno a *El lugar donde habitamos* podían ampliarse. No importaban sólo sus lecturas o sus experiencias de vida —o su falta de lecturas y de experiencias vitales— en torno a la ciudad de Nueva York o cualquier otro lugar. Llevamos dentro de nosotros mismos el lugar donde algún día desembarcaremos para siempre, donde terminaremos encontrándonos finalmente. Algunos, la mayoría, jamás dan el paso y se quedan sumidos en una especie de sopor en medio del cual se les pasa la vida. Muchos hambrientos, enfermos, miserables, desadaptados, ambiciosos, cruzan las fronteras en estos tiempos de caos, como los personajes que protagonizan los relatos de los nuevos escritores. Aquel Félix Arana debió sentir algo parecido cuando llegó el momento de la decisión, aunque probable-mente saliera de Chile con el alma desvencijada o pensara que había encontrado una segunda patria en Costa Rica. Era Nueva York el lugar donde habitaría para siempre, por algún extraño designio o por razones que a veces escapan de nuestro conocimiento.

Cuando Isabel conoció a Félix Arana en el departamento de otro compatriota que vivía en Nueva York, lamentó verlo tan desvalido y desorientado, y le habló de la posibilidad de que su marido, recién incorporado a la barra de abogados de Nueva York, pudiera tomar su caso de asilo. No eran los asuntos que habitualmente trataban en el prestigioso bufete de Manhattan en donde Bill había ingresado a trabajar, pero dada la nacionalidad del cliente y la particular petición de su mujer, Bill hizo el esfuerzo por salir adelante con el caso. Félix Arana había terminado consiguiendo alojamiento en el departamen-to de una joven fotógrafa en Williamsburg, Brooklyn, necesitada de un dinero extra, y fue en esa vivienda donde Bill Bradley entrevistó por primera vez a su cliente. Los dos hombres tenían prácticamente la misma edad, cercanos a los 30 años, pero pese al sufrimiento al que había estado expuesto, el chileno se veía mucho menor, incluso casi frágil, como si aquello fuera un rasgo congénito de su raza. A Bill le había sucedido algo parecido cuando conoció a Isabel. Había pensado que estaba frente a una adolescente y no delante de una mujer de 23 años. La aparente fragilidad del chileno hizo dudar a Bill sobre la honestidad de sus declaraciones. ¿Era posible que hubiera tenido la energía suficiente para escapar de la policía secreta de Pinochet tal como se lo estaba contado? De igual forma prosiguieron conversando los dos solos en el amplio salón convertido en estudio fotográfico con trípodes e infinitos. Bill se distrajo un par de veces observando en los muros las fotografías de muchachos de ambos sexos que le recordaban famosos trabajos del fotógrafo Sanford Roth. Especialmente una serie de fotografías en que a una chica más bien feúcha y tristona, le habían pintado pecas en la cara, y le habían agrandado aún más sus ya grandes ojos, como un payaso, al mejor estilo de Judy Garland en *A Star is Born*. Todo aquello no guardaba ninguna relación con la historia de la fuga de Félix de manos de la DINA en una mañana helada en Santiago de Chile en una Avenida Grecia que él no conocía. Como si comprendiera el desconcierto del abogado, Félix le comentó que la dueña del departamento era una fotógrafa que trabajaba con actores jóvenes. Bill tenía algún conocimiento de las relaciones entre los chilenos, del complejo de superioridad que parecía rodear a quienes venían del Cono Sur de América, el afán de protegerse entre ellos mismos, lo que en definitiva sólo hablaba de su debilidad. Aunque quizás en las mismas circunstancias, ¿no habría él actuado de la misma forma? ¿En el Medio Oriente, por ejemplo? ¿En Vietnam, no se habrían protegidos unos a otros a cualquier precio? Por eso mismo, Bill había pensado que podían estar en el departamento de otra chilena. Cuando se encontraban en la tercera sesión, y ésta se alargó más tiempo del adecuado, súbitamente apareció Trisha Borger por su estudio. Pidió excusas por haber regresado antes de tiempo, y les ofreció un café. Bill tuvo que reconocer su error. Nada allí tenía el más mínimo aire de chilenidad. La chilenidad era la que lo rodeaba a él al lado de su mujer. Incluso aunque el ex militante mirista ocupara un dormitorio y compartieran posiblemente el mismo baño, nada allí olía a extranjero, a chileno. Todo se recubrió ante los ojos de Bill, y más aún ante su olfato, con las intensas sensaciones anteriores a que Isabel entrara en su vida. Era el olor del humilde departamento de su madre en Elmhurst Avenue, Queens, la fragancia a chocolate y canela de los *cup cakes* de su infancia, el tufo de las salsas agridulces sobre las costillas de cerdo, todo aquello a lo cual Isabel se rehusaba desde siempre, aunque recién en los últimos años relacionaba con alzas de colesterol. Aunque la cocina de la señorita Borger estuviera desocupada, aquellas eran las mágicas emanaciones que aquel estudio despedía por completo. A los diez minutos, Bill debió interrumpir la reunión porque se dio cuenta de que estaba más interesado en la fotógrafa que en las fotografías de la chica disfrazada a lo Judy Garland. Y por cierto, mucho, muchísimo más atento a sus casi imperceptibles movimientos, para no molestar, pese a que tanto Félix Arana como él eran los invasores. No sólo por su presencia. En medio del relato sobre las atrocidades de Pinochet en ese lejano Chile, en el detestable Chile, país al cual Bill estaba ligeramente ligado por su matrimonio con Isabel Reymond, la fugacidad de Trisha Borger, casi agazapada en su intento por pasar inadvertida, lo hizo sentirse a sí mismo como otro *alien*, otro extranjero entre extranjeros. En ese momento, mirando a Trisha furtivamente, Bill tuvo la primera impresión de que se había equivocado en el aspecto más importante de su vida.

—Bill se enamoró de inmediato de ella —le había contado Isabel a Matías, unos minutos antes de que abandonara el salón para atender el llamado telefónico. Y agregó sorprendida—: ¿Por qué me miras con esa cara? ¿Acaso no me crees? ¿No se enamora el muchacho de su hermana en tu novela? ¿Por qué no podía Bill enamorarse de otra mujer?

—¿Cuándo ocurrió eso? —preguntó Matías tratando de parecer un hombre experimentado.

—El 80, el 81… no lo recuerdo bien…

—¿Y usted supo entonces que… que Bill se había enamorado de Trisha?

—No —había continuado ella en voz baja—, por supuesto que no. Eso sólo lo supe cuando Bill me pidió que nos hiciéramos cargo de Sanford. Fue en enero de 1984, unas semanas después de que Trisha se suicidara. Bill exigió la custodia de su hijo.

Matías pensó en que entonces él tenía un año de edad. Como Ana Marie. La escuchaba con atención, perplejo ante un nuevo dato, una nueva fecha, una circunstancia desconocida. Isabel parecía evaluar alguna forma de poder sobre él, aunque en realidad sólo era algo parecido al consuelo frente al desahogo de sus propias palabras.

—¿Me puedes creer que nunca conocí a esa mujer? —había añadido Isabel, casi con asombro, como si recién se hubiera dado cuenta de ello—. La relación de ellos se dio completamente a espaldas de mí. Durante todos esos meses, esos años, yo seguí viviendo al lado de Bill sin saber nada, absolutamente nada. Después la conocí por sus fotografías... Te conté que era fotógrafa, ¿no?

—Sí, claro... Fue lo primero que me contó...

Se va a poner a llorar, había pensado Matías. Pero no había sido así. Isabel se había dirigido a una de las estanterías para extraer un libro. Matías supuso que se trataba de una publicación de Trisha Borger, pero en cambio, Isabel le mostró algunas de las fotografías que Sanford Roth había hecho de intelectuales y artistas en el París de los años 50. Todo lo que Isabel fue diciendo al recorrer las páginas de aquel libro no guardaba relación alguna con las imágenes que fueron apareciendo ante los ojos de Matías. Porque delante de los rostros de Jean Cocteau, de Marc Chagall, de Aldous Huxley o de Colette con su gato, se fue anteponiendo el rostro desconocido de Trisha.

—Lo que más me hacía sufrir eran mis propias faltas —confesó Isabel—. Llegué incluso a compararme con ella. Ella era la mujer que Bill necesitaba, una buena profesional, una americana con los gustos de él.

Pero en esos instantes no estaban mirando a Trisha sino a Colette. Parecía un ejercicio del todo absurdo.

—Ya ves cómo, de alguna forma, yo reemplacé a Trisha...

—¡Tía! ¡Usted era la esposa de Bill Bradley! ¡Usted no reemplazó a nadie!

—Sé que con Bill nos quisimos, aunque muchas veces no lo hice feliz —continuó Isabel—. Muchas veces no lo he comprendido ni he compartido sus alegrías. Esta no ha sido la vida que llevan mi hermano y mis primos y primas en Chile. Esto muy pocos lo comprenderían. Tal vez tú puedas, Matías. La verdad es que no he logrado nunca adaptarme ni a su medio ni a sus intereses. ¿Sabes una cosa?, no he participado realmente nunca de ellos, como si no fueran mi familia. Por eso me he sentido inútil casi toda mi vida.

Allí estaba nuevamente el desasosiego anímico del que le había hablado Ana Marie la noche anterior. Y el sentimiento de culpa que Bill se atribuía. ¿Acaso su prima no le había señalado entonces que *había algo más*? Ese interés de Isabel en jubilarse de su familia, la aprensión de su propia hija ante el temor de que su madre quisiera regresar a Chile. ¡Quién diría que su vida en inglés no era perfecta! Pero Ana Marie le había hecho a Matías esas confesiones antes de que Isabel se enfrentara con Bill. De tal forma, los temores de su prima eran anteriores a que Bill, movido por algún sentimiento de responsabilidad, tomara cualquiera decisión extrema. Ana Marie se había dado cuenta de que las relaciones entre sus padres fallaban desde hacía mucho tiempo. Y de inmediato asaltó a Matías otra duda.

¿Era Ana Marie una hija biológica o adoptiva? Se lo negó a sí mismo de inmediato. ¡Qué estúpida pregunta! Las particularidades de la historia de Sanford y de la tragedia de su madre biológica, no guardaban relación alguna con la historia anterior de Bill e Isabel. Sanford era un accidente que, a partir de las palabras de Isabel, había arruinado su ordenada vida de mujer casada.

En ese preciso momento, Isabel regresó al salón con la preocupación grabada en el rostro.

—Bill ya habló con Sanford. Susan no se enteró de nada porque ellos salieron a la calle —dijo Isabel—. La pobrecita está muy preocupada y aunque me doy cuenta de que me tiene cierta desconfianza, intentó pedirme que le aclarara lo que está pasando... ¿Te das cuenta? Esto ya se escapó de mis manos. Ahora todo está en manos de Bill que, para estos efectos, es como decir en manos de Dios.

Se dejó caer sobre un sillón.

—Ahora sólo hay que esperar las últimas consecuencias —y dijo estas palabras con un gesto de firmeza, aunque aún había algo más:

—Tengo miedo, Matías —concluyó Isabel.

Allí estaba el miedo. Oculto detrás de la música tal como Isabel lo percibía silenciosamente en el salón de su departamento. Había que imaginar a Ana Marie en su rol de monja carmelita durante la Revolución Francesa —sin hábitos religiosos ni la protección de ningún convento—, porque era tan solo una audición en el escenario de Juilliard Opera Center, y ella estaba vestida en forma casual, con una blusa escotada, falda y botas, todo en tonos cafés. Los cantantes fueron ocupando el escenario uno detrás del otro. Una radiante mezzosoprano iluminó el espacio con su encanto, pero sus notas altas fueron consistentemente flojas. Un barítono extendió sus brazos y bramó como si la vida se le fuera en ello. ¿Cuál era el motivo para que Ana Marie y su compañero hubieran elegido ese fragmento que a Matías le pareció tan difícil? Pudo seguir el texto de la ópera de Francis Poulenc porque los encargados habían tenido la gentileza de traducir las líneas al inglés, y lo habían entregado impreso al escaso público formado principalmente por estudiantes y maestros.

La joven pareja cantaba en francés. Blanche de la Force, quien pertenece a la nobleza francesa, ha entrado a un convento carmelita en 1789, consciente de que por el amor a Dios, ella lo sacrificará todo, lo abandonará todo, renunciará a todo. Su hermano, el Chevalier de la Force, la visita tiempo después en el locutorio del convento y la encuentra completamente cambiada como si hubiese sido forzada a algo. Él la acusa de haber tomado el velo porque tiene *miedo del miedo. Ese miedo no es más honroso, después de todo, que cualquier otro miedo. Es preciso saber correr el riesgo del miedo como se corre el riesgo de la muerte.* Blanche le replica a su hermano si acaso él está intentando sembrar dudas dentro de ella, *como un veneno. Donde estoy ahora, nada puede afectarme,* dice Blanche, *siento hacia ti sólo un profundo y tierno afecto, pero ya no estoy sola como un corderito. Ahora soy hija del Carmelo y te pido que me aceptes como una compañera en la batalla, porque vamos a ir al combate cada cual por su propio camino, con sus propios riesgos.*

La música apenas insinuada por un piano le pareció a Matías tan tensa y triste como las propias palabras que aquellos dos hermanos se decían, sin saber probablemente lo que les esperaba. En el caso de Blanche, la guillotina en la Plaza de la Revolución en 1794. Matías, impresionado, se dijo a sí mismo que revisaría la cartelera por si existía la posibilidad de ver la ópera completa, en los próximos meses, en alguno de los dos escenarios del Lincoln Center, allá afuera. Se preguntó también si acaso habría algún grado de piedad religiosa en aquel gesto de Ana Marie eligiendo ese personaje para su audición.

¿Sabía de la existencia de un tío sacerdote en su familia del extremo del mundo? O mejor aún, ¿sabía que su abuela materna vivía en una destartalada pieza en la calle Salvador, perteneciente a un pensionado de monjas para viejas medianamente pudientes? ¿O era apenas el deseo de seguir los pasos de Verónica Villarroel? Desconocía si la familia que Isabel había formado en Nueva York mantenía aún el ferviente catolicismo del que hacían gala los parientes chilenos en su hábitat natural. Excluido su padre, por cierto.

Isabel no se encontraba al lado de Matías para preguntárselo, porque tal como Blanche de la Force, estaba librando su propia batalla, llena de miedo, viviendo el miedo, el misterio humano por excelencia. Al parecer, ella estaba dispuesta a correr el riesgo del miedo —al decir de Bernanos—, aunque Matías no sabía si llegaría a correr el riesgo de la muerte. Después de todo, Isabel Bradley se encontraba lejos del Carmelo y más aún del cadalso en la plaza de cualquier Revolución. Apenas se aprontaba a enfrentar a su falso hijo Sanford al otro lado del gigantesco parque que la separaba de Lincoln Center. Era probable que Bill no regresara a casa después de su extraña visita a Baltimore, sembrando las dudas que destruirían a todos los miembros de la familia a la manera del veneno al que Blanche hacía alusión.

Como Isabel esperaba, en cambio, el urgente llamado de su hijo Sanford —su grito de auxilio—, le pidió a Matías que tuviera la gentileza de ir a Juilliard a ver la audición de Ana Marie, para que no se sintiera sola. Al mismo tiempo, le rogó que actuara con la mayor cautela cuando la audición terminara. Ana Marie no sabía lo que había sucedido después de acostarse la noche anterior, y esa mañana había salido muy temprano para regresar a su departamento de Brooklyn a cambiarse de ropa. Matías se preguntó qué excusa le daría a Ana Marie en nombre de su madre.

—Dile que tengo una reunión impostergable en Momentum —le había suplicado Isabel.

—¿Momentum?

—La organización en donde trabajo como voluntaria. Mi hija lo va a entender.

Pero él sabía que Ana Marie no lo comprendería tan fácilmente. Su prima se le acercó con cierta extrañeza en el rostro, una vez que todo terminó, mirando a su alrededor, buscando a su madre.

—No vino —dijo simplemente.

Matías iba a comenzar a darle las explicaciones convenidas, aunque quizás su notoria fragilidad lo delató. En cambio, le extendió el *laptop* que ella le había prestado la noche anterior.

—No tienes que decirme nada —decidió Ana Marie sin molestarse en lo más mínimo—. Las cosas van de mal en peor. Anoche los sentí discutir. Es muy posible que hoy mi padre haya cumplido con su palabra y se haya ido de casa. ¿Te divertiste con la audición?

¿Qué podía responderle? No parecía posible divertirse con aquella música compleja y atormentada, aunque desconocía los términos adecuados en relación a la ópera. Pero como Ana Marie siempre parecía ir a la delantera, haciendo gala de una suerte de galantería, se apresuró a invitarlo a tomar un café, porque tenía algún tiempo libre antes de que dieran los resultados de la audición. Salieron al frío de la calle en medio de la nevazón y cruzaron Broadway a grandes pasos. La joven cantante manejaba por completo la situación tras sacarse la retraída personalidad de la monja carmelita, aunque su vestuario en tonos cafés siguió haciendo crecr a Matías en alguna suerte de vínculo religioso entre su prima y el rol elegido para su audición. De cualquier forma, era poco probable que una cantante de ópera norteamericana tuviera el propósito de convertirse en monja de clausuro, por lo que Matías se concentró nuevamente en lo que Isabel le había contado con anterioridad respecto al falso hijo. Llegado el momento, tendría que saber encontrar la forma de comunicárselo a su vez a Ana Marie.

Al igual que la noche anterior, la muchacha intentó pagar la cuenta haciendo sentir a Matías como una especie de pariente pobre. Tal vez así me ven, pensó. Pero fue firme en su decisión de tomar el control financiero, y de paso, invitarla a comer uno de los vistosos sándwiches expuestos en los aparadores vidriados, al recordar que no había comido nada desde el desayuno.

—No podría comer nada ahora —señaló Ana Marie—, prefiero esperar a la hora de comida. *By the way*, nos vamos a juntar un pequeño grupo de amigos en mi departamento esta noche, ¿no te gustaría ir? No te he preguntado si tienes amigos en Nueva York.

—Algunos conocidos, pero amigos, ninguno... —dijo Matías.

—Entonces, ¿no te gustaría ir a mi casa en Brooklyn?

—Claro que sí —exclamó aliviado, al ver que los problemas familiares de los Bradley pasarían por el momento a un segundo plano. O, más bien dicho, que hasta nuevo aviso, no tendría que dar cuenta de la visita de Bill a su hijo Sanford.

Ana Marie bebió su café y lo miró a los ojos, con un cierto aire soñador que escapaba de sus ojos celestes.

—Quiero que conozcas a Zoé...

—¿Zoé? —dijo él—. Me suena a película de Woody Allen.

Y de inmediato se arrepintió de su observación simplona y bromista. Sabía que Ana Marie estaba queriendo decirle algo más, porque podían advertirse sus pensamientos, y aunque él aún no los conociera del todo, participaba ya de ellos por esa forma de complicidad que crecía alrededor de ambos. Todo lo relacionado con los hijos de Isabel le inspiraba curiosidad aunque sabía que se cuidaría de interrogar a su prima. Si bien aquello no fue necesario.

—Ya te había hablado de ella. En rigor, ya la conociste en la pantalla del *laptop*. Zoé es mi *roommate*... —agregó Ana Marie transparente, confiada—. Es decir, mi compañera, mi pareja, Matías.

Quedaron de acuerdo en juntarse a las seis y media de la tarde en Union Square, frente al local de Whole Foods, en donde ella debía hacer unas compras para la comida. Matías no conocía las líneas subterráneas hacia Brooklyn y debía pasar antes por el departamento de los Bradley para llamar por teléfono a su padre y ponerse ropa más abrigada. No estaba acostumbrado a caminar en medio de una nevazón. Al regresar al duodécimo piso, tuvo la sensación de que, en medio de aquel silencio, así debían ser los conventos —desconocidos por él—, aunque no estaba seguro si era posible la existencia de alguna forma de Dios entre aquellas paredes profanas. Pensó esto porque no se había sacado el *Diálogo de Carmelitas* de la cabeza, o tal vez, por la sorpresiva revelación de Ana Marie. Aquel y no otro podía ser el motivo para que hubiera escogido el rol de la monja. Quizás una chica con tendencias lésbicas —o decididamente lesbiana— tiene fantasías en torno a la vida conventual, como sucede con los jóvenes homosexuales católicos en relación al sacerdocio. El sueño de una vida espiritual para vencer la transgresión carnal. No estaba del todo seguro respecto a esas extrañas fantasías. En lo personal, él no las había sentido nunca. Jamás habría estado en sus planes convertirse en sacerdote para evadir la realidad, o en el mejor de los casos, para acostarse con sus compañeros de seminario. Y de inmediato pensó en lo rebuscado que era atribuirle a Ana Marie esas mismas extravagantes ideas por el simple motivo de interpretar a Blanche de la Force, o convivir con una chica llamada Zoé. Mejor parecía celebrar aquello que los unía. Todo encajaba en esa relación que se había dado cordial desde un comienzo. ¿Sabría la tía Isabel que su hija era lesbiana? La pobre tía Isabel ya tiene bastante con lo sucedido con Sanford, se dijo Matías, y descartó con una risotada esos pacatos pensamientos. Qué diría mi mamá si supiera todo esto. Eso sí sería jocoso.

En busca de Isabel, se dirigió a la cocina. Pensó si acaso no sería mejor quedarse a su lado en vez de arrancar hacia Brooklyn. Charitín estaba terminando de planchar unas prendas femeninas en medio de esa pulcritud que prácticamente lo había deslumbrado en la mañana. No había ninguna olla sobre algún fuego, ninguna verdura sobre las cubiertas de mármol, en definitiva, resultaba ser un espacio en completo desuso, como si en esa casa no se cocinara o no se comiera. Por contraste con la inutilidad de aquel ámbito, la dominicana le dijo a Matías que Isabel había ido nuevamente a servir la comida a Momentum. De inmediato, él pensó en la posibilidad de que la mujer estuviera mintiéndole. Era la misma excusa que su tía le había dado para justificar su inasistencia a la audición de Ana Marie. Pero Charitín no tenía motivo alguno para mentir. Mucho menos ante el orgullo con que le hizo a Matías el siguiente comentario.

—Son bien católicos los chilenos, ¿verdad?

—Sí, algunos... —contestó Matías, sin saber del todo si aquello constituía una virtud o un defecto para la mujer.

—La familia de ustedes, de seguro. La señora no me había contado que tiene un pariente sacerdote... ¡Ay, sí, mi cielo, es un verdadero honor!

Matías la miró sorprendido. Charitín había desenchufado la plancha y se dirigió a un anaquel desde el cual sacó un tarro de café.

—¿Te sirvo uno?

—Me gustaría mucho...

La mujer echó el café molido en la cafetera.

—Yo mismita contesté el teléfono hace un *ratico*. La llamaban de un monasterio en Pine City... —e hizo una pausa—. Monseñor Juan Bautista Reymond. ¿Tío tuyo, verdad?

Matías la observó sin saber qué decir. De inmediato, se escuchó a sí mismo:

—Primo hermano de mi padre.

—Entonces, también primo hermano de la señora Isabel —y sonrió incrédula con un extraño gesto—. Pero, mira, tenérselo guardado la señora tanto tiempo sin contármelo. Cuando sabe que yo soy católica devota. Un primo sacerdote y aquí tan cerquita...

Mientras el agua hervía, Charitín le sirvió unas galletas, al mismo tiempo que aseguraba que la iglesia católica tendría cada día más fuerza en los Estados Unidos, en la medida que más hispanos dejaran sus países de origen. Su argumento hacía creer que esas nuevas oleadas de inmigrantes cruzaban la frontera con un fin evangelizador.

—Vieras tú, mi vida, el fervor con que recibimos a la Virgen de Guadalupe en diciembre. Aquí, en la mismita Quinta Avenida, en San Patricio, se llena de hispanos creyentes. ¿Quieres que te diga una cosa? —hacía ya rato que lo tuteaba—, nosotros vamos a salvar a este país de la violencia y del terrorismo gracias a la fuerza de nuestra oración. Tú me entiendes, ¿verdad?

Pero Matías ya no la oía. Pensaba en Romina y Sebastián, sus lejanos compañeros de universidad perdidos en el panorama de las dos Américas, buscando desesperadamente a monseñor Reymond tal vez en México, cerca de la virgen de Guadalupe que Charitín traía a colación con toda la fuerza de su religiosidad. ¿No existía una virgen dominicana con el poder de congregación de la Guadalupana o del Carmelo? Y se preguntó de inmediato dónde quedaría ese lugar llamado Pine City, si acaso aquel sería el sitio donde el sacerdote se encerraría de por vida a esperar la muerte, si acaso en un último arrebato de amor familiar clamaba por la presencia de su prima Isabel.

CINCO

En algunos minutos ofrecerían la comida a esa considerable comunidad de enfermos, especialmente afro-americanos e hispanos pobres, tal vez muchos de ellos ilegales: la ciudad es a veces compasiva aunque cueste creerlo. Sentada junto a la entrada del enorme sótano de la iglesia del Apóstol San Pablo, en la calle 60 Oeste, Isabel Bradley estaba encargada de entregar a los clientes su respectiva tarjeta de *subway* de cuatro dólares y un cupón para que recibieran a la salida una bolsa de mercadería. Se había distraído leyendo un artículo en un ejemplar de las revistas que habitualmente entregaban a los enfermos. Revistas relacionadas con el tema del sida. Le había impresionado la fotografía en la portada de un reverendo presbiteriano infectado con el virus, decidido a entregar su testimonio a los cincuenta años de edad. No era algo que se diera todos los días. Más aún cuando el mismo religioso decía en el reportaje que siempre había sentido que las personas viviendo con VIH eran miradas en su iglesia como leprosas. Mi primer temor al conocer mi situación, decía el hombre, fue que Dios no me amara más.

Isabel levantó la mirada, conmovida. Una mujer negra con el rostro devastado por la enfermedad, la observaba como si tuviera por delante todo el tiempo del mundo. (¿Cómo decía ese tema en el musical *Rent* que había llevado a ver a los niños hacia tantos años? Ya lo recordaba: *¿Perderé mi dignidad? ¿A alguien le importa? ¿Despertaré mañana de esta pesadilla?*)

—Disculpa, Lucille, ¿quieres una bolsa de *pantry*?

La mujer movió afirmativamente la cabeza, como si se hubiera producido el milagro y los muertos retornaran a la vida. O simplemente había despertado de su pesadilla. Mascullaba algo ininteligible en voz baja, como si estuviera a disgusto por algún motivo impreciso, o, por el contrario, estuviera agradecida del todo.

Hace mucho tiempo que pienso que Dios no me ama, se dijo Isabel a sí misma, con la arrogancia de quien se lamenta de su suerte entre los más desposeídos en ese lado del mundo. Un buen rato antes, cuando Charitín había acudido presurosa y agitada junto a ella para informarle que tenía otro llamado telefónico, la cabeza le había latido fuertemente en la base de la nuca y creyó que podía perder el equilibrio. Llevaba medio día esperando ese aterrador momento, después de comprobar que Bill mantenía su celular apagado. Estaba claro que su marido no quería comunicarse con ella. Pero no era Sanford quien se encontraba al otro lado de la línea. De cualquier forma, era mucho más probable que su hijo se hubiera comunicado con ella a través del celular que tenía junto a sí. Una voz masculina repitió el mensaje que ya le había dado a Charitín.

—¿La señora Isabel Bradley?

—Sí, ella habla.

—De Mount Saviour Monastery en Pine City, New York, monseñor Juan Bautista Reymond necesita comunicarse con usted —dijo la voz con dificultad al pronunciar el nombre en español.

La ceremonia de la comida en el sótano de la iglesia del Apóstol San Pablo había comenzado. El encargado suministró las indicaciones necesarias respecto a horarios y disponibilidades en otras iglesias, en otros días de la semana, dio luego la bienvenida a un par de nuevos clientes con los consiguientes aplausos, y de inmediato dejó a Mary Dougherty para que compartiera una reflexión cristiana y una oración con los comensales.

—¿Está ahí, señora Bradley? —había repetido la voz del hombre por el teléfono.

Demoró algunos segundos más antes de reaccionar.

—Sí, aquí estoy...

—Le comunico con monseñor Reymond...

Se provocó un leve silencio antes de que pudiera reconocer su voz:

—¿Aló, Isabel?

En realidad, no la reconoció en absoluto. Aunque fuera una serena voz masculina, hablando su propia lengua, con los mismos tonos, las mismas inflexiones que ella conocía de toda una vida. Esa voz en la que se resumían todas las voces con las cuales ella había crecido en el fin del mundo, le decía:

—Hablas con tu primo Juan Bautista...

No supo qué responderle. No sabía cómo dirigirse a él.

—Buenas tardes, Juan —fue lo primero que se le vino a la cabeza. A un obispo desconocido había que tratarlo con sumo respeto. Tal vez debería haber dicho *monseñor*. Trataba de recordar su rostro, pero le resultaba una tarea casi imposible. El rostro que le vino a la memoria fue el de su sobrino Matías, lo tenía más cerca, más fresco, el encanto de su mirada, la lozanía de su piel, como si Matías hubiese sido una especie de hijo de aquel otro hombre desconocido. La extraña analogía tenía algún sentido. Eran los mismos genes, la misma sangre, la misma familia. En el rostro de Matías, Isabel podía encontrarse con el pasado. De cualquier forma, desconocía en realidad el semblante de ese hombre al otro lado de la línea.

—Estoy muy cerca de ti —dijo él, y a Isabel le pareció como si hubiera planteado una cercanía espiritual, por sobre el hecho de hallarse en un lugar llamado Pine City, en alguna parte del mismo estado en donde ella se encontraba. Semejaba un pastor dirigiéndose a sus feligreses. Un poco más que Mary Dougherty frente a los pacientes de sida en el sótano de esa iglesia. Pero ella tenía presente lo que Matías le había contado el día anterior sobre su repentina desaparición.

—Algo he sabido, Juan —dijo Isabel con cierto arrojo. Y volvió a pensar si acaso estaría bien que lo llamara por su nombre.

—¿Qué has sabido? —quiso a su vez saber él.

—Está en mi casa Matías, el hijo de mi hermano José Pablo...

—Ah, el muchacho escritor...

El sacerdote sabía que tenía un sobrino escritor e Isabel advirtió un gesto de cordialidad al reconocerlo. Hubiera querido agregar que los confundía, pero como el desorden estaba sólo en su cabeza prefirió callarlo.

—Sí, él mismo... Me contó que te has retirado a una vida de oración...

Quiso agregar, ¿no eres muy joven para retirarte a una vida de oración? ¿Qué puede mover a un hombre de sesenta años a retirarse del mundo, salvo la culpa o la difamación? Pero guardó silencio una vez más tal como a su vez lo hizo Juan Bautista Reymond. El sacerdote pareció agradecer la prudencia de la mujer. O quizás más aún, la discreción del muchacho venido del epicentro del cataclismo, y por consiguiente, conocedor de más detalles. Pero nada se remeció alrededor, ni en el piso de la calle 86 Este, ni en algún monasterio perdido en el Estado de Nueva York, y el sacerdote prosiguió con la misma naturalidad.

—Estaba revisando mi agenda y afortunadamente apareció tu teléfono, Isabel —y sonrió, o ella creyó sentir algo así como el sonido de una sonrisa—. Veo que no te has cambiado de casa porque tengo este teléfono desde hace mucho, mucho tiempo...

—Yo misma te lo di en Chile...

—No te lo puedo creer...

Ella sonrió a su vez. Por un instante le pareció que el príncipe de la iglesia estaba en pleno dominio de sus poderes. Nada en su voz ni en su modo de dirigirse a ella hacía pensar en algún estado de crisis. Nada había socavado su prestigio ni su sacralidad.

—La última vez que estuve en Chile, en los 90 —continuó Isabel.

—Claro que sí... Ahora lo recuerdo —señaló el sacerdote—. Estabas en Cachagua con tus niños, en la casa de José Pablo... Yo fui a celebrar misa a la parroquia de Zapallar. ¿Cómo están tus niños?

Isabel se preguntó si acaso Sanford no estaría tratando de comunicarse con ella en ese mismo momento y encontraría la línea ocupada.

—Muy bien, gracias —dijo con un repentino tono de frialdad, sin interés en aclarar edades, ni estados civiles, ni mucho menos clamar por su ayuda espiritual en ese momento que estaba viviendo. Entonces el sacerdote cambió de ese inquietante matiz sociable al aún más inquietante reclamo que Isabel creyó notar en sus palabras:

—Necesito verte, Isabel.

Ella repitió sus palabras en silencio. Necesito verte. Y se preguntó de inmediato qué podía mover a Juan Bautista en ese momento. ¿Tal vez como le había sucedido a ella misma, como le había sucedido al reverendo presbiteriano con sida, sentía él también que Dios no lo amaba más? Tuvo una alarmante sensación de inestabilidad, agudizada por lo que podía estarle sucediendo a Sanford en aquel mismo momento, y quiso que Juan Bautista no hubiese estado en ese lugar tan cerca de ella. Ha pasado mucho tiempo, se dijo Isabel. No hay ningún lazo que nos una.

—¿Te sería muy complicado venir a verme, Isabel?

¿Ir a verlo? ¿Ir a ver a monseñor Juan Bautista Reymond en su lugar de reclusión? ¿Distraerlo en sus oraciones? ¿Era eso posible? Se escuchó repetir lo que ya había pensado:

—¿Ir a verte?

—Tengo la impresión de que está relativamente cerca... —dijo el sacerdote evidentemente confundido. ¿Qué podía saber ese hombre de las distancias en el Estado de Nueva York? Pero a cambio de eso, ella dijo algo más razonable.

—¿Tiene algún sentido, Juan? No nos hemos visto en tantos años... —Y agregó—: No sé de qué podríamos hablar...

—Para mí sería muy importante.

—No lo sé. Francamente no lo sé...

—No sabes cuánto te lo agradecería, Isabel. Necesito hablar contigo. Comunicarte algo —dijo el sacerdote.

Los clientes de Momentum hacían dos filas a cada costado del mesón central, para recibir su comida. Pronto regresaría a su casa. Isabel miró el celular por si había alguna llamada perdida. Nadie la había llamado mientras Mary Dougherty intentaba unir a los enfermos con Dios. Sanford permanecía en silencio, más lejos que nunca. Cada vez menos hijo de ella, cada vez más hijo de Trisha Borger. Volvió a pensar en los temores del reverendo presbiteriano contagiado. ¿Era posible que los hombres de iglesia pudieran tener semejantes desconfianzas? Su primo, en cambio, no había parecido particularmente atemorizado al hablar con ella. Más bien parecía necesitado, como si ella fuera la única interlocutora posible. Necesito hablar contigo, comunicarte algo, había dicho. ¿Era posible que aún existiera algún lazo entre ellos? Había pasado demasiado tiempo desde esos veranos en el fundo de su abuela. Desde ese verano. Desechó aquellos pensamientos volviendo a la entrevista que recién había leído: el religioso señalaba haber tenido que luchar con personas que decían que el sida era la venganza de Dios contra la comunidad gay, o contra quienes utilizaban drogas, o cualquier otro estereotipo de esa naturaleza. No creo en un Dios que utiliza tal enfermedad mortal para herir a los seres humanos, agregaba el reverendo presbiteriano. No corresponde culpar a Dios por la infección que padecemos. E Isabel pensó si acaso ella, erradamente, en su soberbia, no culpaba a Dios por las cosas que le estaban sucediendo. Por todo lo que le había sucedido en el pasado. Por las infecciones padecidas y por las que aún venían en camino.

Tenía anotada en su agenda, guardada en un cajón de su escritorio, la dirección del monasterio en Pine City donde se encontraba monseñor Juan Bautista Reymond y su número telefónico. No había tomado ninguna decisión respecto a una posible visita.

Cruzó en un taxi por Central Park hacia el lado Este de la ciudad, rumbo a casa. La nieve había llegado hacía un buen rato. En las noticias de la tarde mostraban intensas tormentas hacia el oeste de la ciudad de Nueva York. Charitín ya se había ido junto a su marido y los tres hijos que aún vivían a su lado en el Bronx, y el departamento estaba más solitario que nunca. Le pareció que el comportamiento de la dominicana había sido más extraño de lo común, como si le hubiera molestado saber que ella tenía un pariente obispo. Si tendría que hacer cambios en su vida, Charitín sería la primera en desaparecer. Algo la incomodaba a su lado. Cuánto hubiera querido una empleada chilena como la que tenía su madre cuando recién llegaron a Washington, pero esa clase de servicios ya no era posible. Las antiguas sirvientas chilenas llevadas a los Estados Unidos por diplomáticos o gente adinerada, se habían terminado casando con hombres de trabajo (jardineros, cocineros) y se habían mudado a ciudades más económicas en donde comenzaban a echar raíces y a prosperar. Había que conformarse con la simple asistencia de la dominicana. No había señas de Ana Marie ni de Matías en el departamento, y sintió vergüenza de no haber sido capaz de controlar la situación delante de su huésped. Aunque sabía que ella no era la causante directa de que todo se hubiera escapado de sus manos, se dijo que, al menos, habría tenido que evitar que Matías los visitara, inventando alguna excusa cuando José Pablo la llamó desde Chile. Pero la tentación por conocer a ese muchacho había sido mayor. Pocas veces había conocido escritores y aunque apenas fuera el hijo de su hermano, ese chico era escritor. No asistía a presentaciones de libros y sólo en un par de ocasiones había logrado conseguir los autógrafos de importantes autores. Recordaba muy en particular el momento, tras varias horas de espera, en que Philip Roth le puso su firma en la página de

Pastoral Americana que ella le abrió en un local de Barnes&Noble: *Vivir consiste en malentenderlo, malentenderlo una vez y otra y muchas más, y entonces, tras una cuidadosa reflexión, malentenderlo de nuevo. Así sabemos que estamos vivos, porque nos equivocamos.* Supuso que, tras la audición de Ana Marie, era muy probable que los chicos hubiesen salido juntos a celebrar. En tal caso, también los acompañaría Zoé. De seguro lo pasarían bien. Creía que Ana Marie y Matías tenían mucho en común. La llamó a su celular.

Su hija contestó mientras se encontraba en una larga fila frente a las cajas de Whole Foods.

—¡Cuéntame, cómo te fue! —preguntó Isabel intentando parecer lo más entusiasta posible.

—Mañana me van a asignar un rol, mamá, para la temporada del próximo año. Creo que todo salió bien. Me habría gustado que me vieras...

—Me llamaron de urgencia de Momentum... Faltaba una persona para la entrega de los cupones. Me necesitaban, tú sabes. No puedo fallarles.

—Pero a mí sí puedes fallarme.

—No digas eso... ¿Matías está contigo?

—Ya ves que te estoy ayudando a atenderlo...

—Me alegra mucho...

—Creo que nos estamos entendiendo, tal como tú lo pensaste. Espero que se le haya ocurrido esperarme dentro. Está nevando fuerte en la calle...

—¿Dónde estás?

—En Whole Foods en Union Square. Vamos a comer a casa. A mi casa... Tengo que cortar, estoy llegando a la caja... ¿Cómo anda todo, mamá?

—Bien, bien... No te preocupes, cariño...

—Cómo que bien... ¿Está papá contigo?

—No, sabes que no...

—Entonces no mientas, mamá. Nada está bien.

Ana Marie cortó la comunicación con cierta brusquedad que a Isabel no le pasó inadvertida. Inquieta, encendió un par de lámparas de sobremesa en el salón. Le quedaba claro que Matías no le había dicho nada a Ana Marie respecto a lo sucedido con Sanford. Miró el número telefónico de su hijo en la pequeña pantalla luminosa de su celular. Estuvo a punto de llamarlo pero no se atrevió. ¿Qué podía decirle? ¿Qué podía preguntarle si él no había hecho ningún intento en comunicarse con ella? ¿Y si a última hora Bill había recapacitado y no le había contado nada a Sanford? La situación era enervante. Volvió a marcar el número de Bill. Su celular proseguía apagado, como si su marido estuviera castigándola por algún delito que ella no había cometido. Sintió que muy pronto todo eso llegaría a su fin. Incluido el odio. Porque, al contrario de lo que le había dicho a Matías, en verdad creía odiar a Bill desde hacía mucho tiempo, tal vez desde ese invierno de 1984 cuando, apremiado por los terribles acontecimientos, su marido se vio en la obligación de contarle acerca de la existencia del niño. Ese había sido el momento inicial del distanciamiento. Ante los ojos de los Reymond en Chile, los Bradley comenzaban a formar una perfecta familia con dos hermosos hijos, pero en rigor apenas habían logrado crear una perfecta mentira. El desastre podía retrasarse en aparecer, pero estaba claro que algún día llegaría. Aún así, en un principio, todo había sido diferente. Cuando tomaron la decisión de adoptar a Ana Marie, dos años antes, las cosas marcharon bien, en orden. Respecto a Sanford, en cambio, todo fue desorden. No hubo información alguna que dar, ni agencia que los hubiera seleccionado cuidadosamente, ni visitadoras sociales investigando el hogar de los Bradley, ni terapeutas familiares entrenándolos antes de la adopción. Por eso, la irrupción de Sandy en sus vidas, significó que Bill e Isabel se alejaran aún más de todas sus relaciones, concentrándose en los dos pequeños y en sus lecturas. No querían dar ningún tipo de explicaciones, mucho menos ella que había sido la última en llegar a ese desafortunado encuentro. Trisha Borger ya estaba enterrada desde hacía un par de semanas cuando Isabel conoció a su hijo y aceptó ser para él la madre más calificada. No le quedaba otro camino. Tenía claro que, dentro de la familia, las funciones de la mujer son más importantes que las del hombre. Así había sido en su caso respecto a sus propios padres. ¡Si no lo sabía ella! Una familia sin padre está incompleta, pensaba mañosamente, pero una familia sin madre es inimaginable, especialmente cuando hay niños pequeños. Y Trisha había fallado en ese torpe, claudicante proyecto. Ella no podía fallarle a ese niño. Pero nadie parecía reparar en sus sentimientos.

Al sufrimiento que Isabel atribuía a la frustración de no parir un hijo deseado, la desvalorización de no tener lo que biológicamente le correspondía, la culpa de no poder hacer feliz a Bill, había que sumar el hecho brutal de que Bill se había suministrado su propia felicidad con un hijo biológico fuera del matrimonio.

Aún así, eso no fue lo peor. Lo peor se fue revelando lentamente, día a día, en los meses posteriores a la llegada de Sanford.

Primero fueron los libros de fotografía coleccionados por Trisha Borger que comenzaron a irrumpir en su propia biblioteca, sutilmente, como si hubiesen sido libros prestados desde una biblioteca pública, intentando ganar terreno entre sus propias novelas. Muchas noches, recordaba Isabel, mientras ella atendía a los niños con esa ansiedad y ese nivel de estrés que generalmente se le asigna a las madres adoptivas, sorprendió a Bill encerrado en su propio mundo, hojeando esos libros extraños e invasores, con un horrible sentimiento de desgarro, como si en esas fotografías desconocidas por Isabel, él hubiera podido reconocer la parte más real de su propia vida. Invariablemente, en la primera página de todos aquellos libros, aparecía el garabato de la firma *Trisha Borger, Brooklyn,* y el mes y el año en que lo había adquirido. Años después, muchos años después, cuando Sanford ya era un muchachito, en algún momento de lucidez o de desesperación, Bill se encargó de arrancar esas primeras páginas en blanco salvo por la firma de su antigua propietaria. Quizás, de esa forma, Bill pretendía que Sanford no se enterara nunca de la existencia de una mujer llamada Trisha Borger que alguna vez había vivido en Brooklyn. Aunque, perfectamente, él podría haber comprado esos libros de segunda mano y de esa forma, haber evitado cualquier clase de explicación al respecto.

Después aparecieron sus trabajos fotográficos. Isabel los encontró en un cajón en uno de los escritorios del salón que Bill generalmente manejaba con llave. Eran varias anticuadas carpetas de cartulina negra en las cuales había una infinidad de fotografías y tiras de pruebas, con retratos de jóvenes desconocidos, chicos y chicas posando ante la cámara de Trisha Borger, algunos en actitudes naturales, casi como si le hubieran comisionado un retrato, otros bailando, otros actuando, algunos intentando imitar a estrellas de Hollywood. En una de las carpetas había una serie de retratos de una joven con pecas pintadas en el rostro, los ojos agrandados por el pesado maquillaje circense y lo que parecía ser una especie de peluca de payaso. Isabel no supo cuál era el motivo por el que Bill guardaba esas fotografías en particular en una carpeta aparte. Como Isabel nunca había conocido a Trisha, llegó a creer que tal vez eran autorretratos. Es decir, su oponente fantasma tenía la autoestima de un payaso. En aquella ocasión, a Isabel se le vino a la cabeza el vago recuerdo de los tonys del Circo Las Águilas Humanas, en el Teatro Caupolicán, al cual iban año tras año en Santiago, para las Fiestas Patrias.

De cualquier forma, las fotografías payasescas de Trisha no guardaban relación alguna con sus recuerdos felices del circo favorito de su infancia, y por ello tenían aún menos cabida en su casa. Pero Trisha ya estaba dentro. Se había colado subrepticiamente. Nadie le había impedido la entrada. Alguien, cualquier visitante, incluso Charitín, abriría alguna puerta y se encontraría a boca de jarro con ella. El payaso anónimo tenía derecho a ocupar espacios que antes sólo le pertenecían a Isabel.

Alarmada ante este recuerdo (la noche en que Matías esperaba a Ana Marie en la puerta de Whole Foods), Isabel abrió nuevamente los cajones de esos estúpidos e inútiles escritorios dispersos por el *living-room*. Los habían puesto allí cuando comenzaron a preocuparse de la decoración del departamento, y algún decorador les dijo que dos lectores de su talla debían imitar el buen estilo de vida de los ingleses. Al fin y al cabo, una sudamericana presuntuosa y un vulgar americano criado en Queens por una madre abandonada, ambos sin estilos propios y capaces de adquirir un buen departamento en el upper east side, tenían todo el derecho a pasar por elegantes aunque sólo fuera por obra de la imitación social. Por cierto, el decorador en cuestión no habló de vulgaridad ni de petulancia ante sus clientes y, por el contrario, pecó el mismo de vanidoso al mencionar a Molineux, el más exitoso y sofisticado de los decoradores chilenos, dijo, entre sus relaciones comerciales. La intranquilidad de Isabel esa noche fue en aumento al comprobar que no había ninguna de las carpetas de Trisha en ninguna de las gavetas de ninguno de los escritorios. Aunque parecía bastante obvio que Bill las hubiera empaquetado antes que sus propios libros. Pero los libros seleccionados por su marido para llevárselos consigo aún estaban allí, en los rincones de la sala, embalados a medias, como si repentinamente Bill hubiera perdido todo interés en ellos. Isabel volvió a revisar los cajones, esta vez con desesperada urgencia, y volvió a comprobar que estaban vacíos. Con pasos rápidos se dirigió al antiguo dormitorio de Sanford que desde hacía algún tiempo ocupaba Bill. En el amplio clóset estaba prácticamente toda la ropa de su marido, salvo lo que se había llevado puesto. Fue abriendo una a una las gavetas de los muebles del dormitorio de su hijo y en ninguno encontró las carpetas de fotografías. Pero Isabel no estaba pensando en todas las viejas carpetas de cartulina negra de Trisha Borger. Estaba pensando en una en particular.

La había descubierto recién cuando su hijo Sanford se había mudado a Baltimore, después de su matrimonio, y Ana Marie había tomado la decisión de irse a vivir a Brooklyn con su amiga Zoé. Isabel tuvo que reconocer entonces, con verdadero horror, que aquellas fotografías que tenía en sus manos, habían convivido con su familia por todos esos años.

¿Cómo las descubrió? Sucedió así. Cierta mañana, Sanford la había llamado desde Baltimore para rogarle que le buscara una pequeña agenda electrónica cargada de números telefónicos que, al parecer, había dejado olvidada en algún mueble de su dormitorio. Estaba casi seguro de que el objeto se encontraba en una de las mesas de noche. Isabel comprobó de inmediato que la agenda electrónica no estaba en ninguna de las dos mesitas, y extendió su búsqueda por los otros muebles de la habitación vacía de su hijo. (Bill aún no se había mudado del dormitorio principal).

Era al fondo de la gaveta más insignificante, la más perdida en el clóset de Sanford, en donde Bill había ocultado su más preciado tesoro. Las fotografías que Trisha Borger había realizado de su propia muerte estaban con más derecho que ninguna otra, dentro de una fúnebre carpeta de cartulina negra. Al parecer, la mujer había planificado la sesión final con toda la frialdad de la profesional que era. Isabel observó las fotografías con verdadero estupor, porque finalmente, después de tantos años, tenía la oportunidad de conocer al amor perdido de su marido. Allí estaba sin ninguna posibilidad de un saludo, mucho menos de darle la mano. Trisha Bolger había dispuesto la cámara automática seguramente sobre un trípode, frente a su cama deshecha, y había disparado el obturador al mismo tiempo que apretaba el gatillo sobre su cabeza. ¿Era eso posible? ¿Era eso imaginable? De cualquier forma, era Trisha en el papel, sorprendida por sí misma en la hora de su muerte. La secuencia fatal proseguía paso a paso, con toda la destreza de la cámara automática, ante el atroz asombro de Isabel, mientras la fotógrafa caía hacia atrás sobre la cama, y el rostro inicial de la secuencia se transformaba en una masa informe, sin lógica alguna, como si la muerte le hubiera arrebatado su calidad de ser humano. Eso no era todo. Como si Trisha hubiese sabido claramente que los niños muy pequeños necesitan para su bienestar cierta suma de respuestas emotivas, a un costado, sobre la misma cama en la que ella terminaba por desplomarse, alcanzaba a verse al niño, un bulto menor sin apariencia alguna, pero sobresalía un pie o una mano, algún pequeño detalle fisiológico, porque al lado de la muerte que disolvía a su madre, la vida inicial de Sanford parecía adquirir mayor carácter.

Isabel no supo cuánto tiempo sostuvo aquellas fotografías en sus manos, aquel día, sentada en el borde de esa otra cama que, hasta hacía pocos días, ocupara Sanford durante gran parte de su vida adulta. Después, las volvió a poner dentro de la misma carpeta negra y las devolvió a su escondite. En ese momento, Isabel creyó que sería incapaz de enfrentar a Bill, porque lo había descubierto en su más íntimo secreto, como si el hombre la hubiera estado engañando todos esos años haciendo el amor con un cadáver. Había algo excesivamente sucio, a su juicio, en esas obscenas, macabras fotografías escondidas. Y lo que era peor, involucraban también a Sanford, como si el niño hubiera sido una especie de víctima de aquellos depredadores, por mucho que se hubiera gestado en el vientre de la mujer.

La agenda electrónica de Sanford no apareció por ninguna parte y así se lo había hecho saber, lacónicamente, a su hijo. Al otro lado del teléfono, el muchacho se sorprendió una vez más ante la falta de interés de su madre en las pequeñas trivialidades de la vida doméstica.

Aquella noche del encuentro de las fotografías, lo recordaba muy bien, Isabel le mintió a su marido. Le dijo sentirse terriblemente mal y que necesitaba dormir sola. Bill no pareció darse cuenta de nada extraño en su comportamiento y fue él mismo quien le pidió a Charitín que le preparara el antiguo cuarto de Sandy. A la noche siguiente, Isabel siguió diciendo sentirse mal y Bill le sugirió que fuera a ver a un médico. Ella se dio cuenta de que su marido insinuaba la posibilidad de una incipiente menopausia. Al cabo de una semana, él había descubierto la comodidad de dormir solo y de seguro se preguntó si acaso no habían permanecido juntos, en el mismo dormitorio, tan solo por darles una buena imagen a sus hijos. Ahora que los muchachos ya no estaban en casa, ellos podían sutilmente separar caminos aunque fuera apenas durmiendo alejados. Más de una vez, en las noches siguientes, Isabel imaginó a Bill mirando las viejas fotografías del cadáver de Trisha. Le siguió pareciendo algo tan obsceno, siempre ligado a lo sexual, el deseo de su marido por una muerta, tal vez incluso la posibilidad de que se masturbara con aquel material pornográfico, que hasta llegó a pensar en abandonarlo. Pero no fue capaz.

Las fotografías ya no estaban allí, en el escondite secreto de Bill. Y el teléfono no sonaba. Hacía mucho rato que había oscurecido y no había ni una señal de Sanford después del encuentro con su padre. Isabel no podía sacarse de la cabeza la idea de que Bill había llevado consigo esa carpeta para mostrársela a su hijo.

¿Así, de esa forma, terminaría todo? ¿Era posible tal grado de desquiciamiento? No creía ser tan culpable de nada para que Sanford renegara de inmediato de ella. Incluso ante la carpeta negra abierta, el balazo que aún retumbaría en los oídos de todos, y el abismo al cual podían conducirlo aquellas fotografías, al momento que Bill le decía, ¿quieres conocer a tu verdadera madre, hijo? ¿Quieres verte a ti mismo en ese último momento junto a la mujer que te dio la vida?

Ana Marie le pidió a Matías que atendiera a la puerta de calle, porque ella estaba en la cocina preparando una salsa, y Zoé no salía aún del baño. Debían ser los invitados que estaban llegando. A petición también de Ana Marie, Zoé había sacado el CD de alguna ópera que estaba escuchando y lo había reemplazado por el CD de una comedia musical en que había actuado recientemente. Le aclararon a Matías que, de ahí en adelante, sólo hablarían en inglés, ya que Zoé no hablaba ni una palabra de español.

—Estuve apenas en el coro —aclaró Zoé, respecto a su presencia en el musical, antes de encerrarse en el baño. Era una muchacha alta, muy pálida, con una enorme mata de pelo cobrizo que movía como si fuera una modelo. Las dos mujeres se habían besado en los labios no bien entraron al departamento, antes de que Ana Marie acudiera a dejar las compras a la cocina y Zoé se excusara por no haber acudido a la audición en Juilliard.

—No te preocupes —le gritó Ana Marie desde la cocina—, mamá tampoco fue. Ya las quiero ver cuando me convierta en una *prima donna* y ni las mire.

El departamento era informal y juvenil, levemente desordenado, algo anticuado por no decir directamente viejo, tal como Matías se lo podría haber imaginado, de acuerdo a las numerosas películas sobre la vida en Nueva York que alguna vez hubiera visto. Muchísimo menos que el amplio y cálido departamento de Meryl Streep en *Las Horas*, mucho más parecido al reducido espacio de Meg Ryan en *Tienes un e-mail*. (A propósito de películas, antes de encontrarse con Ana Marie, Matías había encontrado en Virgin, en una de las esquinas de Union Square, el DVD en oferta de *La decisión de Sophie*.)

Al abrir la puerta que daba al vetusto pasillo interior, Matías supo que no se encontraba frente a cualquier invitado. Lo más probable era que aquel hombre no hubiese sido invitado del todo porque en rigor nadie en ese departamento esperaba a Sanford Bradley. Hasta donde él lo tenía entendido, la única que podía esperarlo a esa hora era su madre en la calle 86 Este, al otro lado del East River. Matías lo reconoció de inmediato pese a los años transcurrido desde aquel verano en Cachagua. Quizás debido a que en el salón del duodécimo piso había una fotografía enmarcada del día de su matrimonio con Susan Daniels. Por el contrario, el visitante no lo reconoció a él. Le preguntó en inglés por su hermana Ana Marie.

Matías lo hizo pasar sin entrar en familiaridad alguna. Notó que pese a la hora, Sanford no portaba ningún equipaje, salvo un impermeable mojado por la nieve y una carpeta negra en las manos, como si hubiera sido sorprendido repentinamente en algún momento del día, y hubiera tenido que viajar desde Baltimore sin preparación alguna. Su aspecto desaliñado y su actitud excitable confirmaban esa posibilidad. No le cupo duda alguna que había sucedido lo peor. Con esa convicción sobre su espalda, Matías caminó unos pasos hasta la cocina en donde Ana Marie vaciaba su salsa desde la procesadora a un par de pocillos.

—Es Sanford —le dijo simplemente.

—¿Sandy? —preguntó ella sorprendida, y rió—. ¿Qué hace Sandy aquí?

Iba a ir a su encuentro cuando Matías la tomó por un brazo.

—Algo grave debe haber sucedido —le dijo en voz baja.

Ana Marie se detuvo y lo enfrentó con firmeza.

—¿Qué sabes tú?

Matías se puso muy nervioso. Lamentó encontrarse allí en ese momento. Pero tenía que cumplir con el pacto hecho con Isabel.

—No... no sé...

—¡Entonces por qué me dices eso!

Matías guardó silencio. Ya había hecho la advertencia antes de que los dos hermanos se encontraran. ¿Qué más podía agregar sin traicionar la confianza que Isabel había depositado en él? No estaba dispuesto a decir ni una sola palabra más. Permaneció de pie en la cocina de muebles anticuados, con cañerías a la vista y un gran pizarrón en donde la pareja clavaba fotografías, observando la salsa que Ana Marie había depositado en sendos pocillos de loza blanca. Vio también un par de fuentes con ensaladas. En el horno algo debía estar asándose porque de pronto sintió más calor que en la sala. Pensó en que el esfuerzo que hacía por no enterarse de nada, apelando a todos los desconocidos mecanismos internos para no oír, cumplía su efecto, porque no oyó nada, ni un gritito de sorpresa por parte de Ana Marie, ni un desgarrado lamento por parte de Sanford. Los hermanos parecían haberse reencontrado en la más absoluta calma. Apenas siguió escuchándose el acompasado sonido del ligero musical en que Zoé había actuado como corista. Al cabo de un instante, sintió el sonido de una puerta que se cerraba. Entonces, Matías regresó a la sala. Ana Marie y Sanford habían desaparecido. No sabía si habían salido a la calle o se habían retirado a conversar en la intimidad de un dormitorio.

Matías tuvo un súbito recuerdo de aquel verano en Cachagua en 1995, cuando los dos muchachos habían actuado de manera similar. Las cosas no habían sido tampoco fáciles para José Pablo y Marita ese verano. Isabel Bradley había anunciado su visita un poco antes de la Navidad del año anterior, cuando los Reymond Alemparte ya tenían muy definidas las largas vacaciones veraniegas. Matías recordó que su madre había tenido que regresar de Cachagua a Santiago el día del arribo de Isabel y sus hijos. Con verdadero fastidio descontinuó el cuidado de los jazmines, las buganvillas y los hibiscos de su exuberante jardín costero, para permanecer junto a los parientes norteamericanos en la casa de Vitacura. La infalible orden de José Pablo era que su hermana se sintiera lo más cómoda posible. Marita contó después en Cachagua que Isabel no parecía tener mayor interés en pasar una semana en el hermoso balneario, y quería permanecer la mayor parte de su visita a Chile recorriendo la ciudad de Santiago que, a esas alturas, le era por completo desconocida. Al parecer, quería familiarizar a sus hijos con aspectos del paisaje de su niñez y adolescencia. Sin embargo, todo había cambiado después de los largos años de la dictadura de Pinochet, y Santiago había pasado de ser una ciudad provinciana a una capital moderna y sin estilo definido, parecida a cualquier ciudad del interior de los Estados Unidos, aunque, por cierto, los pobres en las calles no permitían olvidar que se encontraban en el Tercer Mundo. Isabel tenía vagos recuerdos del centro de Santiago, de sus elegantes cines, de sus grandes tiendas, de algunos restaurantes o cafés a los cuales había ido alguna vez con sus padres, cuando niña, pero todo ese mundo había desaparecido por completo. Eso pareció desanimarla junto al desinterés de sus dos hijos por vagar junto a ella por una ciudad que no les decía nada. Isabel quería ver también el nuevo aspecto del remodelado Palacio de La Moneda, caminar por las antiguas calles convertidas en paseos peatonales, aunque nadie tuvo que decirle que en el centro de la capital ya nada tenía la elegancia de antaño, y la *gente bien* vivía recluida en sus exclusivos dominios, cada vez más arriba, más cerca de la cordillera.

Pasada una inagotable semana en que Isabel no paró de vagabundear por Santiago, muy pocas, poquísimas veces acompañada por Marita o por José Pablo, la mayor de las veces sola —o junto a sus niños cuando se trataba de conocer un nuevo mall—, los padres de Matías consideraron que ya era tiempo de regresar a Cachagua. Habían dejado a sus hijos al cuidado de un par de empleadas, aunque en las residencias cercanas del balneario se encontraran también veraneando otros parientes que podían echarle un vistazo a los niños. De tal forma, a Isabel no le quedó otro camino que aceptar la invitación a Cachagua antes de regresar a Nueva York.

Fue en ese momento cuando Matías y sus hermanos conocieron a los primos gringos. Llegaron junto a José Pablo y Marita un día viernes, y hubo que hacer una rápida redistribución de dormitorios que incomodó a todos. Felizmente la casa de Cachagua era relativamente grande, aunque igual hubo que compartir habitaciones. Ana Marie parecía mandar porque fue ella —Matías estaba seguro de eso—, fue ella quien decidió dormir junto a su hermano, y no con sus primas. A Isabel le habían acomodado un dormitorio especialmente para ella sola. En los días previos a su llegada hasta llamaron a un maestro para que pintara las paredes del cuarto. También trajeron sábanas nuevas, y una hermosa colcha, de acuerdo a lo que comentaron las confianzudas empleadas en la cocina.

Los niños Bradley no dejaron nunca de permanecer juntos, como si se hubieran estado cuidando entre ellos mismos, e incluso como si hubieran creído que su madre los desatendería, preocupada por reencontrarse con su familia. Ana Marie se acomodó de mejor forma a todas las situaciones, especialmente a la comida. Porque Sanford decididamente detestó todo lo que le servían. Al parecer era un adicto a las hamburguesas. O aquella era su forma de rebelión. Al enterarse de que no había un MacDonald en las cercanías, tuvo una verdadera pataleta, y ponía cara de asco ante las veraniegas humitas, las ensaladas de tomate con cebolla y cilantro, los porotos granados o el pastel de choclo. No así su hermana quien en más de una ocasión pidió repetición.

Fue precisamente a la hora de almuerzo, tal vez ese primer domingo —los mayores habían ido a almorzar a Zapallar—, cuando Matías pudo advertir la gran unión que existía entre Ana Marie y su hermano. Los niños habían quedado una vez más al cuidado de las dos empleadas de confianza, en el momento que Sanford delante de todos sus primos lanzó la cuchara sobre el plato de porotos granados y se paró furioso de la mesa puesta en la terraza, frente al mar. Ana Marie se paró detrás de él y lo siguió hacia el interior de la casa. Matías se sintió autorizado a poner calma —era el mayor—, y se paró también.

La chiquilla se encontraba sentada sobre una cama, mientras el niño estaba echado boca abajo, en la tranquilidad del segundo piso, y ella lo aconsejaba.

—Es apenas una semana más —le decía en inglés—. ¿Por qué crees que papá no quiso venir?

—Porque tiene miedo de volar —respondió seguro el niño.

—No —argumentó Ana Marie—. Porque sabía que aquí lo pasaría mal. A mí también me habría gustado quedarme en New York. Pero mamá es la que manda, ¿no te das cuenta? Siempre se ha hecho lo que ella dice. Esta es su gente, aunque sean unos antipáticos, son sus parientes.

—Ella tampoco lo pasa bien —repuso Sanford—, estoy seguro que no lo pasa bien.

—Pero tenía que venir. ¿Te imaginas si a ti y a mí nos alejaran de papá y mamá como le pasó a ella?

—¿Qué le pasó a ella?

—Se quedó sola en los Estados Unidos cuando se casó con papá. Su papá se murió sin que ella lo volviera a ver. ¡Imagínate que nos mandaran solos a otra parte! ¡Que nos quedáramos sin nuestra familia! ¡Que nuestros padres se murieran y no los volviéramos a ver más! ¿Qué sería de nosotros?

Esa noche en el departamento de Brooklyn, se cumplía el vaticinio. Los dos hermanos estaban nuevamente encerrados en algún cuarto, muy lejos de ese verano en Chile. Ana Marie y Sandy Bradley imaginando cómo sería la vida sin papá ni mamá, de acuerdo a lo que Bill le hubiera contado a su hijo esa mañana en Baltimore. Tal vez —era poco probable— Sandy recordaría también ese lejano momento en que su hermana se lo había advertido en la casa de playa de esos parientes insoportables.

¿Te imaginas si nos alejaran de papá y mamá? ¿Te imaginas que nos quedáramos sin nuestra familia? ¿Qué sería de nosotros?

¿Qué va a ser de mí?, le estaría diciendo Sanford a su hermana, ahora que he descubierto que nunca he tenido madre, que la que alguna vez tuve se pegó un balazo en la cabeza cuando yo apenas tenía unos meses de vida.

Zoé abrió la puerta del baño sin haberse enterado de nada. Apareció con el pelo aún mojado, lo que la hacía lucir levemente vulgar. Miró a Matías sonriendo.

—¿Qué tal? —le preguntó poniéndose una pulsera, mientras iba al equipo de música a cambiar el CD—. ¿Todo bien?

—Vino Sanford —le dijo él.

—¿Sandy Bradley?

—Y hay algo puesto en el horno.

—*The tilapia!* —gritó Zoé, y de acuerdo a la carrera que pegó hacia la cocina, pareció importarle más la comida que la visita de su cuñado. Matías la siguió hasta la cocina. Zoé había sacado una fuente desde el horno y comprobaba el grado de cocción del pescado.

—¿Están en el dormitorio? —preguntó, y de inmediato agregó—: El pescado está listo.

¿Qué podía decirle a esa mujer desconocida? Matías pensó en la posibilidad de contarle parte de los acontecimientos. Al fin y al cabo, Zoé era la pareja de Ana Marie, y por lo tanto debería estar al tanto de todo, pero prefirió guardar silencio.

—Hace poco rato —agregó Matías lacónicamente.

Zoé miró la hora en su reloj.

—Nuestros amigos están retrasados y el pescado ya está listo... —insistió.

Definitivamente, pensó Matías, lo único que a Zoé le importa es la comida. El cabello se le comenzaba a secar ante el calor proveniente del horno, y volvía a tomar cuerpo como antes de ingresar al baño. Parecía estar a punto de entrar a escena.

—No debe estar sucediendo nada bueno —comentó Zoé, como si la obra teatral hubiera comenzado al fin—. ¿Qué está haciendo Sandy a esta hora en Nueva York? ¿Y vino sin su mujer?

—Llegó solo —agregó Matías, buscando las palabras en inglés con cierta dificultad.

Volvió a sonar el timbre de calle.

—Ahí llegaron —dijo Zoé y fue hacia la puerta.

Disgustado por sus sentimientos confusos, Matías caminó nuevamente tras ella. Experimentaba una vez más la sensación de encontrarse fuera de lugar. Pero, al mismo tiempo, todo aquello le provocaba gran curiosidad. ¿No era él quien tenía mayor conocimiento de lo que podía estar sucediendo? Mientras Zoé recibía a tres personas jóvenes, Ana Marie salió sola del dormitorio. Estaba algo pálida e inquieta, como si no supiera qué actitud tomar. De seguro ella también había oído el sonido del timbre. Sin perder tiempo, llamó aparte a su primo.

—Es un asunto muy complicado, Matías. Pasó algo extraño que tenemos que aclarar con mamá —le dijo, pero ya Zoé avanzaba hacia el centro de la sala, como si se hubiera escapado del coro de un musical de Broadway y repentinamente hubiera asumido uno de los roles estelares. Al parecer, no le daba mayor importancia a la situación que pudiera estar sucediendo con los hermanos Bradley, y tal como Matías lo había advertido unos minutos antes, cuando el pescado fue el centro de su existencia, ahora asumía el rol de la perfecta anfitriona.

—Les presento a Matías Reymond, primo chileno de Ana Marie —dijo en voz alta, sonora.

—*Hi*, Matías —dijeron los tres al unísono, mientras uno detrás del otro, los dos muchachos le dieron la mano, y luego la chica que los acompañaba le dio un beso.

Ana Marie observaba en un segundo plano, con el rostro imperturbable, como si nada de aquello estuviera sucediendo. Como si esa no fuera su casa, ni Zoé su pareja, ni Matías su primo, ni Sanford, agazapado en el dormitorio, menos que nadie, fuera el hermano al que, una vez más, debía proteger.

SEIS

La primera sesión del cursillo *El lugar donde habitamos* fue dos días después, la mañana del jueves. Ante una pequeña audiencia de no más de quince alumnos, el profesor abordaba las circunstancias en torno a las cuales Scott Fitzgerald había escrito *The Great Gatsby* en 1925. Vivía por entonces con Zelda, su mujer —contaba el profesor—, en Great Neck, una localidad costera muy cercana a Manhattan, conectada a la ciudad por el ferrocarril de Long Island. Como la pareja parecía vivir en la búsqueda de los adinerados, en Great Neck los rodeaban nuevos ricos del espectáculo como el gran Florence Ziegfeld.

—¿Recuerdan las *Ziegfeld Follies*? —preguntó el entusiasta experto sonriente ante las viejas imágenes de Hollywood que, de seguro, se le vinieron a la cabeza. Había que reconocer que la mayoría de los participantes eran posibles jubilados aficionados a la literatura, escritores frustrados, eternos estudiantes, quienes se interesaron de inmediato en la anécdota e intercambiaron festivos comentarios entre sí. Aunque de la historieta intrascendente podía sacarse una primera lección: la presencia del gran Ziegfeld gravitaba en el modo como aquel otro gran Gatsby enfrentaba a sus invitados en las maratónicas y espectaculares fiestas que daba en la novela. No cabe duda de que Scott se inspiró en esos vecinos extravagantes para crear el ambiente fatuo que rodea a Jay Gatsby, prosiguió el profesor creando una atmósfera de complicidad, como si los alumnos del cursillo fueran aquellos excéntricos visitantes de los años 20 bailando charlestón en la terraza de Gatsby. De cualquier forma, era más probable que los propios Fitzgerald vivieran en una cabaña similar a la que ocupaba Nick Carraway, el narrador de la novela, frente a su opulento vecino.

—Ustedes sabrán que su obra y su vida son una misma cosa, ya que Scott sólo escribió de sí mismo y de lo que lo rodeaba más íntimamente —señaló de inmediato el profesor.

Parecía ser una historia de arribismo y desesperanza que debía sostenerse a cualquier precio. Tanto en la ficción como en la vida real, recalcó luego. La semejanza entre aquel héroe perdedor y el escritor que terminó haciendo del fracaso su estilo de vida, provocaba en Matías Reymond un particular interés, mucho más que las imágenes de las mansiones de aquellos nuevos ricos en ese Long Island que ni siquiera lograba ubicar bien en el imaginario mapa de su memoria.

El profesor habló luego del permanente derrumbe en la obra del escritor norteamericano y citó algunos textos, pero a Matías se le quedó grabado el siguiente: *Una noche de fatiga y desesperación hice mi maleta y me alejé quinientos kilómetros para pensarlo. Arrendé una pieza de a dólar en un pueblucho oscuro donde no conocía a nadie y gasté todo lo que llevaba en carne cocida, galletas y manzanas... yo sólo quería absoluta tranquilidad para descubrir por qué se había incubado en mí una actitud triste hacia la tristeza, una actitud melancólica hacia la melancolía y una actitud trágica hacia la tragedia: por qué había llegado a identificarme con aquello que me producía horror o compasión.*

No había que ser muy astuto para comprender el motivo por el que a Matías lo conmovió aquel pasaje. Yo también hice mi maleta, se dijo a sí mismo en la sala de la Universidad de Nueva York al momento de un ligero *break*, sintiéndose aislado porque no tenía nada que aportar en torno al cuento del gran Ziegfeld. Le parecía lamentable que sus compañeros fueran diletantes en busca de alguna actividad cultural, con quienes, en apariencia, él no tenía nada en común. No era lo que hubiera esperado antes de salir de Chile. Quería compañeros parecidos a los que había tenido en la Universidad Diego Portales, gente de su misma generación con los cuales pudiera crear algún vínculo —incluso uno de los chicos orientales que había visto con anterioridad en los pasillos—, pero había optado por el lugar donde no habitaba, y debía pagar las consecuencias. Es lo que le ha sucedido al hombre desde que abandonó el paraíso y se encaminó hacia el Este. Se había alejado sin pensarlo, mucho, muchísimo más de quinientos kilómetros de aquel otro lugar en donde habitaba desde siempre, no digamos el paraíso en el fin del mundo. No estaba particularmente desesperado —estaba más bien desconcertado—, ni había tenido que arrendar una pieza de a dólar en un pueblucho oscuro, porque, al contrario, continuaba habitando en el departamento de su tía Isabel en la calle 86 Este (siempre el Este) desde donde nadie lo arrojaría porque sus parientes estaban de cabeza en otros asuntos más graves. Asumía la responsabilidad de ser testigo de lo que allí ocurría: Nick Carraway viviendo a las sombras de la mansión de Jay Gatsby. El ejercicio de la contemplación de la riqueza de la que hacía no mucho le había hablado la hermana de su padre. No había tenido que gastar todo lo que trajera desde Chile en carne, galletas o manzanas, ya que aún seguía protegido por la leve luminosidad que irradiaban las lámparas de sobremesa en el ámbito de los Bradley. Aunque habría que insistir que Charitín no cocinaba tanto como él hubiera querido. No había sido capaz de moverse de allí porque en apenas tres días se había ido incubando en él una actitud triste hacia la tristeza, tal vez menos una actitud melancólica porque sentía que allí la melancolía no tenía cabida. Y decididamente comenzaba a enfrentarse con alguna forma de insospechada tragedia.

Lo que estaba sucediendo en torno a Isabel y a sus hijos identificaba plenamente a Matías, como si él hubiera sido ese otro hijo que aquella mujer podría haber tenido en Chile en una vida distinta. Ese podía ser el motivo por el que, involuntariamente, tendía a dejar a Bill fuera de la historia. El horror, sin embargo, no tenía cabida. Tal vez, la compasión.

La noche del martes anterior, cuando llegaron los auténticos invitados al departamento de Ana Marie y Zoé en Brooklyn, todo había perdido rápidamente el rumbo, porque Ana Marie regresó de inmediato al dormitorio en donde se encontraba Sanford, y Zoé tuvo que conformarse con las rápidas y formales explicaciones que pudo darle Matías, mientras la tilapia se enfriaba en el horno apagado de la cocina. Acto seguido, aparecieron de vuelta en la sala los dos hermanos con claras intenciones de salir a la calle. Ana Marie pidió disculpas a las visitas que ya comenzaban a manifestar signos de inquietud, y Zoé miró a Sanford con un odio indisimulado, como si lo culpara de la fastidiosa situación. Sin reparar en qué sucedería con Matías —al fin y al cabo podía ser el más desorientado en aquel entrar y salir de personas—, los Bradley se marcharon en silencio, tal como Sanford había llegado un rato antes. Parecían Hansel y Gretel, hambrientos y dispuestos a buscar la casa de jengibre en medio de la noche. ¿En qué bosque? ¿En Central Park?

—¡La diva nos deja! —señaló Zoé riendo, perpleja ante los invitados que se miraban entre sí, uno de ellos todavía con un par de botellas de vino en las manos. Pero era evidente que Zoé no tenía ningún deseo de reír. Porque prácticamente le arrebató las botellas al amigo que permanecía de pie en medio de la sala, y con el pretexto de ir a buscar copas se retiró a la cocina, en donde Matías la encontró llorando junto a las fuentes con ensaladas.

—*That mother fucker!* —gimoteó, perdiendo por completo la compostura ante la evidencia del rechazo experimentado hacía algunos segundos por parte de Ana Marie. Aunque no era su amante la hija de puta, sino Sanford. El imprevisto garabato relajó por completo a Matías quien estuvo a punto de soltar la risa. Zoé hacía el intento de abrir una de las botellas y Matías comprendió que una risotada era lo menos adecuado en esas circunstancias. Con delicadeza le quitó el sacacorchos y prosiguió con la operación, mientras Zoé se limpiaba los ojos con un repasador.

—*Sorry* —dijo, advirtiendo el exabrupto—. Yo sé que los padres de Ana Marie se están separando. Lo que no comprendo es qué hace Sandy por acá a estas horas de la noche. Esto no tiene ningún sentido —intentó explicarse a sí misma.

—Tal vez la tía Isabel necesita conversar con sus dos hijos —dijo Matías convertido en la prudencia misma. Tenía que estar particularmente atento porque la mujer hablaba en un inglés furioso y por eso mismo, menos comprensible.

—¡No! En ese caso, Isabel habría llamado a Ana Marie. ¡Insisto! ¡Esto tiene que ver con Sandy! Esto es asunto de Sandy, aquí está pasando algo muy raro. Tal vez se cumpla lo que Ana Marie siempre temió —dijo Zoé. O eso al menos fue lo que Matías entendió.

Y le reveló de inmediato un viejo temor que Ana Marie le había confesado alguna vez. Al parecer, había ocurrido hacía mucho tiempo, en Chile, cuando Ana Marie era una niña y su madre la había llevado a *ese país* para que conociera a sus familiares. El impreciso escenario que Zoé intentaba reconstruir como en una película que jamás había visto —pero que alguna vez le contaron—, no era otro que el balneario de Cachagua que Matías reconoció con extrema nitidez, como parte, él mismo, del elenco secundario.

—Ana Marie siempre ha temido que pueda ser hija adoptiva —continuó Zoé—. Parece que en *ese lugar,* aquella vez, escuchó algo, no lo tengo claro. Nunca me lo ha contado bien, el hecho es que desde entonces, siempre creyó que algún día le dirían la verdad. Hace algunas semanas volvió a tocar el tema conmigo al ver tan extraña a Isabel, pero al paso de los días decidió sacarse esa absurda idea de la cabeza para concentrarse sólo en su audición. Yo misma se lo dije: tus padres no iban a esperar hasta ahora para decirte algo que, en definitiva, no es tan tremendo.

Se miraron. Zoé más calmada le sonrió.

—¿Qué piensas tú? ¿Sabes algo?

Él prefirió desviar la conversación.

—Creo que debemos servirles algo a tus invitados.

—*Oh, my God*! ¡Tienes razón! —dijo Zoé, y dispuso las copas sobre una bandeja.

—Por eso me encanta el teatro —reflexionó—. Cuando estás en el escenario sólo piensas en lo que está sucediendo en ese momento, y luego en la escena que sigue. En la próxima escena seguimos hablando de Ana Marie —concluyó la actriz rumbo a la sala.

Pero la escena prometida no existió.

Durante el resto de la noche, Matías trató de escabullirse, manteniéndose al tanto de la conversación con las consiguientes dificultades, porque Zoé y las visitas se olvidaron constantemente que el inglés era apenas su segunda lengua, y salvo cuando celebraron el vino y el pescado, alguien recordó que en el país del primo de Ana Marie, al parecer, se daban muy bien ambos productos. Zoé no estaba interesada en los halagos respecto a la comida, quizás porque todo lo había preparado su compañera, o porque jamás dejó de mirar su celular. Debió lamentar no haber recibido ninguna llamada de Ana Marie. La ausencia de la cantante de ópera penó toda la noche y la cautelosa discreción de los invitados impidió que nadie pidiera algún tipo de explicaciones. O es que de verdad ellos creían en lo que se les decía, sin dobleces, casi inocentones (eran americanos, ¿no?). A fin de cuentas, podía tratarse de los primeros indicios del incipiente divismo de Ana Marie, tal como lo había sugerido la propia Zoé, y tendrían que irse acostumbrando a sus arrebatos. A juicio de Matías, Zoé comió poco y bebió más de la cuenta, tal vez para aplacar la tristeza en que la había sumido su amante, precisamente la noche en que celebrarían el éxito de su audición en Juilliard. Después de todo, no era tan estúpida la pregunta que Matías se había hecho en relación al origen de su prima, cuando había sabido que Sanford era un hijo adoptado. Aquellos miedos que se mecían inquietos en el aire desde que Ana Marie confiara en él, la primera noche en el Starbucks, al señalarle con impaciencia sus aprehensiones familiares, tenían amarras muy débiles y podían venirse guarda abajo en cualquier momento. Yo creía que mamá me diría otra cosa, había dicho Ana Marie entonces, yo creía que me revelaría algo más importante, pero en cambio sólo me dijo que quería jubilarse de nosotros.

Matías sabía ahora que Isabel tenía mucho más que confesarle.

Cuando se dio cuenta que los amigos de la pareja no vivían en Brooklyn sino que regresarían hacia Manhattan, Matías recobró la calma y se sumó al grupo. No tenía ningún interés, en el peor de los casos, de pasar la noche junto a Zoé. Al cerrar la puerta tras sí, la actriz parecía haberse olvidado por completo que aquel extraño, más que nadie, podía ayudarla a resolver el enigma de Ana Marie.

Abandonaron a Matías amistosamente en el andén de Union Square esperando volver a verse, ojalá con la presencia de Ana Marie, *la diva*, rieron, la *prima donna*, la María Callas de Williamsburg. La nueva Villarroel, dijo Matías para proseguir con las especulaciones, pero al parecer ninguno de los gringos era tan perito en arte lírico como para comprender su aporte. Era alrededor de la medianoche cuando Matías se vio en la alternativa de salir a la calle o regresar al departamento de la calle 86 Este. Sabía que afuera estaba demasiado frío después de la tormenta de nieve y que el cuento de la ciudad que no duerme —en pleno invierno—, debía ser sólo eso. Un cuento. Ya parecían advertirlo todos esos mendigos que buscaban el empalagoso calor en la estación, cubiertos con cartones, como si se encontraran en las riberas del Mapocho. El frío del invierno podía llegar a matar cualquier fábula, en cualquier parte, y por cierto, a toda esa corte de los milagros del Nuevo Mundo. De esa forma, se encaminó a la línea verde que sube por Lexington.

Nick Carraway regresaba de la fiesta con la cola entre las piernas, sin haber bailado con nadie, ni siquiera con la más fea. En vez de hacerlo confidente de su historia de amor con Daisy, Gatsby le había revelado algún oscuro trastorno familiar ocurrido cuando era un niño. O como podría haberlo dicho Scott Fitzgerald con todas sus letras, el cuento que he concebido tiene un toque de desastre. ¿Había concebido él algún cuento en el departamento de Ana Marie? La noche no había tenido ni remotamente el sabor de lo que Matías Reymond podría haber esperado de una movida entre neoyorquinos. ¿Qué era lo que él esperaba, en definitiva? ¿Qué podía diferenciar a todo eso de los *carretes* santiaguinos? Tal vez lo sabría mejor cuando comenzaran las clases en la Universidad de Nueva York. Por el momento, parecía no estar tan lejos del lugar donde él habitaba, como si lo que había vivido se lo hubiera contado su madre en una tertulia en Vitacura. El tren subterráneo abriría sus puertas en la estación siguiente y no se encontrarían en la calle 42 sino en la Plaza Baquedano. Dejaría pasar esa estación para bajarse en la Universidad Católica y caminar por Lastarria rumbo a su departamento al costado del cerro Santa Lucía.

Pero no abrió la puerta de su departamento en donde Sebastián Mira dormía en su cama, cubierto por sus sábanas. Estaba otra vez atrapado por el silencio habitual de los Bradley. La misma luz de la noche anterior permanecía inalterablemente encendida, casi como si tuviera algún significado religioso. El sagrario donde Isabel guardaría sus intocables misterios o desde donde le pediría a Dios por un improbable milagro. Sólo faltaba el firme cuerpo de Cristo crucificado a semejanza de aquel frente al cual Matías rezaba cuando niño en el Colegio del Verbo Divino. Si bien en medio de la elegante decoración con aires anglosajones, un crucifijo habría sido una españolada vergonzosa, una gafe imperdonable. Golpeó suavemente a la puerta del dormitorio de Ana Marie y nadie le respondió. Era razonable. Su prima —¿podía seguir hablando de su prima?— debía haber vuelto junto a Zoé, después de lo que hubiera ocurrido con Sandy y su madre. ¿Habría recuperado Sandy, aunque sólo fuera por esa noche, su antiguo dormitorio? ¿Podría alguien dormir en paz entre esas paredes, después de lo que Bill le hubiese dicho a su hijo?

Imaginó una escena ideal. Cansados de llorar, Isabel acariciaría la cabeza de Sandy, reconciliados por completo tras el trastorno ocasionado por la confesión de Bill. El hijo le juraría a su madre amor y fidelidad eterna, rechazando las angustias y las dudas a las que felizmente no había sido expuesto en la niñez. Nos podemos llegar a parecer, se dijo Matías. Yo también soy capaz de perdonar. Como a él le habían enseñado en su infancia que deben comportarse los buenos hijos, aquellos criados a la imagen y semejanza de sus padres.

Pero estaba también la otra posibilidad. El rechazo del hijo débil, del hijo huraño, un poco en la medida de Hamlet reprochando a su madre por su egoísmo y sus pecados: *Madre, quedad con Dios.* Y una vez más asaltaban a Matías las dudas que en alguna ocasión se había planteado su propia madre en su mundo tan provinciano. ¿Cómo habría criado Isabel a sus hijos? Y él se preguntaba ahora: ¿Era auténtico el apego de Isabel? ¿Era tan fuerte como los vínculos establecidos entre hijos y padres biológicos?

¿Y Ana Marie? ¿Cómo habría actuado en esa delirante noche de estreno desplazado, representando la triste ópera de su vida? ¿Habría sido capaz de expresarle a Isabel los temores que, al parecer, la perseguían desde aquel verano en Cachagua? ¿Qué había escuchado la niña en ese tan infortunado viaje a Chile?

Matías no tenía respuestas la noche del martes. No estaba seguro de que las tendría en los días posteriores. Sólo una cosa tenía clara. Estaba decidido a no transmitirle a sus padres una palabra de lo ocurrido con Isabel, porque ella misma formaba parte de su propio secreto. Aunque fuera simplemente de esa forma, estaría acentuando las distancias.

El miércoles por la mañana, temprano, Charitín golpeó a la puerta de Matías para decirle que tenía un llamado de Chile. Nuevamente, José Pablo estaba al otro lado de la línea. Había hablado con él la tarde anterior, antes de encontrarse con Ana Marie en Union Square, pero había sido sólo para comunicarle su arribo y transmitirle sus saludos y agradecimientos a Bill y a Isabel. Esa mañana, su padre parecía incómodo y nervioso porque había que tocar el tema de lo ocurrido con monseñor Reymond, sin decirse en lo posible absolutamente nada. José Pablo lamentaba el reportaje escrito por Romina Olivares, como parte de los excesos de una prensa sensacionalista que no dejaba en paz a la gente honesta. Aunque resultara insólito, parecía hacerse cargo de una verdadera conspiración en contra de los católicos. Matías no sabía cómo su padre había averiguado que la periodista había sido su compañera de estudios. Espero que no sean amigos, le advirtió, como si su hijo tuviera la edad para ese tipo de amonestaciones. Matías le pidió su opinión respecto a la conducta del sacerdote. José Pablo dijo no tener una opinión formada pero que todo el mundo sabía que Juan Bautista era un gran sacerdote.

—Por lo visto, no todo el mundo —se atrevió a contradecirlo Matías.

—Te aseguro que el objetivo de esa tipa es hacerle daño a la iglesia. Es parte de una campaña difamatoria en su contra —atacó José Pablo, en repentino plan de católico militante.

Por desconocimiento, ninguno de los dos fue capaz de hacerse cargo de monseñor Bernard Law quien llevaba diecisiete años pastoreando a dos millones de católicos en la diócesis de Boston, cuando sus logros en torno a las minorías raciales y los desposeídos se derrumbaron estrepitosamente al evadir denuncias de abusos sexuales. Durante diez años había trasladado a curas pedófilos de parroquia en parroquia, en una suerte de red de protección que terminaría costándole la dimisión ante Benedicto XVI.

Aún así, José Pablo Reymond proseguía fingiendo ser el más ferviente de los católicos. En una de esas, terminaría al igual que Juan Pablo II, culpando al libertinaje sexual como parte de los males que crecen en el mundo.

—Por favor —le advirtió a su hijo—, no te enredes en las intrigas de esa tipa.

—Se llama Romina Olivares —dijo Matías con el ánimo de exasperarlo.

Su padre, sin embargo, guardó silencio. En verdad, no era la periodista el mayor motivo de su preocupación.

—Ayer no te pregunté algo —agregó luego, acentuando el nerviosismo, como si más que un olvido, hubiera sido una omisión.

—¿Qué cosa?

—Algo muy importante, Matías. ¿Has hablado con Isabel de lo que le ocurrió a Juan Bautista?

—Casi nada... —respondió Matías, inquieto.

—Es decir que le contaste... —señaló José Pablo más inquieto aún.

—Le dije lo justo y necesario... Oye, ella puede leer los diarios de Chile, puede ver lo que pasa por Internet... Estamos en un mundo globalizado...

—No creo que a estas alturas de su vida, la Isabel lea la prensa de Chile... —concluyó José Pablo con simpleza.

—Eso no lo sé, papá...

Le dieron ganas de contarle a su padre que Isabel lo leía todo, incluido *Los hermosos perdedores*. Le dieron ganas de preguntarle si acaso él le había recomendado la novela a su hermana. Pero dejó, en cambio, que él hablara.

—Ella vive en otro mundo... Siempre ha sido así, desde que era una chiquilla —reveló José Pablo a medias.

—Media novedad. Vive en Nueva York, papá —y más que pensar en Nueva York como la gran ciudad del Nuevo Mundo, la ciudad que irradia oropel y sabiduría, la nueva Babel, Matías pensó en los propios problemas familiares de Isabel que no estaba dispuesto a revelar. Qué poco la conocen, reflexionó.

—No le vuelvas a tocar el tema... Si no hubiera sido por la infeliz de tu compañerita, lo sucedido con Juan Bautista no habría sido más que un caso de renuncia ...

—¿Un simple caso de renuncia a pesar de los buenos servicios cumplidos? ¿A los sesenta años?

—¿Por qué no?

—¡Papá, por favor! Hay hechos reales, concretos. ¿No leíste lo que dijeron los propios curas? Es un hecho que el tío está oculto por algo...

Quiso decirle lo que él ya sabía. En Pine City. El tío Juan Bautista está oculto en un convento en algún lugar cercano a Nueva York llamado Pine City aunque todos allá creen que está en México. Pero una vez más guardó silencio. Especialmente, porque su padre le estaba pidiendo discreción frente a la mujer en quien el propio sacerdote parecía haber confiado. Se preguntó si acaso la tía Isabel se haría un tiempo para ir hasta Pine City. Si acaso ella dejaría su propio mundo oculto, su sagrario, para acudir en ayuda de aquel otro confinado.

—Cuídate —remachó su padre, y se despidió.

A Matías ese *cuídate* le sonó como una advertencia. Era como si su padre le estuviera queriendo decir: cuídate de no cometer los mismos errores, los mismos errores cometidos por Juan Bautista, o quizás también por Isabel. A ella la conocemos menos que a nadie. Menos incluso que al cura. No conocemos sus culpas y sus equivocaciones, apenas somos capaces de retener los nombres de esos hijos extraños que alguna vez engendró. Si algo le sucediera a Isabel no sabríamos cómo protegerla. Tal vez tú que estás ahora cerca de ella, tal vez tú que inventas personajes y juegas con sus destinos como un pequeño dios aburrido, tal vez tú puedas llegar a comprenderla. Para eso te la puse en tu camino cuando solicitaste mi ayuda mientras comíamos pasta en Providencia. A fin de cuentas, eres el más cercano a ellos, la pieza que faltaba para terminar de armar este puzzle de rarezas.

Iba a volver a su dormitorio pero la voz de Isabel lo sobresaltó.

—¿Qué vas a hacer hoy? Me he portado pésimo contigo.

Estaba de pie a sus espaldas, vestida y hermosa como de costumbre, con un tazón de café en las manos. Matías se preguntó si acaso Isabel habría escuchado lo que él le decía a José Pablo. No se veía particularmente agotada por el sufrimiento que Sanford pudiera haberle causado la noche anterior. O quizás lo escondía muy bien al fondo de esa apariencia impecable. La veía con otros ojos. Esa mujer de cincuenta y dos años que aparentaba no más de cuarenta, habría tenido otro cuerpo si hubiese parido algún hijo. Marita, su madre, había engordado más de la cuenta en los últimos años y había probado con un estiramiento de su cara que, por algunos meses, la dejó irreconocible. Después, todos decidieron aceptar que el quirófano no había devuelto a la mujer equivocada. ¿Cómo lo hacía Isabel para permanecer tan firme con todo lo que le estaba sucediendo? Sus facciones eran tan perfectas (y Matías temió la intervención de alguna cirugía) como imperfectos le parecían los rasgos de Ana Marie.

—Quiero ir a dar una vuelta por Times Square... —sonrió el muchacho, levemente avergonzado, como si hubiera sido el más vulgar de los turistas—. Todavía no conozco la zona de los teatros...

—¿Puedo caminar unas cuadras contigo?

Se miró a sí mismo. Estaba en pijama, con los pies descalzos. La parte delantera del pantalón tenía una abertura apenas disimulada por donde sacaba con facilidad el pene al momento de orinar y cuando miraba pornografía en Internet. Se le pasó por la cabeza la idea de la atracción que esa mujer pudiera sentir por él, más allá de todo parentesco. Pero al mismo tiempo, se sintió infantil, insignificante, levemente *sudaca* (ese término despreciable) y tuvo ganas de desaparecer de su vista. Aunque había pasado mucho tiempo desde aquel verano en Cachagua, la ranura en el pantalón del pijama se había achicado.

—No me demoro nada en la ducha —dijo, y regresó apresurado a su dormitorio.

Isabel insistió luego en que Charitín le sirviera el desayuno, pero él sólo quería dejar el departamento. Sabía que, una vez en la calle, ambos se sentirían más libres. Temía que Sanford apareciera en cualquier momento desde su dormitorio y lo arruinara todo. Era urgente huir de allí. Ya había sido suficiente la noche anterior estropeando la celebración de su hermana. La mañana les pertenecía a ellos dos. Isabel estaba dispuesta a caminar a su lado. Tal vez, de alguna forma, él estaría salvándola aunque sólo fuera por los próximos minutos, por las próximas cuadras.

Caminando en silencio, se desviaron hacia Lexington, en donde entraron a un *diner* para tomar café y Matías se comió un sándwich con un huevo frito. Durante unos minutos, mientras él comía, permanecieron en un silencio casi exasperante. Parecían esperar el momento más adecuado, porque la invitación de Isabel a caminar, debía ser, al mismo tiempo, una proposición a conversar. Él se preguntó si acaso era posible que Isabel guardara silencio incapaz de resistir las temibles palabras. Pero aunque los hechos le hicieran daño, esas palabras no dichas podían terminar ahogándola. El silencio podía ser aún más perjudicial.

—¿Qué pasó? —le preguntó Matías al fin.

—Sanford regresó a Baltimore —dijo Isabel, mirándolo de frente—. Hoy se levantó muy temprano, al alba, y volvió a su casa al lado de su mujer y de su hijo.

No era lo que Matías quería saber y ella lo sabía tan bien como él. Pero había que comenzar por alguna parte y lo más prudente era esperar a que ella se sintiera preparada. Cuando Isabel habló, a Matías le pareció que proseguían una conversación iniciada el día anterior.

—Dice Sanford que nunca había visto a su padre comportarse de una forma tan extraña. Comenzó a contarle una extraña historia sobre un fotógrafo que se llamaba igual que él y que a Sanford no le hizo ningún sentido. Dice que entonces apareció Susan en el living y les ofreció un café, y cuando estaban a punto de tomarlo, Bill salió sorpresivamente a la calle sin despedirse. Sanford corrió detrás de él después de calmar a Susan que se había puesto muy nerviosa con la situación. Cuando lo alcanzó en la calle, Bill iba muy apurado, como perdido, llorando a mares. Sanford dice que lo tomó por los hombros y le preguntó qué le pasaba. Le dio tanta pena ver a su padre en ese estado que lo abrazó con cierta violencia, arrepentido incluso de haberlo tratado con soberbia, y al hacer eso, Bill perdió el equilibrio en medio de la nieve y se le cayó de las manos una carpeta que andaba trayendo. Sanford entonces se agachó rápidamente a recogerla y descubrió que estaba llena de fotografías y que éstas se habían dispersado sobre la nieve. Cuando volvió a levantarse alcanzó a ver a Bill quien se había subido a un taxi que ya se alejaba. Le gritó con toda su fuerza para que se detuviera, pero la orden de Bill al taxista debió ser terminante, y el taxi no se detuvo. O tal vez fue que nadie lo oyó. Entonces, Sanford miró las fotografías.

—¿Eran las fotografías de las que me ha hablado?

—Sí y no...

—¿Cómo así?

—Eran fotos de Trisha pero yo no las había visto nunca.

No se trataba precisamente de las fotos temidas, las que Bill había ocultado por su carga pavorosa de muerte. La caminata anunciada parecía haber terminado antes de tiempo en ese *diner* donde se encontraban sentados.

—Eran unas hermosas fotografías... ¡Unas fotografías preciosas! Sanford me las mostró anoche, las trajo con él. En ellas aparece Trisha muy joven, muy serena, muy alegre incluso, con el niño en sus brazos... Es probable que aquellas fotos las haya realizado el propio Bill, dichoso por ser padre al fin. Era el padre del niño más hermoso. Podrían haber sido la familia perfecta. La madre con ese niño precioso y el feliz papá capturando ese momento para la posteridad. Tenían toda la vida por delante. ¿Qué podía decirle a Sanford que me miraba anoche casi con ansiedad para que yo le contara toda la verdad? ¿Qué podía decirle sino *ese eres tú en los brazos de tu verdadera madre*?

—¿Se lo dijo? —preguntó Matías impresionado.

Isabel suspiró profundamente. Pareció rastrear por el *diner* casi vacío a esa hora del día, sin saber con exactitud lo que buscaba. Tal vez a uno de los mexicanos del servicio para que le ofreciera otra taza de café. Después volvió su mirada sobre el rostro de su sobrino que comenzaba a mostrar ostensibles signos de desasosiego.

—¿Te das cuenta? Al final resulté ser yo la que le dijo a Sanford toda la verdad.

Pese a la ligera dulzura que parecía desprenderse de todo aquello, Matías tuvo un primer impulso de cólera, como si él hubiera sido Sanford, una vez más, y no el muchacho con la bragueta al descubierto sin interés en enterarse de nada. O más bien, otro muchacho al que una amiga le hubiera estado haciendo una confesión indebida. Algo parecido le habría ocurrido si, guardando las distancias, Romina Olivares le hubiera hecho leer su reportaje antes de publicarlo.

—Pero, ¡por qué se lo contaste! ¡Por qué no le mentiste! ¡Estaba en tus manos manejarlo todo! —gritó Matías alterado. Ninguno de los dos pareció darse cuenta del repentino cambio en el trato.

—No tenía otra alternativa.

—¡Tenías muchas alternativas! —volvió a gritar Matías.

Uno de los mexicanos que limpiaba las mesas cerca de ellos, los observó con cierto recelo. Matías se dio cuenta de la situación y se cubrió la boca con una de sus manos, dispuesto a calmarse. Probablemente incapaz de distanciarse de las imágenes que le venían a la mente, Isabel no reparó en esos imperceptibles ajetreos a su alrededor. Prosiguió hablando con una voz pausada, sin estridencias, la voz de quien sabe exactamente lo que está diciendo.

—Ah, Matías, al final Bill terminó facilitándome el camino para que fuera yo la que enfrentara la verdad.

Matías no pudo contenerse y dio un paso desconocido en él. Le tomó las manos a la mujer y se las sostuvo con firmeza. El mexicano que hacía la limpieza se retiró hacia el mesón tal vez pensando que se trataba de una pareja desigual en medio de una reconciliación amorosa. No recordaba haberse encontrado en una situación parecida. Nunca había sido lo suficientemente fuerte como para apretar las manos de nadie. De cualquier forma, nadie los interrumpió ofreciéndoles otra taza de café.

—No es justo —sentenció Matías—. No fue tu decisión.

—Ya ves, Bill no fue capaz de decirle nada...

—¡Él fue un irresponsable! Llegado el momento, arranca y no es capaz de enfrentar los hechos... —y la miró a los ojos—. Le debes haber hecho mucho daño a Sanford...

Isabel parecía aferrarse a ese salvavidas lanzado por Matías: sus propias manos, extrañamente fuertes.

—No pareció sufrir —dijo ella—. Las fotografías eran... son... tan hermosas, y él no dejaba de mirarlas sobrecogido... ¿Qué pensó en ese momento? No lo supe porque Sanford permaneció en silencio... Habrá tenido las dudas y las angustias naturales ante una confesión como esa. ¿Qué razón hubo para que lo adoptáramos? ¿Cuál era la madre buena y cuál era la madre mala?

—¿Crees de verdad que pensó eso?

—Eso dicen que piensan los niños cuando se enteran que son adoptados.

—Sanford ya no es un niño.

—Tienes razón. De cualquier forma, esa hermosa mujer que lo tenía en brazos no podía ser la mujer mala.

—¿Y Bill?

—No he sabido nada de él. Tiene su celular apagado. No se ha aparecido por la oficina, están bastante preocupados por él.

—No, no me interesa. Me da lo mismo lo que le pase a tu marido. Quiero saber si le dijiste a Sanford que es hijo de Bill.

Sobrevino un silencio como si ella hubiera decidido no hablar más. Recogió sus manos liberándose con cautela y se puso de pie. Matías recogió lentamente las suyas, y al mirarlas, pareció como si recién se hubiera percatado del momento vivido.

—¿Vamos andando? —preguntó Isabel, mirando la hora—. Es temprano. Tal vez quieras ir al teatro esta tarde.

—No, no sé —dijo Matías confundido, mientras ella se ponía el abrigo.

—Hoy es miércoles. Puedes ir a la matinée. ¿Te doy un dato para que consigas entradas a mitad de precio? ¿Te gustan los musicales?

¿Por qué le decía eso? Él sabía que a los homosexuales de generaciones anteriores les atraían mucho los musicales de Broadway. Existían hasta figuras legendarias, casi caricaturas que después imitaban los travestis en las discoteques de turno. Barbra Streisand, Liza

Minelli. A Sebastián Mira le había gustado mucho la película *Chicago*, y a la salida, tras hacer un par de comentarios sobre lo alucinante que era ver a dos asesinas bailando y cantando vestidas de brillo, pareció ponerse repentinamente nervioso, como si hubiera sido descubierto en un flagrante delito.

—Tal vez quieras ver los clásicos, *El fantasma de la ópera, El rey león, A Chorus Line,* que tengo entendido está de vuelta... —insistió Isabel, no obstante agregó—: Aunque a un escritor serio como tú...

Y Matías, aceptando aquello de la gravedad en su comportamiento, se preguntó qué interés podía tener en alucinantes escenarios y brillantes oberturas cuando su sacerdote imaginado apenas sobrevivía en la oscura España anterior a la Guerra Civil. No parecía entusiasmarle pasar la tarde encerrado en un teatro viendo un musical por mucho que se encontrara en Nueva York. Isabel pareció comprender su desinterés.

—Mejor buscamos otro panorama —dijo.

Salieron a la calle y retornaron hacia la Quinta Avenida. Por dos largas cuadras, Matías sacó fuerza para hacer la siguiente pregunta, considerando que Isabel no le había respondido la anterior.

—¿Y Ana Marie?

Había un banco de madera junto al pequeño muro de piedra que los separaba de la arboleda nevada de Central Park. Isabel se sentó en él pese al frío de la mañana. Matías se sentó a su lado.

—Ana Marie estaba junto a su hermano, tú lo debes saber, porque Sanford pasó a buscarla a su casa.

—Ana Marie siempre tuvo sospechas de que era adoptada —se atrevió a decir Matías.

—¿Cómo lo sabes? ¿Ella te lo dijo?

—No, me lo dijo anoche Zoé después de que ellos se fueron...

Isabel volvió a permanecer cautelosa por unos segundos. Intentaba poner en orden sus pensamientos.

—Sí, es muy posible... Si fuera así, yo podría ahora comprender tantas cosas en su comportamiento. Ella fue anoche quien le insistió a Sanford para que hablaran conmigo... Cuando eran niños —le contó Isabel a Matías—, Sanford siempre dependió mucho de ella. Ana Marie era muy fuerte y tendía a protegerlo como si hubiera estado preparándose para convertirse en su madre. Es lo que hizo anoche

—y sonrió triste—. Es una lástima que Ana Marie no vaya a ser nunca madre... Parece tenerlo claro porque se mantuvo todo el tiempo en un distante segundo plano, como si aquello que estaba sucediendo no la involucrara para nada. Como si ella hubiera pertenecido a otra familia. No dijo ni una sola palabra. No preguntó nada. Se lo guardó todo. Sólo era una especie de guardiana de su hermano y de la situación. Después, me dio un beso a la ligera y se mandó a cambiar.

Matías miró el suelo. Era el recuerdo que él guardaba de esos dos niños extraños en Cachagua, desprotegidos y temerosos de que su madre no volviera ese domingo desde Zapallar y quedaran librados a su suerte antes del próximo vuelo de regreso a Nueva York. Es un asunto muy delicado, le había dicho su prima la noche anterior antes de regresar a Manhattan a enfrentar a su madre. ¿A su madre?

—Ana Marie también es adoptada, ¿verdad?

Isabel estaba muy cerca de él, tan cerca como habían estado algunos minutos antes cuando él le tomó las manos. Tal como en aquel momento que ahora se le revelaba en toda su magnitud, Isabel le pareció a Matías incierta, frágil e imperfecta, como cualquiera de sus jóvenes amigas. Aunque a la vez, más compleja: sabía lo que ella le diría. A diferencia de las muchachas de la más joven generación, Isabel Reymond había sido criada para ser esposa y madre, una copia de su propia madre, y cualquier intento de cambio se habría considerado en ella una frivolidad. O peor que eso, una transgresión. Su vida estaba trazada para envejecer tras los embarazos, y luego la soledad junto a Bill Bradley. ¿En qué momento ella se había apartado de la norma? ¿Eran esos los malos hábitos que se adquieren en los Estados Unidos? ¿O acaso habían ayudado todos esos libros leídos a destiempo? Pero Isabel le dio una respuesta que no salió de ningún libro. Venía desde muy dentro de ella misma. Los libros nunca son tan honrados como Isabel lo fue en ese momento.

—Yo no pude tener hijos —dijo, entregada por completo. No se daba cuenta de ello, pero su necesidad subconsciente la hacía hablar a Matías, aunque sólo hubiera querido ser ella misma la depositaria de sus pensamientos.

Eso no fue todo lo que ocurrió el miércoles. Cuando Isabel se alejó esa mañana rumbo a su departamento a rastrear una vez más el paradero de su marido (al parecer, no había otros panoramas posibles), Matías se perdió por el bullicio de la Quinta Avenida cuando ya hubo traspasado los límites de Central Park. Cruzó delante de fastuosas tiendas que poco y nada le decían. Criado en la cultura de los mall sudamericanos (copias a su vez de los pueblerinos mall norteamericanos), no tenía el hábito de recorrer calles llenas de comercio sofisticado. Lo desconcertaron esos tumultos de turistas embriagados frente a posibles precios exorbitantes que pocos estarían dispuestos a pagar. Allí estaban expuestos los fastuosos collares de brillantes, los exquisitos broches de diamantes, los insólitos diseños de pedrerías. En cien años, serían piezas de museo. La contemplación de la riqueza iba de la mano con el arribismo que necesita simular alguna cercanía con ese mundo de trepadores. En rigor, más que la exposición de la riqueza, aquello era la feria de todas las vanidades y miserias mundanas. Porque las joyas estaban muertas en sus nichos, no así los paseantes. No parecía serio, ni gratificante, ni mucho menos estimulante, caminar delante de esos negros desdichados que extendían en el suelo sobre trapos miserables, las copias de marcas de carteras, de perfumes, de relojes, mientras unas vulgares matronas gordas de las más profundas regiones del país, luchaban por obtener al más bajo costo algún signo de status.

No eran esos los neoyorquinos que, según la leyenda, te miran a la cara con el mensaje implícito: *Mírame, soy diferente*. Pero por la calle 53 Oeste, avanzando hacia Broadway, de pronto apareció el Museo de Arte Moderno y todo se convirtió para Matías en un delirio visual más auténtico. Entró a la tienda del museo y la avalancha de voces, lenguas y colores lo transportó a un mundo por completo desconocido. Era la ciudad omnipresente entre el caos y el orden, como todo lo que estaba viviendo desde que aterrizara el día lunes. Compró tarjetas que reproducían obras que nunca había visto, alborotado ante la novedad, ¡había que comprar algo a cualquier precio, aunque fuera a dólar!, en un primer intento por capturar parte de esa quimera. Y volvió a la calle con la íntima promesa de regresar a las grandes salas en los próximos días. En las horas posteriores, vagando sin rumbo por las inmediaciones de Times Square, siguió prometiéndose capturar parte de esa realidad.

Tenía algunos meses por delante para no fallar. Alguien ha dicho que nunca llegamos a conocer por completo las personas o las cosas. Sólo aprehendemos lo que son en cierto momento. Con tres meses a su haber, esa Nueva York sería más que suficiente.

Este momento es *ahora*, se dijo Matías. No habrá otro. Tal vez en muchos años más, miraré este instante y me sorprenderé con lo que he ido descubriendo acerca de Isabel Reymond, y esta primera visita a Nueva York. Tal vez me sentiré defraudado al comprobar que su historia y la de sus hijos no era tan extraordinaria, ni tan original ni mucho menos horrible, y que sólo era yo quien miraba con la visión tendenciosa de mis 25 años. Tal vez, por el contrario, el tiempo me dé la razón y este lugar en donde habito ahora, estos seres con quienes me cruzo casi por casualidad, me hayan cambiado la vida por completo.

Aquella misma tarde, al regresar al departamento de la calle 86 Este, Isabel había salido nuevamente, a St. Peter en el Citicorp, le dijo Charitín a punto de marcharse al Bronx, mientras se ponía la parka en el recibo.

—Tú sabes, mi vida —dijo la dominicana con claros signos de intromisión en la vida ajena—, la señora Isabel no puede estar sin ayudar en el servicio de la comida, aunque hoy le toque en una iglesia luterana. Yo le digo que está bien que lo haga en una iglesia católica que es la casa del Señor, pero a ella le da lo mismo. No, señor, le digo yo, no da lo mismo. No da lo mismo, le repito. Por eso es que las cosas están como están y cada vez hay más perdidos en este mundo. ¡Porque nadie toma en cuenta a la religión! ¿Tú me entiendes, verdad? En mi parroquia nos contaron que en Guatemala el sesenta por ciento de la población se ha cambiado a la Iglesia Pentecostal. Parece que está pasando mucho en Latinoamérica. ¿Sabías tú, mi vida, que la Iglesia Pentecostal la fundó el hijo de unos antiguos esclavos negros?

Pareció colarse un ligero sentimiento racista en sus palabras aunque mirándola bien, Charitín bien podía tener un buen poco de sangre negra. Había escuchado que los dominicanos odiaban a los haitianos porque eran más pobres que ellos mismos. Poco interesado en el destino de los pentecostales en Guatemala, así como de los odios raciales de los dominicanos, Matías le preguntó si sabía algo de Bill. La mujer le respondió que no había vuelto a casa.

—Yo creo que el señor Bill no va a regresar más nunca —dijo Charitín con un tono fatídico, cambiando de paso el orden del adjetivo y el adverbio—. La señora no debería dejarlo partir tan fácilmente. Así es como terminan destruyéndose las familias católicas en este país.

Y a la pasada, agregó:

—¿Has sabido algo de tu tío?

—¿Del tío Bill? ¿Si yo sé algo?

—No, de tu tío el obispo...

A Matías le pareció extraño que la dominicana le preguntara por el tío Juan Bautista, casi como si hubiera estado en conocimiento de su historia. Pero ella, cuando mucho, sólo sabía de su reciente llamado telefónico desde Pine City. O tal vez, ante la extremada religiosidad de su empleada, Isabel la habría hecho partícipe con anterioridad de aquella cercanía con el mundo eclesiástico sudamericano. Cuando Charitín fastidiaba a Isabel negándole el derecho a participar de la beneficencia en una iglesia luterana, ella le recordaría que para su primo sacerdote, príncipe de la iglesia católica, la caridad no comienza por casa, sino que se extiende mucho más lejos y los abarca a todos. De inmediato, Matías recordó que Charitín se había enterado de la existencia del pariente cura recién cuando éste había llamado a Isabel el día anterior.

—No tengo relación con él —dijo Matías y se sintió como Pedro negando a Cristo.

Era una situación extraña. Como si la mujer lo hubiera estado observando. De inmediato, Charitín miró la hora en su reloj y dio por terminada la conversación, saliendo a la calle.

Matías se dijo que debería esperar a que Isabel regresara para estar con ella, pero la impaciencia, o la necesidad de haberle tenido algo más que contar a Charitín, lo hizo ir a la computadora con Internet en una de las salas del departamento. La propia Isabel se la había ofrecido esa mañana antes de salir a la calle. Aunque no fuera su *laptop*, sabía que allí se encerraban todas las revelaciones.

No se equivocó. Había un sorprendente nuevo mail de Romina Olivares que decía lo siguiente:

He estado esperando una respuesta tuya y me extraña tu silencio. Pero para que veas que sigo considerándote mi amigo, que no me he olvidado de las promesas que nos hicimos cuando estábamos en la universidad, te voy a contar algo que, de alguna forma, nos atañe a los dos. Estábamos equivocados al creer que monseñor Reymond se encontraba en México. Es posible que los curas hayan hecho toda esa movida para despistarnos, después de todo, son genios en la materia, es cuestión de ver lo que sucedió con el cardenal Bernard Law en la diócesis de Boston. (Aunque igual su trayectoria no le sirvió de nada al momento de enfrentar sus extremadas irresponsabilidades). Pero no entremos en comparaciones inútiles. Al fin y al cabo, Bernard Law fue un encubridor de otros curas y tu tío apenas una víctima de su naturaleza. El asunto es que tu tío Juan Bautista está también muy cerca de ti, en el Estado de Nueva York, en algo así como un monasterio. ¿Qué hace allí? No lo sabemos. ¿Se quedará allí el resto de su vida? No lo sabemos. No me preguntes tampoco cómo lo averigüé porque eso es secreto de confesión (para seguir en el tema). Me embarco esta noche a Nueva York en un vuelo que llega a Atlanta. Es lo único que encontré disponible. Felizmente tenía visa. Te lo vuelvo a preguntar, Matías, ¿estarías dispuesto a acompañarme en la búsqueda de tan ansiado material? O debería decir, ¿en la búsqueda del hombre? Sé que corro un enorme peligro al contarte esto. Bien podrías mandarle de inmediato un mail a todos los medios de comunicación chilenos para cagarme la primicia. Pero estoy segura que no lo harás, no me preguntes cómo lo sé, pero lo sé con la misma convicción con que no sé qué crestas hace tu tío encerrado en ese convento. Confío en ti, simplemente. La firme, confío en ti como no lo habría hecho con nuestro compañero Sebastián Mira. ¿Será porque siento que no tienes la ambición desmedida de los periodistas y lo tuyo ahora es la literatura y las historias que se toman su tiempo para que queden perfectas? Aunque puede que todo esto te abra el apetito, corro el peligro. A pesar de ello, creo que serás fiel a tu tío y a este pequeño gran secreto que ahora compartiremos. Por favor, escríbeme, mañana en la mañana podemos desayunar juntos en el lugar que tú elijas para planear los pasos a seguir. Creo que sólo apagaré el *notebook* para el despegue y el aterrizaje del avión. Un beso. Romina.

Una vez más, no le respondió. ¿Qué podía responderle? ¿Que aquella historia, más que ninguna, debía tomarse su tiempo? Pero frente a Sebastián Mira no había tiempo que perder.

Iba a mandarle un mail pero prefirió marcar en el celular el número de su teléfono en Santiago. Esta vez apareció la voz de su amigo al otro lado del mundo.

—¡Matías, viejo! ¡Qué sorpresa! ¿Cómo anda todo?

—Bien, bien... Pero estoy preocupado...

—¿Preocupado? ¿Por lo de tu tío? ¡Huevón! ¡Estás en Nueva York! ¡A la cresta con tu tío!

—¿En qué van las cosas? ¿Has sabido algo de Romina?

—Nada... No me ha llamado...

Y se atrevió a hacerle la pregunta ambigua.

—¿Siguen pensando que el tío Juan está en México? ¿Has leído algo al respecto?

—Sí, ha salido un par de notas. Nada muy relevante, como si los curas se hubiera movido para salvarlo, o para terminar de enterrarlo. El padre Reymond se encontraría en algún lugar de México, pero te apuesto que muy pronto todo el mundo se va a olvidar de él y aquí no ha pasado nada —y Sebastián rió—. Capaz que la Romina se haya mandado a cambiar a México para buscarlo...

—Capaz...

—A esa mina cuando se le mete algo en la cabeza... ¿Te cambiaste?

—No, imposible. Es todo muy caro. Por el momento me quedo donde mi tía.

Sebastián Mira comenzaba a perder interés en el cuento del sacerdote, como él mismo decía que estaba sucediendo al respecto con la prensa chilena. No pensaba alentarlo. Ya se lo había escrito la propia Romina Olivares. Debería permanecer fiel al pariente sacerdote aunque no sabía si sería mejor contarle a su amigo que no era en México donde Romina lo buscaría. Se preguntó, asimismo, qué sucedería cuando Sebastián terminara enterándose del hallazgo. Pero mientras el encuentro entre la periodista y el sacerdote no ocurriera, todo podía terminar en nada. Cuando colgó, Matías tuvo la ligera sensación de haber traicionado su relación con Sebastián. Como si hubiera sido Romina la que se hubiera quedado con el departamento de la calle Victoria Subercaseaux.

Estuvo a punto de telefonear a Ana Marie para ir a verla, pero cambió de idea. Prefirió esperar a Isabel, quien regresó desde la calle al poco rato. Él estaba en la misma sala donde también había un televisor bastante anticuado para su gusto, mirando un programa de noticias. La ausencia de una pantalla de LCD revelaba que en esa casa se veía poca televisión.

—¿Pasa algo nuevo en el mundo? —preguntó Isabel con un aire de ligereza.

—El tío Juan Bautista —dijo él a propósito. Vio palidecer a Isabel.

—¿Han dicho algo de él? ¿Qué canal tienes puesto? —y a Matías le pareció como si ella hubiera estado esperando verlo aparecer en alguna nota periodística, probablemente por algún canal hispano.

—Ya lo saben en Chile —dijo Matías simplemente—, o al menos lo sabe una persona.

—¿Qué saben? No te entiendo...

—Que nuestro Arzobispo Emérito está acá en los Estados Unidos.

Lo nombró con todo su prestigio a cuesta, como si el sacerdote fuera alguien extraño a ellos y no el hombre que, al parecer, aguardaba por su prima en el silencio de su celda. ¿Cómo había dicho la tía Lucía a su madre? *Tan muerto debes estar a los lazos del corazón, que habías de desear vivir lejos de todos.* ¿Era cierto eso? ¿Estaba su tío Juan tan muerto a los lazos del corazón si llamaba por teléfono a su prima Isabel a la primera de cambio? ¿O era sólo que había vivido en medio del fracaso y si había de morir en él quería que fuera donde Dios pudiera verlo? Dios debe ver mejor en el interior de un monasterio benedictino. Isabel había terminado de sacarse el abrigo y un pañuelo que le cubría el cuello. Movió la cabeza en un gesto que podía entenderse como la negación de algo, o más probablemente, para desentumecer el cuello.

—¿Y es muy terrible eso?

—No lo sé. ¿Lo sabes tú?

Ella pareció medir sus palabras.

—Ayer hablé con él.

Se sintió torpe por no ser capaz de decirle que ya lo sabía, como si la infidencia de la empleada dominicana lo inculpara de algo impreciso. De cualquier forma, le pareció más razonable guardar silencio al respecto. El haberse enterado antes de tiempo del llamado de Juan Bautista Reymond a su prima no agregaba nada al asunto.

—Tal vez, si no estuviera metida en este problema tan grande con mis hijos, lo habría ido a ver —agregó Isabel.

—¿Sigues sin saber nada de tu marido? —preguntó Matías, desviando la conversación. No había querido decir *tío Bill*.

—Nada de Bill —dijo su tía—, nada de Sanford, nada de Ana Marie... —y agregó con una cierta sonrisa o una cierta tristeza, como heroína de Françoise Sagan a la que, de seguro, había leído cuando jovencita—: *Rien de rien...*

Al parecer, todos estaban de acuerdo en que lo más importante de *El gran Gatsby* era su narrador. Más que el héroe mismo y la mujer con que soñaba, sin Nick Carraway observando lo que sucedía a su alrededor en ese verano en West Egg, tendríamos como resultado una novelita corta y sensiblera, como dijo Vargas Llosa en *La verdad de las mentiras*: *Gracias al discreto Nick, esta anécdota importa menos que la atmósfera en que sucede y que la deliciosa imprecisión que desencarna a sus seres vivientes y les impone un semblante de sueño, de habitantes de un mundo de fantasía.*

Nadie nombró a Vargas Llosa en el cursillo *El lugar donde habitamos*, porque los participantes eran norteamericanos hablando de una novela norteamericana, preocupados de Scott Fitzgerald como luego, en las próximas sesiones, lo harían de otros de sus grandes autores. Sólo Matías Reymond, quien se había confeccionado en Chile un pequeño archivo con fotocopias en español en torno a cada novela a tratar, tenía en su carpeta de *El gran Gatsby* una fotocopia del comentario de Vargas Llosa. Había hecho ese trabajo temeroso de parecer poca cosa frente a sus compañeros neoyorquinos. Pesaba en su contra el rechazo del Taller de Escritores de Iowa que no dejaba de penarle.

En la carpeta había también otros apuntes más lejanos en el tiempo. Los había descubierto en el prólogo a una edición de la vieja Editorial Nascimento de Chile, fechada en 1971, en los años en que su padre e Isabel aún vivían en el Chile de la Unidad Popular y de Salvador Allende, antes de que su abuelo Pedro Nolasco fuese enviado a la embajada chilena en Washington. Los había escrito un escritor chileno bastante olvidado de nombre Luis Domínguez. Se refería a Scott Fitzgerald y sus personajes con gran entusiasmo y cariño, casi como si hubieran sido imprecisos amigos. Los amigos que Matías sintió que nunca llegaría a tener en esa ciudad que no le pertenecía. O al menos en el cursillo de la Universidad de Nueva York. Domínguez decía que su contacto con el escritor norteamericano había adquirido *su sentido más cabal en el tiempo en que fui profesor visitante de Indiana University (1966-68) y entre mis alumnos reconocí a sus personajes.* ¿Podré algún día decir algo parecido?, se preguntó Matías. ¿Había algún alumno, algún compañero, parecido a Daisy o a Nick, o a Jay o a Myrtle entre esas personas que se despedían hasta la próxima sesión?

Agregaba Domínguez en su prólogo haber comprendido *que la juventud norteamericana continuaba agregando capítulos a esa obra, cerrada en 1940. Al principio, la leyenda, el héroe, la atmósfera, todo me había parecido muy ligado a la zaga de los años veinte; sin embargo, al mismo tiempo, algo fundamental escapaba a todo envejecimiento, y ahí, en mi clase, entre mis alumnos, vivía tal vez con más vigor. Nunca antes reconocí tan patentemente lo que la vida toma del arte. Así también advertí que esto se daba en especial en las mujeres; que eran los personajes femeninos de Fitzgerald los que más textualmente estaban presentes.*

Pero eso, en rigor, le había sucedido a Luis Domínguez en los años 60, cuando los Estados Unidos se libraba de sus viejas ataduras conservadoras y se abría a una forma de libertad que nunca antes había gozado. Esa mañana de jueves, en otro siglo que se iniciaba nuevamente conservador y moralista, y, ¡horror!, hasta fascista de acuerdo al comportamiento del presidente Bush, Matías Reymond supuso que Daisy Fay había envejecido del todo, había perdido su protagonismo para terminar siendo apenas una señora burguesa interesada en la literatura, ya que su amado Gatsby había sido asesinado hacía muchísimos años en la piscina de su palacete en West Egg. Aunque, por otra parte, en la zona más glamorosa de Manhattan, lo esperaba a él otra Daisy, una Daisy más romántica, de seguro más generosa, como si hubiera aprendido finalmente del desprendimiento de Gatsby a convertirse en una *self-made-woman*. Sintió la voz de Scott Fitzgerald hablándole al oído como Isabel lo había hecho esa primera mañana camino a la ciudad desde el Aeropuerto Kennedy, en el interior de su Jaguar: *Déjame contarte sobre los muy ricos. Ellos son diferentes de ti y de mí.* Él no le habría respondido con el desatino con que lo hiciera Hemingway: *Sí, claro, ellos tienen más plata,* porque comenzaba a saber que no era aquella la única diferencia que los separaba. Si a él le tocara comportarse como Nick Carraway había que hacer como lo indicaba el olvidado escritor chileno de apellido Domínguez, *debemos hacerle caso e ir con Nick hacia ellos, porque de lo contrario ni él se juega de una manera honesta, ni nada de ese cruel desnudamiento existe y todo es una novela policial de misterio sin misterio...*

Ya era casi el mediodía cuando Matías recordó que desde el fin del mundo había llegado esa misma mañana, vía Atlanta, otro extraño personaje a esa novela de misterio con misterio que estaba viviendo. Alguien que no tenía relación alguna con la historia principal, alguien que en rigor venía a husmear y esperaba de seguro impaciente que él respondiera sus mensajes.

SIETE

Romina Olivares no creía particularmente en la buena suerte. De niña, solía considerar, más bien, que vivía alejada de los golpes del azar. La fortuna no la alcanzaba ni por casualidad, advertía ella en el día a día del liceo municipalizado, mucho menos aún en la casa de sus padres, comerciantes de fruta en la comuna de La Florida. Jóvenes y batalladores, sin estudios ni especialización, habían convertido un amplio sector del patio de la casa pareada en galpón comercial. No tenían sueños de grandeza, por lo que, en vez de poner un presuntuoso local de cortinas, o una peluquería, como hacían otros vecinos más ambiciosos, optaron por algo tan práctico como un puesto de fruta. Estaba claro que, en esas condiciones, los productos frescos del campo no faltaban en la casa de los Olivares. Mucho menos el fervor doméstico que la madre de Romina ponía durante los veranos en las pasionales cerezas corazón de paloma, en las perfectas tunas de cuyas espinas había que cuidarse como si fueran flechas dirigidas al corazón de esa nueva clase media, y las cajitas con esas *berrys* que más bien parecían deslumbrantes joyas con las que terminarían sucumbiendo en la tentación del cambio social. Pero eso no sucedió. Por el contrario, el desencanto se apropiaba de la señora Olivares en los inviernos, apenas sobreviviendo con la venta de temerosas aunque pródigas frutas de estación, es decir, manzanas, plátanos y naranjas. En algún invierno particularmente desalentador y con las facturas del gas y la electricidad creciendo en sentido contrario, los Olivares pensaron dejar el local e integrarse como gitanos a un grupo de feriantes que semana a semana recorrían diversas comunas de la ciudad en busca de la clientela. Entonces, Romina se habría visto a sí misma en la soledad de su habitación, soñando con convertir el galpón abandonado en... ¿en qué podía ser? ¿Una flamante biblioteca, tal vez? Le gustaban los libros que en esa casa no se consumían con la pasión con que su padre observaba los tomates pintones. En rigor, los libros no se consumían para nada. Pero más que los libros, a la chica le gustaban los periódicos y las revistas. Le gustaba comprobar cómo esas noticias que a diario morían pasadas las diez de la noche en la pantalla del televisor, sobrevivían al menos por una semana en esas hojas entintadas que su madre convertía en cartuchos para las frutas, antes de que el plástico lo colmara todo. ¿Tal vez, entonces, un quiosco, para colaborar a la economía familiar? Pero lo suyo, ni remotamente, sería vender diarios y revistas. Ella estaba dispuesta a estudiar periodismo para escribirlos. En esas circunstancias, Romina Olivares se decía que había nacido en el lugar inadecuado. Porque estaba claro que, una vez terminada la educación secundaria, ni muerta se sumaría a la mediocridad conformista en que se había criado, como ya lo anunciaban sus dos hermanos menores, uno de los cuales ya tenía hasta lechugas sembradas en un rincón del patio. Pero los Olivares rehuyeron finalmente la idea de convertirse en feriantes, por lo que Romina no volvió a pensar en darle otro uso al galpón y juntando hasta la última chaucha, se suscribió a una revista opositora al régimen militar. No dejaba de ser curioso que una adolescente en edad de leer sobre cantantes y telenovelas, se interesara en cambio en escándalos políticos. Porque no estaba particularmente interesada en los cambios sociales ni en la caída de la dictadura, sino en cómo se comportaban los distintos protagonistas de la historia. Había escuchado en el liceo a profesores progresistas diciendo que en las teleseries podía aprenderse sutilmente sobre los cambios sociales y las conductas humanas. Menos entretenidas, más reales, a ella le parecieron mejores las historias leídas, especialmente las escritas por furiosas periodistas a quienes un día —se lo propuso— trataría de emular. Sus padres, cada día más prósperos en el mercado de la fruta, terminaron desechando el galpón casero y habían abierto un gran despacho en la Avenida Vicuña Mackenna. La dejaron así leer lo que le diera la gana —quiénes eran ellos para censurarle algún libro o menos alguna revista—, y estuvieron más que orgullosos cuando Romina pidió que le pagaran sus estudios de periodismo en una universidad privada. A esas alturas, a Romina Olivares ya le quedaba más que claro que su suerte había cambiado del todo.

El departamento de Félix Arana estaba ubicado precisamente en un pequeño y viejo edificio de ladrillo rojo, en los altos de un negocio que vendía frutas de una manera mucho más afianzada que en el nuevo mercado de sus padres en la comuna de La Florida. Y aunque era pleno invierno, todo lo que Romina vislumbró al bajarse del taxi, la elegancia de las frutas expuestas en sus cofres junto a la más completa variedad de flores, parecía el tesoro con que ni remotamente soñaron alguna vez los Olivares en Chile. Pero, claro, estaba recién llegada a Nueva York, después del transbordo que la llevó al Aeropuerto La Guardia, pensando en que todo marchaba relativamente bien. Los golpes de fortuna hacía tiempo, mucho tiempo, que le daban fuerte, de la misma forma como, en sentido contrario, le habían dado fuertes, duros golpes de corriente a Félix Arana en los años de la dictadura, antes de que lograra abandonar el país. Ella lo había conocido en su primer viaje a Nueva York, durante esos meses en que se desempeñó como agregada cultural en un país del Caribe, y estaba tan aburrida por la falta de acción que hasta había concebido la absurda idea de invitar a sus padres para que conocieran otras frutas, frutas exóticas y sensuales —quizás hasta carnívoras—, que pudieran darle más carácter al negocio de La Florida, aunque para ello tal vez habría sido mejor que hubiesen abierto un nuevo local en Lo Curro, para una clientela más sofisticada. Al llegar a ese punto, Romina había considerado que era mejor que sus padres se quedaran en casa y gastaran sus ahorros en un viaje de placer a Cancún. Supo entonces de la existencia de ese chileno que vivía en Nueva York desde comienzos de los años 80, trabajando en una ONG en el desarrollo de proyectos de cooperativas en edificios abandonados o semiabandonados para gente de escasos recursos. Tenía un pasado terrible en los años de la dictadura, y a Romina le pareció interesante entrevistarlo al comenzar un nuevo siglo, cuando parecía fundamental no olvidar las historias de catástrofes del pasado chileno.

Si mal no recordaba, Félix Arana andaba en los cincuenta años cuando lo conoció, y si no hubiera estado entonces felizmente casado, de seguro se habría acostado con él. Tenía todo lo que a Romina le gustaba de un hombre. Entusiasmo, seguridad en sí mismo, un destino relativamente claro, aunque ahora, en este segundo viaje, Félix le advertía por e-mail que ya se había divorciado y que aquel matrimonio que parecía tan dichoso, no lo había sido en absoluto. Seguía teniendo la misma sonrisa y el cuerpo tierno y nervioso, casi juvenil, que la había entusiasmado la primera vez. Aquel jueves, el de su arribo, Félix se tomó la mañana libre para esperarla en su departamento de Chelsea. La recibió encantado de tenerla de huésped por unos días, ahora que estaba nuevamente solo. Le prometió agasajarla como a una verdadera amiga, sin entrevistas de por medio, dándose el tiempo de salir a comer, y Romina se preguntó —en broma— si no era posible que ella fuera el postre.

Lo había llamado apenas dos días antes, cuando tuvo claro el paradero del cura Reymond, y como no había ninguna certeza de conseguir entrevistarlo —¿sería eso posible en un monasterio benedictino?—, se arriesgó a la aventura, sin viático ni reservaciones, en su calidad de periodista *free-lancer*. Después de todo, si el material era lo suficientemente bueno, ampliaría el margen de las investigaciones con el fin de obtener un libro sobre algunas conductas en la iglesia católica. Félix Arana estaba impaciente por conocer el motivo de su corto viaje.

—¿A quién vas a despellejar esta vez? —le preguntó.

—Un momento —aclaró Romina con mucho encanto—. A ti no te despellejé.

—No, claro que no. Nunca te agradecí del todo la entrevista que me hiciste entonces, y que me reconcilió en gran parte con mi pasado en Chile. No te imaginas la cantidad de personas que me han mandado e-mails con posterioridad, diciendo comprenderme. Incluso parientes muy reaccionarios. Todo eso fue muy curador, aunque tengo que confesarte que a la única que no le gustó tu entrevista fue a mi ex mujer...

Le contó a Romina que su ex mujer había entrado en estado de pánico, situación que ya venía arrastrándose desde el ataque a las Torres Gemelas, y al saber que estaba casado con un latinoamericano que, en el pasado, había viajado varias veces a Cuba y había pertenecido a un movimiento revolucionario en Chile, terminó pidiéndole el divorcio.

—Al final me veía como una especie de talibán sudaca —rió el hombre.

—¿No le habías contado que fuiste mirista?

—Nunca.

—No tuviste ningún reparo en contármelo a mí.

Félix Arana la miró con cierta malicia.

—Bueno, tú no eras mi mujer.

—Me parece una buena respuesta —coqueteó ella.

—¿Tal vez lo hice para deshacerme de ella? Anda a saber tú si muchos no se aprovecharon del pánico generalizado después del 11 de septiembre —agregó Félix, no muy seguro de confirmar ni de rebatir la posibilidad de haber eliminado de esa forma a su ex mujer.

—¿Has oído hablar del caso de monseñor Reymond?

—No... no creo —dijo vagamente él—. No tengo mucho tiempo ni interés en revisar la espantosa prensa chilena... Otro cura pedófilo, ¿es eso?

—No necesariamente...

—¿Cómo así?

—El obispo Reymond se ha retirado a los sesenta años a una vida de oración. No hay ninguna acusación de que haya cometido un delito, como en el caso de otros curas abiertamente pedófilos que sí han cometido delitos gravísimos.

—Ah, estos curas célibes que andan todos calientes, buscando dónde poder meterla... —y rió con su grosería—. Oye, ¿y qué tiene eso que ver con Nueva York?

—Reymond está en Nueva York —dijo Romina que no había dejado de mantenerse seria.

—¿En Nueva York? ¿Dónde? —preguntó curioso, aunque temeroso a la vez de no haber parecido ordinario con su chiste.

—No lo tengo claro...

—Espera un poco. Yo conozco a una Reymond aquí. Lo único que faltaría es que el cura ese esté metido en el departamento de la Isabel Reymond —le dijo entonces Félix Arana con un dejo de burla, ante el tono decididamente circunspecto con que le había hablado la periodista, y Romina supo de inmediato que la patochada de ese hombre equivalía a un doble golpe de suerte.

—¡No me digas que conoces a Isabel Reymond!

—Está casada con un abogado norteamericano, Bill Bradley. Él fue quien llevó mi caso de asilo en los años 80, creía que te lo había contado cuando me entrevistaste...

—Hablamos de eso, pero a la pasada, sin que me dieras nombres. ¡Así que conoces a Isabel Reymond!

—Fuimos medio amigos, pero hace tiempo que no la veo.

—Este mundo tan, pero tan chico, aunque estemos en la gran manzana —dijo Romina como si hubiera recordado repentinamente a sus padres con un sentimiento de nostalgia, poco común en ella—. Supongo que tendrás su número telefónico.

—Si es que no se ha cambiado... —dijo él, feliz al haber recuperado la confianza de su invitada.

Por segunda vez en un par de días estaba enfrentada a una voz desconocida. Tal como le había sucedido con el imprevisto llamado de su primo, pero esta vez era la voz de una inconfundible mujer chilena. Isabel había contestado el teléfono sin hacerse ya ninguna ilusión sobre la posibilidad de que Bill se comunicara con ella. Definitivamente a su marido se lo había tragado la tierra, o lo que podía ser peor, se lo habían tragado sus propios remordimientos. Había vivido demasiado tiempo con ellos y, por lo visto, resultaban una carga insostenible. ¿Dónde podía encontrarse? ¿Habría sido capaz de subirse nuevamente a un avión? Esa misma tarde, Isabel tenía una cita con Michael Donnely, socio de Bill en la oficina del Lower East Side. Tendría que armarse de valor para decirle a Michael Donnely lo que, posiblemente, Bill nunca le había dicho a su compañero de trabajo. Confesiones que en rigor no debían importarle a nadie, pero después de lo sucedido con Sanford, ella no estaba dispuesta a quedarse callada. Ya la desmedida obstinación de su marido los había llevado a ese estado de completa inseguridad, sin preguntar nada, sin consultar nada con nadie. En las familias normales estas cosas no suceden, había pensado Isabel. Materias como estas se discuten antes de dispararse a Baltimore con una carpeta de fotografías y una difícil confesión a medias. De acuerdo, había que reconocer que no eran una familia normal. Nunca lo habían sido. ¿Existían dos seres más distintos cuando contrajeron matrimonio? Pero, ¿la normalidad se basa necesariamente en lo afín? En vez de enfrentarse con los hechos, Bill Bradley, el discrepante, había tenido apenas una mesurada conversación sin palabras con el fantasma de su antigua amante, alma gemela, visitante asidua del departamento de la calle 86 Este, mientras revisaban juntos las miserables fotografías, a ver cuáles de ellas le mostraban a su hijo como pruebas irrefutables de su historia de amor. Si ese era el plan de Bill, se dijo Isabel mientras la secretaria de Donnely, Bradley y Asociados le daba la hora de su cita, el mío será simplemente dejarme llevar por la corriente. Que todo se inunde, que todo se vaya al diablo.

—¿La señora Isabel Reymond?

¿Era ese su nombre? ¿No la llamaban todos Isabel Bradley? Pero esa voz femenina la llamaba de la forma como lo hacían en el pasado en Chile, antes de que su padre tomara la decisión de establecerse en los Estados Unidos, antes de Salvador Allende, antes de la catástrofe. ¿De cuál de todas las catástrofes? Esa voz al teléfono podría corresponder a la de una antigua compañera del Villa María en viaje de turismo por Nueva York. Nunca más había vuelto a saber de ninguna de sus compañeras, y si alguna de ellas visitó la ciudad de Nueva York en todos estos años, pasó de largo, no tuvo interés en marcar mi número telefónico. De seguro, mi prima Lucía Reymond no se lo habría dado a nadie, pensó Isabel, porque Lucía siempre me odió.

—Sí, ella habla.

¿Era ella la que estaba contestando o era una impostora, alguien que le había robado la identidad?

—Señora Isabel, usted habla con Romina Olivares.

No recordaba ese nombre. No tenía compañeras en el Villa María que se llamaran Romina, como una cantante italiana de moda en los años 60 o 70, no se acordaba bien, ¡la hija de Tyrone Power! Ahora lo recordaba. ¿En qué momento, desconocido por ella, habían comenzado a aparecer las Rominas en Chile? ¿Tal vez al mismo tiempo que surgían las Jacqueline? ¿Cómo la hija de Pinochet? Bueno, las Jacqueline eran un claro legado de la mujer del presidente Kennedy. Pero, Romina, ¿bastaba con ser la hija de Tyrone Power? No era un actor particularmente popular aunque ella tampoco era muy aficionada a las películas y los actores. Salvo las matinés los días domingo en el cine Las Lilas o en el Oriente, poco iba al cine cuando era adolescente. En ese momento reconoció no estar equivocada. Ella era esa Isabel Reymond que le contestaba la llamada a esa Romina Olivares de Chile. Llevaba en el disco duro —como dicen ahora— el aprendizaje clasista, los nombres indebidos, las sutiles señas de la diferencia, aunque ella se hubiera educado en ese país en los años en que no existían discos duros. Volvió a oír en su propia memoria reblandecida aquella otra voz femenina en la playa de Cachagua, mientras ella tomaba el sol, y su hijo se había distanciado durante mucho rato. Siendo así, lo había llamado en voz alta.

—¡Sanford!

Y de inmediato escuchó la carcajada.

—¡Qué siutiquería! —dijo aquella mujer.

—Es la hermana de José Pablo Reymond —dijo otra.

—Gringos siúticos... —insistió la mujer.

Romina Olivares habló con entusiasmo y sin timidez, comentándole su amistad con Félix Arana, en cuyo departamento se encontraba alojada. Para acentuar la familiaridad, le dijo que Félix le enviaba saludos. Puras mentiras.

—Hace tiempo que no lo veo —dijo Isabel—. Déle también mis saludos.

Pero, repentinamente, la encantadora voz de aquella mujer chilena, ese acento tan distinto al de otras latinas, tan *cantadito* como le decían a ella misma en un comienzo, pareció energizarse al ir directo al grano.

—Soy periodista —señaló—, y estoy acá por el caso de monseñor Reymond. Tengo entendido que es primo suyo.

No supo qué responderle. El hechizo se había roto, aunque al mismo tiempo la curiosidad fue más fuerte. Así pues esa podía ser la persona que conocía el paradero de Juan Bautista, de acuerdo al comentario que le hiciera Matías. De cualquier forma, ya no era su sobrino quien le planteaba el tema sino una perfecta desconocida. No tendría otra oportunidad como aquella que le estaba ofreciendo esa Romina Olivares para entrometerse reservada en otros detalles.

—Sí —respondió Isabel con naturalidad—, monseñor Reymond es primo hermano mío. Hijo de un hermano de mi padre.

—Usted estará al tanto de lo que sucedió con él.

—Me temo que mi familia en Chile se ha mantenido muy silenciosa al respecto. ¿Podría contarme lo que usted sabe?

Romina Olivares no le contó lo que sabía. Aunque había escrito un extenso reportaje sobre la historia de Juan Bautista Reymond, el más completo reporte de su vida, le fastidió reconocer que esa chilena en Nueva York no la conocía para nada. Como supuso que Isabel no había leído la nota, le bajó el tono a los aspectos engorrosos de la historia y elevó las virtudes del sacerdote casi a los altares del Vaticano más conservador.

—¿Podría ser más clara, Romina? —le dijo Isabel algo ansiosa—. No creo que usted haya venido desde tan lejos a preguntarme por la posición política de monseñor Reymond. Todos sabíamos hace mucho tiempo que no militaba precisamente con un catolicismo de izquierda.

La periodista hizo el esfuerzo por ser más clara. Apenas un poco más clara. Como no conocía a esa Isabel Reymond, y después del lío que le armara aquella otra Lucía Reymond en Chile pretendiendo demandarla, decidió que tenía que irse con sumo cuidado. Para Romina, todas las *cuicas* católicas educadas en colegios caros podían ser unas pechoñas del Opus Dei. Y aunque esta viviera en Nueva York, seguiría perteneciendo a la vieja escuela. Siguió evitando el escabroso informe del ex diácono Soler Villa y puso hincapié en la Asamblea Plenaria de Obispos que aseguraba comprender y respaldar la decisión del ex obispo de retirarse a un monasterio para realizar labores de oración.

—Antes de partir, monseñor Reymond dejó escrito: *Pido perdón por este lado oscuro que hay en mí y que se opone al Evangelio.*

Su lado oscuro, pensó Isabel, y nuevamente proyectó su propia oscuridad en el luminoso salón de su departamento. Cada vez que Juan Bautista volvía a su mente, más aún en esos días, volvía a sentir la ausencia de Dios en su vida. La nada misma. El vacío. Aunque sólo dijo:

—Antes de partir, dónde...

Ese era su propio confesable lado oscuro. La mentira. El ocultamiento.

—¿No lo sabe? —preguntó Romina.

—No.

—Monseñor Reymond está recluido en un monasterio en el Estado de Nueva York, en un lugar que no he podido localizar aún en el mapa. ¿Podríamos juntarnos más tarde? ¿Le parece, Isabel? Me encantaría si usted pudiera contarme aspectos de su relación con él.

¿Cómo era cuando niño? ¿Cómo era su familia? ¿Cuál es su actual relación con él? Esas cosas... Tal vez podríamos planear una visita al monasterio...

Isabel guardó silencio por unos segundos, impresionada ante la invasión anunciada o pretendida por esa mujer.

—¿Qué me dice, Isabel?

—¿Usted cree, Romina, que Juan Bautista la va a recibir? Él no se retiró para dar entrevistas. Según lo que usted me ha dicho, se ha retirado para una vida de oración.

—Pero si usted me acompañara...

—Usted me quiere usar, lo que es muy distinto —le dijo.

Romina carraspeó. Isabel estaba expectante. Seguía teniéndola en sus manos.

—Isabel, discúlpeme...

—Está bien. Supongo que es su trabajo...

Romina volvió a guardar silencio por unos segundos.

—No —le dijo—. No es mi trabajo. Es mucho más. Estoy aquí por mi propia voluntad. Nadie me ha mandado. No tengo viático, ni seguridad alguna de publicar lo que investigue. Y mucho menos, como usted misma dice, seguridad alguna en conseguir una entrevista con él.

—Entonces, por qué está aquí...

—Porque alguna vez conocí al padre Juan Bautista y me interesa lo que le pueda suceder.

Asombrosamente, todo se daba vuelta. Era esa voz femenina desconocida, esa voz, ese acento con el que nadie hablaba en ninguna otra parte del mundo, salvo en su país, esa mujer, la que en realidad lo manejaba todo. Isabel pensó en que Romina Olivares era muy afortunada al haber viajado a Nueva York y haber hecho lo que no hicieran nunca sus compañeras de colegio. Romina Olivares no sólo le había pedido su número telefónico a Félix Arana. Romina Olivares le abría ahora el corazón con esa ligera sorprendente confesión que las unía en algún lugar distante, de seguro lejos de allí, lejos de ese departamento en la calle 86 Este donde estaba dispuesta a recibirla en las próximas horas, después de su cita con Michael Donnely. Era posible que, tras esa reunión con el socio de su marido, tuviera ella misma sus días contados, porque era ella, Isabel Bradley, no la otra

—tal como la había llamado Romina Olivares—, quien abriría las compuertas para que todo se inundara, para que el agua barriera con las bibliotecas o los malditos escritorios ingleses, como en esos días de tormenta cuando ni los trenes subterráneos en el centro del mundo se salvaban del caos. Alguna vez, Isabel había bromeado con eso: *Parece mentira, pero cuando llueve o nieva en Nueva York, suceden las mismas cosas que en Chile. Todo se inunda, se caen los árboles, los postes, los cables de la electricidad, la gente no puede llegar a sus trabajos. Es un desastre, parece el Tercer Mundo.* Lo que estaba sucediendo con su vida era mucho más que una lluvia o una nevazón de invierno, en el centro o en el fin del mundo.

Y aún así, quería oír lo que esa Romina Olivares tenía que decirle.

Esto es lo que ella tendría que contarle si es que lograba romper su propio bloqueo. Crecí con miedo, le habría dicho a Romina Olivares, me crió una madre que siempre tuvo miedo de todo, y llegado el momento, cuando me casé, quise librarme de ese miedo, divorciándome de ella, de mi madre, me divorcié de su maternidad, dejé de ser su niña y de ahí en adelante fui una mujer sola. Tan sola como lo está ahora esa mujer, su propia madre, confinada en horario de monja en un pensionado de mala muerte en Santiago de Chile. Pero mejor parecía comenzar por el principio, por el colegio. Aunque quedaba muy cerca de casa, *walking distance*, como dicen aquí, siempre tenía miedo de perderme. Mi madre había logrado contagiarme con la enfermedad de su miedo. La ciudad en que habitábamos a comienzos de los años 60 parecía tener muros. Más allá de esos muros estaba la pobreza, los pecados asociados a la pobreza, el peligro. Nosotros estábamos a salvo, aunque no fuéramos ricos —mi padre era solamente un funcionario del Ministerio de Relaciones Exteriores—, pero de igual forma estábamos protegidos por el celo excesivo de mi abuela paterna quien pagaba la mensualidad del Villa María. Tenía que educarme como las primas Reymond Capdeville. Ellos sí eran ricos. No era posible que Carmen Gloria y Lucita fueran al Villa María y yo quedara excluida de esos privilegios.

Y entonces, un nombre se le vino a la cabeza a Isabel. Jimmy. ¿Quién era Jimmy? ¿Alguien se acordará de Jimmy? Parecía un nombre salido de su vida norteamericana, pero no, venía de ese remoto pasado en Chile. Jimmy era el personaje de un cuento que contaban las *sisters* del Villa María. Un pequeño deportista, supuso Isabel al rememorarlo, parecido en parte a lo que era Sanford cuando niño. Chicos buenos para la pelota, para el fútbol americano, para correr, poco concentrados en la lectura, aunque no estaba segura de eso. En esos tiempos, gran parte de mi generación amaba los libros. Mis primeras novelas: *Las llaves del reino* de Cronin, y el personaje de esa monja que decía haber nacido en la arrogancia y a la que le habían enseñado a despreciar a quienes no fueran arrogantes. Pero Jimmy no guardaba relación con eso. No era la arrogancia lo que pretendían entregarles las siervas del Inmaculado Corazón de María, porque sus alumnas lo tenían de sobra. Si algo poseían en exceso sus compañeras de colegio era el orgullo. ¿Era ella tan soberbia como las demás? O era apenas como Jimmy, entrando a la iglesia, corriendo, siempre corriendo, arrodillándose delante del altar y saludando: *Hello, Jesus, this is Jimmy.* Y el niño del cuento volvía a partir, repitiendo una y otra vez la misma rutina, como si todo fuera parte de un destino trágico, porque un día, nuevamente tras saludar a Jesús, el niño Jimmy salió de la iglesia corriendo y un automóvil lo atropelló. Allí quedaba el cuerpecito de ese pequeño Jimmy botado en la calle, como algún niño de alguna novela de John Irving. Le había asombrado a Isabel que en las novelas de John Irving siempre hubiera niños en peligro y que en la mayoría de los casos, éstos sucumbieran a la tragedia, atormentando a sus padres. A ella le sucedía lo mismo cuando Ana Marie y Sanford eran pequeños. Siempre temía que sufrieran un accidente. Muchas veces tenía pesadillas al respecto, especialmente antes de un día de campo, o una excursión fuera de la ciudad cuando aún estaban en el *high school.* Los veía muertos antes de tiempo, y se guardaba esa terrible sensación sin contársela a Bill, temerosa de que él no la entendiera, de que la viera como una extranjera culposa, desquitándose inconscientemente en esos hijos falsos. El cuento de la *sister* terminaba con la voz gloriosa en el cielo que decía: *Hello, Jimmy, this is Jesus.* La conclusión no se parecía en absoluto a ninguna novela de John Irving. En las novelas modernas norteamericanas Dios no le habla a los muertos. Tampoco le había hablado nunca a ella así que no era un asunto de vida o muerte, de tiempo o de nacionalidades. Era seguro, además, que John Irving no había comenzado a escribir en los años en que ella se educaba en el Villa María. Pensaba entonces que la vida era un don maravilloso, tal como se lo habían enseñado sus padres. No entendía muy bien el sentido de la pequeña parábola de Jimmy, salvo que Dios parecía estar atento a nuestros actos, pero, ¿dejar morir al niño sólo para responder a su devoción? ¿Por qué mejor no contestarle en vida, como le hablaba a los santos? De cualquier forma, ella entonces leía *Little Women*, *Genoveva de Brabante*, las novelas de Pearl S. Buck. Desde entonces le gustaron las historias de ficción. Mucho tiempo después, cuando vivía en los Estados Unidos, Isabel comprendió que esa pasión le había servido para asimilarse, para sobrevivir en aquella nueva sociedad. Por eso jamás dejó de leer. En Nueva York, al lado de Bill, entendió más aún el interés que sienten los americanos por los cuentos. Aunque había leído que Philip Roth, uno de sus escritores favoritos, decía que en los Estados Unidos se están muriendo los lectores y no están siendo reemplazados por nuevas generaciones, ella sentía que los americanos habían asimilado la tradición cuentística europea a la perfección. Alguien cuenta algo en los Estados Unidos de relativo interés y todos quienes escuchan se impresionan, nadie niega ni rebate nada, con una inocencia excesiva que los hace parecer niños. Es como si los americanos no hubieran salido nunca del paraíso de las Cenicientas, Blancas Nieves, Hansel y Gretel y toda esa galería de princesas-sirvientas y niños perdidos. Tal vez allí reside el enorme interés de la masa en la ficción narrativa, en los *best-sellers* que inundan sus librerías e intranquilizan a los buenos escritores pensando que, tarde o temprano, los que lean *Ana Karenina* pertenecerán a una especie de culto secreto. De cualquier forma, pensaba Isabel, tan distintos a sus compatriotas que no aceptan los cuentos de los demás. En Chile cuando alguien cuenta un cuento, de inmediato quien escucha lo interviene con segundas intenciones, cuando no lo cuestiona por completo. Poco dispuestos a oír a los demás, esos seres aislados prefieren oírse a sí mismos.

Isabel se acordaba de un caso al respecto en Nueva York que le parecía gracioso. Una comida con la familia italiana de algún colega de Bill. En medio de ellos, se encontraba un viejo *nono* sentado en una butaca, como una especie de padrino olvidado, al que mantenían animado con un plato de salame.

—Una vez yo vi a María Callas —dijo repentinamente el vejete como si alguien le hubiera dado cuerda.

Todos los concurrentes se dieron vuelta hacia él, esperando oír la historia de algún mítico encuentro. ¿Tal vez algo ocurrido en Italia? Fue cosa de segundos para que cada cual imaginara el más sorprendente encuentro entre el viejo y la diva. ¿El Teatro alla Scala en el intermedio de alguna *Norma*?, ¿el pasillo de un sofisticado hotel en Milán?, ¿un dormitorio en un fastuoso *palazzo*?

—¿Dónde la vio? —se atrevió a preguntar alguien. Y quería decir, dónde la conoció, dónde estuvo con ella, dónde besó a la diva o la hizo suya. Cada uno de ellos había fraguado su propia historia, pero esperaban impacientes el desenlace.

—¡En la tele! —dijo el vejete masticando una tajada de salame, y agregó sin inmutarse ante la desilusión general, que la había visto en un programa de la televisión pública. Algo así de torpe podía graficar el interés de los norteamericanos en las historias ajenas. Seguirían leyendo libros y revistas para encontrarse, finalmente, con María Callas.

¿Le contaría a Romina Olivares que en los últimos años había cambiado en el gusto de sus lecturas? O para ser más exacta, lo había ampliado. Recuperar su propio idioma tenía que ver con las alteraciones ocurridas en su vida, una respuesta a los permanentes engaños de Bill, como si leyendo a esas escritoras hispanas que antes no había leído, pudiera descubrir en sus textos algo de su mismo desconsuelo. Algo, no pedía mucho, un poco más, una coma, un punto, un lugar común, pero esa pequeña cuota inasible que jamás existiría en los escritores anglosajones. (Tenía la impresión de que antes no había narradoras en el continente sudamericano, salvo algunas chilenas: María Luisa Bombal, Marta Brunet, María Elena Gertner, Elisa Serrana, Mercedes Valdivieso, y sus pares argentinas: Beatriz Guido, Silvina Bullrich, Marta Lynch. Mujeres liberales que defendían el cuerpo, el aborto, el licor y hasta el suicidio, e incurrían sin vacilar en la incorrección política con armas más filosas que las que muchas feministas utilizarían cincuenta años después, sin los riesgos de entonces.) En el famoso *boom* latinoamericano esas mujeres aguerridas penaban por completo. Aunque pareciera increíble, fue en Barnes&Noble donde comenzó a descubrir a las nuevas voces que venían de Colombia, de México, de Chile. Aquellos libreros, finalmente, habían logrado superar su propia raya, vendiendo en sus estanterías hispanas algo más que las biografías de Celia Cruz o Teresa de Calcuta. No se atrevía a confesar que, de alguna forma, esas nuevas lecturas eran también una traición a su propia voluntad. Porque, al mismo tiempo, debía reconocer que los libros compartidos con Bill habían sido parte de lo mejor que le había ocurrido. Si tuvo una buena vida en Nueva York, alguna vez, además de sus hijos, fueron las horas y horas y horas gastadas no sólo en leer próxima a su marido, en buscar los títulos, en rastrear a los escritores, en aprender cuáles eran los que permanecerían, los que podían revelarle la normalidad y la anormalidad de esos seres junto a los cuales vivía. Esos libros leídos en la quietud del departamento, mediante los cuales comprendía lo solos que estamos, como escribió Philip Roth, *siempre nos aguarda una capa de soledad todavía más profunda.* Ella muy bien podía ser esa fiera indígena opuesta a la pastoral americana en que crecían sus hijos.

Los nuevos textos que leía casi en secreto, inhabilitando a Bill a través de la lengua —como él la había inhabilitado a ella a través de esas execrables fotografías—, esos textos incómodos, innobles, muchos de ellos apenas considerados *best-sellers* en sus países, como ocurría con Isabel Allende en Chile, la llevaban de vuelta al estado indígena, aunque ella hubiera tenido la privilegiada educación en inglés del Villa María Academy.

¿Le interesaría todo eso a Romina Olivares? ¿No estaba detrás de la historia de su primo Juan Bautista? Entonces, ¿por qué no mejor centrarse en él?

A Juan Bautista también le gustaban las novelas cuando muchacho. Ese verano, se acordaba bien, aunque ella apenas tenía 13 años, le robó a su primo una pequeña novela que se había publicado recientemente. Las largas vacaciones veraniegas estaban comenzando, debían ser las primeras semanas de enero, y Juan Bautista estaba medio echado en uno de los corredores de la casa en el fundo de su abuela Malú. Todos los años repetían los mismos ritos. Primero esas tediosas vacaciones en el campo y luego la renovación junto al mar, como si el aire limpio del Pacífico los purificara de ese tiempo transcurrido en el infierno rural. Aquel verano estaban más asustados que nunca. Había razones políticas para creer que el infierno estaba de verdad cerca, en la tierra. ¿No era la Reforma Agraria un descenso al infierno? ¿No les sucedería a ellos mismos? Juan Bautista estaba sumido en el encantamiento de la lectura, como un remoto personaje de Chéjov. Había juntado dos sillones de mimbre y podía estirar las piernas a su antojo. Aunque hacía mucho calor —ese verano siempre hizo mucho calor—, él vestía en todo momento impecables pantalones y esos livianos mocasines que usaba sin calcetines —según su hermana Lucía que lo admiraba—, como si fuera un argentino. José Pablo y otros primos menores andaban el verano completo de *shorts* y sandalias que más parecían ojotas de campesinos. Todo alrededor de Juan Bautista respiraba un aire de elegancia tal vez por el hecho de que estudiaba derecho en la Universidad Católica y eso creaba una sensación de superioridad en torno a él. Isabel se acercó a su primo sin que él se diera cuenta porque estaba muy concentrado en la lectura. Por el contrario, ella se aburría en esas tardes incandescentes en que las horas parecían no avanzar hacia la frescura de la noche. Isabel se acordaba perfectamente de todo aquello. Por un costado, siguiendo con la mirada el brazo de Juan Bautista y su camisa casualmente arremangada, leyó: *El lugar sin límites*.

—José Donoso —dijo ella apenas—, he oído hablar de ese escritor. ¿Es bueno?

Recién entonces, Juan Bautista se percató de que Isabel estaba a su lado.

—¿Te gusta leer? —le preguntó mirándola a los ojos.

A ella le impresionó la curiosidad de su primo mayor. Había pensado que él la correteaba, desinteresado en la niña, como solían hacerlo siempre las personas mayores. Sin embargo, cerró el pequeño libro.

—Me encanta —dijo ella como una muchacha grande, aprovechando la inusual circunstancia—. ¿De qué se trata?

Él pareció incomodarse ante la pregunta de Isabel.

—Es una novela para mayores —le respondió.

Ella se sentó en el sillón en donde su primo había puesto las piernas. Estaba junto a sus pies calzados con esos mocasines tan finos, sin calcetines. Podía verle las hendiduras en los tobillos, el comienzo de las piernas, el ligero vello oscuro sobre la piel tan blanca.

—¿Y no me la prestarías? —insistió Isabel.

Repentinamente, Juan Bautista bajó las piernas y se enderezó.

—¿Prestártela? —le dijo.

—La leo rápido. Es cortita.

Había extendido la mano y tocado el borde de la pequeña edición. Pero al mismo tiempo, tocó el brazo de su primo. Ella se había enderezado también. Estaban frente a frente.

—No creo que puedas entenderla. Tu mamá me mataría si te pilla leyendo esto —dijo él.

—Dime de qué se trata y te digo si puedo entenderla.

Él sonrió.

—Eres muy agrandada para tu edad —señaló Juan Bautista, al parecer poniendo punto final a la conversación, porque volvió a recobrar su antigua posición y retomó la lectura. Presionó con uno de sus pies contra el muslo desnudo de la niña hasta que ella comprendió que debía pararse y dejarlo en paz.

Lo observó por el resto de la tarde pudiendo comprobar que su primo había terminado con la novela. Esa misma noche, mientras los demás comían, se introdujo en el dormitorio de Juan Bautista y observó que el libro no estaba sobre su velador, sino en un estante, frente a la cama. Supuso que él no se daría cuenta si lo tomaba.

No recordaba haber leído antes una novela tan develadoramente sexual, aunque en las de Frank Yerby había algo de sexo, pero sexo poco claro, sexo para lectores formales y compuestos, para señoras, como decían en la revista *Eva*. En realidad, su madre se habría muerto al saber que ella estaba leyendo ese libro y de seguro la habría acusado con su padre el fin de semana siguiente, cuando él los visitara desde Santiago. Era una lectura embriagadora, insospechada, terrible. El sexo en esa novelita de José Donoso era algo brutal que sucedía en un prostíbulo en algún lugar de Chile parecido a lo que podían ser las cercanías del fundo de la abuela Malú. Bien decía el autor en la primera página que el lugar sin límites era el propio infierno. Ese caballero llamado Alejandro Cruz que entusiasmaba a una prostituta y a un homosexual a hacer un *cuadro plástico* —no lograba precisar muy bien la idea de un cuadro plástico—, bien podía irse derecho al infierno, o lo que seguramente habría sido peor para él, deberían haberle quitado las tierras, pensó Isabel entonces. Los hombres de la Reforma Agraria deberían quitarle el fundo al señor Cruz.

Le pareció sorprendente estar leyendo un libro sobre prostitutas y homosexuales. Sí, ella sabía que existían esas mujeres llamadas prostitutas, en los territorios que quedaban más allá de los límites del colegio y de su casa. En ese otro mundo del que su madre arrancaba con horror, existían mujeres que se vendían a los hombres por dinero. En rigor, lo había leído en *Sinuhé, el egipcio*, y como se trataba de una novela sobre el Egipto de los faraones, nadie reparó en lo inconveniente de su lectura. Porque tampoco las *sisters* del colegio le habían hablado jamás a sus alumnas de aquellos temas. Pero en el prostíbulo de la novela que Juan Bautista había leído con tanto entusiasmo, el protagonista era lo que se llama un homosexual. Y de eso, Isabel sabía muy poco, o casi nada. ¿O nada? Eso no lo recordaba bien.

Leyó aquella misma noche encerrada en el baño, mientras sus primas dormían. Nadie la descubrió. Leyó a lo menos dos horas encerrada en el baño, sentada en el suelo, la espalda apoyada en la tina. Sintió dolor en la espalda y compasión en el corazón por ese Manuel González Astica que se viste de española y se hace llamar La Manuela, y debe hacer el amor con la Japonesa Grande aunque encuentra que eso es una *cochinada*. En ese punto, Isabel apresuró la lectura aunque a ella también le dio asco la idea de hacer el amor, si es que lograba definir exactamente lo que podía significar hacer el amor. Leyó: *Manuela, yo soy la macha, ves cómo te estoy bajando los calzones y cómo te quito el sostén para que tus pechos queden desnudos y yo gozártelos, sí tienes Manuela, no llores, sí tienes pechos, chiquitos como los una niña, pero tienes y por eso te quiero.* Los pechos del maricón eran como sus propios pechos. ¿Y hacer el amor? ¿No hacían el amor las personas decentes todos los días en todos los actos de sus vidas? ¿Cómo sus padres, como ella misma, como sus primas, como las monjas, como su abuela, como Juan Bautista? Entonces, ¿qué podía significar ese asqueroso acto en que un hombre feo vestido de mujer le hacía el amor a una prostituta vieja y gorda? ¡Cómo dos mujeres! ¿Había algo de amor en esa absurda forma de hacer el amor?

Regresó a su cama para permanecer despierta, inquieta, ligeramente atormentada. No podía mentirse. Sabía que de actos parecidos nacían los hijos. De actos de amor posiblemente tan sucios como lo que hacían la Japonesa Grande y la Manuela en ese prostíbulo que se estaba hundiendo en el infierno. Así había nacido ella. Pero había algo más, mucho más poderoso que la lectura misma, que no la dejaba dormir. Juan Bautista le impedía leer ese libro como si hubiese querido salvarla de algo. No la consideraba una muchacha grande, una compañera de universidad, una amiga de su edad. No estaba dispuesto a compartir ese libro con ella, como tal vez lo habría hecho con su novia. ¿Tenía novia Juan Bautista como todos los muchachos grandes? Y lo más inquietante de todo, ¿por qué su primo leía esas novelas? Eso era infinitamente más perturbador que todo lo que le sucediera a la Manuela. Su querido primo mayor, quien llegaba al campo desde las aulas de la Universidad Católica con los más hermosos mocasines argentinos, leía sucias novelas sobre maricones que se vestían de mujer. ¿Sabía la abuela Malú que Juan Bautista leía esos libros? ¿Lo sabían sus hermanas? ¿Qué diría la Lucita si llegaba a enterarse?

Al día siguiente, Isabel se fue junto al río, lejos de la casa de su abuela, a terminar el libro. Mentira. Ya lo había terminado, sólo quería repasarlo o tal vez sólo quería que Juan Bautista la sorprendiera con él. Se lo puso dentro del calzón —era tan pequeñito—, y llevó en las manos *El niño que enloqueció de amor* que era tan pequeño como *El lugar sin límites*. No pasó mucho tiempo antes de ver que Juan Bautista se encontraba de pie junto a ella. Tal como él lo había hecho en una tarde anterior, ella cerró el libro con un gesto de ligero desafío.

—¿Tú harías lo que le hace Pancho Vega a la Manuela?

Él la miró asombrado.

—¡Quién te dio permiso para meterte a mi pieza y tomar ese libro!

Pero de inmediato pareció reflexionar sobre lo que le estaba preguntando esa chiquilla. ¿Le estaba preguntando si acaso él se acostaría con un homosexual, tendría sexo, un violento acto sexual con un homosexual vestido de mujer? ¿Eso le estaba preguntando esa mocosa de 13 años?

—Devuélvemelo inmediatamente —le respondió.

—Me queda el final —mintió ella, observándolo.

Él se sentó a su lado.

—¿Por qué me preguntas eso, Isabel?

—No sé...

Juan Bautista flexionó las piernas y puso sus brazos en torno a ellas. Isabel pudo verle nuevamente los oscuros vellos que la inquietaban.

—Es una novela, Isabel. Estas cosas no pasan en la realidad, y si pasan, nadie se entera... Tú no estás preparada para leer estas cosas...

—¿Y por qué el escritor las escribe?

—No sé... no soy escritor... Tal vez lo hace porque tiene fantasías...

—¿Fantasías?

—Se imagina cosas...

—O sea, ¿se imagina que es la Japonesa Grande y le hace esas cosas a la Manuela?

—O se imagina que es la Manuela y el Pancho Vega le hace otras cosas...

—¿Y por qué alguien se va a imaginar cosas tan cochinas?

Juan Bautista extendió el brazo y pretendió quitarle el libro. Ella lo esquivó.

—Eso no lo vas a entender nunca porque eres mujer.

Ella lo miró impresionada por su sabiduría.

—¿Las mujeres no imaginan cochinadas?

—Esto es absurdo, Isabel. Espero que no comentes con nadie que leíste este libro.

Él volvió a intentar quitarle la novela de las manos. Ella retrocedió, siempre sentada, y creyó que su primo se iba a tumbar encima suyo. Aún así, no soltó el libro.

—Te dije que no lo he terminado —fue todo cuanto le dijo.

No se había olvidado que en ese momento sintió un extraño poder que emanaba de ella. Nunca antes había sentido algo así. Era como el dominio que la Japonesa Grande tenía sobre la Manuela cuando la guiaba en esos actos asquerosos en esas páginas terribles. Tal vez guardaba relación con ese gesto de hacerse mujer —una de esas mujeres que no imaginan cochinadas—, de acuerdo a lo que decían las *sisters* del colegio. Ese poder permitía que Juan Bautista se quedara quieto, observándola, sin volver a intentar quitarle el libro. Ella podía ser como la Japonesa Grande y hacer con él lo que quisiera. ¿Estaba centrándose en su primo o estaba pensando en sus propios actos en ese lejano verano de 1968? ¿Para qué ir tan lejos?, pensó Isabel al reflexionar sobre lo que hablaría con Romina Olivares. Probablemente nada. *Rien de rien*. No tenía nada que contarle a esa

Romina Olivares. Lo que en verdad quería, era oírla. La periodista había dicho que, alguna vez, había conocido a monseñor Reymond, a Juan Bautista, y simplemente quería oírla. Al parecer, esa era la razón de fondo para que lo estuviera buscando en Nueva York. Sus propios recuerdos tenían un mundo de distancia. Ella había crecido junto a Juan Bautista, mucho antes de que nadie se lo imaginara como un sacerdote. Aunque algo de su futura autoridad debía haberse estado gestando entonces. Porque si él le hubiera pedido que se lanzara al río esa tarde en que ella lo desafió con el libro en las manos, se habría lanzado. Hacía muchos años que Isabel no pensaba en esas cosas. Pero aún ahora, era capaz de recordar algo mucho más importante que esa primera experiencia leyendo un libro para mayores a los 13 años. Eran pensamientos que a los 52 años seguían alterándola. Había sido en ese mismo momento, a la orilla del río, ese año, en esas circunstancias, los dos solos, cuando ella sintió que había formas de vencer al miedo. Podía estar leyendo lo que entonces creyó era una sucia novela, pero no tenía miedo de lo que estaba haciendo porque su primo Juan Bautista guardaba silencio y estaba dispuesto a protegerla en su celada. A su lado sentía la más completa seguridad. Ni su padre ni su madre tenían autoridad en ese momento para cambiar el rumbo de las cosas. Ellos habrían sido incapaces de comprender lo que sucedía entre la Manuela y la Japonesa Grande. Ellos jamás tendrían esas fantasías que, al parecer, sólo tenían los escritores, ¿y los hombres? Juan Bautista era capaz de comprender esas fantasías, y quizás, incluso, de imaginarlas.

A cambio de escribirle un mail a Romina, Matías prefirió volver al departamento de Ana Marie. No le telefoneó temiendo que ella pudiera inventar un compromiso. Simplemente volvió a tomar el tren en Union Square, en el mismo andén al que lo había llevado Ana Marie con su bolsa de compras de Whole Foods, sin comprender los gritos que emitía la conductora por el altavoz. Otros pasajeros se detenían junto a las puertas abiertas de los vagones, probablemente a escuchar advertencias de desvíos o de estaciones en las que el tren no se detendría. Se consultaban entre sí, y luego entraban corriendo al carro o escapaban hacia otros andenes. A Matías le bastó con saber que era el mismo tren que los había conducido a Brooklyn la noche de la comida interrumpida. Si el tren seguía de largo, ya vería en el camino cómo se arreglaba la carga. El vagón cerró sus puertas y pegó un tirón. Pasaron por ciertas estaciones cerradas, deshabitadas, y Matías se imaginó que podían guardar relación con los atentados de las Torres Gemelas, aunque no sabía exactamente por qué parte de la ciudad iba en esos momentos. Al mismo tiempo, esos vestigios de ruinas provocaban la sensación fantasmal de un mundo descomponiéndose, pese a la relativa juventud de la ciudad —una ciudad que crecía hacia los cielos en los últimos cien años—, ya parecía tener bases muy sólidas, incluso catacumbas y pasajes secretos que no iban a ninguna parte, muertos sin sepultura debajo de las moles de concreto. Le habría gustado saber algo más de esos misterios. Pero eran lejanos a él. La ciudad donde no habitaba. Se imaginó que, tal vez, en cien años, el Metro de su propia ciudad tendría también pasadizos que no conducirían necesariamente a las estaciones. ¿Paraderos clausurados, sin vida? La Estación del Cementerio General que desemboca directamente junto a las sepulturas. ¿Qué sucedería cuando las estaciones de su país estuvieran abiertas las 24 horas? ¿Lo estarían alguna vez? Y entonces, ¿los pasajeros de la Estación Cementerios saldrían en medio de la noche al interior del campo santo? No estaba seguro si aquellos eran pensamientos sombríos o si guardaban alguna relación con el rol de observador que se había autoimpuesto. Quería aprender a ver donde otros no ven. Si esas estaciones aparentemente en ruinas en medio de la ciudad de Nueva York podían dar pistas sobre una historia desconocida, o mal contada, o definitivamente silenciada, él quería que el tren abriera allí sus puertas y los obligaran a bajarse. Los muertos podrían estar clamando con el énfasis con que la conductora del *subway* advertía sobre desvíos, pero él no los habría comprendido. Estaba dispuesto a perderse.

A quien sí podía comprender por completo era a Ana Marie. Y ella, a su vez, también tenía conciencia de la cercanía que existía entre ambos.

—A ti te lo puedo contar como no se lo conté nunca a Zoé —le dijo, cuando se acomodaron en un sillón después de preparar café—. Tú me puedes entender mejor porque eres parte de ese mundo, los conoces a todos, sabes cómo son. ¿Qué podría haber entendido Zoé?

Ella cree que el mundo termina en Canal Street. Se lo iba a contar hace algún tiempo, cuando me di cuenta de que estaba muy enamorada de ella, pero entonces comprendí que era una completa pérdida de tiempo. Cuando mucho, sólo conseguiría alejarla de mí. Así pues, preferí irme por las ramas.

—Ya lo veo —señaló Matías, absorto.

—Los problemas comenzaron en Chile cuando mi mamá nos llevó a conocer a nuestra abuela Silvia.

—¿Me vas a decir que, hasta entonces, no la conocían? ¿Nunca antes vino la abuela a verlos?

—Nunca... Cuando se lo preguntaba a mamá, siempre me dio respuestas confusas. Primero que la abuela no tenía dinero, después que no le gustaba Nueva York.

—Pelotudeces —dijo Matías.

—*Bullshit* —reiteró Ana Marie—. No sé si la abuela vive todavía en ese espantoso convento adonde nos llevó mamá.

—Sí, todavía está ahí.

—¿Todos estos años? ¿Cómo es posible? —Ana Marie pareció inquietarse como si recién hubiera visto a su abuela o recién se lo hubieran contado—. Sandy y yo quedamos muy impresionados. Me acuerdo que Sandy llegó a pensar que la abuela era monja. Como nunca habíamos visto una monja pensamos que ella era una. ¿Cómo es posible que la abuela Silvia viva en un lugar como ese, cuando tu familia, quiero decir tu padre, el tío José Pablo, parece ser un hombre rico? Tenían esa casa preciosa en Santiago con ese jardín tan grande, y la casa en la playa, ¿las tienen aún?

— Sí.

—¿No era posible que esa pobre mujer viviera con ustedes?

—Te aclaro que yo vivo aparte. Esa fue una decisión de ella. Tengo entendido que la tomó cuando murió el abuelo Pedro Nolasco y la abuela Silvia se dio cuenta de que tendría una pensión escuálida.

—Pero, ¿vivir de esa forma? —recalcó Ana Marie—, como si estuviera sola, como si no tuviera a nadie.

—Eso podrás haberlo comprendido algo más cuando ensayaste a la monja del *Diálogo de Carmelitas*.

—¡Seguro! Claro que pensé en ella y trabajé sus posibles emociones cuando estudié el personaje.

A Matías le pareció que aquella divagación en torno a la abuela Silvia los alejaba del tema de fondo hacia el cual iban por buen camino.

—Me ibas a contar cómo empezaste a darte cuenta de que eras una niña adoptada —le recordó a Ana Marie.

Tal como si estuvieran en aquello que su abuela llamaba su departamento (un vulgar cuarto en el que se repartían los muebles de su dormitorio, un par de sillones del antiguo living familiar, e incluso el refrigerador en un rincón), Ana Marie se vio a sí misma, a su madre y su hermano Sandy, perdidos en esa extraña visita, aquella tarde en Santiago.

—Tengo la impresión de que en ese mismo momento, mi mamá se dio cuenta del error de habernos llevado allí, porque mi abuela no bien nos vio, se puso a llorar, y no paró más, y mamá se puso muy nerviosa y nos pidió que saliéramos al jardín hasta que la abuela se calmara. Cuando recién habíamos salido al pasillo, la escuché gritarle a mamá: ¡Esos niños no son mis nietos! ¡No los conozco! ¡No son nada para mí!

—Ahora entiendo por qué Isabel no volvió más a Chile —reconoció Matías—. Porque no volvieron más, ¿verdad?

—Hasta donde yo tengo entendido...

Matías pensó en que aquella no era razón suficiente para que una niña de 13 años sospechara de la legitimidad de sus padres.

—¿Pasó algo más?

—Pasó después, en la playa, porque ese día mamá nos fue a buscar al jardín del convento ese, y sin despedirnos de la abuela, nos llevó a tomar té y comer pasteles a una confitería en Providencia. No dijo ni una sola palabra de lo que había sucedido en el dormitorio de su madre. No volví a ver nunca más a mi abuela Silvia. Pero después, cuando nos fuimos a la playa, un día en que yo estaba tendida en la arena, bastante aburrida y contando los días que nos faltaban para regresar a Nueva York, escuché a esa señora, creo que era una prima de mamá, una señora muy antipática que conversaba con otra mujer en voz baja. Estaban tan metidas en su cuento que ni se dieron cuenta que yo las observaba desde cierta distancia y me fui arrastrando de a poco hasta quedar casi al lado de ellas. Me latía el corazón al oírlas porque estaban hablando de mi mamá, la Isabel, como le decían, y decían cosas horribles.

Ana Marie le contó a Matías de esas cosas horribles que había oído en la playa de Cachagua. La Isabel, decía la mujer antipática, ha estado toda la vida separada de la tía Silvia, es un monstruo la Isabel, nunca ha querido a su madre, nunca la quiso, no fue capaz de llevársela con ella después de que murió el tío Pedro y librar a la pobre vieja de esa vida miserable, viviendo en ese pensionado picante cuando ella se da la gran vida en Nueva York, casada con ese gringo siútico. Aunque para ser bien francos, había seguido diciendo aquella mujer, todo ha sido raro en la vida de la Isabel. Siempre fue rara desde niña chica, nadie la quería en el colegio, era la más presumida de todas, me acuerdo perfectamente. Cuando se quedó repitiendo porque decían que estaba enferma, ¿enferma de qué estaba? Nadie lo supo. Enferma del chape desde chica, es lo más probable. Entonces quedamos en el mismo curso y era realmente una chiquilla rara, silenciosa, nunca fuimos amigas. Estoy segura que nunca tuvo amigas en el Villa María. En reuniones de ex alumnas, nadie se acuerda de ella como si nunca hubiera pasado por el colegio. La verdad es que todos estuvimos felices cuando los Reymond Court se fueron a los Estados Unidos, fue como sacarse un peso de encima, y después el cuento de que se casaba con ese gringo medio pelo, y después los hijos, ¿me vas a creer que ni siquiera invitó a su madre cuando estaba embarazada? ¿Quién vio embarazada a la Isabel Reymond? Esos dos chiquillos deslavados con los nombres siúticos, qué espanto, ¿cómo se llama el niño? Imposible recordarlo. ¿Quién vio embarazada alguna vez a la Isabel Reymond?

OCHO

Cuando Bill Bradley se subió al taxi en la ciudad de Baltimore, estaba tan perdido y al mismo tiempo tan consciente de la insensatez de sus actos, que en medio de esa disgregación no supo qué responderle al chofer. Éste le preguntaba adónde se dirigían, mientras iniciaba la marcha a mediana velocidad. Aun así, Bill había alcanzado a ver a su hijo quien, tras recoger las fotografías que cayeron al suelo desde la carpeta negra, lo había llamado a viva voz, había corrido incluso durante unos segundos tras el automóvil. Por cierto, Bill no escuchó sus gritos sino que apenas vio la mímica de su extrañeza ante la conducta del padre. Cualquier hijo se habría sentido chocado frente a un comportamiento como el suyo. ¿Se le había caído efectivamente la carpeta de las manos o él la dejó caer? ¿No era ésta una cobarde, una miserable manera de enseñarle a Sanford aquellas fotografías? Pero, ¡sin una palabra, ni siquiera una sola! Después, la distancia los separó por completo. Bill se limpió los ojos mientras la figura de su hijo se convertía en un leve tizne en el paisaje invernal del puerto de Baltimore. Hacía un buen rato que nevaba y pareció que la misma nieve borraba al muchacho o era sólo que su vista cansada se había desenfocado como sucede antes de un examen oftalmológico.

El taxista insistió en el destino inmediato de su pasajero.

Bill no sabía en verdad adónde se dirigía. ¿Volver a la estación de ferrocarriles para tomar nuevamente el Amtrak? ¿Tenía algún sentido regresar de inmediato a Nueva York después de la tensión de las últimas horas? Una tensión por completo inútil puesto que había sido incapaz de enfrentar a su hijo. ¿Regresar junto a Isabel para confesarle que habían vuelto aún más atrás, a una especie de estado cero en sus vidas? (Ese estado cero en que vivieron por años intentando tener un hijo.) ¿Decirle a Isabel que Sanford estaría observando con extrañeza esas fotografías desconocidas? Tal vez no estaría mal comunicarle a su mujer que el disparo que debía dar en el corazón de su hijo, había fallado por su torpeza o su falta de convicción, y apenas había logrado herirlo. No tenía la habilidad de Trisha Borger para manipular armas de fuego.

—¿Adónde lo llevo, señor? —insistió por tercera vez el conductor, con indisimulada molestia.

El pasajero apremiado dijo lo primero que se le vino a la cabeza.

—Al aeropuerto.

El taxista volvió a acelerar pese al resbaladizo estado de las calles, con entusiasmo ante una buena carrera, mientras Bill pensaba qué haría en el aeropuerto de Baltimore. En realidad, no era capaz de figurarse destinos a corto o largo plazo, cuando su vista recobraba lentamente la nitidez y volvía a contemplar a Sanford recogiendo las fotografías de su verdadera madre, sin tener la menor idea de quiénes eran esa mujer y ese niño retratados. ¿No parecía mejor dar una contraorden al taxista y regresar al departamento de su hijo? Una vez más, como había sucedido siempre en su vida, Bill logró advertir que haría lo que no tenía que hacer, es decir, tomaría el camino equivocado, al contrario que ese taxi que corría seguro por una autopista desconocida, pese a la intensa nieve, rumbo al aeropuerto de la ciudad. Aunque, para ser exacto, hacía rato que habían salido de la ciudad. De subirse a un avión, era muy probable que lo secuestrara un comando árabe para utilizar la nave como misil en contra de las instalaciones gubernamentales que se habían salvado aquel fatídico 11 de septiembre.

Es verosímil creer que uno aprende a cometer errores desde niño, se dijo a sí mismo, como una confusa y poco deliberada forma de copiar los errores de sus padres. Aunque su torpeza había comenzado copiando al hombre equivocado, porque ni siquiera su padre había sido el modelo original, sino su abuelo materno, un sujeto al que jamás conoció salvo por el sorprendente relato de su muerte. Aquel hombre se encontraba en su lugar de trabajo en las oficinas de una agencia de la Iglesia Católica en el piso 79 del Empire State Building, la mañana del sábado 28 de julio de 1945. Ya sabemos que las malas condiciones metereológicas no guardan mucha relación con los errores humanos, salvo que el conductor de un bombardero B-25 del ejército norteamericano confunda —en medio de una intensa niebla— los muros del edificio más alto del mundo con la pista del aeropuerto de Newark. Ya había evitado chocar contra el New York Central Building, pero de inmediato quedó en la línea del edificio emblemático de la ciudad. No estaba en sus planes botarlo, ¡por Dios, era un soldado americano!, mucho menos atacar a una oficina que prestaba socorro en tiempos de guerra —en realidad ayudaba a refugiados europeos—, ni aún menos matar a los dos tripulantes que lo acompañaban y a once civiles en sus puestos de trabajo. Pero, ¿cómo escapar a los propios pasos mal dados? ¿Por qué su abuelo no dejó pasar el tren esa mañana en la estación de Elmhurst Avenue? O mejor aún, ¿por qué no se hallaba de vacaciones? Era pleno verano y la guerra estaba a punto de terminar. Tal vez todo el mundo se saltó las vacaciones aquel año. Y por último, ¿por qué no estaba en la guerra? Se salvó de morir en algún frente de batalla en Europa o en el Pacífico Sur para terminar ardiendo en una oficina perfectamente bien ubicada en la ciudad más segura del mundo. (¿Tan segura? La mitología popular hacía creer, antes de que Roosevelt declarara la guerra, que Hitler iba a enviar cualquier noche a la Luftwaffe a atacar Nueva York.) Al menos, la muerte de su abuelo sirvió para que su joven hija obtuviera trabajo en un colegio católico en Queens, en el que Bill se educó. Más tarde, muchos años después, él mismo, una vez más gracias al percance del abuelo desconocido, pudo ingresar a la Universidad de Columbia mediante una beca obtenida a través de la Iglesia Católica. Ese verano de 1945, el abuelo que entonces no era abuelo les solucionó la vida con su destino brutal. ¡Qué sabe uno de las decisiones que toman los hombres antes de encontrarse con la muerte!

Poco sabía Bill de lo que en realidad sucedió en esos años porque por entonces él no había nacido. Pero el impacto del avión que provocó el horror en las oficinas del piso 79 del Empire State Building, como si la guerra se hubiera instalado repentinamente en Nueva York, cobrando de paso esa víctima familiar, marcó por completo los inicios de su vida. Su madre era una jovencita que debió salir a trabajar el mismo mes en que terminaba la Segunda Guerra Mundial. Es posible que como tantas otras muchachas de su edad se besara con un marino desconocido en las inmediaciones de Times Square, en medio de ese verano que terminó convirtiéndose en el más inolvidable de sus vidas. Los muchachos volvían de los frentes de batalla a sus casas a intentar la recuperación de sus vidas, tal vez más ilusionados de lo que vuelven ahora los muchachos desde Irak. Entonces había un objetivo claro, hechos concretos, los campos de concentración nazis, por ejemplo. Ahora, apenas el inaudible murmullo de las oraciones musulmanas. (Y por debajo, los más horribles *gossips* sobre la intervención del gobierno de Bush en la supuesta búsqueda de la guerra.) Pero esa era divagación antipatriota. Lo cierto fue que a los pocos meses de finalizada la Segunda Guerra Mundial, su madre conoció a Steve Bradley quien había regresado desde Europa con una herida en una pierna que lo hacía cojear. Es muy posible que las cosas se hubieran dado de otra forma si el bombardero accidentado hubiera logrado finalmente aterrizar en Newark. Aunque tampoco hay que ser tan cándido para creer que, en otras condiciones, aquella mujer habría tenido mejor suerte que la que tuvo casándose con el cojo Steve Bradley. No se conocieron precisamente bailando conga, ni celebrando el fin de la guerra con un beso en las calles de Manhattan, porque su madre trabajaba en la cocina del St. John's Preparatory School en Astoria. Pero, al parecer, fue durante un fin de semana en que su madre asistió al cine en Manhattan, cuando en el trayecto de regreso, en el tren subterráneo, conoció al que llegaría a ser su marido. La familia de Steve también vivía en Queens pero él se bajaba dos estaciones más lejos, en Woodhaven Boulevard. Con el pretexto de la cojera obtenida como deslucido trofeo de guerra, Steve no fue nunca bueno para la conga, el cha-cha-cha, ni siquiera el vals, pero desgraciadamente no tuvo tampoco ningún interés por volver a trabajar e hizo completamente infeliz a su pobre, huérfana, triste, mal aconsejada, mujer. Bill sentía que, en esas circunstancias, había comenzado su aprendizaje directo. Aunque su padre permaneció por muy poco tiempo más en casa —apenas lo recordaba—, le enseñó a hacer infelices a las mujeres. En su caso, a Isabel, o quizás aún más a Trisha.

El taxi se detuvo en la entrada del Aeropuerto Internacional de Baltimore.

La nieve ya había formado una mezcla barrosa en donde Bill tuvo que hundir los pies después de pagar la larga marcha. Entró rápidamente al terminal y observó los grandes carteles electrónicos de partidas y llegadas. Había una infinidad de vuelos a las más diversas ciudades del país, un vuelo directo a Londres, otro a Groenlandia, otro a Canadá. ¿Qué podía hacer él en Londres, o aún peor, en Groenlandia? ¿No era aquella una isla en alguna parte del Atlántico Norte? Miró a su alrededor el tortuoso movimiento de pasajeros dispuestos a subirse a esas máquinas infernales, y pensó de inmediato cuál de todas ellas podía ser la elegida en la guerra santa, cuál de todos esos veteranos abrigados o cuál de esos muchachos ansiosos por partir podía tener aspecto de terrorista y una bomba adosada a la cintura. Pero al mismo tiempo tuvo la sensación de que tanto los viejos como los jóvenes sólo eran buenos, conformistas americanos regresando a sus benditos hogares. Como debería haberlo hecho él si tuviera un hogar. Mejor sería pensar en comprar un boleto a Groenlandia, se dijo Bill Bradley a sí mismo. O quizás mejor a Chile, que era como decir a Groenlandia.

Hacía mucho tiempo que no estaba en un aeropuerto y le alarmó el ensordecedor gruñido de un avión que partía. Se tumbó, agachando la cabeza, sobre una hilera de asientos en donde había muchas personas con ligeros equipajes. Nadie allí hablaba una lengua que no fuera la suya. Nadie parecía desconocido. Recordó a una mujer que fue cliente de su oficina cuando un Boeing 747 estalló a poco de despegar desde Nueva York en 1996. Su marido iba en el avión junto a otras 230 personas. No hubo sobrevivientes ni tampoco respuestas inmediatas sobre la causa de la tragedia. En medio de la dilatada investigación, cundieron las sospechas de que el avión había sido derribado desde tierra por un posible misil. Su representada parecía estar iniciando un rápido aprendizaje sobre las consecuencias de las tragedias aéreas, como lo había hecho él mismo cuando le contaron de la lejana muerte de su abuelo. En medio de la investigación, aquella mujer había averiguado que cuando el avión se partió en dos, pasaron largos, larguísimos, interminables catorce segundos antes de que todo se desintegrara. Ella quería hacerles comprender a sus abogados el sufrimiento vivido por su esposo y les hacía contar, reloj en mano, lo que eran catorce segundos.

—Uno, dos, tres, cuatro, cinco... —y seguía contando—. ¿Se dan cuenta? —agregaba al fin con voz llorosa—. ¿Se dan cuenta el horror de esa situación?

Catorce segundos eran poca cosa en comparación con las diez, doce horas, que había demorado el viaje a Chile. Aunque entonces nada se desintegró a su alrededor —aquello había ocurrido mucho antes que el accidente del '96—, también fueron para él interminables horas de sufrimiento, pensando además en que inevitablemente debería realizar el viaje de regreso a los Estados Unidos. No estaba seguro de querer que el avión se cayera porque sus hijos los esperaban en Nueva York. Isabel le dio dos fuertes píldoras para dormir pero de igual forma no durmió. Las cápsulas sólo le provocaron un intenso dolor de cabeza con el cual llegó al pequeño y desordenado aeropuerto de Santiago, y fue muy posible que aquella migraña se convirtiera en esa especie de desconsuelo que no lo abandonó durante todo el tiempo en que permanecieron en Chile. Recordaba que todo había salido mal en ese viaje a Chile cuando murió el padre de Isabel. De partida, fue un viaje a destiempo. Pedro Nolasco Reymond ya estaba enterrado cuando ellos arribaron a Santiago, y pareció como si nadie les perdonara el atraso. En especial Silvia, su suegra, a quien había encontrado tan diferente de la mujer que había conocido cuando se casó con Isabel. Daba la impresión de que Silvia había vuelto a recobrar una antigua personalidad en contacto con su tierra, y Bill se preguntó alarmado entonces si acaso podía suceder lo mismo con su mujer. Cuando vio a Isabel sentarse a la mesa esa primera noche en la ciudad de Santiago, en la elegante casa de los Reymond Alemparte, y conversar con una soltura y naturalidad sobre temas que ellos jamás habían tocado, mientras hacían recuerdos que a él lo dejaban por completo indiferente, sintió que algo dentro del corazón de Isabel se ponía en movimiento. Las oscuras baterías desgastadas volvían a cargarse como le había sucedido a él cuando conoció a Trisha. Una extraña sensación de pertenencia parecía activarse por igual en todos los seres humanos. Tal vez, en esas circunstancias, Isabel volviera a ser la mujer que se preparaba a enfrentar la vida adulta cuando salió de ese colegio regentado por monjas norteamericanas. Pero eso era relativamente imposible porque, en verdad, era otra desde su matrimonio con un abogado también norteamericano en 1978. Había otra vida aguardando por ella. Dos niños a los que tenía que terminar de criar, aguardaban con impaciencia en Nueva York. Una preciosa chiquilla, adoptada cuando se cansaron de una lucha de años en consultas médicas en las que ambos fueron sometidos a infinidad de pruebas, muchas de ellas bastante agresivas. De esa forma llegaron al convencimiento de que no era tan importante tener un hijo

172

biológicamente propio. El paso siguiente fue el de la adopción. Todo indicaba que la estéril era Isabel. Eso estaba más que claro porque, más tarde, el varón lo había aportado él. Se podía llegar a pensar que la presencia de Ana Marie y la atención a sus cuidados, había sobreestimulado en Bill el deseo de ser padre y por ello habría dejado finalmente embarazada a otra mujer. ¿Una mala jugada? Para nada. Su aspiración finalmente había vencido.

Volviendo a Silvia, lo cierto es que aquella encantadora y silenciosa mujer que apenas hablaba algunas palabras en inglés cuando él la conoció, se había convertido —sin la fuerte presencia de su marido— en una extraña torturadora, arbitraria y caprichosa, que sólo tuvo palabras de recriminación en contra de su hija. Después de haber oído las confesiones de Félix Arana, hacía ya bastante tiempo, Bill se había quedado con la sensación de que los chilenos tenían una cierta predisposición a la agresividad. Pero podía estar equivocado. De seguro, estaba equivocado. ¿Qué sabía él después de todo de esa gente del extremo sur del continente sudamericano? A fines de los años 50, él se había convertido en un fanático de las novelas de un tal Roy Rockwood: *Bomba, el muchacho de la selva*, era un jovencito blanco sobreviviendo en la selva amazónica en medio de cataratas gigantes y peligrosos indígenas. Mientras leía aquellos libros llenos de racismo —Bomba no recordaba a sus padres pero sabía que tenía *sangre blanca*—, apenas sabía dónde terminaba uno de aquellos países y dónde comenzaba el otro. Los nombres de sus ciudades parecían sacados de alguna leyenda: Maracaibo, Pernambuco, Arequipa, Chuquicamata. A decir verdad, poco había cambiado su percepción de América del Sur hasta que los Reymond se cruzaron en su vida. En cierta ocasión, Isabel lo había invitado a ver un documental sobre los años de la Unidad Popular y el golpe de estado de 1973 en Chile, en una sala de cine arte en Manhattan. La pantalla se llenó con unos extraños obreros que parecían haber salido de la Guerra Civil española o de algún conflicto de esos países pobres detrás de la Cortina de Hierro. Hombres de aspecto casi dulce, desdentados, miserables, pero sonriendo cuando hablaban del *compañero presidente* con sus vocecitas infantiles, y hasta cuando amenazaban con tomarse el poder ante la ofensiva del imperialismo capitalista, parecían inofensivos. Eran chilenos. En la oscuridad de la sala, Bill miró entonces a su compañera de butaca, a la mujer con la cual se había casado, para asegurarse de que estaba allí, chilena ella también, al fin y al cabo, pero tan distinta a esas mujeres bochincheras que aparecían luego con pancartas por las calles de un Santiago tercermundista, antes de que los militares le pusieran atajo a la amenaza marxista en América Latina. En ese documental no aparecía nadie que se pareciera remotamente a los Reymond que él había conocido en Nueva York, y por un instante, Bill creyó que en su desconocimiento del mundo —¿qué sabía él de la Guerra Civil española, si se había pasado su primera adolescencia leyendo historietas sobre el Amazonas?—, tal vez se habían burlado de él. Entonces, en la casa de José Pablo, comprobando la ausencia de engaño —efectivamente eran chilenos aunque no hubiera selvas alrededor—, volvía a concentrarse en la voz de su suegra.

—Egoísta y preocupada de ti como siempre, Isabel. ¿Por qué no trajiste a tus hijos? —fue lo primero que le dijo Silvia a su hija, en cuanto la vio, antes del abrazo postergado por tantos años.

No preguntó si estaban en condiciones de viajar con dos niños pequeños, si la situación económica de un joven abogado permitía pagar un viaje de esa envergadura. Le lanzó aquel reproche a Isabel como si ella lo hubiera dispuesto todo, incluido el pago de los pasajes.

—Esta era mi oportunidad de conocer a mis nietos —insistió Silvia con majadería—. Porque ahora, después de la muerte de tu padre a quien no te dignaste volver a ver, tú comprenderás que no voy a viajar más. Mucho menos a Nueva York en donde sólo me acordaría de Pedro. Si no traes a los niños a Chile, como corresponde, me voy a ir a la tumba como tu pobre padre, sin haberlos conocido.

Cualquiera que la hubiera oído, habría creído que estaba a punto de morirse. Pero tenía apenas un poco más de cincuenta años, la edad que Isabel tiene ahora. Claro que entonces, a mediados de los años 80, todos eran jóvenes, José Pablo y su mujer y los niños que correteaban —ese muchacho que se encontraba de visita y lo había saludado la tarde anterior en el living de su departamento—, y ellos mismos, Bill e Isabel, y su propio inconfesable secreto, porque desde el primer momento Isabel se negó a compartir con sus familiares el misterio de la adopción de los niños. Quizás si no hubiera sucedido lo de Trisha, se preguntaba Bill, y Sanford nunca hubiera llegado a sus vidas, Isabel hubiera actuado de otra manera, pero eso no podía saberlo. De cualquier forma, Isabel nunca estuvo dispuesta a confesar que habían adoptado a Ana Marie. Era muy tarde ya para cualquiera elucubración. Se encontraba delante del mesón de una compañía aérea en el aeropuerto de Baltimore. Preguntó por un pasaje a Nueva York.

—Lo siento —le respondió la operadora—, los vuelos han sido momentáneamente cancelados.

Por lo visto, la nevazón amenazaba con convertirse en una tormenta. De seguro, aquel avión volando sobre su cabeza había sido el último en partir. Bill volvió a caminar por el amplio espacio pensando que lo mejor que podía hacer era tomar un taxi de regreso a la ciudad. Estuvo a punto de llamar al celular de Isabel pero se reprimió. Pensó de inmediato en telefonear a su secretaria, pero le pareció que cualquier excusa no tenía ningún sentido, y de igual forma faltaría a la oficina. Sabía que tarde o temprano tendría que enfrentarse con Michael Donelly, su socio, pero aquello le provocaba una alarmante sensación de malestar casi físico. ¿Era posible una renuncia total? Le pareció insólito que una tormenta le impidiera volver a embarcarse en un avión, cuando parecía haber tomado la decisión de reingresar al mundo de quienes se elevaban por los aires. El desánimo se fue haciendo notar por las instalaciones del aeropuerto y, repentinamente, aquellos plácidos, armoniosos viajeros, se fueron convirtiendo en insolentes amotinados que reclamaban en los mesones, golpeando las cubiertas. Mientras la nevazón arreciaba todo se fue descomponiendo y ya nada pareció en su lugar. Algunas mujeres mayores, perfectas señoras provincianas habitualmente recatadas, abrían sus maletines y guardaban o sacaban prendas de vestir sin pudor alguno. En cualquier momento se cambiarían los sostenes o los calzones sin acudir al cuarto de baño. Hombres incapaces de una descortesía, se echaron en el suelo despaturrados y lascivos, y Bill pronto supo que aquello se convertiría en un verdadero campo de batalla. Es en estas circunstancias cuando los terroristas tienen todas las de ganar, se dijo. Basta tan solo que nos cambien las reglas del juego para que la bestia que está dormida en nuestro fondo, se despierte: una tormenta a destiempo o una ola de calor, una bacteria recién descubierta o el alza del petróleo. El vuelo 93 semivacío de United, o más desmañadamente, apenas el desbarajuste provocado por la confesión de un hombre torpe fuera de lugar. Con eso basta para que estemos en condiciones de mostrar nuestra más auténtica cara.

—¿Adónde viaja? —le preguntó de improviso una mujer sentada a su lado.

Bill la miró. Era relativamente joven, un poco mayor de cuarenta años, pero podría haber sido la hermana mayor de Isabel, aunque no se le parecía en lo más mínimo. Siguiendo con el juego de las comparaciones, Bill advirtió que tenía un cierto aire a Marilyn Monroe si ésta hubiera llegado a los cuarenta y cinco años. No era en absoluto una exageración. Hacía poco había mirado nuevamente en uno de los libros de Trisha aquellas fotografías que Bert Stern le realizó a la actriz algún tiempo antes de su muerte, aquellas en que aparece completamente desnuda en la cama, cubriéndose los pechos con un velo transparente, y había comprobado que pese al glamour, ya se advertía en ellas la próxima decadencia de la hermosa mujer. De no haber pasado por Hollywood y su maquinaria de seducción, la auténtica Norma Jean se habría terminado convirtiendo en esa mujer mascando chicle que estaba sentada a su lado en el aeropuerto de Baltimore, con las piernas ligeramente entreabiertas. Tenía el pelo teñido platinado y revuelto, como si el peinado que pensaba hacerse antes de salir de casa, hubiera quedado a medias. Los ojos cansados, entrecerrados, y una sonrisa sensual, amistosa y complaciente, debajo del maquillaje mal aplicado. El ícono de América estaba a la vuelta de la esquina, en cualquier paradero de buses o varada en medio de la nieve, como en aquella película donde la conquistaba un *cowboy*.

—Al parecer, a ninguna parte —le respondió, observándola más detenidamente.

La falsa Marilyn lanzó una carcajada.

—Tiene toda la razón —advirtió—, a mí me están esperando en la casa de mi hermana en Salt Lake City para celebrar el cumpleaños de mi madre. Me temo que voy a tener que devolverme a Baltimore y tengo el refrigerador vacío.

—Yo ni siquiera tengo donde volver —señaló él a su vez, sonriéndole. Y la liviandad con que lo dijo le quitó a sus palabras toda carga de dramatismo. No era ni siquiera el diálogo de alguna de sus películas, pero de igual forma, Bill sintió que la situación lograba distraerlo.

La mujer abrió un paquete de galletas.

—¿Se sirve una?

Él se dio cuenta de que no había comido desde el desayuno, esa mañana, en la Penn Station, antes de abordar el tren rumbo a Baltimore. Pero de inmediato advirtió que, ni siquiera eso, apenas se había tomado un café con leche. Entonces reparó en que tenía mucha hambre. Estaba dispuesto a comerse lo que le pusieran por delante. Era como si aquella mujer y sus galletas se lo hicieran notar. Se sirvió una.

—¿Tiene sentido seguir esperando que pase la nieve? —le preguntó. Había cambiado de planes.

La mujer se puso de pie y estiró los brazos con un gesto juvenil. Pareció una muchacha avejentada y perezosa con ganas de irse a la cama.

—Ya he pasado por situaciones como esta. Siempre le echo la culpa a mi madre por habérsele ocurrido nacer en febrero. Al menos, me ha sucedido dos o tres veces. Por eso, ahora vengo en auto y lo dejo estacionado allá afuera.

Él se puso de pie también. Quedó frente a frente con la mujer. Se veía grande y pesado en comparación con la relativa finura de su aspecto. A los ajustados jeans se sumaba una camisa rosada debajo de la parka, desabotonada hasta la altura del sostén, creando así un sensual escote oblicuo que permitía verle el nacimiento de los pechos y unas minúsculas arrugas que la hacían más vulnerable. Tuvo la impresión de que, alguna vez, se había acostado con una mujer parecida y el leve recuerdo, o el intento por visualizar la situación, lo excitó enormemente. Ella pareció darse cuenta de que él la miraba con alguna forma de interés.

—¿Me puede llevar de vuelta a Baltimore? —le preguntó, conociendo de antemano la respuesta.

—Con mucho gusto —le dijo ella.

Charitín levantó el fono y escuchó la voz de su patrón. Pensó automáticamente que él estaba llamando con la seguridad de no encontrar a Isabel en casa. Recién había comenzado a planchar unas prendas de vestir y no supo bien por qué desenchufó la plancha de inmediato, como si esa llamada la fuera a sacar por completo de su trabajo. Ella sabía que Bill conocía perfectamente los horarios de su mujer. Isabel se encontraba casi con seguridad ayudando en el servicio de la comida de los enfermos de sida. Le tenía especial simpatía a Bill Bradley por lo que él hacía por la comunidad hispana. Algo, sin duda, mucho más importante que lo que hacía Isabel auxiliando a enfermos negros que se habían alejado de Dios y ahora pagaban las consecuencias. La primera vez que lo vio fue precisamente por la televisión, en uno de los canales en español, promocionando su oficina de abogados para los hispanos. Junto al señor Donnely se veían un poco ridículos tratando de parecer cálidos y amistosos en la búsqueda de clientes que habían tenido un accidente de trabajo, habían tragado mucho plomo o se encontraban a punto de la deportación. Ella misma tuvo la oportunidad después, mucho después, cuando ya estaba trabajando en su casa, de hacerle la observación. Fue un día en que el señor Bill —como lo llamaba—, había regresado más temprano al departamento de la calle 86 Este y ella se encontraba en la cocina viendo un capítulo de la novela de la tarde. Al primer corte, vino la tanda de avisos y entremedio, el comercial de Donnely, Bradley y Asociados. Él se había quedado de pie observando la pantalla, como si estuviera descubriendo por primera vez el réclame de su oficina, y no hubiera tenido ninguna injerencia en la elaboración de sus contenidos.

—Nunca me ha dicho qué le parece el réclame de nuestra oficina —le dijo a Charitín, con cierto orgullo.

Ella dejó de hacer lo que hubiera estado haciendo entonces. Al parecer, no estaba haciendo nada.

—Si me permite la observación, señor Bill —le respondió—, lo encuentro malo, bien malo.

Bill Bradley pareció sorprendido, pensando de seguro en que la dominicana le diría lo contrario.

—¿Tan malo? —insistió inseguro, frunciendo el ceño en un gesto nervioso, como si ella fuera una experta en relaciones comerciales.

—Mire, no me interprete mal —dijo ella con la naturalidad que la caracterizaba para hablar de cualquier tema—, pero es que dos caballeros gringos hablando medio asustados, no sé si me entiende, porque especialmente en el caso del señor Michael se nota que no sabe hablar español... ¿Sabe lo que yo haría? Haría como los abogados de Margarita, usted sabe, ¿a quién llamaría usted en caso de accidente? ¡A Margarita! ¿Ha visto ese aviso? ¡Hay que poner a hispanos hablando en español! Aunque mis hermanos no hablen tan bien como la señora Isabel, no sé si me entiende, van a sentirse más confiados si ven a gente como nosotros, gente sencilla, usted sabe, gente de nuestros países, que a dos señores americanos que pueden estar haciéndoles trampa. ¡Le aseguro que tendrían más clientes!

Aunque pareciera increíble, la oficina de su patrón cambió la propaganda, siguiendo las observaciones realizadas por ella. Algunos meses más tarde, comenzaron a aparecer por la pantalla unos centroamericanos y portorriqueños apesadumbrados que contaban de mala gana haberse caído por la escalera de su trabajo, o haber sido atropellados en el estacionamiento de un mall comercial. Charitín prefirió entonces guardar silencio, al creer que los modelos elegidos se veían tan feos, tan miserables, y si acaso eso no sería peor que ver a dos caballeros de cuello y corbata ofreciendo ayuda legal. De verse necesitada del servicio profesional de Bill Bradley, ella se habría vestido correctamente y no hubiera querido que sus abogados la vieran como una persona indecente. Ella le había sugerido gente sencilla pero no mal agestada. ¡Esos gringos lo hacían todo mal! Con razón nos tratan como nos tratan, pensó entonces, con molestia, y en lo sucesivo, cada vez que aparecía el famoso comercial, Charitín le bajaba el sonido.

—¡Señor Bill! —exclamó impresionada al teléfono—. La señora Isabel está muy preocupada por usted.

—¿Está Isabel por ahí? —dijo el hombre discretamente, como si temiera que su mujer lo escuchara.

—No, señor, la señora está a esta hora ayudando en la comida de los enfermos esos, usted sabe.

—Ah, sí, cierto —dijo él más tranquilo.

—¿Dónde se encuentra usted, señor Bill? ¿Está bien?

—Yo estoy bien —agregó mirando a su alrededor.

Lo que Bill Bradley vio fue el pequeño y desconocido estar en el departamento de Rosie, la mujer del aeropuerto, junto a la cocina en donde no había qué comer. Apenas quedaba sobre un mesón la enorme caja de cartón sin rastros de la pizza que se devoraron antes de irse a la cama. Se asombraba de sí mismo, paseándose semidesnudo, apenas con el calzoncillo puesto, con el celular en la mano, mientras la mujer se duchaba. ¿Estaba él bien? ¿Podía estar bien? Estaba relajado, sin duda, como si hubiera recibido un calmante muy efectivo que hubiera curado todas sus decepciones. La compensación había sido una nueva oportunidad sexual. Movido por la atracción física había fornicado con entereza y con tal intensidad —corrigiendo de paso parte de las dificultades por las que atravesaba—, acabando a los pocos segundos de penetrar a Rosie. Se dijeron mutuamente que se gustaban. Una vez más volvía a sentirse sexualmente independiente. Después descansaron mientras ella parecía impacientarse en la cama ante la imposibilidad de conseguir también un orgasmo. Pero fue diestra en las caricias y especialmente en la forma de besarlo por todo el cuerpo, ensalivándolo por completo, mordisqueándole los pezones e incluso chupándole el pene, por lo que él había vuelto a la carga, compulsivamente, como si fuera un muchacho. Pese a ello, Bill actuó entonces con mayor precaución y logró saciar también a ese remedo de Marilyn. La verdad era que la fantasía cinematográfica había ayudado durante toda la jornada. Cerraba los ojos y se imaginaba que estaba fornicando con Marilyn Monroe. Transpirados y cansados —por no decir deslucidos—, se arroparon luego en la cama y se quedaron dormidos.

—Dime una cosa —continuó Bill al teléfono—, ¿sabes si ha llamado Sandy?

—No, señor. La señora ha estado impaciente todo el día, pero no ha llamado nadie... —y Charitín reaccionó—. Miento. Acaba de llamar a la señora Isabel su primo el obispo chileno.

—¿El obispo chileno?

—El obispo, pues, señor Bill. ¿Me va a decir que tampoco sabe que la señora tiene un primo sacerdote?

Él se impacientó por la impertinencia de la dominicana.

—Por supuesto que lo sé, Charitín. Lo que no puedo es acordarme de su nombre.

—Juan Bautista, como el primo de nuestro Señor Jesucristo.

—Eso es —recordó Bill—. Juan Bautista Reymond.

—Monseñor Reymod llamó desde en un monasterio en el Estado de Nueva York.

—¿Isabel te contó eso?

—No, claro que no, ya le digo que yo mismita acabo de recibir la llamada. Aunque le parezca una intrusa, me gustaría saber qué hace un obispo chileno en un monasterio en Pine City. Usted sabe lo que me interesan los asuntos de la iglesia. Esperemos que no sea nada malo.

—¿Por qué iba a ser algo malo?

—¿Adónde mandan a los sacerdotes que se portan mal, señor Bill? A otra parroquia. Pero a los obispos los mandan a un convento, bien lejos de su diócesis. O al Vaticano. Acuérdese del cardenal ese, el de Boston, el que protegía a los curas pedófilos. Ay, se me olvidó el nombre, estoy tan desmemoriada.

Bill estaba acostumbrado a la intromisión de la dominicana en cosas que no debían importarle. Después de todo, había sido por sus comentarios que habían cambiado el comercial de la oficina para la televisión. Sin embargo, le pareció extraño lo que la sirvienta le estaba contando. Parecía una suerte de comedia de equivocaciones. Él preguntaba por la posibilidad de que su hijo clamara por el apoyo de Isabel, y Charitín le comentaba que apenas había llamado ese sacerdote presuntuoso que alguna vez conociera de paso en Chile. Por cierto, le daba exactamente lo mismo lo que el sacerdote estuviera haciendo en un monasterio tan lejos de su diócesis.

—¿Qué está pasando, señor Bill? —preguntó entonces la mujer.

—A qué te refieres...

—A lo que esté sucediendo entre usted y la señora Isabel.

Bill guardó silencio por un instante. Quiso decirle que estaba aburrido de sus indiscreciones, pero era él mismo quien la estaba involucrando con esa llamada telefónica.

—Las cosas no andan bien, Charitín.

—Las cosas no andan bien cuando nos alejamos de Dios, señor Bill. Eso es algo que todos deberíamos saber, pero se nos olvida —dijo ella, como si lo supiera todo.

Bill miró nuevamente a su alrededor. Las cosas no andaban bien en ninguna parte. Y ese Dios supuestamente infinito no tenía nada que ver con todo eso. ¿Se había preocupado aquel Dios de su infancia de proteger al abuelo esa mañana de sábado cuando el bombardero lo mandó al infierno en la tierra? ¿Se había preocupado de Trisha ese Dios que vigila sobre Brooklyn, en la zona donde hay más católicos que en ninguna otra parte en el Estado de Nueva York? Aunque su amante no fuera católica, ¿no podría ese Dios haber hecho algo cuando Trisha se disparó en la cabeza junto a su pequeño hijo? El sonido distante de la ducha había cesado por lo que Bill supuso que Rosie aparecería en cualquier momento.

—¿Te puedo pedir un favor, Charitín?

—Diga no más, señor Bill.

—¿Podrías llamar a la casa de Sandy en Baltimore, y preguntarle, como cosa tuya, cómo está él, cómo está Susan, el niño?

—Claro que lo puedo hacer.

—Si hablas con Sandy, no le digas que has hablado conmigo.

Charitín pensó que todo lo que el hombre le decía era muy confuso.

—Yo te llamaré a tu celular, más tarde.

—Señor Bill, ¿va a volver a casa?

Él guardó silencio por unos segundos.

—Es posible que no, Charitín.

—¿Qué ha hecho, señor Bill? —preguntó la mujer.

Él quiso decirle que, en rigor, no había hecho nada. Aunque no recordaba un día como ese en mucho tiempo. No estaba dispuesto a confesarle nada a esa mujer. Apenas intentaba saber cómo se estaban comportando los demás frente a su desquiciamiento. Miró el retrato de una Rosie mucho más joven junto a quien debía ser su madre, colgando de la pared. Estaban abrazadas y sonreían a la cámara, tal vez en otra fiesta de cumpleaños, en algún febrero distante en que no hubiera nevado. Trisha Borger jamás habría hecho una fotografía tan obvia y fea, pensó. Isabel no la habría colgado nunca en ningún lugar del departamento. Y si de fotografías se trataba el asunto, él desconocía el efecto que aquellas otras esparcidas en el suelo de una calle de Baltimore, habían provocado en su hijo.

—Tal vez tengas razón, Charitín; me he alejado de Dios y estoy esperando su castigo.

Y la dominicana dijo algo que al hombre le sonó muy extraño:

—Entonces, encomiéndese al Señor, como el primo de la señora.

Pero ella solía emitir juicios y disparates de ese calibre, sin medir las consecuencias. Bill no entendía por qué motivo le tenían tanta confianza.

Por segunda vez en esa semana, Bill le había ganado la partida. Cuando Isabel pensaba hablar de frente con Michael Donelly y contarle lo que estaba ocurriendo en su casa, se encontró en la oficina del socio de su marido con la noticia de que Bill había hablado primero. Más que molesta, estaba cansada.

Al paso de las horas y de los días, se había adueñado de ella una sensación de derrota como si hubiera perdido una guerra.

—¿Dónde está Bill? —dijo fríamente, como si la batalla final ya se hubiera librado y ella hubiera tenido que ir a recoger su cadáver—. No sé absolutamente nada de Bill desde el martes por la mañana, cuando se fue a Baltimore.

—Al parecer, sigue en Baltimore —respondió Michael con la afabilidad que lo caracterizaba—. Me llamó esta mañana temprano. Por eso te pedí que vinieras a verme.

—Muy bien. Te escucho —señaló Isabel, sentada frente al abogado, cruzándose de piernas. Quería partir de allí lo antes posible. Si Bill estuviera muerto, ya me lo habría dicho, pensó impaciente. A causa de esa reunión, había tenido que retrasar su encuentro con la periodista chilena. A decir verdad, y aunque pareciera una actitud tan incongruente como la de su marido, tenía más interés en oír lo que esa Romina Olivares tuviera que decirle.

Pero estaba allí para oír a Michael Donelly.

—¿Qué pasó, Isabel? —dijo Michael cambiando el tono. Le había surgido de improviso una desconocida voz lastimera, como si más que un abogado serio fuera un pariente intruso.

Ella perdió la calma y se puso de pie.

—¡Por Dios, Michael! ¡Eres tú el que tiene que hablar! ¡Bill se dignó en llamarte a ti! ¡No a mí! ¿Te das cuenta que lleva tres días sin dar señales de vida?

El abogado recuperó la cautela.

—Por favor, tranquilízate. Toma asiento —le dijo con la expresión ceremoniosa de siempre.

—¡Tienes o no tienes algo que decirme!

—Isabel, por favor...

Ella intentó recobrar la compostura, pero se dijo a sí misma que estaba allí con las peores intenciones. Lo sentía mucho por ese hombre, pero él la había llamado. No quería ser cauta, ni asertiva, ni mucho menos sensata. No era ella la que había tomado la decisión final de arruinarlo todo. Pero estaba más que dispuesta a terminar el mal trabajo de Bill. Por lo visto, una vez más, Bill había sido errático y poco claro. E Isabel pensó en que, nuevamente, tendría que aclarar algunos puntos, como ya lo había tenido que hacer frente a Sanford.

—Te pregunto qué pasó porque todo es tan insólito. Tú misma me lo acabas de decir. Bill lleva tres días sin aparecer por su casa ni por la oficina. Dejó botadas un par de audiencias en la corte, una de ellas muy importante, un caso en el que se juega cerca de un millón de dólares, y esto al menos nos va a costar un cliente. Pero eso a tu marido le importa una mierda. No quiso decirme dónde se encuentra, si podemos ayudarlo. Yo mismo me ofrecí para ir a buscarlo donde estuviera. Dijo que se va a tomar al menos una semana antes de regresar, y no sabe si retomará su trabajo. Comprenderás que eso me tiene muy alarmado. Esto es algo muy serio. Le dije que es muy joven para pensar en retirarse, pero a él nada parece importarle. ¿Estará pensando en jubilarse o en algo más grave? Por eso te pregunto a ti, su mujer, qué le pasó. ¿Es posible que esté sufriendo algún trastorno mental?

—¿Tú quieres saber si mi marido se volvió loco?

—Tanto como loco, no. Pero, ¿estará fuertemente deprimido y no fuimos capaces de darnos cuenta?

Isabel miró nuevamente a Michael Donelly. No estaba dispuesta a repetir todo por lo que habían pasado. No quería entrar en detalles sobre la vulnerabilidad de sus vidas. Pero se sintió tan herida frente a la postura de su marido, frente a la humillación a la que la sometía, una vez más lavándose las manos, como si aquella fuera su traición final. Hizo un enorme esfuerzo por no llorar. No iba a llorar delante de ese hombre, al parecer bienintencionado. La única forma de no llorar era parándose de una vez por todas y mandándose a cambiar. O diciendo lo que no estaba dispuesta a decir.

Pero igual lo dijo.

—Bill Bradley, tu socio, es un maldito hijo de puta, ¿sabías eso? ¿Sabías tú que nuestro hijo Sanford es el fruto de sus relaciones con una mujer que se suicidó cuando el niño estaba recién nacido? Acabábamos de adoptar a Ana Marie y él ya estaba enredado con otra... Sí, no me mires con esa cara... Ana Marie también es adoptada, ¿nunca te lo contó tu socio?

—No, Isabel, perdóname...

—Sí, está bien. No tienes que pedirme perdón. Déjame continuar... Recién habíamos adoptado a Ana Marie y Bill ya estaba en una intensa relación con esa mujer.

—Isabel, ya me dijiste eso.

Pero fue como si ella no lo hubiera oído.

—Si esa mujer no se hubiera suicidado, lo más probable es que Bill me hubiera abandonado. Es decir, nos habría abandonado a Ana Marie y a mí.

Michael Donelly la miró sin poder casi emitir algún juicio.

—Isabel, te voy a pedir, por favor, que no te descontroles...

—¿Quieres o no quieres saber lo que pasó? ¿No me llamaste para eso? ¡Entonces, escúchame! El martes en la mañana, Bill salió con la intención de decirle la verdad a Sanford, pero no fue capaz. Llevaba hasta unas fotografías de esa mujer para enseñárselas y en vez de mostrárselas, las tiró al suelo el muy cobarde. Nunca es capaz de nada —Isabel lanzó una risotada—. No me explico cómo esta oficina salió adelante con un socio como él. Si en su vida privada tiene un comportamiento tan pusilánime, ¿cómo es capaz de defender nada? ¿Quién ha hecho su trabajo todos estos años, me quieres decir? ¡Pobres hispanos! ¡Con razón se dedicaron a atender a esa clase de clientes! ¡Con un socio como mi marido era bien difícil que consiguieran una clientela más importante! ¡A lo mejor va a ser un gran golpe de suerte si te libras de Bill! A mí me ha engañado durante años y años de matrimonio. Después de que esa pobre infeliz se matara por él, ha tenido muchas otras amantes. Bill Bradley es un traidor por naturaleza, como tengo la impresión de que lo son todos ustedes. Yo me casé con él precisamente porque vivía en este país mientras ustedes estaban complotando y traicionando en el mío. Dime una cosa, ¿les enseñan la traición en el *high school*? Dímelo, como yo no fui al colegio en este país, no lo sé.

Para recalcar todo lo que había dicho y dejar que penetrara profundamente en la mente de Michael Donelly, Isabel se detuvo en seco mirándolo a los ojos. El corazón le latía de una forma anormal como si hubiera estado al borde de la taquicardia. Michael la miró también. Su expresión había cambiado por completo. Había una furia contenida en sus ojos y ni una sombra de la afabilidad de antes.

—Deberías saberlo, Isabel. Tienes dos hijos que se han educado como corresponde.

Ella nuevamente no lo escuchó. Aún era capaz de seguir hablando:

—Por eso, no me importa lo que pueda sucederle a Bill, me da exactamente lo mismo lo que le pueda estar pasando, que se joda. Que se joda todo. Que se joda su mundo y esta oficina. Y no me importa lo que me suceda a mí en el futuro. Estoy dispuesta a renunciar a esta vida absurda y vacía que tenemos y, te lo digo sinceramente, si él quiere terminar de arruinarlo todo, que lo haga. Me tiene sin cuidado.

—No te reconozco, Isabel. De verdad, no te reconozco.

E Isabel pensó de pronto que Michael Donelly tenía toda la razón. Su actitud era completamente irreconocible. Ella misma estaba sorprendida frente a sus propias palabras, a su propia ira.

—Y tus hijos —insistió el abogado ahora con terquedad—, te pregunto nuevamente por tus hijos. ¿No has pensado en ellos?

Claro que pensaba en ellos, se dijo apenas, sintiéndose muy distante, casi en otra ubicación, lejos de allí. Aunque pensaba mucho más en ellos cuando los estaba criando. ¿Qué había dicho ese abogado respecto a sus hijos? ¿Había dicho algo que ella no había escuchado? El aislamiento en que ella había estado todos esos años cuando Ana Marie y Sanford eran niños, había sido algo que ahora estaba en el pasado. Las adopciones habían tenido sentido porque esos niños se beneficiaron con la dedicación de la pareja, pero ella miraba su vida ahora de otra forma. Se veía a sí misma muy distinta a su propia madre, aunque Bill pareciera llevarla de la mano hacia algún abismo. Ella no terminaría sus días encerrada en un falso convento, como Silvia. La imagen de su primo Juan Bautista en otro convento se cruzó débilmente pero la apartó de inmediato. Extrañamente, no sentía miedo pese a esos imprevistos vuelcos en su corazón. Por el contrario, tenía ganas de precipitarse por sí misma a algún abismo, soltándose de la mano de Bill. Era algo parecido al vértigo. Sus hijos estarían a salvo de todas esas trampas porque no le pertenecían ni a ella ni mucho menos a Bill. Y en esa oficina inhóspita con muebles cromados, al lado del despacho en donde su marido se había pasado muchos, infinitos días de su vida laboral, sin recordarla, sin pensar en ella, sin amarla, sin sentir la mayor necesidad de ella, Isabel recordó de pronto lo que nunca recordaba. Pensó, más bien, que alguna vez había esperado un hijo, en otra vida, en una vida que había vivido lejos de allí. Sí. Ella alguna vez había estado embarazada. Recordó el miedo que sintió entonces de tener un hijo, el miedo que había sentido de parir como una amenaza en contra de su vida. Una empleada de su casa había dicho que el desfloramiento era como la rajadura de una sábana. ¿Cómo sería la rajadura atroz de parir un hijo? Alguien, posiblemente su propia madre, le había hablado del parto como un peligro. Cuando llega el momento, ya no hay forma de echarse atrás, no puedes escapar a lo que se avecina, escuchaba, volvía a escuchar. El niño viene en camino dispuesto a abrirse paso a como dé lugar, sin importarle nada, tiene que salir, tiene que ver la luz aunque aquello signifique la oscuridad para la madre.

Dicen que, después del aborto, hay mujeres que se sienten enormemente aliviadas. Dicen que otras ya no pueden hacer el amor después de un aborto.

—Isabel —observó Michael, muy seguro, como si hubiera recuperado la brillante locución y se encontrara en alguna corte—. Lamento mucho que tu matrimonio haya fracasado tan rotundamente, como tú lo piensas. Bill y yo somos amigos y tengo la impresión de que él no siente como tú. Entiendo que tengas ese resentimiento, esos pensamientos, son tuyos y nadie te impide pensar que has estado casada con un miserable por muchos años. Me apena comprobar que después de tanto tiempo pienses que todos somos unos miserables, unos traidores como tú misma lo has dicho. Pero, tus hijos. ¿No has pensado qué va a pasar con tu familia si Bill comete alguna estupidez?

Cuarenta minutos después, Isabel entró al departamento de la calle 86 Este escuchando aún la voz de Michael Donelly convertido en juez y dictando sentencia. Tú puedes hacer con tu vida lo que se te dé la gana, decía su voz. Supongo que incluso volverte a Chile en donde tengo entendido que ya no complotamos porque ahora lo hacemos en Irak. Eso debe ser lo que tú piensas. Pero Ana Marie y Sanford, a los cuales criaste, supongo que con algún grado de amor, son americanos de alma, han crecido y se han educado en este país como corresponde. No creo que tengan los oscuros pensamientos que tú tienes, están libres del rencor, gracias a Dios, porque aunque tú pienses lo contrario, acá no se enseña la traición ni la desesperanza. Sácate eso de la cabeza. A tus hijos no les enseñaron en nuestras escuelas a mentir, a matar o a complotar. Si hubieras estado atenta a sus estudios, te habrías dado cuenta de eso. Ellos incluso sabrán perdonar los errores de sus padres, ¿no te enseñaron eso a ti cuando chica en tu país?

Le pareció extraño que hubiese sido Michael Donnely quien le dijera esas palabras. Suponía que el día que alguien la pusiera en su lugar, no sería otro que el propio Bill. Pero entonces Isabel vio a la chilena hojeando un libro parada junto a una de las bibliotecas.

—¿Romina? —le preguntó inútilmente. ¿Quién otra podía ser?

Romina Olivares dejó el libro sobre un escritorio y avanzó hacia ella. Isabel extendió la mano pero ya Romina se le había abalanzado para besarla.

—Mucho gusto, Isabel —le dijo—; qué departamento más lindo.

Algo en la voz de esa joven mujer le pareció falso. No sabía bien si su apreciación del lugar o la posible falta de costumbre en la periodista de hacer ese tipo de comentarios. Después de hablar con ella por teléfono había buscado su reportaje en Internet y no le había resultado difícil encontrarlo. No se imaginaba a esa reportera aguerrida y decididamente insolente, interesada en departamentos supuestamente hermosos, por mucho que para ella fuera una curiosidad encontrarse allí. La invitó a tomar asiento y la observó de reojo. Matías le había comentado que habían sido compañeros de universidad, pero esa mujer se veía mayor que su sobrino. Debía andar por los treinta años pasados. Tenía algo descarado muy propio de algunas de sus jóvenes compatriotas que a Isabel le molestó enormemente. Un aire de trepadora, como si, repentinamente, a vuelo de pájaro, la sabiduría y la gracia se hubieran adueñado de ellas. Pero solían confundir los planos. Allí donde podría haber sabiduría, había una indisimulada imprudencia, allí donde podría haber habido ocurrencia, había apenas un mal chiste.

Fue lo primero que dijo.

—¿No la han entrevistado nunca en revistas del corazón? Quiero decir, usted en su departamento. No sé. ¡O en la "Revista de Decoración" de *El Mercurio*! ¡Es que no todos los días se ve a una chilena viviendo en estas calles tan elegantes de Nueva York! ¡En serio!

188

Era el precio que tenía que pagar por hablar sobre Juan Bautista. O mejor dicho, para que le hablaran de él.

—No, cómo se te ocurre —saltó sonriendo, tratando de recuperar la tranquilidad perdida en la oficina de Michael Donnely—. Soy una mujer común y corriente, además no me gustan los departamentos para ser admirados o comentados.

—Parece que usted... perdona, ¿te puedo tutear?

—Sí, claro, será mejor.

—Parece que tú no vas mucho a Chile.

—¿Cómo lo notaste?

—Porque no sabes cómo actúa la gente hoy en Chile. La gente muere por meterse en las vidas ajenas. Estuvimos tantos años encerrados en nuestra propia miseria en los años de la dictadura que ahora todos quieren verse reflejados solamente en los triunfadores.

Isabel decidió darle un giro a la conversación. No tenía ganas de rebatirle su juicio acerca de sus propios triunfos.

—Monseñor Reymond no es precisamente un triunfador —le dijo.

—Pero lo era.

—Sí, tienes razón, Romina. Tu reportaje se refocila en su caída.

Notó un cierto brillo de orgullo en la mirada de la mujer.

—Lo leíste...

—Debo confesarte que si lo hubiera leído antes de tu llamada esta mañana, no habría concertado esta... reunión contigo.

Iba a decir, no habría concertado esta entrevista contigo, pero temió que si decía eso, la periodista sacaría su grabadora.

—He dicho sólo la verdad, Isabel —se defendió Romina desviando levemente la mirada.

—¿Qué verdad? —gritó Isabel y de inmediato pensó en que debía controlarse. No podía volver a perder la calma como lo había hecho un rato antes con el socio de su marido. Bajó la voz—. La confesión de un diácono prejuicioso que parecía tenerle sangre en el ojo a Juan Bautista... unos antiguos seminaristas anónimos, ¿existen esos seminaristas?, ¿estás segura de que no inventaste algo?

—A mí también me costó mucho aceptar los hechos —dijo la periodista—. Ya te dije que yo conocía al padre Juan Bautista y le tenía mucho aprecio.

189

—¿Cuándo lo conociste? —le preguntó Isabel, con rapidez, como intentando sorprenderla en una mentira.

Pero Romina Olivares habló claramente.

—Fue cuando volvió la democracia, a comienzos de los noventa, yo estaba aún en el liceo y él no era aún obispo. Quise hacer un reportaje para la revista de fin de año, porque ya me había picado el bichito del periodismo, y me pareció que el tema más interesante era la imagen contradictoria de la iglesia católica en Chile. La misma institución que durante la dictadura se había convertido en defensora de los derechos humanos, seguía ejerciendo una tremenda influencia sobre la vida política, la prensa y la educación para frenar los avances de ese país tan atrasado. El padre Reymond era rector en el colegio de un amigo mío, y tenía fama de buena onda. Al parecer, todos los chiquillos lo adoraban. Me recibió sin mayores problemas y lo primero que me dijo fue que la iglesia manda porque así lo dispuso Dios. Yo me quedé de una pieza. ¿Ese era el cura tan buena onda? ¿Así de orgulloso era? Después me aclaró que Dios había creado a los hombres y la iglesia era la institución que representa a ese Dios, por lo cual tenía todo el derecho y el deber de influir en la vida de los cristianos. ¿Y si yo no soy católica?, le pregunté. Él me miró y me preguntó, ¿y entonces por qué estás aquí? Porque quiero comprender su pensamiento, le dije.

Romina lanzó una carcajada.

—Debería haberle dicho, porque me enamoré de usted.

Isabel dejó pasar el exabrupto para seguirla oyendo. Hizo un esfuerzo para que la confusión no se le notara en el rostro. Era probable que lo hubiera hecho bien porque Romina se sintió estimulada a no detenerse.

—Era tan estupendo, pero me quedé callada escuchándolo, y él me habló de la formación moral de los individuos con la propiedad de la fe. Me acuerdo que me dijo que ellos eran el refugio de los pobres y oprimidos. Tonteras, pensé, era un colegio para cabros ricos. Mi amigo vivía en una casa preciosa pero ni pariente a esta, obvio. Perdone, padre, le dije, ¿pero la iglesia no es también el rostro de los que estuvieron en el poder? ¿No le siguen dando la comunión a Pinochet? ¿No se la daban a Franco los curas españoles, muchos años después del Concilio Vaticano II? ¿Les van a cobrar la cuenta a los presidentes de la Concertación por haberles salvado la vida durante la dictadura? Y así seguimos hablando del futuro del divorcio en Chile, de la prevención del sida, del aborto.

En ese momento, la periodista se dio cuenta de que ya había dicho demasiado.

—Pero, en fin, Isabel, no estamos aquí para hablar de mis impresiones sobre monseñor Reymond, sino de las tuyas.

—Me gustaría saber qué te dijo del divorcio, del sida, del aborto, Romina.

—Lo que dicen todos los curas, ¿qué otra cosa iba a decir?

—¿Y en qué momento comenzaste a tenerle tanto aprecio, entonces?

Romina se acomodó en el sillón mirando nuevamente a su alrededor, al parecer, sin dejar de sorprenderse de estar en ese lugar, obviamente superior a la casa de su antiguo amigo de juventud.

—Cuando me habló de las mujeres —le respondió, e Isabel sintió una poderosa inquietud al pensar que Juan Bautista la había llamado a ella desde su celda en el monasterio benedictino. A ella, otra mujer. No la había llamado por tenerla a mano, sino por su calidad de mujer. ¿Era eso posible?—. Me habló de la dignidad de las mujeres —prosiguió Romina—, me habló de que había que valorarnos, acabar con nuestra discriminación social y económica, con la violencia intrafamiliar, yo se lo creí todo, aunque en el fondo de mi alma sabía que él estaba en contra de la anticoncepción. Como puedes ver, mi amor por el padre Juan Bautista estaba condenado desde un comienzo al fracaso.

Isabel no pudo refrenar ya más su incomodidad.

—¿Te puedo pedir un favor? No hables así de él, no tan frívolamente.

La coquetería de Romina Olivares tratando de parecer una mujer de mundo se congeló en ese mismo instante.

—Disculpa —le dijo—, no quise ofenderte.

—No me ofendes a mí. Lo ofendes a él.

Romina volvió a disculparse, pero, al mismo tiempo, restableció el ímpetu de sus propias palabras. Parecía estar hechizada por la historia del sacerdote, como si hubiera traspasado los límites de la objetividad periodística.

—Yo no he querido ofenderlo, te lo juro. La que piensa eso es su hermana, la señora Lucía Reymond que realmente es una pesada, no tiene nada que ver contigo. Me imagino que tú eres una mujer mucho más libre, con una mentalidad más moderna, más amplia. Obvio, si vives en Nueva York. Tendrás que estar de acuerdo conmigo que es inconcebible que la iglesia oculte un hecho como este. El padre Reymond no puede desaparecer como si se lo hubiera tragado la tierra. ¿Qué va a ser de él? ¿No va a volver más a Chile?

Yo tampoco volví más a Chile, pensó Isabel. Los que se van ya no vuelven más.

—Al parecer, la principal acusación es su homosexualidad. ¿Me equivoco?

—No, no te equivocas.

—¿Y es un pecado ser homosexual?

—No sé. No soy católica.

Isabel pareció agitarse.

—¿Y tú no te diste cuenta en aquella ocasión, cuando lo conociste, de que Juan Bautista era homosexual?

—Yo era una cabra chica, en ese tiempo no conocía homosexuales. Aunque sí, es cierto, era un poco amanerado, pero yo lo encontré más bien fino, un tipo encantador... A un sacerdote de la clase alta es más fácil encontrarlo amanerado que maricón. Sin ofensas, Isabel, en serio no quiero ofender. Pero digamos las cosas por su nombre.

—O sea, te atrajo su delicadeza —se escuchó a sí misma Isabel, desconociendo sus palabras.

Romina se puso algo nerviosa. Volvió a reír.

—Estoy jugando, Isabel. No vayas a creer...

—A mí no me parece que estés jugando.

—No pasó absolutamente nada. Yo tenía quince, dieciséis años...

—Y Juan Bautista era homosexual.

Romina guardó silencio, al parecer sin saber qué decir.

Isabel volvió a pensar en aquella tarde que había recordado ese mismo día. Aquella tarde en el campo, en ese país al cual no se vuelve, cuando le sustrajo a Juan Bautista la novela de José Donoso.

—Me imaginé que me ibas a contar otra historia —le dijo a la periodista.

—¿Otra historia? ¿Qué clase de historia? Lo siento, Isabel, no tengo otra. Mejor cuéntame tú tu historia con él.

—¿Mi historia?

—¿Cómo ves tú a Juan Bautista Reymond, cómo lo recuerdas? Eres mucho menor que él, ¿no es cierto?

—Varios años.

—¿Recuerdas cómo era antes de ser sacerdote?

Lo volvió a ver como lo había recordado hacía unas horas. La imagen era persistente, como si al mismo tiempo fuera defectuosa y se hubiera quedado pegada en la pantalla desplegada de su memoria. Por más que intentaba salir del programa, éste no respondía, y la imagen permanecía allí, atascada. Inteligencia artificial más falsa que ninguna. Juan Bautista seguía echado en el corredor de la casa de campo de su abuela Malú, con los tobillos desnudos y esa lectura tan poco adecuada para sus intereses de joven conservador. Tal vez entonces ya había tomado la decisión de dejar los estudios de derecho y convertirse en sacerdote, pero eso era poco probable y ella lo sabía mejor que nadie. Quizás leía *El lugar sin límites* porque intentaba buscar ciertos espejos en los cuales reflejarse. Pero un tipo de su delicadeza —sí, hasta Romina Olivares había sido capaz de reparar en su delicadeza—, habría leído a Wilde, a Gide, o a Peyrefitte que por esos años estaba tan de moda. A lo mejor, a Juan Bautista le había sucedido como a ella cuando intentó encontrar señas de identidad en las escritoras latinoamericanas de moda, y comenzó a leerlas sin orden alguno. La mayoría de las veces la defraudaron. En la última novela que leyó perteneciente a una escritora colombiana, sólo encontró personajes pintorescos que usaban *corbaticas guácalis*, se drogaban con *un cachito de maracachafa*, se referían a la protagonista como *muñeca brava*, y se incrustaban un *bypass* en *la pepa del alma*. Por curioso que pareciera, no había nada de su propia intimidad en esas exitosas páginas en español, salvo la reiteración de las mismas historias ñoñas, epopeyas llenas de héroes y locos, decadentes oligarcas y sicarios ambiciosos, los últimos vestigios de esa gran literatura del sur del mundo que había leído de adolescente en su imperecedera versión de machos. Que la perdonaran las feministas, pero era así. Juan Bautista podría haberse equivocado como ella si es que buscaba identificarse con el héroe abofeteado de Donoso. O es que no era más que el sano interés de un joven culto por la obra de un escritor que comenzaba a dar que hablar. Podía tener cierta lógica que una niña de trece años se preguntara entonces por los motivos que llevaban al mayor de sus primos a leer una novela sobre maricones. Pero era absolutamente ilegítimo volver a pensar en ello sólo porque esa periodista le venía a repetir lo que ella siempre supo. Incluso a los trece años, cuando todos en la familia comenzaban a sacarse el sombrero frente al más aventajado de los Reymond. Si durante el transcurso de aquel año, durante ese espantoso 1968, a Isabel Reymond le hubieran preguntado por el futuro de su primo Juan Bautista, ella habría sabido responder lo que esa periodista esperaba escuchar.

Pero dijo exactamente lo contrario.

Dijo:

—Era perfecto.

NUEVE

Un antiguo e ingenioso escritor (inscrito en el club de los que ya nadie lee), decía que la hipocresía es el vicio más difícil de mantener por mucho tiempo. No se puede practicar por momentos, como la glotonería o el adulterio. Matías intuyó algo al respecto. No podía seguir simulando frente al arribo de Romina Olivares. Debía poner fin a ese absurdo fingimiento. Por eso, aquella tarde en Brooklyn, volvió a pedirle el *laptop* a su prima para enviarle un mail a Romina. A esa hora del día parecía conveniente comunicarse con ella. Su antigua compañera de estudios debía encontrarse desde la mañana en alguna parte de esa ciudad, de seguro con la intención de llegar a la brevedad al convento en donde se hallaba su tío Juan Bautista. Aunque era muy poco probable que el sacerdote la recibiera. ¿Habría leído el reportaje escrito por la periodista? En otras palabras, ¿puede un sacerdote tener, en dichas circunstancias, la vanidad de buscar su propia huella en el infinito mundo virtual, allá afuera? Algo en el destino de su tío encantaba a Matías, como si en su reserva pudieran encontrarse atisbos de su propia adversidad. Un príncipe de la iglesia buscando la iluminación o el cilicio para flagelarse. Muy pocos hombres deben ser capaces de enfrentar esa posible *agonía*. Su tío no estaba retirándose de la sociedad. Al parecer, de acuerdo a lo que había aprendido —o mal aprendido— en sus años de educación católica, no se trataba de una excentricidad ni de una ilusión, sino de la posibilidad de acceder a un mundo de humildad y pureza. La soledad interior que conseguiría Juan Bautista Reymond no era ni una denuncia de sus culpas ni una homilía sobre las debilidades humanas. Era simplemente algo que permanece invisible por completo. En Pine City, o mejor dicho en un monasterio perdido en alguna carretera norteamericana, el tío Juan Bautista debería hallar su alma, entrando en la más completa incomunicación para encontrarse finalmente consigo mismo. ¡Qué extraños recovecos dan hombres como él! De seguro encontraría aquella *muerte a los lazos del corazón*, si es que Isabel no aceptaba su llamada. Matías no había olvidado aquella extraña sentencia escuchada en Chile antes de partir. Al mismo tiempo, cada vez que el recuerdo del sacerdote se colaba en su cabeza, aparecía la imprecisa figura del otro cura, el imaginado, el cura Deusto con su enjuta sotana negra en una parroquia de Sevilla. Matías había logrado recordar una historia escrita por Augusto d'Halmar en su libro *Los 21*, en donde revisaba biografías literarias de grandes escritores. La referencia tenía alguna indirecta relación. Cuenta d'Halmar que visitando Inglaterra en los primeros años del siglo XX, quiso adquirir en una tienda londinense algunas fotografías de grandes hombres, como Carlyle y Emerson, y que del lote del cual le dieron a escoger, saltó de pronto, un retrato cuyo nombre apenas alcanzó a leer antes de que la empleada se lo quitara de las manos, llena de confusión, y sin poder explicar su presencia entre las otras fotos. Era —dice el escritor chileno— inútil recalcarlo, el retrato de Oscar Wilde. *Quien no sabe callar el secreto ni practicar la paciencia, no tiene qué hacer más que desear la muerte*, escribió un poeta oriental citado por d'Halmar en su novela. Qué duda cabe, Wilde no supo callar el secreto ni mucho menos practicar la paciencia. (Tampoco lo habría hecho el propio d'Halmar quien, según dicen las malas lenguas, se paseaba en su vejez por los cerros de Valparaíso señalando: *Porque yo... soy el cura, sin cura...*) Aunque Iñigo Deusto, como buen héroe imaginario, prefirió lanzarse al paso del tren. Al igual que Ana Karenina. Los seres reales no suelen hacer esas demostraciones de arrojo. ¿No habría sido más fácil para Wilde pegarse un balazo que pasar dos años condenado a trabajos forzados? La fotografía de monseñor Reymond desaparecería apenas de los álbumes familiares, aunque no estuviera entre los retratos enmarcados en el living de su prima Isabel. Si ya Matías había develado parte de los secretos de la hermana de su padre, por el simple hecho de encontrarse en el lugar adecuado en la fecha adecuada, no podía desperdiciar esa otra oportunidad de ingresar en el lado oscuro, el lado B, la biografía no autorizada de su propia familia. Pero no estaba tan seguro de perseguir la oscuridad de su tío. A los ojos de todos, los creyentes y los indiferentes, posiblemente la huida de aquel hombre podría interpretarse como su alejamiento de un mundo lleno de pecado en el cual él también pecó. Pero, ¿era ese el verdadero motivo de su huida? ¿Cuál era en definitiva el precio de la separación?

La ciudad desconocida se había convertido ante los ojos de Matías en un escenario de múltiples posibilidades, en el cual era probable que hasta un extranjero como él pudiera asumir algún rol. Con esa identidad problemática de la que se quería liberar, no era protagonista de nada. Aunque al menos podía figurar como comparsa en el drama de Isabel y sus hijos, en el mejor de los casos, el observador de esa historia silenciada hasta la exasperación por sus padres y su abuela. Aunque su abuela no importaba demasiado, tapiada ella misma en ese convento que quedó escondido entre los nuevos edificios de Providencia. Y en su caso, bien podía hablarse de excentricidad e ilusión. En aquel otro escenario tradicionalista, monótono, engañosamente perfecto en el que Matías había vivido siempre, los cuentos de hadas o de santos, que eran casi lo mismo, se repetían en horario de matinée y para niños sobreprotegidos por el catecismo, con la virtud de los melodramas que él escribía para la televisión. Todo avanzaba con paso acelerado hacia un final feliz en donde la soledad era considerada una irracionalidad y una insensatez. Allá jamás habría llegado ni remotamente a sus oídos la verdad en torno a Ana Marie y Sanford, sencillamente porque en esa otra escena los hijos de Isabel perdían su protagonismo. Y lo que podía ser peor, se desvanecían como por efecto de magia. Pasaban a ser esa clase de personajes que no tienen ninguna importancia para el lector o el espectador común. Nadie se acuerda de ellos porque no alcanzan a realizar ninguna acción, como le sucedió a esa noviecita que tenía Romeo antes de conocer a Julieta, condenada desde el mismísimo primer acto al desaire. Volvamos sobre una de las formas de omisión: Matías ni siquiera había sido capaz de retener el nombre de su primo en los años posteriores a su visita a Chile. Eso significaba que nunca más nadie lo nombró, no por considerar el colmo de la cursilería que Isabel le hubiera puesto ese nombre ridículo, sino apenas por falta de interés. Una vez que los hijos de Isabel volvieron a cruzar la frontera, de regreso a su país, fueron olvidados para siempre. Después de todo, no era tan complicado memorizar el nombre de Sanford.

Y bueno, allí estaba Romina Olivares, descendiendo hacía algunas horas de un avión que la traía desde ese otro mundo. Si había llegado hasta Nueva York con su trabajo de investigación bastante avanzado, aunque apenas fuera en base a los alcances casi policiales de la desaparición del obispo Reymond, parecía más adecuado seguirle los pasos. Matías conocía su entusiasmo y la estruendosa vibración de sus palabras cuando la periodista creía encontrar la historia adecuada. ¿Qué la habría llevado a interesarse en el caso de Juan Bautista Reymond?, se preguntaba Matías. ¿Su falta de creencias religiosas y la posibilidad de una fácil acusación, las repercusiones sexuales del caso que tanto podían atraerla, o simplemente su animosidad social? En algún momento, en medio de la falta de impaciencia de aquel día (antes de considerar que no se podía ser un farsante por mucho tiempo), Matías pensó si acaso el obispo no estaría pagando por todas las veces que Romina podía haberse sentido menoscabada en su adolescencia. Recordaba que más de alguien había hecho chistes en torno a ella, en esa universidad clasista en donde se habían cruzado. Mantener oculto el puesto de frutas de sus padres, parecía una tarea casi imposible en medio de la fanfarronería metódica de sus compañeros de curso. Después, ella demostraría su talento y su audacia y se disolvieron las diferencias sociales. Pero, ¿en verdad era eso posible? ¿Es posible romper esos muros infranqueables de la aversión hacia quienes no son como uno? Al parecer, en ese otro país, aquella era una labor desatendida rigurosamente. Aunque las cosas parecían cambiar por estos otros lados, se dijo Matías. Al menos, eso habría pensando de haber sabido que Isabel Bradley había recibido a Romina Olivares esa tarde en su departamento de la calle 86 Este. La antigua chica del Villa María Academy recibiendo en su departamento neoyorquino a la chica del liceo municipalizado de La Florida. Aunque había que reconocer que el escenario era por completo distinto y esos datos del tercer mundo parecían no encajar en la realidad de Nueva York. Simplemente eran dos latinas hablando la misma lengua. (Existe un viejo chiste americano adecuado para esta situación: en el país donde se valoriza tanto la diversidad lingüística, a quienes hablan dos lenguas se les llama bilingües, a los que hablan sólo una lengua, americanos.) Claro que Isabel y Romina no eran precisamente dos mujeres hablando en inglés.

Charitín le había abierto la puerta de calle y la había conducido al salón a la espera de que Isabel regresara de la calle. La dominicana fue cautelosa como no lo había sido en mucho tiempo. No dijo ni una sola palabra. Fue capaz de darse cuenta de que esa otra chilena era distinta a su patrona. Ella tenía sus puntos de vista al respecto. Acá todos los que nacimos al sur de la frontera hablamos la misma lengua pero no todos somos iguales, pensaba la dominicana. ¿No es capaz de oír a la señora Isabel en el tono altanero, la seguridad, la fluidez con que ocupa el idioma español, la certeza de llamar edificios a los edificios, y no *buildings*, de hablar del techo y no del *rufo*, del estacionamiento y no del *parqueadero*? Pero Charitín no se permitía esos comentarios, ni teorizaba sobre las diferencias entre haber nacido en una isla del Caribe o en el frío extremo sur del continente. Ella escuchaba y hasta donde era capaz, guardaba silencio.

De cualquier forma, Matías no podía saber que ya Isabel también se había involucrado. O era que estaba involucrada desde siempre. Así como el sacerdote se había comunicado con su prima desde su escondite, Matías creyó prudente comunicarse con Romina. Mientras Matías le escribía el mail, Romina ya bajaba desde el duodécimo piso a la calle 86 Este.

Romina, disculpa si no te escribí antes pero hoy fue mi primer día de clases en la Universidad de Nueva York. He estado de cabeza en eso. ¿Cómo llegaste? ¿Dónde estás alojando? ¿Cuáles son tus planes si es que tienes alguno? En cuanto leas estas líneas, llámame al 9-933.81.88. Un abrazo, Matías.

Zoé había regresado a casa con una gran noticia. La habían contratado para un nuevo musical en Broadway que debutaría el próximo verano, y cuyos ensayos comenzarían en marzo. Molesta como había estado con la desaparición de Ana Marie la noche de su audición en Juilliard, no le había comentado acerca de su propia audición en Broadway esa tarde. Solía pensar que ella y su amante iban corriendo por caminos relativamente paralelos, pero Ana Marie había elegido la enorme autopista central que podía conducirla, como una Anna

Netrebko, al Metropolitan, a la New York City Opera, a la Opera de la Bastilla o a ese mítico y lejano Colón de Buenos Aires. Ella, cuando mucho, llegaría como una Bernadette Peters a las chillonas marquesinas luminosas de Times Square. Por eso, contó con cierta discreción acerca de su papel, una corista como miles de coristas en miles de musicales parecidos. Tenía a su haber dos números como solista, e infinidad de apariciones con el coro. No lo dijo, pero quedó flotando en el living del departamento en Brooklyn, la sensación de que aquello no tenía en absoluto la carga dramática, ni el rigor artístico del rol de Blanche de la Force que Ana Marie había ensayado con tanta dedicación durante semanas. Lo suyo era zapatear, cantar con el estilo parejo y monocorde de Broadway y verse radiante como en una película pasada de moda de Busby Berkeley. Si todo salía bien, estaría algunos años repitiendo las mismas canciones de martes a domingo.

Pese a todo, era su propio triunfo. Abrazó y besó a su amante, y corrió al dormitorio a dejar su bolso cargado, al parecer, de zapatillas y de zapatos que lanzó al suelo con una sonajera de tacos que parecieron el inicio del nuevo espectáculo en que participaría. Matías las observaba desde la mesa del comedor, revisando unas páginas en el *laptop*. Tenía una conversación pendiente con Ana Marie, interrumpida por la llegada de Zoé, aunque, en verdad, su prima le había contado más que suficiente acerca de sus temores infantiles respecto a la adopción. Para ella, esos temores habían terminado siendo reales. Una de las fantasías de los niños es pensar que no son hijos de sus padres, ni hermanos de sus hermanos, y que posiblemente una gitana los robó cuando pequeños para cambiarlos brutalmente de escenario. El cuento infantil encajaba de alguna forma en ella. Igual quedaban preguntas por hacer. ¿Quién había sido esa mujer imprudente que decía barbaridades respecto a Isabel cuando estuvieron en Chile? ¿Será Ana Marie capaz de describirla? Entonces Zoé volvió junto a ellos para averiguar si tenían algún plan para esa noche. Matías le dijo que esperaba el llamado de una amiga que había venido de Chile. No quiso complicar más las cosas comentándoles acerca del verdadero motivo que Romina tenía para encontrarse en Nueva York. Zoé no se quedaba tranquila. Puso música y fue a la cocina a buscar hielo para servir unos tragos.

—¡No les he comentado cuánto voy a ganar! —gritó desde fuera—. ¡Lo único que puedo decirte, Annie, es que vamos a poder mudarnos a Manhattan!

—¿Annie? —dijo Matías poniéndose de pie.

—Así me llama, como si yo fuera la huerfanita del musical. Creo que en este caso, el nombre está muy bien puesto.

Matías rió. Había apagado el *laptop* y volvía a sentarse junto a su prima.

—Ahora va a volver con el cuento del matrimonio —dijo Ana Marie en voz muy baja.

—¿Qué matrimonio?

—Ahora que va a tener un sueldo importante, va a volver a pedirme que nos casemos —siguió susurrando.

—¿Qué ustedes se casen? —preguntó Matías asombrado subiendo el tono de su voz.

—¿Me vas a decir que no has oído hablar de matrimonios gays? —gritoneó Ana Marie siempre en sordina como si se encontrara entre cajas, ahora en medio de una comedia de equivocaciones.

—Claro que sí, pero, ¿ustedes dos casadas? —agregó Matías pensando en cuál de las dos se vestiría de hombre y se pondría bigotitos postizos como en las comedias de Shakespeare.

—¿Te parece muy atroz?

—No, atroz no, pero raro... no es algo en lo que haya pensado alguna vez. Quiero decir, algo que le pueda suceder a alguien que yo conozca. —Y aclaró—: Ana Marie, recuerda que yo vivo en un país en donde recién se legalizó el divorcio.

Entonces, Zoé regresó desde la cocina con un cubo lleno de hielo, unos vasos altos, y una botella de whisky.

—¿En qué están? —preguntó indiferente mientras colocaba la bandeja sobre la mesa del café.

Ana Marie se puso de pie y comenzó a llenar los vasos con hielo.

—¿Qué te hace pensar que me quiero mudar a Manhattan? —le preguntó a Zoé.

—Nos sería más cómodo, estaríamos más cerca de casa al terminar las funciones, sin tener que andar corriendo por el *subway*, ¿no es esa una buena razón para mudarnos?

—Siempre has dicho que te encanta Park Slope, el Museo de Brooklyn, Prospect Park —insistió Ana Marie ofreciéndole un vaso.

—Estarías más cerca de tu madre —argumentó finalmente Zoé como si ya hubiera tomado una drástica decisión al respecto.

Ana Marie no dijo nada mientras le alcanzaba su vaso a Matías, mirándolo de frente. Había en su mirada algo perturbador que incomodó a Matías, como si él mejor que nadie pudiera conocer los motivos por los cuales esa mujer quisiera más bien alejarse, aumentar las distancias. En ese momento, él tomó conciencia de que Zoé no estaba al tanto de lo que estaba sucediendo. El conocimiento de Zoé respecto al dilema existencial de su pareja, no había crecido en absoluto desde la noche del martes, cuando tras la inesperada visita de Sanford, habían sostenido esa ligera conversación en la cocina.

Como si repentinamente Zoé hubiera comprendido algo, insistió.

—¿No te gustaría vivir más cerca de tu mamá?

Ana Marie la miró y luego miró a Matías.

—No sé —dijo con una emoción contenida—. No sé si ella va a estar ahí cuando la necesite.

—Siempre ha estado allí —dijo Zoé, firme, segura, sin dar su brazo a torcer.

—Tal vez ahora que se van a separar, si es que mi papá vuelve a aparecer, mi mamá ya no esté ahí como antes.

Zoé miró a Matías en plan de pedirle su intervención en ese asunto que, efectivamente, se le comenzaba a escapar de las manos.

—No creo posible que, por el hecho de que hayas descubierto finalmente que Isabel no es tu madre biológica, ella deje de quererte —precisó Matías, sintiendo que desenmascaraba a su prima.

Con toda la energía que pondría en los próximos meses en un escenario de Broadway, Zoé dejó el vaso sobre una mesa y se puso de pie.

—¡Te lo dijo al fin, Annie! ¡Te lo dijo al fin! ¡Y tú a mí no me dices una palabra! —protestó. Y se arrodilló delante de Ana Marie, tomándole las manos con fuerza—. Cómo no me has dicho ni una sola palabra... En qué mundo vives, tú no puedes cargar sola con esta angustia. Es algo con lo que has cargado toda tu vida, mi amor. ¿Cuándo te lo dijo? ¿Fue esa noche cuando vino Sandy? ¿Se lo dijo a los dos? ¡Annie, por Dios, cómo has estado callada todos estos días!

¡Annie, mírame, mírame, yo soy la persona que más te quiere en el mundo! ¡Tú no puedes dejarme fuera de esto! ¡Me vas a perdonar, pero yo voy a aclarar todo esto con Isabel esta misma noche!

—¡No! —gritó Ana Marie y luego bajó la voz—. No, Zoé, por favor, no vale la pena. Déjala tranquila que ha tenido unos días muy duros. Ya te contaré todo lo que ha sucedido.

Se miraron por unos segundos y luego se abrazaron. Ana Marie había comenzado finalmente a llorar y a medida que su llanto se hizo más notorio, los brazos de su amante que intentaban protegerla, fueron arrastrándola al mismo tiempo hasta la alfombra en donde ambas quedaron de rodillas. Matías hubiera querido partir en ese mismo instante. Aunque por otra parte, lo sobrecogió la escena de amor nunca antes vista. No recordaba haber tenido alguna amiga lesbiana, y de haberla tenido, mucho menos haberla visto en la intensidad amorosa en que se encontraban Ana Marie y Zoé. Su prima no dejaba de llorar como si finalmente hubiera podido descargarse de toda la tensión acumulada desde niña. Parecía que lloraba por ella y por su hermano. Incluso por el mundo que se les había terminado derrumbando. Ana Marie había protegido a Sandy durante toda su infancia pero había sido una tarea aparentemente equivocada y ella siempre lo había intuido. Tarde o temprano tenía que llegar ese momento de la íntima confesión. Sus vidas habían confluido en una misma familia, pero en verdad no los unía la sangre. Aunque no podía negar que no les había faltado el amor. No era el amor de las familias tradicionales como tampoco lo era el amor que la unía a Zoé. Ellas no formarían una familia normal a los desdeñosos ojos del mundo, pero si no estaban juntas estarían incompletas. Tan incompletas como en ese momento se sintió Matías. En la medida que comprendía el amor de esas dos mujeres, sentía su propio vacío, su propia desdicha, su propia falta de amor. Ese si era un acto liberador, mucho más que huir. Vivir sin amor era como vivir en pecado. La soledad era un peligro, qué duda cabía. Algo parecido a lo que le había ocurrido a Ana Marie cuando niña en su relación con Sanford. Si ella no hubiera amado a Sanford como a su verdadero hermano habría sido un pecado. Si ella no se entregaba al amor de Zoé era otra forma de pecado.

En las fantasías de Matías, pareció dominar la imagen ficticia —una vez más una imagen ficticia— de Ana Marie como si hubiera estado en el convento francés del *Diálogo de Carmelitas*, y Zoé hubiese sido la abadesa que le da fuerzas ante el cadalso. Tal vez ayudó en la construcción de la escena, el hecho de que ambas estuvieran arrodilladas como si se encontraran orando. Pero de inmediato desarmó la idea y las vio como dos iguales, dos jóvenes novicias —al fin y al cabo, Zoé no debía ser mucho mayor que Ana Marie—, reconfortándose ante el trágico destino. ¿El del cadalso o el de la rareza de una vida juntas? Entonces, Matías recordó que la monja que protagonizaba la historia tenía también un hermano al cual, en la hora del distanciamiento, le decía más o menos estas palabras: *Ahora soy hija del Carmelo y te pido que me aceptes como una compañera en las próximas batallas, porque vamos a ir al combate cada cual por su propio camino, con sus propios riesgos.*

Romina dejó la cama impaciente, como si el deseo consumado hubiese sido una pérdida de tiempo. Había logrado que Félix Arana se acostara con ella después de la comida. Pero tras las revelaciones que aquel hombre le hiciera en el restaurante, cada vez más suelto de lengua gracias a las copas de un intenso merlot bebido en abundancia, todo lo que posteriormente había sucedido entre ambos, la extrema facilidad con que él la desnudó, la fragilidad misma del instante, la espantosa sensación de cuerpo reconocido, transitado, sin sorpresa, casi como una trampa dispuesta para cazar animales incautos, todo aquello dejó en Romina un sabor a derrota, como si la idea de la aventura sexual le hubiera pertenecido a él desde siempre: podía creerse que Félix Arana lo había controlado todo a partir del momento mismo en que ella lo había llamado desde Chile para solicitarle alojamiento por unas noches. Así dadas las cosas, sentía que todo lo transcurrido desde la visita a Isabel Reymond había sido un intervalo muerto. Existía un punto en el que estaba de acuerdo consigo misma. No había volado hasta ese lugar en busca de prácticas sexuales y sintió que aquel podía considerarse un primer paso en falso. Debía tener más cuidado en lo sucesivo.

El amante casual se había quedado dormido no bien arrojó el condón al descuido, manchando de paso las sábanas. Le asombraba a Romina que pese a tener más de cincuenta años, y con todas esas copas de buen vino chileno en el cuerpo (o quizás por eso mismo), aquel hombre funcionara como si estuviera en su plenitud. Quizás se había estado preparando desde el momento mismo de su llamada, pensó Romina. Y aunque entonces Félix Arana no tenía idea de que ella andaba tras los pasos de un pariente de Isabel Reymond, terminaría revelándole cosas que, al parecer, no le había contado ni a su antigua mujer. Como lógica compensación a sus confesiones, Félix debió pensar que tenía todo el derecho a hacerle el amor a ese huésped inesperado. Así pues, el hecho de que ella hubiera tomado la decisión de acostarse con él, esa misma mañana, cuando él le había abierto la puerta de su departamento, parecía completamente irrelevante. Una vez más era el hombre quien lo manejaba todo. A la impaciencia, Romina sumó entonces la rabia. Para colmo, debía utilizar su computador para entrar a Internet. Odiaba trabajar en computadores ajenos más aún si éste era un aparato anticuado como el de Félix Arana. Se sentó ante él para revisar una vez más los posibles mensajes.

No pudo evitar un ligero grito de entusiasmo. ¡Al fin Matías le había escrito! Marcó de inmediato el número telefónico. Matías respondió en el acto.

—¡Dónde te habías metido! —le dijo sin poder reprimir su ansiedad, como si la voz al otro lado del teléfono correspondiera a la del hombre que le había hecho el amor. Pero en el acto supo que debía ser cautelosa.

— Romina, espera un segundo, por favor —respondió Matías y a ella le pareció que se movilizaba hacia otro lugar. Después, volvió a hablar—: ¿Qué tal? ¿Cómo llegaste? —le dijo.

—Bien, muy bien... ansiosa por saber de ti. ¿Dónde estás? —preguntó Romina.

— En la casa de una prima.

—¿Estás en la casa de tu tía Isabel?

—No... —y la pregunta saltó sola—. ¿Qué sabes tú de mi tía Isabel?

Romina pensó en que era mejor hablar con la verdad.

—Estuve hace un rato con ella —le dijo.

—¿Estuviste en el departamento de mi tía? —insistió él, asombrado.

—Te podrás imaginar de qué estuvimos hablando.

—Parece que todo te está saliendo súper bien —dijo Matías, sin tener claro si sus palabras eran una felicitación o un intento de sarcasmo.

—No mucho, Matías —se quejó Romina—. Isabel Reymond no me facilitó las cosas. No me dijo nada que pudiera ayudarme, salvo la tremenda devoción que siente por su primo.

—Bueno, ya sabes que en mi familia todos lo ven de la misma manera.

—Y tú, Matías, tú, ¿cómo lo ves?

—¿Yo?

Romina pareció inquietarse.

—¿Estás ocupado? —le preguntó—. ¿No podríamos juntarnos?

—¿Ahora?

—Sí, ahora.

—Dónde estás.

—En Chelsea. ¿Y tú?

—En Brooklyn.

—Son las 8:25. ¿Te animas a que nos juntemos en alguna parte? Tengo cosas importantes que hablar contigo. En serio.

Matías percibió la inquietud de su voz y supo que el encuentro con su ex compañera estaba cargado de significados. No era fortuito que los dos se encontraran esa noche, en esas circunstancias, en Nueva York. Aquello simplemente tenía que ocurrir. Tal vez, mucho más que su anterior encuentro con Isabel. La coincidencia era mucho más que una casualidad. Había algo en juego difícil de definir, algo que aguardaba por ellos desde las salas de clases de la Universidad Diego Portales.

—Puedo estar en Union Square supongo que en unos veinte, veinticinco minutos. ¿Sabes dónde queda Union Square?

—Me tomo un taxi.

—Hay un Virgin en una de las esquinas, al lado sur. Juntémonos en la puerta.

—No te preocupes, allí te espero en veinte minutos. Chao.

Y cortó apresurada antes de que Matías cambiara de parecer.

Se vistió en las sombras, intentando lo imposible por no despertar a Félix. No era tan difícil. El hombre dormía completamente exhausto, como si el merlot recién hubiera hecho efecto, mucho más que la ligera hazaña erótica de hacía algunos momentos. Imaginó que en cualquier momento despertaría y, al no verla, creería que ella dormía en el sillón-cama del living, en donde, se suponía, dormiría él, de acuerdo al pacto hecho en la mañana, cuando le había ofrecido su propio dormitorio. Al creer en la posible trampa —Félix jamás había pensado en renunciar a la comodidad de su amplio lecho—, Romina pegó un fuerte portazo y salió a la calle. No le dejó ni siquiera una nota.

El taxi la condujo por una avenida cuyo número no recordaba y luego dobló en la calle 14 en dirección a Union Square. Era mucho más cerca de lo que se había imaginado. En otras circunstancias, quizás en una noche menos helada, habría podido ir caminando. La enorme tienda de música elegida por Matías para la cita, estaba abierta hasta la una de la madrugada, y Romina notó un incesante entrar y salir de gente joven, como si todos ellos estuvieran guareciéndose del frío, revisando *compacts* y *DVD's*. Tuvo ganas de entrar también y participar del jolgorio, pero de inmediato Matías la tomó por detrás, a la altura de la cintura. Ella se dio vuelta. Pensó en la posibilidad de que Matías le viera en el rostro la huella de su reciente aventura, pero el muchacho sólo estaba atento al otro episodio, aquel que los involucraba a ambos. Además, Romina creía que Matías no tenía mayor interés en el sexo. Alguna vez, cuando recién se habían conocido, pudo haberse sentido atraída por él, como le hubiera sucedido frente a cualquiera de esos jóvenes vigorosos y saludables recién salidos de la educación secundaria que se convertirían en sus compañeros. Ella era mayor y la idea de un jugueteo sexual con alguno no dejaba de estimularla. Pero Matías con su mirada franca y algo tímida era encantador con casi todo el mundo y, lo más probable, no se acostaba con nadie. Ni siquiera con Sebastián Mira, lo cual habría sido lo más aconsejable, se decía Romina cuando ya los conoció mejor. Solían hacer juntos los trabajos en la universidad.

—Tienes la nariz colorada de frío —le dijo y lo abrazó.

Matías se separó y la miró.

—Tú estás muy linda.

En realidad, ella era lo que se dice una mujer interesante. O mejor dicho, se había convertido en la mujer que siempre había querido ser. Había ayudado en ello su meteórica carrera y su sentido de la observación. Después de la osadía con que se enfrentaba a empalagosos ministros de estado, a antiguos militares golpistas e incluso a mandatarios internacionales —digámoslo claramente, de poca monta—, se había acentuado en ella la agudeza aunque al mismo tiempo la uniformidad de sus rasgos. Todo en Romina dependía de patrones de moda. Donde antes había unos ojos comunes y corrientes, cejas vulgares y párpados algo abultados, hubo luego una mirada inquisitiva, diseñada con mano firme y las mejores sombras y delineadores de buena marca. Donde antes había unos labios más bien delgados y sin expresión, se logró luego una boca generosa en la cual las palabras calzaban sugestivas como el perfecto color del lápiz labial.

Buscaron un café, lo que no fue fácil. En todos los lugares a los que entraron, la gente aún estaba comiendo y a ellos les pareció imprudente tomarse apenas un café. Al darse cuenta de que estaban perdiendo el tiempo en esa búsqueda absurda, tomando en consideración la escuálida temperatura en las calles, se sentaron finalmente a una mesa y cuando una preciosa jovencita vestida de negro les preguntó sonriente cómo estaban, Romina dijo *just cofee, maybe a dessert*, y la rubia camarera ni se inmutó, dejándoles la carta para que la revisaran a su antojo.

No bien se quedaron solos, Matías atacó de inmediato.

—¿Quién te dio el número de mi tía?

—Alguien que yo conozco.

—¿Aquí?

—Aquí.

—¿Quién es?

—Da lo mismo.

No daba lo mismo. Félix Arana le había confesado esa noche que tenía serias sospechas para creer que Isabel Reymond era mucho más que una típica chilena clasista. En realidad, a él le parecía que era una mujer llena de prejuicios, incluso racistas, aunque sus argumentos le parecieron a Romina un poco deslavados y se basaban especialmente en las obvias diferencias que Isabel establecía con otros latinos a los que, invariablemente, miraba en menos. Le contó a Romina que cuando la conoció, Isabel parecía ufanarse de haber conquistado a un abogado norteamericano con gran futuro, y solía reírse de la forma de hablar de portorriqueños y otros centroamericanos. Todo lo que ella decía pasaba siempre por la comparación. Y siempre era ella la que salía invicta en el contraste. Estuvieron juntos en algunas ocasiones, había contado Félix, e incluso Isabel lo ayudó para que Bill Bradley tomara su caso de asilo, pero Félix pensaba que no lo había hecho por tener un excesivo fervor solidario, sino por el simple hecho de que él le cayó bien. No habría movido un dedo por otros chilenos izquierdistas, mucho menos si le parecían ordinarios, *picantes*, como ella misma decía, pese a que su padre se había autoexiliado a causa de la dictadura que había acabado, precisamente, con los sueños de los más miserables de su país. Al poco tiempo, nadie de aquel grupo que comenzaba a dispersarse a causa de los primeros destellos del sueño americano, quiso saber nunca más nada de *la chilena*, como la llamaban, para acentuar su molestosa diferencia. Por muy bien casada que estuviera con aquel abogado norteamericano iniciándose en la barra de Nueva York, por muy bien que hablara el inglés aprendido en un colegio elegante de Santiago, por muy chic que se viera con sus impecables tenidas, seguía siendo para todos la chilena antipática, la chilena prejuiciosa, la chilena de ese país con nombre de ají, la chilena hija de puta que se quería pasar de lista. Después, le había contado Félix, sucedió lo otro, y para entonces ellos dos ya habían entrado en calor con el merlot, estaban dando cuenta del plato de fondo y era muy posible que Félix ya estuviera viendo cómo manifestarle su voluntad de acostarse con ella. Al fin y al cabo, le contaría cosas que aparentemente nadie sabía. Bueno, a decir verdad, cosas que a nadie debían importar, salvo a los antiguos conocidos que ya estaban dispersos por completo, con sueños de residencia definitiva y parejas americanas, los más avispados, como había sido su caso. Félix decía ser lo suficientemente hombre para ir con el cuento, menos aún si se trataba de una compatriota que había terminado cayendo en desgracia. Supongo que no conoces a los hijos de Isabel Reymond, había señalado el hombre. Romina había movido negativamente la cabeza porque tenía la boca llena con un filete angus a punto, maravilloso. Él detuvo la masacre sobre el plato, y le contó acerca de una fotógrafa de nombre Trisha Borger, con la cual él había convivido —sin relación amorosa ninguna, sólo *roommates*, le dijo—, a quien Bill Bradley conoció precisamente gracias a él. Bill engañó a Isabel por largo tiempo con mi amiga Trisha, le había contado Félix cambiando repentinamente de expresión. No estaba siendo infidente, le aclaró de inmediato, porque Isabel estuvo luego al tanto de todo y nunca quiso darle el divorcio a su marido quien estaba completamente enamorado de la fotógrafa. En su empecinamiento hipócrita por salirse con la suya, aunque su matrimonio ya se había ido a pique, Isabel terminó pagando excesivamente caro. Trisha se suicidó enferma de amor, sacrificando al mismo tiempo al hombre que amaba y al hijo que había tenido con él. Y esto es lo más insólito, y con esto cierro la historia, había dicho Félix, Isabel terminó haciéndose cargo del hijo de Trisha. ¿Crees posible que en estas circunstancias, esos pobres seres hayan podido ser felices? ¿Ese niño sin madre, la hija mayor de Bill e Isabel, ellos mismos? ¿Crees que no habrá pesado en todos estos años la absurda intransigencia de su conducta?

¿A qué viene todo esto?, se preguntó Romina mirando a Matías en ese restaurante donde no pretendían comer. ¿Al hecho de que Isabel seguía perteneciendo al clan de los Reymond y defendía a su primo contra viento y marea? ¿Al hecho de que ella también se habría sentido mirada en menos por esa mujer? ¿O apenas para recordarse a sí misma que debía desconfiar de ese otro Reymond sentado al frente?

Pero, a cambio de reserva, le solicitó ayuda.

—Cuéntame, Matías, ¿me vas a acompañar al convento en donde está tu tío?

Matías rió.

—¿Qué sentido tiene que yo te acompañe, Romina? ¿Tú crees que el tío Juan Bautista te va a recibir después de lo que escribiste?

—He pensado en eso. Me parece muy poco probable que lea la prensa chilena.

—Menos te va a recibir, entonces.

—Tal vez si tú me acompañas...

Contradiciendo todo lo anterior, Matías agregó:

—Fuiste muy torpe, ¿no te das cuenta? Primero hubieras intentado hablar con él, no sé, ganarte su confianza, y después hubieras escrito lo que se te diera la gana. ¿Tienes idea de dónde queda ese lugar?

—¿Pine City?

—¿Cómo supiste que el tío estaba allí? ¿Quién te lo dijo? ¿La misma persona que te dio el teléfono de Isabel?

En ese momento volvió a hacerse presente la misma camarera sonriente que parecía actriz de *Sex and the City*. En Chile la hubieran contratado para una teleserie en horario estelar, pensó Matías. Optaron por café y tiramisú. Romina se acomodó en su asiento, mirando alrededor.

—Qué lata más grande que en este país no se pueda fumar en ninguna parte.

—En Chile ahora tampoco —le recordó Matías.

Pero ella ya estaba de vuelta, lista para enfrentarlo.

—A ver... vamos por parte... —le dijo—. El pueblo ese, supongo que es un pueblo, queda en la concha de la loma... yo me imaginaba que quedaba al otro lado del Hudson, o un poco más allá del aeropuerto de Newark, pero resulta que el Estado de Nueva York es enorme, gigantesco. ¡Tu tío está escondido como a cinco horas de acá, por bus! Por avión es igual de lejos porque hay que hacer trasbordo —e intentó un chiste—. Habría sido mucho más práctico que se alojara en Saint Patrick cerca de su prima Isabel que lo quiere tanto.

Matías apenas sonrió.

—¿Y quién te dijo que está en ese lugar tan lejos? —insistió.

—¿Me quieres decir que puedo estar equivocada? ¿Qué tu tío no está en ese lugar?

Romina pensó de inmediato en la conversación sostenida con Isabel. En ningún momento ella le había negado la posibilidad de que el cura Reymond se encontrara en el famoso convento benedictino. Era Matías quien la ponía a prueba, jugaba con ella.

—No, no estás equivocada —confirmó Matías.

Agradecida, Romina avanzó a su vez, develando el misterio.

—No me lo dijo nadie. Fue un mail anónimo.

—¿Un mail anónimo? No te lo creo. ¿Enviado a tu propio correo?

—Matías, es muy fácil, por Dios. Cualquiera puede meterse al diario donde salió el reportaje y averiguar mi mail.

—No sé si sea tan fácil. Tendría que ser una persona muy familiarizada con esas cosas —insistió Matías como si la hubiera estado poniendo a prueba durante todo ese rato.

Recién entonces les sirvieron los cafés y los postres. Ya no fue la mucama-modelo, sino un muchachito larguirucho, excesivamente amanerado quien depositó los platos sobre la mesa como si él hubiera horneado el postre italiano. Les sonrió, siempre desmedido, y luego hizo algún comentario que ninguno de los dos comprendió. Le sonrieron a su vez, hastiados de su aparente acto de lisonja. A Romina le pareció que la distracción había durado demasiado.

—¿Para qué te iba a estar mintiendo? —le dijo en el acto a Matías—. ¿O acaso crees que la encantadora de tu tía Lucía me dio la dirección de su hermano?

Romina miraba su taza de café.

—¿Qué es esto? Yo quería un expreso y ese huevón latero me trae este café con leche como si estuviéramos tomando onces.

Matías no perdió el hilo de la conversación.

—Y esa persona anónima te escribió para contarte algo tan delicado. ¿Averiguaste de quién es el mail?

—Zerega63@yahoo.com. Me lo aprendí de memoria. Le escribí de vuelta, no me respondió.

—Zerega, ¿qué puede ser Zerega?

—Un apellido, obvio. Pero, ¿de dónde?

—Es un apellido hispano, sin duda. ¿Quién puede ser esa persona tan especial?

—Le he dado vuelta al asunto, pero no se me ocurre quién puede ser.

—Tal vez un enemigo de mi tío. ¿Chileno o de acá?

—Alguien que quiere que los curas sean responsables de sus actos. En este país, por si no te has dado cuenta, nuestros amigos curitas tienen muchos enemigos. De partida, casi toda la prensa. Acuérdate no más de los periodistas del *Boston Globe* que se ganaron el Pulitzer por su investigación sobre los curas pedófilos que le costó el cargo al cardenal Law. Después, varios directores de cine, algunos escritores, y por cierto, todas las víctimas de sus abusos que no son pocas.

—Romina, ¡mi tío no es un pedófilo!

—¿Y por qué hace esto? ¿Por qué se esconde? ¿Por qué renuncia? ¿De qué se esconde?

Guardaron silencio por unos segundos como si cada cual buscara argumentos para seguir adelante.

—Romina, ¿y qué te mueve a ti en todo esto?

Ella había comenzado a comerse el tiramisú y esta vez no se confundió con detalles referentes a lo que estaba consumiendo.

—La verdad —le dijo—. Me interesa conocer su verdad. Lo mismo que te mueve a ti cuando escribes. La única razón para dedicarnos a esto. Me pregunto qué pasara con él. ¿Es posible que se entierre en vida? ¿Que no vuelva nunca más a Chile? ¿Que no sepamos nunca más nada de él? ¿Es eso posible? Ellos mismos, los curas, fueron bastante generosos con los desaparecidos. ¿Cómo a estas alturas van a hacer desaparecer a uno de los suyos? ¡Al fin y al cabo, tal como lo has dicho, tu tío no es un pedófilo y sólo se acostó con unos cuantos muchachos! ¡Dios mío, si a mí me hicieran desaparecer por los hombres con que me he acostado! Tú mismo, Matías, tal vez tú has hecho lo mismo que tu tío muchas veces y no por eso te vas a ir a fondear a un convento.

Matías tuvo una aguda sensación de vergüenza. Por un momento se sintió a sí mismo en la piel de su tío, negándose a la vida. ¿Cómo decían del cura Deusto? *Un cuerpo encerrado en la vestidura de un sacerdote.* Eso era. Un cuerpo borrado, su propio cuerpo, el cuerpo de Juan Bautista enterrado antes de tiempo. No. No era posible que eso sucediera.

—Déjame pensarlo —le dijo.

— No tengo mucho tiempo —respondió ella.

—Mañana te doy una respuesta.

No sabía por qué retardaba esa decisión. Volvió a pensar en d'Halmar, en el resto de la historia sobre la fotografía desdeñada de Oscar Wilde. D'Halmar había escrito que aquel hecho insólito le había ocurrido siete años después del escandaloso proceso al escritor irlandés. Entonces, siendo un adolescente, había leído —¿en la prensa chilena?, ¿era posible que la prensa chilena de fines del siglo XIX hablara de esas cosas?— que a Wilde lo procesaban por *seducción de menores y ultraje a las buenas costumbres.* Dice d'Halmar que, a esa edad, temió quedarse sin dilucidar en qué consistía ese doble delito. Un siglo después, pensó Matías, los hechos en torno a su tío eran muy parecidos. Un siglo después, ¿nadie lo salvaría?

—¿Estabas con tu prima, la hija mayor de Isabel? —preguntó repentinamente Romina.

—Sí.

—¿Cómo se llama?

—Ana Marie.

—Ana María, un nombre bien nuestro. ¿Y el muchacho? ¿Tiene un hijo también?

—Sí, se llama Sanford.

Ella rió mientras daba cuenta del café con leche.

—¿Sanford? —dijo sin parar de reírse—. ¿Cómo tu tía le pudo poner ese nombre?

Ella sabía que, en esa historia, aquello era lo de menos. Esa historia, de acuerdo a lo que le contara Félix Arana, no tenía nada de divertido, pero igual siguió riendo.

Viéndola como se encontraba sentada en el salón del departamento, parecía que estuviera leyendo. Una vez más de espaldas a la puerta de entrada, aquel podía ser el lugar favorito de Isabel. Tal vez le gustaba que la sorprendieran. O también era posible que le complaciera pasar inadvertida. Fueron conjeturas que Matías se hizo en ese momento. Aunque de acuerdo a la luz que entraba a esa hora de la mañana por los ventanales, lo más probable era que Isabel hubiera tenido muchos años para probar las distintas ubicaciones en todos los sillones hasta encontrar el espacio ideal. Por un levísimo instante, Matías estuvo a punto de salir a la calle sin llamar su atención. Pero de inmediato pensó en que ella podía estar esperándolo. El día anterior prácticamente no se habían visto y supuso que ella querría comentarle el encuentro que había tenido con Romina Olivares. Al acercarse para saludarla, se dio cuenta de inmediato de que Isabel estaba hojeando un álbum de fotografías. Creyó que podía ser un acto íntimo, pero ya era demasiado tarde porque la mujer había percibido su presencia. Las fotografías en ese departamento tenían una carga inusualmente dramática, ocultaban un componente peligroso difícil de compartir de acuerdo a lo que ella misma le había contado. Pero al mismo tiempo, había una sensación de placidez, como si el día hubiera despuntado menos conflictivo, y todo hubiera vuelto atrás, antes de que Bill hubiera partido, tal vez incluso alguna feliz ocasión antes de que él mismo hubiera llegado desde Chile. O aún retrocediendo más vertiginosamente, Ana Marie y Sanford se encontrarían todavía viviendo bajo el mismo techo. Así era todo antes, se dijo Matías sorprendido. Y de inmediato, Isabel se dirigió a él.

—Mira lo que encontré —le dijo, dándole un beso en la mejilla.

Matías miró la página abierta del álbum para encontrarse con la imagen de esa misma mujer, mucho, muchísimo más joven, mucho antes de que él la hubiera visto por primera vez en la playa de Cachagua. Junto a ella estaba su hermano José Pablo, un muchacho relativamente parecido a él mismo, y estaban también los abuelos, Pedro Nolasco y Silvia, y otras personas a las que no reconoció.

—Estamos en Washington, un poco después de que llegáramos de Chile.

Todavía no había entrado Bill Bradley a su historia, y mucho menos Trisha Borger, y para qué decir los hijos. El conjunto parecía tener el aire de Chile a sus espaldas, la nostálgica ensoñación de los años 70, el provincianismo que por entonces no se había perdido, aunque fuera a través de una simple fotografía que se repetía en otras, todas muy parecidas entre sí. Cambiaban apenas los paisajes de fondo, como si los Reymond Court hubieran estado en plan de reconocimiento de la ciudad adonde iban a vivir, probablemente acompañados por las personas con la que el abuelo Pedro Nolasco trabajaría en la embajada. Al parecer, por la ausencia de cambios en las vestimentas, la serie completa había sido tomada en el mismo día.

—No había visto nunca estas fotografías —le comentó Matías—. No creo que mi papá las tenga.

—Era el álbum favorito de mi padre —le contó Isabel—. Me lo regaló cuando regresaron a Chile, para que no los olvidara, para que no me olvidara de nada, para que los pudiera tener siempre presente. En esos años, uno dependía tanto de las fotografías.

Ella echó marcha atrás en el recuerdo dando vuelta las páginas en sentido contrario. La historia fue retrocediendo antes de la llegada a los Estados Unidos. Pedro Nolasco estaba incluso retratado con el presidente Allende en La Moneda. Le pareció que esa fotografía debería estar enmarcada en el living de los Bradley, así como jamás lo habría estado en la casa de su padre. Después fue reconociendo a otros políticos de la época, algunos personajes desaparecidos en el tiempo y otros vigentes. Todos se veían excesivamente jóvenes, incluido el propio abuelo. El enigma de esas fisonomías sonrientes, desafiantes, dispuestas a cambiar el rumbo de los acontecimientos en su país, cuando aún existían las utopías, se había convertido en la monotonía fiera del neoliberalismo. Los sobrevivientes nunca habían sido realmente incorrectos. Había bastado que la historia cambiara brutalmente de rumbo para que ellos se adaptaran sin complejos a las nuevas circunstancias. Quizás si se miraba con mayor detención los rasgos de su propio padre, ese José Pablo de cabello excesivamente largo que caía sobre el cuello de la camisa, podía observarse el cambio radical que tendría en el futuro, aunque ello podía ser simple especulación. Matías sabía en lo que su padre se había convertido y nada de lo que le había sucedido podía prevenirse en una simple vieja fotografía.

En otra página anterior a la salida de Chile, Isabel y su hermano se encontraban en la casa de campo que Matías no había alcanzado a conocer, esta vez junto a sus primos Reymond Capdeville. Como en su mayoría eran niños, no hubo nada que reconocer en sus rostros. Sus vidas no habían comenzado. Eran borradores de sí mismos, como Matías pensaba que eran todos los niños.

—Esta era la casa de campo de mi abuela Malú —le contó Isabel.

—¿El campo que les expropiaron en los años de la Reforma Agraria? —preguntó Matías a su vez.

Ella pareció no escucharlo porque sin responder, siguió contando.

—Veraneábamos en esta casa todos los nietos de mi abuela Malú. A veces, iban nuestros padres, pero generalmente estábamos solos en los veranos.

Él contraatacó.

—Mi papá nunca quiere recordar esa época porque no soporta la idea de que les hayan expropiado el fundo.

—¿Nunca te ha contado cómo se dieron las cosas?

Matías miró a Isabel con un inequívoco gesto de sorpresa.

—¿Contarme qué cosa?

Lo que ella dijo habría herido a José Pablo, de seguro. Él la escuchó sin poder calcular las consecuencias de sus palabras.

—Mi papá fue quien abanderó la expropiación en 1968, movilizando a los campesinos para que se tomaran el campo. Como todo estaba en muy malas condiciones de cultivo ya que a mi abuela el campo le importaba un comino, no costó nada para que las autoridades lo expropiaran.

Aunque la información no parecía del todo completa, Matías replicó:

—El papá nunca nos ha contado nada de eso.

—Supongo que por eso mi prima Lucía me odiaba tanto —pareció reflexionar Isabel como si no lo hubiera hecho antes, y recién en ese momento hubiera descubierto la causa—. Durante mucho tiempo nuestros padres no se hablaron. A pesar de que estábamos en el mismo colegio, e incluso en el mismo curso con tu mamá y con la Lucía, ella me odió siempre porque yo era la hija del hombre que los dejó sin fundo, y del prestigio que significaba tener tierras. Después hablaban pestes de mi papá diciendo que era comunista, que estaba en contra de la iglesia, imagínate, con un sobrino en el seminario. Fue un verdadero milagro que las monjas me dejaran terminar el colegio. Antes de venirnos a los Estados Unidos le habían quitado el saludo a mi papá, y a mis primos les prohibían juntarse con nosotros como si hubiéramos sido leprosos. Decían que gracias a gente como mi padre había subido Allende al gobierno. Gracias a traidores como mi padre, el comunismo se había apoderado de nuestro país. Lo pasamos muy mal en esos últimos años en Chile.

Matías recordó de inmediato lo que Ana Marie le había contado acerca de una mujer impertinente hablando en contra de Isabel. ¿Podía entonces tratarse de Lucía Reymond?

—Este es Juan Bautista —dijo ella de inmediato. Y le indicó otra fotografía. Estaba solo, como si aguardara en la imagen por su destino. Después de todo, el tío cura, que en el retrato era sólo un muchacho hermoso, no había desaparecido de los álbumes fotográficos. Si bien no había ninguna fotografía suya enmarcada sobre ninguno de los escritorios en el departamento de la calle 86 Este, podía suponerse que no era el olvido lo que le esperaba. Menos aún cuando Isabel agregó de inmediato:

—Voy a ir a verlo, Matías.

Matías se había quedado detenido observando el aspecto conservador del muchacho fotografiado. No se parecía en nada al adolescente que posteriormente terminaría siendo José Pablo, su padre. Tenía el pelo perfectamente peinado hacia atrás, con un corte que lo hacía lucir algo mayor para su edad. Estaba sentado sobre una baranda con la delgadez propia de una adolescencia estilizada, y los pantalones ceñidos levemente más cortos de lo habitual, permitían ver sus mocasines. El hombre que aguardaba al norte del Estado de Nueva York, no tenía relación alguna con esa imagen.

—¿Vas a ir a Pine City?

—No te he contado que ayer estuve con Romina Olivares.

—Ya lo supe.

—Me lo imaginaba —dijo Isabel y luego se explayó—: Fue una conversación extraña, no sé qué te habrá contado ella.

—Prácticamente nada, salvo que no la ayudaste en mucho, y que está decidida también a ir a Pine City. Me ha pedido que la acompañe, pero, la verdad, es que prefiero ir contigo.

—¿Conmigo?

—Contigo tengo más posibilidades de verlo. Me gustaría mucho poder verlo yo también. Pese a que he estado un par de veces con él, no lo conozco para nada. Si acompaño a Romina, no tendré ninguna posibilidad. Ir con ella sería un viaje perdido.

—No estoy tan segura de eso —agregó Isabel.

—¿Por qué no?

—Porque se conocen —puso ella en claro—. Romina lo conoce y lo aprecia. Tal vez Juan Bautista tenga algo que decirle también a ella.

Isabel cerró el álbum con delicadeza y lo colocó sobre la mesa que tenía en frente de ella. Se dio vuelta hacia Matías.

—No me imaginaba visitando a Juan Bautista acompañada de nadie —le dijo—. Creo que tengo que acostumbrarme a una nueva manera de vivir.

—¿Nadie te ha llamado?

—Nadie.

—¿Puedo acompañarte entonces?

—¿Y traicionar a tu compañera?

—Ella no ha sido clara conmigo. No me ha dicho lo que te dijo a ti.

—Mañana sábado es un buen día. ¿Dónde quedará ese lugar?

—Al parecer, bastante lejos.

—¿Habrá algún vuelo?

—Tengo entendido que sí.

Se imaginó a sí mismo subiendo a un avión junto a Isabel. Por contraste, recién entonces advirtió la falta de sonidos en esa sala. La ciudad no llegaba con su estrépito hasta el duodécimo piso. Esa misma paz, esa misma falta de bulla, ese silencio que se coló entre ambos, podía ser lo acostumbrado en la celda del tío Juan Bautista. ¿A qué iban a ir? ¿A sacarlo de su nueva vida contemplativa? ¿Tenía Romina algún grado de razón al pensar que quería salvarlo de la muerte, de la desaparición? Todos esos eran misterios demasiado difíciles para alguien que no tuviera fe, y aún así.

—Tienes *El fin de la aventura* en tu escritorio —dijo de pronto Isabel.

—Lo leí para el curso —respondió Matías y le sonó a respuesta de colegial. Al final, ella había terminado hojeándolo en su dormitorio, qué duda cabía.

—Es una de mis novelas favoritas —señaló ella—. Los amores incompletos parecen ser los más desalentadores y a la vez, los más sublimes. Parece tan fácil amar a quienes tenemos delante, a quienes vemos a diario, pero es tan difícil amar a quienes no podemos verles el rostro.

—¿Cómo a Dios? —preguntó Matías, siguiendo las líneas del libro, su carga rotunda de catolicismo. Creía ir detrás del pensamiento de Isabel pero no sabía exactamente hacia dónde iban.

Aunque estaba claro que su mirada apenas iba detrás de la figura de esa mujer, de ese cuerpo que ahora podía parecer cansado por la espera y la indiferencia de sus seres amados. Isabel se había alejado hacia la ventana y miraba hacia la calle, tal vez hacia el parque que se veía de costado, hacia el oeste, ¿o hacia el norte?, en fin, hacia el extenso estado desconocido, miraba sin encontrar nada en qué fijar su vista, levemente perdida, como si todos los rostros, incluido apenas el de un dios desconocido, hubieran desaparecido para siempre. Y de pronto, Matías creyó que lo había comprendido todo.

DIEZ

Era un viernes apenas, un viernes a semejanza de cualquier otro viernes, pero parecía una brecha como lo son los domingos, de acuerdo a lo que creía Scott Fitzgerald: aquello de que los domingos son una brecha entre dos días. El momento exacto para los compromisos individuales. El *entrechoque* y la *tensión* en la lucha por la vida. El próximo domingo, desconocía aún Matías a qué hora, estarían regresando desde ese lugar remoto en el Estado de Nueva York, y la brecha, el paréntesis, definitivamente se habría cerrado. Aquel boquete se abría repentinamente ese viernes ante un par de decisiones que Matías Reymond tomó. (O habría que decir, ante la decisión tomada por Isabel Bradley.) La entereza de Matías de acompañar a su tía a Pine City, significaría tomar partido por ella, y en consecuencia, dejar plantada a Romina Olivares. No podía pensar en una traición a su ex compañera de universidad porque él no tenía en sus manos las riendas del viaje, y mucho menos la certeza de que Juan Bautista Reymond los fuera a recibir. Lo que sí quedaba claro era que a Isabel la esperaba con ansias. De seguro, pensaba Matías, el cura contaba los minutos y las horas para el encuentro, y cada día al despertar, averiguaba si ella había telefoneado la noche anterior, después de que él se hubiera retirado a su celda. Con ansias parecidas, Matías supuso que su tía esperaba encontrarse con él. Porque, ¿en qué pensaba ella cuando hablaba de amores incompletos? ¿Qué emoción la llevaba a decidir que aquellos amores incompletos (innombrados) podían ser los más desalentadores, y al mismo tiempo, los más sublimes?

Ella no estaba pensando en Bill cuando decía eso, qué duda cabía. No miraba la fotografía de su marido cuando sacó a colación aquello de los amores incompletos. Parecía claro que, tras todo lo que le había contado en aquellos días, Bill Bradley no había sido el amor de su vida. Y tampoco iba a hablar de amores incompletos sólo por el hecho de haberse pasado la vida leyendo novelas. A Bill lo había tenido toda su vida americana frente a ella. Lo había mirado a diario. El rostro reconocido. El cuerpo sin secretos. Desde este punto de vista, eso había sido lo fácil en su vida. Pero la posibilidad de amar a alguien a quien no había vuelto a ver, eso era lo difícil, lo imborrable, lo desalentador, lo sublime. *La gente puede amar sin verse, ¿no es cierto?* Es cierto, habría respondido Matías si ella se lo hubiera preguntado. Pero no es lo mismo amar a Dios a quien nunca vemos. Aquí no estamos hablando del amor a Dios.

Al menos, no era de eso de lo que Isabel Bradley estaba hablando esa mañana, aunque la novela de Graham Greene fuera uno de sus libros favoritos. Isabel estaba hablando de algo real, de algo que le había sucedido alguna vez, siguió cavilando Matías, mientras ella comenzaba a realizar una serie de llamadas telefónicas con el fin de obtener horarios y posibles pasajes urgentes. Cuando él salió a la calle, Isabel ya lo tenía solucionado todo. O casi todo. Con mucha suerte, había logrado obtener cupos para un vuelo al día siguiente a las siete de la mañana, lo que significaba que tendrían que levantarse al alba. Dijo que pediría un taxi para que los llevara al Aeropuerto La Guardia. Deberían hacer un trasbordo en Philadelphia para seguir luego hasta la ciudad de Elmira, en el Estado de Nueva York, en cuya cercanía se encontraba el monasterio. El viaje completo tomaba alrededor de cuatro horas. Si no había posibilidad de alojar en el mismo monasterio —lo que era más que probable—, buscarían un hotel en la ciudad cercana para pasar la noche del sábado. Regresarían a Nueva York el domingo. Cuando él le preguntó si había llamado al tío Juan Bautista para comunicarle la visita, Isabel señaló que lo haría durante el día. Él creyó entender que necesitaba privacidad para comunicarse con su primo. Y entonces, ¿por qué había aceptado que él la acompañara? Quedaron en comer temprano esa noche, en el departamento, y Matías se fue a la Universidad a ver, precisamente, el DVD de *The End of the Affair* de Neil Jordan, la segunda versión que se basaba en la novela de Graham Greene, motivo de estudio del otro curso en que se había inscrito. Lo pasarían esa mañana para los alumnos inscritos.

Camino al subway, Matías llamó a Romina. Ella le contestó de inmediato.

—¿Me tienes una respuesta? —le dijo a boca de jarro, como si no hubiera dormido esperando su llamado.

—Perdona, pero no te voy a acompañar —respondió Matías, tan abruptamente como había hablado ella.

Se provocó un silencio en extremo incómodo. Luego ella afirmó:

—Hablaste con tu tía.

—Sí.

—¿Qué te dijo...?

—Romina, no tiene sentido que sigas adelante con esto...

Ella estalló en una furia que no le era desconocida:

—¿Tú eres imbécil o te haces? ¿No te das cuenta que vine desde Chile sólo para hablar con él?

—Romina, es inútil, él no te va a recibir.

—¡Cómo lo sabes! ¡Tengo la impresión de que no lo conoces para nada! ¡A lo mejor yo lo conozco mucho mejor que tú!

—Es posible...

Romina pareció hacer el último intento aunque ya sabía que aquella era una batalla perdida.

—Así que no me vas a acompañar...

Matías titubeó, atemorizado por la mujer, pero igual permaneció en silencio. Le había dado la oportunidad de decir cosas hirientes, y ella aprovechó muy bien la ocasión:

—Eres apocado, egoísta, poca cosa. Un bueno para nada. Un maricón de tomo y lomo. No quiero saber de ti nunca más en mi vida.

Romina cortó la comunicación con brusquedad. Matías descendía al *subway* entre corrientes de aire que confundían hasta las estaciones. De las profundidades del subsuelo surgía un calor malsano que podría haber hecho creer en un incierto verano. La ciudad seguía dividida en hoyos formidables, como escribió el poeta Rosamel del Valle, *abismos a los que se desciende o de los que se sale con mayor frecuencia que de otros.* Matías sintió que lo perseguía la saña de Romina Olivares en ese descenso, en los sucios pasillos, caminando sobre esas infinitas huellas de chicles pegoteados, mientras se quitaba la chaqueta y se limpiaba el sudor de la frente, cada vez más apocado, más bueno para nada, un maricón de tomo y lomo. Tenía el pelo en la base de la nuca ligeramente húmedo y pensó en que se resfriaría si, al fin y al cabo, era tan poca cosa. Parecía compartir la humillante apreciación de su compañera. Al repartirla en su mente en partes iguales, la hacía doblemente vergonzosa.

Le costó concentrarse en *The End of the Affair*. Pero esa Sarah en la pequeña pantalla, parecía contradecir el objetivo central del curso: las dificultades para llevar al cine grandes obras de ficción. No creyó que la actuación de Julianne Moore presentara dificultad alguna para su credibilidad, mucho menos para conmoverlo, como le había sucedido anteriormente al ver la película. La estructura misma del filme jugaba con los puntos de vista de los dos enamorados y ese parecía ser un gran acierto del director irlandés, permitiendo al mismo tiempo jugar con la sorpresa como principal instrumento narrativo. A juicio de Matías, todo funcionaba en esa adaptación, y por consiguiente, no parecía el título más adecuado para el caso. Tal vez las otras películas, se dijo a sí mismo. Tal vez *Lolita* y *Sophie's Choice* presentarían mayores dificultades dado el carácter monumental de las novelas en que se basaban. Por el momento, Sarah se convertía al catolicismo para salvar la vida del hombre que amaba, rogando en una iglesia: *Necesito a Maurice. Necesito el simple amor humano de todos los días. Señor, Tú sabes que quiero desear Tu sufrimiento, pero no ahora. Apártalo de mí por un tiempo y dame una tregua.*

¿Así también Isabel? Necesito a Juan Bautista. Necesito su simple amor humano.

Como si él hubiera sido Maurice Bendrix, no podía encontrar razones suficientes en la conducta de esta otra protagonista que era su pariente. Acá ni siquiera había infidelidad. ¿Qué fantasía era aquella que creaba en su cabeza en torno a Isabel enamorada de Juan Bautista? ¿En el pasado, en el presente? ¿Aún sabiendo que su primo era homosexual? ¿Quizás antes de que se convirtiera en cura? Es de todos conocidos que, alguna vez, nos enamoramos de nuestros primos. Ante la imposibilidad de fornicar con nuestros hermanos, ante la prohibición de acostarnos con nuestro padre o con nuestra madre, los reemplazamos con esos seres que están tan cerca nuestro, carne tan próxima a nuestra carne, hijos de los hermanos de nuestros padres: el pecado, la restricción, la culpabilidad parece suavizarse frente a ellos. Desde el inicio de los tiempos, desde Adán y Eva, sentimos el íntimo deseo de amarnos en esta especie de conspiración de la misma sangre, aunque se nos advierta que tenemos que encontrar a los mejores compañeros y compañeras para engendrar una raza cada vez mejor. Ellos pasaban juntos todos los veranos en los años 60 antes de que la Reforma Agraria acabara con sus sueños latifundistas. (O antes que el abuelo Pedro Nolasco mandara al diablo la posesión de las tierras, de acuerdo al cuento poco claro que le contara la misma Isabel.) Primos y primas dormían juntos en las noches de verano, una puerta al lado de la otra, las camas relativamente cercas, los mismos juegos de sábanas que enorgullecían a las abuelas de la burguesía, en la complicidad desolada de esas casas campestres. Matías pudo imaginar a esos muchachos reprimidos —que no eran otros que su padre y que sus tíos y tías—, antes de revoluciones sexuales que cambiarían el sentido de la moralidad, en medio de las revoluciones políticas que conmovían a los progresistas y fastidiaban a los reaccionarios del mundo. Pero ellos en su propio limbo, tan lejos, tan ensimismados, tan encerrados en sus contradicciones vitales, ¿cómo sería esa vida soñando con lo imposible? En esas condiciones, José Pablo podría haberse enamorado de Lucía, las combinaciones eran múltiples entre los numerosos primos. ¿Por qué Isabel y Juan Bautista, entonces? ¿Por qué Matías cargaba las tintas en ellos? ¿Por el simple hecho de que el cura la había llamado desde su encierro apenas tuvo un teléfono a mano? ¿Por la ternura con que ella miraba esas antiguas fotografías? ¿Por la devoción con que Isabel habló de los amores incompletos?

Había, sin embargo, algo real, algo casi atemorizador. La historia de Isabel, la auténtica, se estaba yendo a pique, sus hijos cada día más distantes, el marido extrañamente desaparecido, y ella desatendía esos hechos para partir con él, reclamando un pedazo de su propio pasado. No sabía qué se dirían cuando se encontraran, no sabía cuán largo era el tiempo que mediaba desde la última vez que hubieran estado juntos, no sabía en qué términos ella le comunicaría al sacerdote la presencia de ambos al día siguiente. Pero la celeridad con que Isabel actuó al tomar la decisión de partir, la rapidez con que hubo horarios confirmados y pasajes disponibles, y, sin embargo, él seguía sobrando. Era una cita de dos. ¿Qué iba a hacer él allí? ¿No era entonces una fantasía en su afiebrada cabeza?

Se pasó la tarde en el Metropolitan Museum, casi al lado del departamento de Isabel. Y una vez más el deslumbramiento. El Antiguo

Egipto, el soberbio Templo de Dendur, ya casi treinta años transplantado desde el desierto por obra de la riqueza de la que, alguna vez, le hablara la propia Isabel. Al frente del templo egipcio, a través de los gigantescos ventanales, estaba la ciudad del siglo XXI. Y los edificios en donde vivían los nuevos poseedores de los tesoros (o sus guardianes, de acuerdo a esa absurda idea de que los millonarios sólo actúan como fideicomisarios de la riqueza adquirida). Afuera no había desierto, sino el parque nevado. Dentro de la asepsia de los anaqueles de cristal, los sarcófagos de madera pintada parecían desprovistos de todo indicio de muerte, ajenos a la podredumbre, a la enfermedad, al mal. La muerte estaba aplacada por las arrolladoras multitudes de visitantes. Entonces Matías comprendió que esos no eran sarcófagos ni esas eran tumbas. Esa era apenas una ilusión inventada para cebar deseos de inmortalidad. Los que sí parecían reales eran los nombres de los coleccionistas, inscritos en cada sala, encabezando los accesos. Sobrevivirían a los mismos faraones egipcios hechos polvo, y a sus sarcófagos vacíos, apenas a través del poder del dólar. Las verdaderas tumbas estaban en esas calles, en los vagones del *subway*. Ni siquiera en el enorme sitio lleno de maquinarias en donde alguna vez hubo dos torres de Babel. La muerte tenía el olor del racismo, de los mal llamados indocumentados, de las enfermedades no derrotadas, de las largas, interminables, crueles guerras siempre lejos de sus fronteras. Vagó luego por otras salas, más cauteloso. Igual lo cautivaron las armoniosas naturalezas muertas del francés Fantin-Latour, la altivez del elegante muchacho de Bronzino, varias madres, Madame George Charpentier de Renoir y la condesa de Altamira de Goya, y los menos conocidos —por él— cuadros de los americanos Thomas Cole, Winslow Homer y especialmente John Singer Sargent y esa Madame X que aparecía en la portada de la edición española de *La edad de la inocencia* de Edith Warthon. La edad de la inocencia se va a cerrar precisamente aquí, pensó vagamente.

Salió del museo alrededor de las siete de la tarde y se dirigió de inmediato al departamento de los Bradley. Isabel le había dicho que comerían a más tardar a las ocho. Por primera vez, Matías sintió ruido en la cocina. La sensación de un lugar vivo le pareció más que estimulante, después de esas largas horas en la contemplación del pasado inanimado. No era Isabel la que se afanaba preparando una ensalada, en la tibieza del ambiente ahora cargado de especias, sino Charitín quien le sonrió cuando lo vio entrar.

—Ay, hola, ¿cómo estás tú, mi vida? —le dijo—, llegas a tiempo para la comida.

—Hay muy buen olor —le respondió Matías. Se preguntó si en plazos tan breves esa mujer creaba reales lazos afectivos.

—*Boeuf bourguinon* —indicó ella, echando un vistazo a la olla—. Una receta que me enseñó la señora Isabel, tú sabes, y que al señor Bill le gusta como si fuera francés.

Matías consideró fuera de lugar la mención de Bill Bradley, pero de inmediato Charitín precisó la razón por la que, una vez más, su patrón apreciaría el plato.

—El señor Bill regresó hace poco rato —dijo. Y parecía muy complacida de que se restableciera la unión familiar.

Hubo un tiempo en que se cocinaba mucho en esa casa. Fue precisamente en los años en que Charitín llegó al servicio de los Bradley, a mediados de los noventa. Ana Marie y Sandy aún no terminaban la secundaria y estaban en su propia edad de la inocencia. La época en que no sabían nada de nada y en que deseaban comérselo todo. Especialmente Sandy. Ana Marie no tanto porque tenía tendencia a engordar y ya había desestimado su vida como *prima ballerina* y comenzaba a verse a sí misma como una posible *prima donna*.

A Charitín le costó creer que esa señora del departamento en la calle 86 Este no fuera americana. Se veía tan elegante y distinguida, tan segura de sí misma, como cualquiera de esas damas ociosas que miran las exclusivas vidrieras en Madison a las cuatro de la tarde. Desde aquel primer momento, Isabel le habló en español, lo que emocionó a la dominicana casi hasta las lágrimas. Pensó que eso iba a ser la gloria, una bendición, un premio de Nuestro Señor Jesucristo que le permitía obtener un empleo digno, siempre en el upper east side, pero esta vez en su propia lengua. Ay, era de no creerlo. Había estado trabajando en un departamento en la Quinta Avenida pero no podía más con el maltrato. No tanto por parte de sus patrones que prácticamente no la conocían, sino de las otras dos personas en el servicio doméstico. Una cocinera y un mayordomo estirado que, a juicio de Charitín, estaba allí como sacado de alguna novela de la tarde, porque, en realidad, nunca supo qué hacía aquel patán. Tampoco logró saber nunca cuál era el nombre de la cocinera que la miraba con cierto asco, como si ella fuera indigna de encontrarse allí, bajo el mismo techo. Cuando Charitín se quedaba a comer, los dos empleados blancos la arrinconaban sin dirigirle la palabra. Especialmente la infame cocinera fofa, dueña del culo más grande que ella hubiera visto nunca (y había visto culos grandes en República Dominicana, sí, señor), quien tragaba costillas con salsa como si las hubiera mandado a comprar con su propio dinero, y luego, al chuparse los dedos asquerosos, se escudaba en su incapacidad para entender el español. Aunque, por las risitas que intercambiaba con el hombre, dejaba entrever que era mucho peor la grave torpeza de Charitín de haber nacido en una isla del Caribe. Ella estaba a cargo del aseo, del lavado y el planchado, y si alguien la hubiera visto en esos días, habría pensado que era muda. ¡Con lo que le gustaba hablar!

Por eso celebró tanto ese nuevo trabajo para todo servicio en el departamento de la calle 86 Este. Ganaría prácticamente lo mismo, aunque trabajaría el doble, pero podría comentar la novela de la tele con la señora chilena, tal vez, incluso, algún chismecito del programa de su tocaya o celebrar a los invitados de Don Francisco (después de todo, el animador era su compatriota.) Ay, Diosito, se decía a sí misma, podré contarle mis penas, mis alegrías, y, lo mejor de todo, lejos lo mejor, podré prepararles mi sabroso platillo de arroz con gandules.

Con el correr de las semanas todo marchaba bien para Charitín, los hijos del matrimonio eran amables, el patrón un caballero, aunque había que dejar en claro un par de cosas. La señora hablaba español, pero era otro español. Hablaba de una forma que a ella le costaba a veces comprender. Hablaba muy rápido, salpicando sus palabras con frases como, *ay, qué horror, no te puedo creer, fíjate tú, linda, mira qué dije, pero cómo se te puede llegar a ocurrir, sirve al tiro mira que los niños están que se mueren de hambre.*

La señora no veía novelas en la tele. Es más, no veía tele, ni a Don Francisco y sus interesantes invitados latinoamericanos. La señora se pasaba todo el tiempo leyendo libros, infinitos libros en inglés que había que limpiar sin cambiarlos de lugar, sin moverlos de los distintos escritorios y, ¡por Dios que juntaban polvo todos esos libros! Y lo peor de todo, la señora no comía arroz con gandules. A cambio de ello, la señora comenzó a adiestrarla en la elaboración de una serie de platos que la dominicana no había probado nunca antes. Algunos eran sabrosos, pero les faltaba *picor*, como decía Charitín. El ajo se utilizaba apenas, los condimentos muy medidos, y la señora parecía tener debilidad por comidas al horno, como aquellos famosos suflés que dejaban a toda la familia muerta de hambre —especialmente al señor Bill y a Sandy—, y los pasteles de papa, y las papas a la crema, y cuando a la señora le venía la nostalgia por su tierra, obligaba a todos a tragarse una cazuela de pollo que, si bien era sabrosa —no podía negarlo—, a Charitín siempre le pareció insípida, sin sazón. Dentro de esa cocina en donde estaba prohibido el pollo frito y las hamburguesas a la sartén a cambio de un llamado asado alemán, siempre al horno, no se comía costillas, ni tamales, ni enchiladas ni mucho menos picadillo cubano. En ese panorama desalentador de acuerdo al criterio de la sirvienta, el famoso *boeuf bourguinon* les salvó la vida a todos. El señor Bill torcía la nariz cuando había cazuela de pollo pero le faltaba saltar de alegría cuando Charitín cocinaba el guiso francés con carne, cebollitas perlas, *bacon* —tocino, decía la señora Isabel—, clavos de olor, champiñones y vino rojo. Tinto, decía la señora, que todo lo sabía.

Por eso, cuando esa tarde el señor Bill volvió a llamarla a su celular como lo había estado haciendo durante toda la semana, ella decidió preparar el *boeuf bourguinon*. ¿O lo había decidido antes? La señora le había pedido que cocinara temprano esa noche, que dejara todo preparado y que ella misma serviría. Estaría sola con su sobrino de Chile. Tenían que acostarse temprano porque al día siguiente saldrían de viaje. Charitín pensó alarmada entonces que, a ese paso, muy pronto no habría quién le pagara el sueldo a fin de mes. Le preguntó a su patrona si estaría fuera por muchos días, pero ella le dijo que regresarían el domingo por la tarde, así pues no la necesitaría hasta el lunes. Más tranquila, Charitín volvió a preguntarle si necesitaba algo especial para el viaje, y la señora Isabel le pidió que le buscara un abrigo que no se ponía nunca en uno de los clósets del pasillo. En la mesa del recibo estaban los pasajes, como si nadie hubiera reparado en ellos. Charitín los miró a la pasada, disimuladamente. Después le dijo a la señora que había dejado el abrigo en su dormitorio y le propuso el *boeuf bourguinon* para la cena.

—Fantástico —le respondió Isabel—. Te queda tan rico.

Alrededor de las seis, ella se encontraba picando la carne y la señora Isabel le dijo que iría a comprar un *cake* para el postre. Ya sabemos que no dijo *cake*, sino una tarta de frutas. Entonces, una vez que la señora había salido, sonó su teléfono móvil. Era el señor Bill.

—¿Dónde se encuentra? —le preguntó Charitín alborozada.

—En mi oficina —respondió el señor—. Estoy de vuelta en mi oficina desde esta mañana.

—Gracias a Dios —suspiró ella, dando por sentado que la vuelta del señor significaría el fin de su ausencia en casa.

—Ya era tiempo de volver al trabajo —dijo él apenas, poco interesado en darle explicaciones, sino en averiguar cómo andaba todo. Y una vez más, lo primero que hizo fue preguntarle por Isabel.

—La señora se va de viaje —le contó Charitín, dueña de la situación. Sabía que había hecho bien mirando los pasajes.

—¿Cómo? ¿Adónde se va? —volvió a preguntar el hombre, notoriamente inquieto.

—No, no se preocupe, señor... Va aquí cerca, a Elmira...

—¿Elmira?

—Es donde está el convento... ¿se acuerda? Pine City... ay, el curita pariente... La noticia por Internet...

Bill Bradley no pudo reprimir la molestia que aquello le provocaba. Había sido esa mujer quien lo había puesto al tanto de todo. Fue la segunda o la tercera vez al hablar con ella, llamándola desde el departamento de Rosie en Baltimore, en donde había permanecido por más tiempo del que hubiera podido imaginarse, cuando Charitín se lo confesó todo. La dominicana tenía la sensación de haber hecho algo prohibido y no fue capaz de explicarle exactamente qué la había llevado a cometer un disparate tan extremo y tan desproporcionado. Él le había preguntado si no podía esperar hasta que se volvieran a ver para sostener la conversación, pero ella le transmitió su temor que de él no volvería a casa. En esas circunstancias, Bill la dejó hablar. Mientras Charitín chachareaba a través del teléfono, Bill había pensado si no habían tenido a una psicópata metida en casa todo ese tiempo. La empleada le dijo que cuando supo de la existencia de monseñor Juan Bautista Reymond en la vida de su patrona, sintió pena, mucha pena, reiteró, porque la señora nunca le había contado que era pariente de un sacerdote católico. Yo merecía saberlo, había dicho. No sabe lo que eso habría significado para mí, no sé si me entiende. Y volvió a insistir en lo apegada que ella estaba con la iglesia católica, en lo fuerte que era su fe, y todo ese bla, bla, bla majadero en torno a la religión. Ese mismo día, le había contado la mujer, en cuanto volvió a su casa en el Bronx le preguntó al menor de sus hijos —que se lo pasa todo el día bajando música y chateando—, cómo podía averiguar por Internet acerca de una determinada persona. El muchacho se lo explicó todo en un abrir y cerrar de ojos e incluso le abrió la página de Google para que buscara el nombre de la persona en quien su madre estaba interesada. Así fue como Charitín dio de inmediato con el reportaje escrito por esa periodista chilena. Le dijo entonces a su patrón que le había provocado un gran impacto saber que el primo de la señora era un sacerdote ofensor, eso dijo, un sacerdote ofensor. No quiso explicitar cuáles eran las posibles ofensas, y como la guardiana de las buenas costumbres que siempre había creído ser, sintió una enorme molestia porque las autoridades del país de la señora lo esconderían, para colmo de males, en los Estados Unidos, donde, a su juicio, ya había suficientes curas ofensores, ¡qué ofensores, decididamente depredadores!, casi como para que todos los creyentes perdieran la fe y arrancaran de la Iglesia Católica. Le recalcó a Bill que si no fuera por su amor incondicional a la Virgen María, y a algunos santos en particular, ella ya se habría pasado a otra iglesia cristiana como veía que sucedía a diario en su comunidad hispana del Bronx. Le había enfurecido saber que la valiente periodista que había escrito la nota en ese diario de Chile, estaba muy perdida, creyendo que el sacerdote se encontraba en México. Entonces le preguntó nuevamente a su hijo si era posible comunicarse con alguien a través del computador. Al muchachito lo entusiasmó el repentino rol de inspector privado que había tomado su madre, y la ayudó en todo, más aún si la historia podía tener un toque de ilegalidad (eso lo estimulaba el doble). Le advirtió que tenía que conseguir la dirección del destinatario y luego había que crear un correo para comunicarse. Escribieron al diario en Chile y no fue tan difícil conseguir el mail de la periodista. Luego, al saber que su madre quería permanecer en el anonimato, el chiquillo le pidió que se inventara un nombre falso. Ella no había sabido qué responderle a su hijo. No le gustó la idea de un nombre falso. Le pareció peligroso. Le pareció que estaba jugando con fuego. El chiquillo volvió a explicarle que no corrían ningún peligro en el caso de que ella estuviera haciendo algo indebido, y la idea volvió a cargarlo aún más de energía, como si le hubiera dado la corriente, porque él realmente creía que su madre se estaba metiendo en problemas. Fue el muchachito quien, a petición de su madre, inventó lo de Zerega, como Zerega Avenue, la estación del *subway* más cercana a casa. Corto de imaginación, aquello fue lo primero que se le vino a la cabeza y se quedaron con eso. El número correspondía al año de nacimiento de Charitín. Y así fue como terminé comunicándome con la señorita Olivares, ¡ay, señor Bill!, ¿usted cree que actué mal?, y le escribí en forma anónima para informarle dónde se encontraba el monseñor ese, había concluido Charitín. Y le dio luego a su patrón los datos de la página en Internet para que él también pudiera leer la nota escandalosa sobre el pariente de la señora.

Ahora Charitín le decía que Isabel partiría a ese lugar en donde se encontraba el monasterio.

—¡Y a qué va! —gritó Bill, y fue como si se hubiera gritado a sí mismo, a sus propios pensamientos.

—Qué sé yo, señor, pregúnteselo a la señora Isabel, qué me pregunta a mí. La acompaña el joven, su sobrino. Se acuerda que tenemos un invitado en la casa.

Bill tuvo la sensación de que la dominicana lo estaba toreando. De alguna extraña forma, esa mujer estaba jugando con él. En verdad, Charitín había llegado muy lejos, pensó Bill. Habría que despedirla si es que, en algún momento, él retomaba el poder sobre esa casa. Pero, al mismo tiempo, comprendió que gran parte de la culpa era suya. Al fin y al cabo, había confiado excesivamente en la sirvienta, desde siempre, y le había asignado tareas que la habían llevado a sentirse dueña de la situación, cuando en realidad, la pobre mujer no sabía en que terreno inseguro se movía. De inmediato, quiso echar pie atrás.

—Deja las cosas como están, Charitín. Gracias por todo.

En vez de sentir que le estaban cancelando su participación, la mujer creyó oportuno darle un último informe.

—Hablé con Sandy hoy, señor Bill. Dice que no tiene ningún problema para darse una vueltica por Nueva York el domingo, tal como usted me lo pidió. Está muy preocupado por su desaparición. También hablé con Ana Marie y me dijo que va a estar libre porque su amiguita esa con la que vive, se va no sé dónde a pasar el fin de semana.

El hombre, bruscamente, sintió que las cosas estaban cada vez peor. Y la cólera otra vez lo cegó.

—¡De qué me sirve tener a los niños en la casa si mi mujer se manda a cambiar a ver al cura maricón!

—Señor Bill, no pierda la calma...

—¡Cómo no voy a perder la calma si todo se está viniendo abajo! ¡Todo se está yendo al diablo!

—Señor Bill, ¡ni lo nombre! ¡Es peligroso nombrarlo! —Luego agregó más confidencial—: Usted empezó esto...

—¡Yo no empecé nada! ¡Qué sabes tú!

Y ella suavizó la voz hasta el tono casi maternal:

—Mejor tranquilícese, y venga a comer a su casa como corresponde, usted me entiende, ¿verdad? Estoy preparando el *boeuf bourginon* que usted saborea tanto. Vamos a comer temprano porque la señora se va mañana al alba, y descuide, porque ella regresa el domingo.

—¿El domingo? —se escuchó Bill decir a sí mismo, como si Isabel no hubiera partido, ni fuera a partir nunca.

—El domingo por la tarde va a estar en casa, así pues, la puede estar esperando con sus hijos como Dios manda.

Cuando cortó la comunicación, el patrón no le había confirmado nada, pero ella supo que iría a comer. Puso, pues, un tercer puesto en la mesa. Y cuando al poco rato, Isabel retornó desde la calle con la tarta de frutas, se lo dijo suavemente, observándola:

—El señor Bill viene a comer.

Y creyó verla muy pálida en ese momento, como si la señora Isabel hubiera supuesto que su marido había desaparecido definitivamente, dejándole el campo libre. Influenciada por las infinitas novelas que veía en función continua en los canales hispanos, desde hacía tantos años (sumando a los años desde que llegara a Nueva York, los años anteriores en República Dominicana, diríamos que toda la vida), confundiendo rostros, nombres, argumentos, temas musicales, locaciones, Charitín imaginó que Isabel era la mala de la teleserie, esa que siempre quiere quedarse con todo, en este caso, con el departamento de la calle 86 Este, las joyas y el Jaguar, que de seguro tenía un amante, que iba a utilizar a los hijos en contra de su padre, que el sobrino que había aparecido de pronto, sin aviso, no era ningún pariente sino un impostor, quizás un cómplice de su maldad, que no iba a juntarse con ningún cura bujarrón en ese lugar lejano, sino que iba a encontrarse con el hombre que la amaba desde su juventud, el hombre que la había traicionado en Chile, al comienzo mismo de la novela, en el primer capítulo.

Despertó cuando aún estaba oscuro, con la extraña sensación de no saber dónde se encontraba. Después de un par de noches durmiendo en la cama de Rosie, se había terminado acostumbrando al desorden y la informalidad de aquella generosa compañera que lo había aceptado en el peor momento de su vida. La ventana del dormitorio de Rosie miraba hacia un gran cementerio en la parte norte de Baltimore y cuando Bill Bradley comprendió que sentía cierto bienestar a pesar de la cercanía de las tumbas, y especialmente de la fealdad del ambiente, lo asoció de inmediato con el departamento de su madre en Elmhurst Avenue, en Queens. Los espacios creados por su madre cuando él era un niño, parecían muy cercanos al que había establecido Rosie en su viejo departamento de divorciada. Aunque, si bien era cierto, su madre no tenía un particular cuidado en crear nada. Mucho menos espacios decorativos. Los objetos de loza colorinche, los muebles forrados en plástico, encajaban en forma natural en esa vida tan simple. A cambio de las estampas religiosas a las cuales su madre era tan aficionada, Rosie prefería fotos enmarcadas de paisajes, probablemente sacadas de calendarios en desuso. La vulgar vida americana que él hubiera tenido de no haberse convertido en un exitoso abogado de inmigración, le parecía a Bill cada vez más lejana, distante, desconocida, aunque, cada vez que volvía a toparse con ella, la reconocía de inmediato, ¡cómo no!, se asimilaba prontamente a ella, se identificaba con su grosería, se abrazaba casi enternecido a esa otra forma de ser. Por cierto, era una forma de vida que no tenía cabida en el departamento de la calle 86 Este, en donde la persecución de la felicidad personal o de cualquier otro desarrollo privado, se convertía necesariamente en una fuente de tormento. No creía visualizarlo claramente, pero en medio de ese vacío social, aunque Isabel hubiera pertenecido a otra clase, igual no habría sido posible reproducir las sensaciones que, al parecer, él se había pasado buscando todos esos años, de cama en cama, de un barrio a otro, de un condado a otro, de una ciudad a otra. De la cama de Trisha Borger a la cama de Rosie, un abismo infranqueable, un pozo profundo en el cual había caído sin saber cómo salir. De Rosie ni siquiera llegó a conocer el apellido. Había sido apenas Rosie, la mujer con quien volvió a saborear pizzas que llegaban hasta la puerta de su departamento en grandes cajas de cartón y se pagaban con dinero contante y sonante. Durante dos días comieron pizzas a domicilio y, en algunas ocasiones, hamburguesas de Wendy's que la mujer salió a comprar. Desde la cama revuelta vieron todos los programas de televisión que él no había vuelto a ver nunca más, los programas de conversaciones triviales con presentadoras blancas y negras que, por lo visto, a Rosie le gustaban por igual, como a todas esas audiencias ociosas que aplaudían a rabiar y daban la impresión de pasarse de un estudio a otro. Tal vez los canales estaban interconectados, él no lo sabía, pero era posible. El público parecía ser siempre el mismo. Cuando haciendo zapping pasaron por un canal hispano, apareció de pronto el comercial de su propio estudio de abogados, y Bill permaneció en silencio sin decirle a Rosie que él estaba detrás de ese negocio. Pero ella pareció desinteresada, o no comprendía el español, de seguro, y cambió luego de estación tras mirar por un instante a un cantante hispano que sí le gustaba, porque incluso tatareó su canción. Bill no salió a la calle temiendo encontrarse con su hijo Sanford. Permaneció enclaustrado como si hubiera estado nuevamente junto a su madre en una semana particularmente fría. Aunque a veces se acostaba con su madre en los inviernos, en Queens, no hacía con ella las cosas que hizo aquellos días con Rosie. Y repentinamente, en esa mañana en que todo aún estaba oscuro a su alrededor, se daba cuenta que había vuelto a la cama de Sanford, en el departamento de la calle 86 Este de Nueva York. De la cama de su madre había pasado a la cama de su hijo. Lo había rehuido por un par de días en la ciudad de Baltimore y ahora estaba despertando en su antigua cama neoyorquina, mirando las mismas paredes, la misma ventana que Sanford miraba al despertar todos los días, antes de casarse. Y este sí era el escenario real en donde se cobijaba esa forma de vida que Isabel les había construido casi inconscientemente.

Se levantó en silencio, como si hubiera estado al acecho, un extraño aguardando que ocurriera algo desconocido. No parecía ser el dueño de casa. Había sido expulsado hacía tiempo del dormitorio principal en donde Isabel terminaba de arreglarse, porque, en rigor, él sabía perfectamente lo que estaba sucediendo. Su mujer partiría en cualquier momento con aquel sobrino, hijo de su hermano, a visitar al pariente caído en desgracia. Y asoció ligeramente ese viaje con sus actos de voluntariado con los enfermos de sida. Ella no había hecho otra cosa que prepararse para ese momento. Sonó a lo lejos un teléfono que alguien contestó de inmediato, como si hubieran estado esperando la llamada. Y sintió después los pasos rápidos, los pasos de dos personas, y luego el sonido de la puerta principal cerrándose, y luego la nada. Todo volvió al segundo antes de que él despertara. Estaba tan perdido como entonces.

Salió al pasillo y permaneció expectante por otros segundos, como temiendo ser descubierto por alguien. Pero el departamento estaba vacío, podía sentirse el vacío. Fue hasta la cocina. Charitín había preparado la comida la noche anterior, y después se había ido de acuerdo a lo dispuesto por Isabel. Igual no había ni un plato sucio, ni una olla con raspados, ni una copa fuera de lugar. Tras la comida, Isabel se había encargado de dejar todo en esa limpieza con que sellaba la mayor parte de sus actos. Bill abrió el refrigerador. Comprobó que en un pote de plástico estaban las sobras del *boeuf bourguinon*. Charitín le había dicho en secreto, antes de irse, que le dejaría una buena porción para que almorzara el sábado. También estaba más de la mitad de la tarta de frutas que Isabel había servido de postre.

Desde el momento en que la volvió a ver, Bill supo que Isabel se estaba escudando en el sobrino para evitar cualquier tipo de enfrentamiento con él. Se saludaron pacíficamente en el salón, con una extraña frialdad que sólo podía ser cansancio, delante del muchacho que pareció nervioso. Daba la impresión de que él se hubiera alejado apenas en un simple viaje de negocios. Había regresado al alba desde Baltimore, directamente a la oficina. Se despidió de Rosie en el aeropuerto en donde ella abordó finalmente un avión a Salt Lake City y él, uno a Nueva York. No hubo drama alguno. El marco en que se había dado la relación fue claro desde un comienzo y lo más probable es que no volverían a verse jamás. Lo asombró la liviandad de ambos espíritus en esos invariables ardides —aunque no habían sido sus espíritus los que estuvieron en juego—, pero mucho más lo maravilló la levedad del vuelo, la placidez de estar nuevamente suspendido en el cielo como si nunca un accidente aéreo hubiera cambiado el rumbo de su vida. Los accidentes eran apenas eso, casualidad, emergencia. Los accidentes no tenían ninguna importancia cuando ya observaba la prontitud con que estaban descendiendo sobre el congelado Central Park, sobre el posible techo de su edificio.

Michael Donelly lo recibió recién hacia el mediodía y le contó parte de la conversación que había sostenido con Isabel. Él supuso que Michael no se lo había contado todo e imaginó que las palabras de Isabel podían haber sido mucho más ofensivas. Le pidió disculpas a su socio por haberlo hecho pasar por esas molestias, por haberlo dejado botado todo, incluido un caso excesivamente importante, y le dijo que haría lo posible para que recobraran el orden y pudieran olvidar ese extraño incidente. Pero al volver a cruzar una mirada con Michael Donelly supo que eso no sería tan fácil. Michael Donelly ya no le creía. Comenzaba a mirarlo como a un desconocido, y lo que parecía peor, un desconocido casado con una enemiga. De seguro, Isabel se había encargado de aclarar las cosas, o de oscurecerlas, según fuera el punto de vista, con esa habilidad que tenía para desarmar lo que estaba armado, con su empeño en terminar de arruinar lo que él había arruinado a medias.

Isabel y el muchacho hablaban de libros cuando Charitín fue a avisarles que la comida estaba lista, que podían pasar al comedor. E Isabel insistió en que la empleada se fuera de inmediato, que ella se encargaría de servir. Después de todo lo que la mujer le había contado, Bill tuvo la impresión de que no quería irse. Pero no tenía nada más que hacer allí. Cuando la señora y su invitado pasaron al comedor, ella le secreteó acerca de la porción extra, como si hubiera sentido compasión por su patrón.

El *boeuf bourguinon* estaba en una fuente a un costado de la mesa. En otra fuente había arroz. Isabel no dejó en ningún momento de hablar de libros, mientras servía los platos, pero hablaba de libros que él no conocía y que no había leído nunca. Probablemente literatura chilena. Lo está haciendo a propósito, pensó Bill. Todo lo que su mujer hablaba, dejándolo fuera, apenas concentrado en su plato, le pareció extremadamente subjetivo, emocional. Como a él siempre le habían enseñado que eran los latinos. Sin nada del pragmatismo de los americanos. Pero los estereotipos parecían funcionar a la perfección esa noche en la mesa de su casa. Aunque le pareció que Isabel estaba hablando más de la cuenta, sin ir a ninguna parte. El muchacho no parecía tener nada que decir, o era que su tía no lo dejaba hablar. Una vez más, Bill sintió que su mujer se excedía en el vocabulario, quería parecer *over-educated* (sin duda lo era) y ante los ojos de cualquier extraño, habría terminado simplemente pareciendo una esnob. De pronto, se dio cuenta de que ya no la oía. La voz de Isabel estaba allí, suspendida en el aire como el olor del buen guiso, pero él prefirió el penetrante tufillo a cebolla y tocino antes que el monocorde sonido de su voz. En algún momento volvió a recordar las tajadas de pizza que había compartido con Rosie, y comprendió que no se vendería nuevamente por un plato de comida servido a la francesa. Ese era el precio que había pagado ante la alucinación que le habían provocado los Reymond, la primera vez que los visitó. No recordaba lo que sirvieron esa noche, cuando Isabel lo invitó a comer al departamento de sus padres. Recordaba, eso sí, a la flamante sirvienta chilena que entonces tenían —¿cómo podrían haberlo hecho para tener una sirvienta chilena?—, vestida como una de esas mucamas que él sólo había visto en las películas, cuando querían mostrar la sofisticación de los ambientes elegantes neoyorquinos. En verdad, los Reymond no tenían nada de sofisticados. Su suegro apenas era un empleado en las Naciones Unidas, autoexiliado precisamente por oponerse a los ricos de su país. Pero allí estaba la sirvienta muy arreglada sirviendo a la francesa —como después supo que se decía—, y la señora Silvia tan silenciosa y discreta, siempre vestida de negro y con un collar de perlas, y don Pedro Nolasco tan mundano, e Isabel tan misteriosa como le había parecido a él en esas primeras citas. Todas esas señas lanzadas por los Reymond en esa primera comida, fueron para el simple joven abogado de Queens, desligado aún de clases sociales, el colmo de la sofisticación. Y venían de Sudamérica, donde se había perdido Bomba. Al parecer, el único perdido era Roy Rockwood, el autor de la serie, porque él no se iba a perder al lado de los Reymond aunque vinieran del fin del mundo.

Pero se perdió.

Felizmente no se perdió esa mañana al dirigirse a Dumbo, una zona en Brooklyn desconocida por él. Fue Ana Marie quien al llamarlo a eso de las nueve, le propuso que se encontraran en aquel lugar. El día estaba soleado. Era una de esas deliciosas mañanas de invierno en que los padres sacarían a sus niños a respirar el aire frío como un atisbo de la próxima primavera. El paseo a orillas del East River, exactamente bajo los puentes de Brooklyn y Manhattan, estaba de moda con su recuperación de viejos edificios y galpones, y a Bill le recordó la obra de Arthur Miller, aunque el panorama había cambiado ostensiblemente en el último tiempo. En efecto, la zona estaba llena de padres jugando con niños pequeños, lanzando piedras al río que hacían saltar agua sobre la superficie. Ana Marie estaba sentada en un banco de madera leyendo el cuerpo de "Arts&Leisure", y cuando vio a Bill avanzando hacia ella, se adelantó a abrazarlo. Permaneció varios segundos fuertemente unida a él. Bill sintió que su hija no había sido nunca tan afectuosa como lo era esa mañana. No dejaba de ser contradictorio. Ana Marie se había enterado de que era adoptada y se comportaba como nunca lo había hecho antes. Porque Ana Marie ya lo sabía todo, ¿o no?

—Me alegra mucho verte —le dijo la muchacha.

—A mí también, querida —le respondió, acariciándole una mejilla.

Pensó que perdería la compostura porque sintió que los ojos se le llenaban de lágrimas.

—No había estado nunca aquí —dijo, y aprovechó para dar unos pasos mirando hacia los edificios de Manhattan, mientras intentaba contenerse.

—Me imaginé —agregó ella, siguiéndolo pasivamente, como una de esas pequeñas que jugaban alrededor. Aunque en su caso, era ella quien había invitado a su padre hasta ese lugar. Cuando estuvo junto a él, volvió a hablar:

—Al fin lo supe todo —dijo.

Él la miró. Ya podía hacerlo sin que su hija notara su conmoción.

—Qué extraño —agregó Ana Marie—, siempre tuve la sospecha de que era adoptada. ¿Por qué motivo? No me lo explico. Ustedes eran afectuosos, los mejores padres, teníamos una buena vida, pero algo me hacía pensar que no todo encajaba. ¿Tal vez yo era la diferente? Sandy en cambio nunca tuvo estos temores —y miró a ese hombre que había sido su padre por tantos años—. Bueno, él es tu hijo. Su caso es completamente distinto al mío.

Bill le pidió que tomaran asiento. Tuvo algunos segundos a favor para ordenar sus pensamientos.

—Te voy a confesar algo, hija. Yo también he sentido todos estos años que algo no encajaba. En realidad, aún lo siento, porque el hecho de que ustedes se hayan enterado de la verdad, no me libera para nada. Al contrario. Ahora tengo que cargar con una confesión a medias...

Ella lo interrumpió.

—¿A medias?

—Completamente a medias. No fui capaz de enfrentar a Sanford. No le dije ni una palabra acerca de su verdadera madre.

—¿Es eso muy importante a estas alturas?

—Sí. Creo que sí.

—En mi caso, supongo que no tienes una respuesta si te pregunto quienes fueron mis padres.

—Tienes razón —dijo él—. Nunca conocimos a tus padres biológicos.

—No creo que eso tenga a estas alturas mucha importancia.

—Yo pienso lo mismo.

—Pero en el caso de Sandy sí es importante que sepa sobre su verdadera madre.

Bill no supo qué responderle. ¿Qué podía decirle? ¿Qué podía agregar? No estaba preparado para ese encuentro. Mucho menos lo estaría el domingo si Sanford aparecía por la ciudad. Y sin embargo, quería verlo. Quería verlos a ambos, junto a Isabel.

—Es que yo amé a la madre de Sandy —le dijo, y por un instante, sintió que la carga no era tan pesada. Tan solo al decir esas palabras, la angustia decrecía.

—Vivía aquí cerca —agregó el hombre y giró su cabeza hacia el puente de Brooklyn.

Ana Marie pareció casi entusiasmada con la noticia. Volvía a convertirse en la protectora moral de su hermano, aunque apenas transpusiera una puerta, vería finalmente la luz.

—¡Sandy tiene que saber eso! —exclamó, a pesar de sí misma.

Y de inmediato se dio cuenta de su error. No había nada de que alegrarse. Volvía a escucharse el rumor asordado de la ciudad. Los motores de todos esos vehículos cruzando sobre el río.

—¿Qué fue de ella? ¿Dónde está? ¿Por qué abandonó a Sandy? —preguntó la muchacha—. Mamá no supo qué decirle a Sandy, o no quiso hablar de ella. No lo sé. Vi las fotografías —agregó finalmente.

—¿Las viste?

—La otra noche, cuando Sandy vino desde Baltimore. Estaba muy nervioso y asustado, el pobre. No le dijiste nada de esas fotografías que tú andabas trayendo.

—¿E Isabel no dijo nada?

—No, nada, salvo que esa mujer era su mamá y la criatura que tenía en sus brazos era Sandy.

—No dijo nada más...

—Nada más. ¿Dónde está ella, papá?

—Está muerta.

Ana Marie se puso de pie. Caminó hasta la pequeña reja que separaba el paseo del río. Habló desde allí, mirando hacia el complejo entramado de edificios, al frente suyo.

—Así que la amabas —dijo, lo suficientemente alto como para que él pudiera escucharla. Pero aquello era imposible. Bill no le oyó en medio del estruendo que provocaba algún tren cruzando sobre uno de los dos puentes. Ella se dio vuelta y regresó a su lado.

—Tal vez por eso me sentí siempre una extraña. Porque tú amabas a la madre de Sandy y no amabas a mamá.

No lo dejó responder.

—A estas alturas —continuó Ana Marie—, ya no hay posibles respuestas para todas las dudas que he tenido toda mi vida. ¿Por qué se quedaron callados? —insistió subiendo la voz—. ¿No les dijeron que era conveniente conversarlo conmigo? ¿O acaso pensaron siempre que yo era una estúpida que no sería capaz de entender nada? ¡Sí, ahora entiendo! Fueron tan amorosos que me libraron de los duros traumas que deben pasar otros niños adoptados. Así lograron que tuviera una autoestima maravillosa. Me hicieron menos vulnerable, más sana. No saben cómo les agradezco ahora todo ese enorme silencio.

Se sentó al lado de Bill. Parecía triste, pero en realidad no lo estaba.

—Tengo frío —le dijo—. Este sol no calienta. Voy a volver a casa.

No sabía bien qué la ponía en ese estado. No sabía si eran sus propias palabras de agravio hacia el hombre taciturno que parecía haber perdido todo el interés en el paseo, o la noticia de la muerte, posiblemente muy lejana, de aquella mujer desconocida.

—Podríamos almorzar juntos —insinuó Bill.

—No, gracias. Tengo cosas que hacer.

—Charitín me dijo que estabas sola. Que Zoé esta de viaje.

—Sí, anda en Canadá por el fin de semana. Fue a acompañar a una amiga suya que se casa.

—Me alegro.

No supo tampoco por qué se lo dijo en esos momentos. No supo si le estaba comunicando una noticia que lo llenaría de alegría, o extendiendo una especie de certificado de excomunión. ¿Funcionaría también esa palabra en aquellas circunstancias? La excomunión, el fin de la relación, el fin del trato en el que ella no había tenido participación alguna. Pero ya que tenían la oportunidad de hablar de frente por primera vez, a ella le pareció apropiado hacer partícipe a ese hombre de la decisión más difícil que iba a tomar nunca.

—Nosotras también nos vamos a casar —le dijo—. Zoé y yo. El próximo mes tal vez, no lo tenemos claro. Pero nos vamos a casar. Vamos a unir nuestras vidas ahora que se puede. Ya no quiero estar más sola. Ahora más que nunca quiero empezar a vivir mi propia vida.

Alrededor de las diez de la mañana, el pequeño avión comercial, un Canadair Regional Jet, se elevó desde Philadelphia y enfiló hacia el norte del Estado de Nueva York. Cruzando el límite de Pennsylvania, ya estaría en Elmira, pasadas las once. En el trayecto desde La Guardia, Isabel le había aclarado algunos puntos a Matías. La tarde anterior, se había comunicado nuevamente con Juan Bautista y le había anunciado la visita.

—Le dije que venía contigo —aclaró Isabel a su compañero de viaje.

A Matías le gustó la forma como se lo dijo. No era él quien iba con su tía, sino ella quien iba con su sobrino. Claro que omitió cualquier comentario respecto a esa leve observación. De todas formas, era ella la que iba a encontrarse con su primo, y eso significaba que él apenas figuraba en plan de invitado de piedra. Creía que en los posibles planes del sacerdote sólo tenía cabida la figura reconocible de Isabel. Todo lo demás debía sobrarle. Isabel prosiguió trazando el diseño del esmirriado fin de semana. De acuerdo a las indicaciones dadas por monseñor Reymond, los esperaría un automóvil alquilado en el aeropuerto regional, ya que las distancias, si bien no eran excesivamente largas, eran absolutamente incómodas para pensar en taxis. El sacerdote no manejaba ni mucho menos conocía los caminos cercanos. En realidad, no había salido del monasterio ni lo haría esa mañana. Además, hacía mucho frío y estaba todo nevado. El sacerdote le había señalado a su prima que, eventualmente, podía conseguirle alojamiento en una casa de invitados aparte que los monjes tenían sólo para mujeres, pero no estaba seguro si acaso ella se sentiría cómoda atendida por monjas. Matías, por su parte, podría alojarse en la casa de invitados para varones, pero, en tal caso, sólo él podía comer con los monjes en el monasterio. Aún así, los benedictinos no aceptaban invitados por una noche apenas. Ellos quieren que sus invitados estén de dos noches a una semana, le había contado Juan Bautista. Para zanjar el asunto, Isabel resolvió hacer reservaciones para ella y su sobrino en un Holiday Inn en las inmediaciones del aeropuerto.

—Me pidió una sola cosa concreta —le contó Isabel a Matías—. Que mañana participemos de la misa que él va a celebrar a las nueve. Nada más. Como puedes ver, no es un viaje particularmente entretenido.

—Es lo menos que podemos hacer por él —reflexionó Matías.

Después, Juan Bautista pasó a un segundo plano y el regreso de Bill ocupó la atención de ambos.

—Tengo que confesarte que no lo esperaba —le dijo Isabel.

—¿Tú pensabas que no volvería a casa?

—¿Volver?, no va a volver más. Sólo regresó a ultimar su partida.

—¿Te puedo hacer una pregunta, Isabel?

Ella lo miró asintiendo con la cabeza.

—¿Qué vas a hacer tú?

Ella volvió a apoyar la cabeza contra el respaldo de su asiento y por un momento pareció producirse una cierta agitación, como si en su interior hubiera estado librando un pequeño altercado.

—No lo tengo para nada claro.

Él se aventuró.

—¿Has pensado en la posibilidad de regresar a Chile?

—¿A Chile?

El Dehavilland había comenzado a iniciar su descenso sobre Philadelphia.

—Te voy a contar algo que tú no sabes —le dijo ella a cambio—. Después de ese viaje en que nos conocimos el '95, he vuelto a ir dos veces a Chile, y nadie tiene la menor idea. Por cierto, ninguna de las dos veces se lo comuniqué a tu padre y como estoy más o menos al tanto de cómo está mi mamá, no me vi en la obligación de ir a visitarla. Además, cada vez que nos vemos con ella nos agarramos de las mechas.

—¡Has estado en Chile sin que nadie lo sepa! —exclamó Matías, pensado en los aspectos prácticos de la cuestión.

—Bill quizás... ni me acuerdo. No creo que se lo haya comentado a Ana Marie. Fueron viajes de una semana, yo podría haber estado en cualquier parte. En Santiago me las ingenié para no verme con nadie.

—¿Y qué hacías en Santiago sola? —preguntó intranquilo como si la hubiera visto vagando despistada por la ciudad. Pensó en la irrealidad total de lo que Isabel le contaba. En esos viajes ignorados, Isabel se convertía en otro fantasma —buscando sus propios fantasmas—, en el lugar donde alguna vez había vivido.

—Lo dejaba todo al azar. Me buscaba alojamiento en algún hotel en el centro donde era menos probable que me encontrara con algún conocido. Hay un hotel frente al cerro Santa Lucía, casi al llegar a la calle Merced, muy quitado de bulla, perfecto para pasar inadvertida. A mí siempre se me hizo muy difícil volver, Matías —agregó mientras el pequeño avión se cimbraba por las turbulencias, y él pensaba en la posibilidad de haberse cruzado con ella, de haber vivido con anterioridad en el mismo barrio—. En los años 80, muchas veces pensamos ir y cada vez que surgía un imprevisto, me sentía aliviada en secreto. Seguro te debe parecer una confesión terrible, pero para qué te voy a mentir. Se supone que uno debe echar de menos a la familia, a la tierra donde nacimos, pero yo nunca he echado de menos a nadie, ni siquiera cuando tuvimos que venirnos forzados a los Estados Unidos. Un poco como piensa Ana Marie, yo nunca me sentí querida por mis padres... especialmente por mi madre... —entonces, Isabel pareció recapacitar—... Miento, es mi madre la que nunca me ha querido, la que nunca me perdonó... —guardó silencio por un instante—. Durante mucho tiempo me sentí amargada, llena de resentimiento en contra de Chile y de mis parientes como si alguien me hubiera hecho un daño muy grande. Traté de recobrar la calma cuando regresé la primera vez junto a Bill, pero entonces todo fue difícil, en realidad, ese fue un viaje de mierda. Ya ves cuánto me demoré en llevar finalmente a los niños a conocer a sus parientes. Era un gesto por tratar de hacerlos sentir un poco chilenos, y la verdad, Matías, es que todo fue inútil, completamente inútil. Ese verano, cuando nos conocimos en la playa, me di cuenta de lo horrible que era la vida en Chile, y me pregunté, para qué vas a querer que estos niños que ni siquiera son tus hijos, tengan algún lazo con esta gente atroz. Perdóname por decirte esto, Matías, pero era lo que sentí —volvió a quedarse callada por unos segundos—. Tal vez ese ha sido mi mayor logro. Haber criado a esos dos niños sin que se sientan para nada chilenos. No tienen nada de mí. Ni una gota de mi sangre, ni de mis costumbres, ni de mi pasado. Nada, Matías. Nada.

—Tienen tu amor —respondió Matías sin dudar.

Pero ella guardó silencio, desconfiada, insegura, como si hubiera estado mintiendo, y miró hacia fuera por la ventanilla.

No llegó a decirle a su sobrino qué hacía sola en Santiago, porque ya el avión había aterrizado en Philadelphia y hubo que buscar la conexión a Elmira. Después tomaron café y ella habló de otras cosas, vaguedades adecuadas para el momento, mientras el celular de Matías comenzaba a sonar. Era Romina. Quería pedirle disculpas por el exabrupto del día anterior. Matías le pidió que no se preocupara. Pero ella agregó que estaba más que preocupada, estaba desesperada ante las circunstancias. ¿De veras él creía en la imposibilidad de que el sacerdote la recibiera? Matías le respondió que no lo sabía. De cualquier forma, ya iban en camino hacia el monasterio y le prometió que haría lo posible por hablarlo con el sacerdote. ¿Vas a abogar por mí?, dijo ella, ¿lo harás? Romina le confesó que había pensado partir esa misma mañana hacia el norte pero no había pasajes. Matías le pidió que esperara hasta el día siguiente cuando él regresara con alguna certeza, y pensó si acaso no regresaría cargado sólo de incertidumbres.

En el vuelo a Elmira, Isabel pareció quedarse dormida, o era que ya había dicho demasiado. Habían caído demasiadas barreras. Ella había abierto demasiadas puertas y ya era momento de detenerse.

¿Y su madre? ¿Por qué decía que su madre no la había perdonado? ¿De qué tenía que perdonarla?

El automóvil que Isabel había reservado la tarde anterior ya estaba a su disposición en el aeropuerto regional. Les entregaron un plano de la zona en donde localizaron el hotel y el monasterio. Se dirigieron de inmediato al hotel a dejar sus bolsos. En realidad, hacía un frío que calaba los huesos. En el calor del dormitorio, Matías sintió ganas de echarse en la enorme cama antes que volver a salir. Pero no estaban allí en un viaje de placer. No hacía mucho, debía haberse bajado de un avión otro hombre en dirección al monasterio. Era a él a quien ellos buscaban siguiendo la huella a través de un mapa, por unos caminos desolados en donde no vieron ni un alma. Pine City era una referencia extraña. Al parecer, no existía ni una ciudad con ese nombre.

Mount Saviour, en cambio, estaba en la cima de un monte. Los edificios eran relativamente bajos, salvo la torre de la capilla que sobresalía, todo de acuerdo a la simpleza arquitectónica propia de los años 50 y 60. Los recibió un monje de aspecto deportivo, pese al largo hábito que le cubría las piernas, aunque excesivamente silencioso y severo. Era un hombre joven, no debía tener más de cuarenta años, alto, delgado, y quizás por el frío, a cambio de las sandalias regulares, utilizaba bototos. Tenía el pelo canoso extremadamente corto, casi a la moda, y un atractivo rostro de mejillas hundidas que a Matías le hizo pensar en el estilo cultivado por cierto tipo de varón norteamericano de acuerdo a lo que había visto por las calles de Nueva York. Sintió una terrible curiosidad ante esos hombres que se pasaban la vida en soledad. ¿Era posible sobrevivir de esa manera? Una experiencia numérica y cualitativamente extraña, se dijo a sí mismo, como lo era la misma homosexualidad practicada por el padre Reymond. Pero allí nada era trivial, como el ejercicio de la homosexualidad pedestre, nada era democrático, como la supuesta convivencia en ese país, nada era sentimental, como su relación con Isabel.

El fraile preguntó si se trataba de los parientes de monseñor Reymond, a los cuales, sin duda, estaban esperando. Y mientras caminaban detrás de él hacia la celda en donde habitaba Juan Bautista Reymond, Matías comenzó a tomar conciencia de la imperiosa necesidad del silencio. El mismo silencio con que su tío aceptaba la cruz que el Señor le había destinado. El derecho a hablar y el derecho a enseñar les pertenece a los maestros. Los discípulos deben guardar silencio y escuchar. Él pensó en que no debía pecar ni de palabra ni de pensamiento al menos mientras se encontraran allí. Era, pues, el momento de abrir los oídos y cerrar la boca.

ONCE

Imaginen la sala en donde se encuentra un hombre que está de paso. No es un cuarto de hotel. Podría ser algo parecido a una sala de espera. Por cierto, aquello tampoco era una celda. Juan Bautista Reymond aguardaba en el lugar más distante al concepto que solemos tener de una celda. Aunque la sala estaba completamente desprovista de adornos y casi no había muebles, nada en ella sugería la idea de una prisión, como Matías podría haber vislumbrado. De acuerdo a eso, parecía poco probable la posibilidad de la distracción, en el caso de que el ex obispo buscara los dones de la oración contemplativa. Aunque el inmenso paisaje de la pradera que se colaba por una ventana con su brutal belleza desolada, podía relacionarse con la vida de alabanza: *Esas montañas, nuestros hermanos del convento que nos rodean, se unen en los salmos que cantamos a la gloria del Creador como un laúd que acompaña a las palabras.* Ellos, los parientes recién arribados, no entraban allí ni como pobres ni como peregrinos, aunque es en los pobres y en los peregrinos en quienes Cristo es especialmente recibido según las normas impuestas por San Benito, el bienaventurado y remoto dueño de casa. Isabel y Matías parecían allí más abandonados que cualquier viajero en busca de algún improbable camino en el desierto. O era apenas la sensación de la cobardía ante lo desconocido. Al menos eso fue lo que Matías Reymond percibió a la hora de mirar el rostro de su pariente. Él era el negligente, tan de paso, apenas por unas horas, y después el olvido. La idea del lugar en donde habitamos se cerraba por completo para Matías en esa extraña habitación. Ese ni siquiera era el lugar en donde habitaba Juan Bautista Reymond aunque hubiera venido desde tan lejos después de renunciar a sus privilegios.

Matías se preguntó si acaso aquellos jóvenes que, según el reportaje de Romina Olivares, iban a visitar a su tío cuando aún era obispo en el ejercicio de sus labores, se enfrentarían entonces al hombre como lo estaba haciendo él. Probablemente, en esas lejanas ocasiones, el sacerdote habría sido más efusivo —siempre de acuerdo a lo que él había leído en la página de Internet—, besando a los viajeros y, llegado el caso, incluso lavándoles los pies, como lo hacían los antiguos frailes cenobitas en sus apostolados silenciosos. Pero monseñor Reymond nunca había sido un monje escapando del mundanal ruido y no tenía por qué aplicar en su diócesis las reglas de los monasterios. Ni aquellos muchachos que lo visitaban eran peregrinos en busca de oración. Tampoco él.

¿Y él que era? ¿Qué hacía allí?

A una prudente distancia detrás de Isabel, Matías observaba la escena. Había una mesa con un par de libros, y algunas sillas que parecían haber sido dispuestas especialmente para la ocasión. La puerta inmediata debía comunicar con su dormitorio. ¿O tal vez dormía en otra parte? Juan Bautista parecía muy cambiado desde la última vez que Matías lo había visto. Más delgado y más avejentado, no perdía la elegancia en su impecable traje negro, aunque tal vez la indumentaria eclesiástica con que celebraba la misa en aquella ocasión en que había casado a un sobrino, lo había hecho parecer más macizo, más pesado (dicho esto de una manera prosaica), porque, en honor a la verdad, el oro de los bordados en la voluminosa casulla sólo glorificaba su relevante perfil humano. La recta *Bella Figura* de los príncipes de la Iglesia la había perdido hacía pocas semanas.

Le costaba pensar que ese hombre fuera culpable de algo. Aunque sabía que todos pecamos ante Dios de muchas maneras, ¿podía Juan Bautista arrepentirse de sus humanos impulsos sexuales? ¿Podía considerarse un hombre malvado por la necesidad de la carne? Y sin embargo, la iglesia, por mucho que deseara absolverlo, ya lo había condenado. La propia comprensión moral y espiritual del hombre, aguzada después de la caída, le permitía disponerse al sacrificio como nunca lo hiciera antes. Tal vez en su soledad, pensó Matías, pudiera sentirse como cualquier prisionero, un ladrón, un asesino, un violador, ya nadie creería en él, y no obstante, en su corazón, él no sentiría el peso de la culpa como lo condenaban los demás. ¿Cómo podrían juzgarlo seres extraños, la propia Romina contando su historia a medias, incluso su familia que no conoció sus sufrimientos físicos y espirituales?

Isabel avanzó hacia él y se abrazaron en el preciso momento en que el hermano benedictino —quien se había mantenido frío y distante—, se retiró de la habitación sin decir palabra alguna. Matías había percibido cierta incomodidad que pareció diluirse al desaparecer el religioso. Juan Bautista, entonces, cambió de la cautela a la más absoluta familiaridad. Separó a la mujer a una prudente distancia y la miró detenidamente.

—Querida prima, estás más buenamoza que nunca —le dijo, en el inequívoco lenguaje de la tribu.

—¿Ustedes se conocen? —inquirió Isabel, siguiendo con el mundano juego de los lugares comunes, como si se encontrara en el salón del departamento neoyorquino. En cualquier momento aparecería Charitín con el café y los sándwiches. Isabel se había sacado el abrigo y lo dejaba sobre una de las sillas.

—Ah, por cierto, tú eres Matías —dijo luego él con un aire terrenal, extendiéndole la mano, casi como si se tratara de un extraño.

Matías no supo qué hacer. Si besarle el anillo como suponía correspondía en esas circunstancias, o simplemente darle la mano. Optó por lo último. Le pareció menos comprometedor. Seguía teniendo las mismas hermosas manos que habían depositado la hostia en su boca el día de su primera comunión. Parecía que nunca ninguna labor les hubiera permitido ajarse.

Isabel permanecía en silencio, mirándolo de frente. Le está viendo el rostro, se dijo Matías. Ya no será tan difícil amarlo. Él manifestaba su alegría al recibirlos, aunque agregó:

—Lamento que sea en este lugar que puede parecerles desagradable, incluso inhóspito.

—Cómo se te ocurre, Juan Bautista —protestó Isabel apenas, en el colmo de la cortesía.

—Me temo que ni siquiera podré ofrecerles almuerzo, porque, como ustedes deben saber, estos frailes tienen una vida en donde todo se rige por reglas muy rígidas.

Dejaba claro que estaba muy lejos de casa. Y añadió de modo tajante:

—Que Dios me perdone, pero son insoportables. Tengo la impresión de que mi presencia los incomoda.

Matías lo miró sin poder creer lo que escuchaba.

—¡En serio! —exclamó Isabel.

—Pensé que me quedaría más tiempo, pero creo que partiré muy pronto.

—¿De vuelta a Chile? —preguntó Matías sin pensarlo, tratando de ser lo más sucinto posible. Las sienes le saltaron en medio de la confusión generada por esa conversación tan ambigua.

El sacerdote lo miró en silencio haciéndolo sentir nuevamente como un intruso. Ni la composición del lugar era la adecuada, ni sus palabras, por lo visto, las más correctas. Se recordó a sí mismo que, si alguien debía callar, ese era él.

—No te preocupes por nada, Juan Bautista. Venimos a verte a ti —dijo Isabel.

Y Matías sintió que parecía decirle, venimos a verte en tu celda, en la cama de esta montaña mágica en donde aguardas la muerte. Aunque de acuerdo a lo que habían oído, el sacerdote ya estaba pensando en la deserción. Aún así, ella agregó:

—Me imagino que fue tu decisión venir aquí.

El muchacho no podía salir de su asombro. Juan Bautista Reymond no era el príncipe de la iglesia en busca del cilicio para flagelarse. Ni siquiera habría alguna forma de agonía en ese destierro autoimpuesto. El precio de la separación era apenas la incomodidad. No estaba tan lejos a los lazos del corazón. Al parecer, no deseaba vivir lejos de todos. La soledad interior solamente se manifestaba como desasosiego exterior, en el preciso instante en que acudió a abrirle la puerta a una religiosa. No era Charitín quien llevaba las tazas y un termo sobre una bandeja.

—¿Tomas café, Isabel?

—Sí, gracias.

—Estas monjas gringas dan por sentado que todo el mundo toma café —dijo, sin mirar a la religiosa, y sin que ella comprendiera lo que estaba diciendo el ilustre visitante extranjero. La monja apenas saludó con una voz inaudible, como si temiera molestar, y salió rápidamente. Juan Bautista acomodó las tazas, pero Isabel ya había tomado el jarro y comenzaba a servir el café.

—Les he dicho que yo tomo té, pero se les olvida, o lo hacen por molestarme —rezongó el hombre.

—Tal vez puedas llamarla y pedirle té.

—No, déjalo así.

Pero se notaba que no lo dejaría pasar. Nada estaba bien. Tras tomar asiento en las incómodas sillas, Isabel y Matías se sirvieron el café y el sacerdote los observó como un padre atento al bienestar de sus hijos. Sin embargo, al comprobar las dificultades —no había comodidad posible—, siguió quejándose:

—Las monjas están a cargo de la casa de hospedaje para mujeres. Si te hubieras quedado a almorzar, Isabel, tendrías que haberlo hecho con ellas. Te podrás imaginar que el servicio es muy deficiente.

Isabel le aclaró que regresarían a almorzar al hotel. Seguía hablando en un tono complaciente. ¿En qué segundo enfrentarán algo más serio?, se preguntó Matías. Estaba claro que él debía salir de esa habitación. Él sobraba y quizás por eso actuaban así. Pero aún no podía hacerlo porque el sacerdote le dirigió la palabra:

—¿Qué tal la literatura, hijo? —preguntó.

A Matías lo conmovió la forma en que lo llamaba *hijo*. Se le vino a la cabeza aquel pasaje del cura Deusto en el cual el personaje *sufría la tentación de hundir sus manos entre los ensortijados cabellos, de pasarlas por ese entrecejo cerrado, de tocar con las yemas de los dedos los párpados sensibles y ojerosos y las pestañas estremecidas...* Pero el cura Reymond estaba más atento al disgusto, a la falta de un buen servicio de té. Como si una vez más leyera sus pensamientos, Isabel agregó:

—Matías ha escrito una primera novela muy interesante, Juan. Y ahora está trabajando en una nueva novela sobre un sacerdote.

El muchacho la miró, sin comprender por qué ella había dicho eso. Pensó que su posible nerviosismo la traicionaba, o la hacía traicionarlo a él.

—No me digas —señaló Juan Bautista Reymond con un leve tono de sorpresa. Y de inmediato, sus palabras adquirieron aún mayor ligereza—: ¿Y quién es el protagonista de tu historia?

Pareció que esperaba oír su propio nombre. Como si su hazaña fuera lo suficientemente notoria para protagonizar una novela.

—Es una idea, apenas. No tengo protagonistas —especificó Matías, intranquilo.

Pero, siguiendo el curso de sus pensamientos, recordó esa cita sobre Augusto d'Halmar, y la aplicó en la figura de ese hombre que lo miraba: *el uranismo de d'Halmar...* El uranismo de Reymond, pensó, que no lo explica todo, pero sin el cual nada se entiende.

—No he tenido la oportunidad de leer tu anterior novela —se excusó el sacerdote y pareció que, de haberlos oído, hubiera querido acallar los extraños pensamientos de su sobrino.

—Si te interesa, yo te la puedo mandar —dijo Isabel con esa levedad en la que se empeñaba desde que iniciaran la visita.

Entonces Matías sintió que no podía seguir retardando lo que tenía que decir, porque ya era hora de salir de allí, y dejarlos solos. Por eso, agradeció en silencio que Isabel le hubiera dado la oportunidad.

—En verdad, tío, más allá de mi improbable novela, lo verdaderamente importante es lo que le está sucediendo a usted.

Sus propias palabras le parecieron prudentes, pero por la incomodidad que notó de inmediato, se dio cuenta de lo contrario.

—Y qué me está sucediendo a mí...

—Tío, lo están enterrando en vida.

El sacerdote lo miró a los ojos.

—Me parece que estás haciendo literatura —dijo—. Porque no sé de qué estás hablando —y esta vez Matías percibió una fuerte dosis de frialdad en sus palabras. No había tentación alguna en sus manos ni sus dedos acariciarían ningún párpado. Parecía incapaz de aceptar la mesura de lo que estaba viviendo. Matías se dijo que él estaba equivocado al momento de ingresar al monasterio. En verdad, era la hora de cerrar los oídos y abrir la boca. Se puso de pie, impaciente.

—Tío, esto no es literatura —insistió vehemente—, en Nueva York hay una periodista que vino de Chile y está aguardando a que yo hable con usted para que la reciba. ¡De verdad queremos salvarlo!

Se sintió ligeramente infantil al actuar de esa forma apasionada e informal, pero, al parecer, no había otro camino. Aunque remarcara que la situación no guardaba vínculo alguno con la literatura, no podía dejar de pensar en Oscar Wilde. Y eso significaba literatura. Sin embargo, era imposible que, en esas circunstancias, pudiera recordar lo que Augusto d'Halmar pensaba al respecto. Y eso no tenía nada que ver con el ejercicio la literatura. *(Lo que más que nada debe preocuparnos es si Wilde delinquió como un vicioso cualquiera, cualquiera que sea su vicio, o si no hizo sino infringir, por un imperativo de su índole fisiológica y sicológica, leyes convencionales de moral. Porque ser infractor no implica ser delincuente.)*

El sacerdote, ¿el infractor o el delincuente?, se puso también de pie.

—¿De qué está hablando este muchacho? —le preguntó con naturalidad a Isabel, como si en realidad no supiera de qué estaba hablando él. Ya no era más su *hijo*.

Matías sintió que ella se ponía de su lado cuando dijo:

—Se llama Romina Olivares. Dice que te conoce.

Juan Bautista sonrió extrañado, mirándola, sin oírla.

—¿Qué es esto, Isabel? No te pedí que vinieras para hablar de gente que no conozco.

Ella dejó su asiento y caminó junto a la ventana.

—¿Adónde te vas a ir después que dejes este monasterio? —preguntó entonces sin mirarlo, recuperando la distancia—. ¿Vas a seguir vagando, de convento en convento, por el resto de tu vida?

El hombre pareció repentinamente cansado como si el viaje ya se le hubiera hecho largo hacía mucho tiempo, tal vez incluso antes de salir de Chile, y todo fuera tedioso y estéril, incluidas sus propias acusaciones y sus propios actos, y, cómo no, las acciones de esos monjes que, él creía, lo despreciaban. Algo se apagó en su mirada y por un instante, Matías advirtió la simple, vulgar soledad humana asomándose por sus ojos.

—Discúlpame —le dijo a su sobrino como si recién hubiera salido de un trance—. Pero tengo que hablar con tu tía.

Ella lo miró, a su vez, con un gesto de súplica.

—Sí, claro —respondió Matías, sin dar su brazo a torcer—. Pero prométeme que pensará en la posibilidad de hablar con mi compañera.

—Hijo —insistió él retomando la familiaridad, y esta vez si hablaba en serio—. Yo como hombre no puedo prometer nada.

¿Le va a fallar también a ella?, se preguntó Matías. Isabel seguía mirando hacia las frías colinas desoladas, ¿era posible que se encontrara orando? *Señor, necesito el simple amor humano de todos los días.*

Matías se dijo que quizás aún había tiempo. No sería la última vez en que estaría junto al sacerdote. Faltaba la misa al día siguiente. Por consiguiente, no todo estaba perdido.

—¿Puedo caminar por el monasterio? —preguntó, y se sintió completamente infantil al parecer tan condescendiente ante los ojos de sus familiares.

—Sin duda. Aunque afuera debe estar muy frío.

Claro que estaba frío. Matías lo sabía con absoluta seguridad. Aunque más que en la frigidez externa, estaba pensando nuevamente en la incomodidad que su tío decía provocar en los frailes. De todas formas, esa supuesta irritación podía justificarse. ¿Cuántos grados de humildad había sido capaz de asumir ese hombre de acuerdo a las reglas impuestas por San Benito? ¿Mantenía el temor a Dios delante suyo o apenas el regaño por la falta de una taza de té bien servida? ¿No amaba su propia voluntad y se complacía en hacer ver sus gustos? Suponía que los monjes no podían negarse a recibirlo dada su noble investidura. Pero, por otra parte, ya era hora de que los dos primos enfrentaran sus oscuridades. Matías tuvo en ese momento un repentino recuerdo: recordó haber pensado que, algún día, podía llegar a parecerse a esos parientes. Pero creía, al mismo tiempo, que el lugar era muy desolado, que él, mucho más que su tío, tenía todo el derecho a encontrar aquello, precario e incómodo. Si Juan Bautista Reymond no tenía pasta de fraile, él mucho menos tenía vocación de peregrino.

No sabía por qué motivo se compró esa cartera, la mañana de aquel sábado, cuando salió a vagar por las calles de Nueva York. Romina Olivares había telefoneado a Matías para disculparse por lo que le había gritado al teléfono el día anterior, esas torpes ofensas innecesarias —aunque ella creía en cada una de las palabras dichas—, cuando en realidad su antiguo compañero de estudios parecía estar con las manos atadas. ¿Qué podía esperar de él? Aún así, Matías le había prometido que intentaría algún acercamiento con el cura. No podía creer que junto a Isabel ya estuviera en Pine City y ella helándose en esas calles atestadas de gente. Félix Arana, por otra parte, no parecía darse cuenta de su estado de ánimo, y le proponía un nuevo almuerzo, como si ella se encontrara en las más perfectas vacaciones. Habían quedado de juntarse en el departamento a la una de la tarde. La llevaría a Hoboken, en New Jersey, para que tuviera la posibilidad de admirar *una vista insuperable de Manhattan*. Odiaba la idea de terminar convertida en otra turista más, ante la imposibilidad de contactar al cura. Ya lo había intentado la tarde anterior. Al comprobar que no había pasajes aéreos disponibles hacia Elmira al menos hasta el lunes siguiente, llamó directamente al famoso monasterio. Pidió hablar con monseñor Reymond. Le preguntaron su nombre. Pensó en la posibilidad del fraude y dar el nombre de Isabel, pero se arrepintió en el acto. La jugarreta le podía costar cara, aunque igual era imposible que el cura se acordara de ella. Efectivamente, a los pocos segundos, la misma voz masculina, una voz solemne y desinteresada, le señaló que monseñor Reymond no estaba en condiciones de recibir ninguna llamada de personas desconocidas.

De tal forma se veía enfrentada a su fracaso. Había actuado con extremada frivolidad, con la impaciencia y el descontrol de una adolescente. Nunca antes le había sucedido algo así. Ni con torpes ministros de la dictadura, ni con militares iletrados en medio de sus caídas a pique. Aun, en esos casos, siempre había actuado con prudencia, daba pasos calculando los riesgos, asesorándose la mayor parte de las veces, sin desoír un consejo oportuno o alguna advertencia sobre las conductas de sus entrevistados. Por eso, salía invicta con las declaraciones pertinentes. Por eso, su nombre tenía peso.

Pero, ahora, se desconocía por completo. Había corrido como loca a tomar el primer avión hasta esa parte del mundo, sin medir las consecuencias. Convencida de que el cura le abriría las puertas de su celda y le revelaría sus secretos. ¿Por qué a ella? Pensó que ese revés tenía alguna relación con su propio orgullo, un orgullo que, llegado el momento, no le servía para nada, porque en rigor, se había sentido humillada incluso junto a Isabel Reymond, como si ella hubiera sido la guardiana de su primo, imponiendo las distancias. Ella, quien ni siquiera se había dado la molestia de leer nunca sus reportajes. Había caído en una desmañada trampa creyendo incluso que esa mujer sería *más abierta* que la otra Reymond de Chile. De seguro, unas con otras configuraban una red de protección familiar que saltaba sobre las fronteras, para llegar con su auxilio hasta ese monasterio en donde a esa hora se estarían abrazando, incluido Matías.

Entonces, para ahondar aún más su propia extrañeza, entró a una descomunal tienda en la Quinta Avenida y se compró una cartera enorme, realmente enorme, como parecían estar muy de moda esa temporada. Nunca había tenido una cartera de ese tamaño, y de ese color estrafalario, y de ese precio absurdo. No quiso reconocer

—aunque igual lo pensó—, que de seguro ese bolso le gustaría a Isabel Reymond. Mientras la mujer podría sentirse comodísima con esa cartera al brazo por las calles de Nueva York, ella se sentiría completamente incómoda cargándola por las calles de Chile. Pero ni eso le importó. La compró como prueba final de su falta de tino.

¿Qué le quedaba por hacer? ¿Renunciar de una vez por todas y buscar un nuevo tema? Por lo pronto, regresó al departamento de Félix llevando el tremendo bolso que ya comenzaba a incomodarle. El hombre aguardaba por ella. Tuvo la seguridad de que, una vez terminado el paseo al otro lado del río, él querría llevarla nuevamente a la cama. Se encerró en el dormitorio y telefoneó a la compañía de aviación para intentar regresar a Chile el lunes, pero en el momento mismo en que le advirtieron que debería cancelar una multa de doscientos dólares (cuando había pagado aún más por la cartera), mandó al carajo todo el trámite. Estaba amarrada de pies y manos, como alguna vez lo había estado el propio Félix Arana, cuando en 1974 había sido capturado en Chile por la policía secreta de Pinochet. Pero no podía confundirse hasta tales extremos. En el tren subterráneo que cruzaba el Hudson hasta New Jersey, Romina se mantuvo en silencio y observó fugazmente el perfil de ese involuntario compañero. No podía negar que se había comportado generosamente al recibirla. Si las cosas habían llegado más lejos, ella desde un comienzo había estado dispuesta e incluso había fantaseado con la idea de acostarse con él. De tal forma, no venía al caso hacerse la víctima. Pensando en auténticos sacrificios, recordó la entrevista sostenida con el hombre hacía algunos años. Félix Arana le había contado que la policía había encerrado a la que era entonces su compañera en el baño del departamento en donde fueron descubiertos, desde donde le llegaban sus quejidos y las amenazas de violación. Cuando luego los llevaron con la vista vendada a la casa de torturas ubicada en la calle José Domingo Cañas, comenzaría una verdadera historia de horror muchas veces narrada por las innumerables víctimas, pero lo que más había impactado a Romina en esa ocasión, había sido la voz de una joven delatora que se encontraba presente en el cuartel, a quien Félix conocía desde hacía mucho tiempo y con quien había compartido el trabajo político en poblaciones marginales. Tenían una buena relación de amistad, le había contado Félix, e incluso la mujer lo visitaba en la casa de su madre en los años anteriores al golpe de estado. Sin poder mirarla, porque Félix proseguía con los ojos vendados, la delatora le había pedido que la perdonara, pero había tenido que entregarlos, le decía, o en caso contrario la mataban a ella. La única manera de que todos se salvaran era poniendo en manos de la policía todos los contactos que pudieran tener. Romina recordaba especialmente un detalle aparentemente trivial de la historia: Félix decía haberse sentido tan mal que temía desvanecerse de miedo, y esa voz femenina conocida por él, lo había hecho sentirse repentinamente protegido. ¡Incluso en esas circunstancias! La mujer le había tomado las manos mientras le hablaba, y le repetía que entregara cualquier información para proseguir vivos. Salvarse, salvarse, ese era el delirio. La misma mujer que lo había denunciado actuaba en ese momento como una suerte de *mater dolorosa*.

Parecía que la salvación, en cualquiera de sus formas, era el objetivo de nuestras vidas. El amor humano salvándonos de la soledad, la delación para salvarnos de la tortura, la verdad para salvarnos de la oscuridad, la confesión para salvarse de los pecados.

No bien cruzaron por debajo del río, el tren se detuvo en la primera estación y Félix se puso de pie para descender. Romina se paró automáticamente detrás de él. No pudo seguir recordando aquella lejana entrevista, pero supo que la estaba relacionando con Isabel y Juan Bautista. Era posible ver al cura con los ojos vendados, en una celda equivalente a la casa de torturas de la calle José Domingo Cañas. Isabel era la mujer que le tomaba las manos y le pedía que hablara para que se salvara de sus pecados. Mucho más que una amiga, que una antigua compañera de lucha, ella era la prima que lo encontraba perfecto. ¿No era eso lo que había dicho la otra tarde? Pero, ¿quería salvarlo a él o quería salvarse ella misma?

No se los podía sacar de su cabeza. Pero al mismo tiempo sentía que la salvación de aquel hombre podía también estar en sus manos. Sólo ella sería capaz de quitarle la venda de los ojos. Para Isabel, probablemente, sería más fácil hablar con su pariente con los ojos vendados. Si Juan Bautista Reymond confiara en mí, pensaba Romina, podría corroborar que no fue sometido a proceso canónico ni juicio alguno. Nunca se confirmaron casos de supuestos abusos sexuales a muchachos. Él nunca había violado a nadie. Monseñor Reymond, le habría dicho mirándolo a la cara, faltan quince años para que presente su renuncia. Quince años para que usted cumpla los setenta y cinco. Nadie le pidió la renuncia ahora. ¿Por qué lo hizo, entonces? Seguramente la Iglesia Católica, su tierna, comprensiva madre, no lo destituyó porque no encontró consistencia en las quejas que le llegaron. Esas quejas de las que ella se había hecho parte con tanta ligereza en ese reportaje del que comenzaba a arrepentirse, porque era la prueba de su flagrante debilidad. ¿Qué le podría responder el cura? ¿Qué su vida había sufrido un gran desequilibrio, como decían otros curas al momento de enfrentar la oscura verdad? Ellos que se pasan la vida confesando a los demás, ¿no son capaces de enfrentar la propia miserable confesión? Podría haberle contado la historia de Félix Arana, atado de manos y con los ojos vendados en una casa de tortura. No eran historias que en el pasado le interesaran particularmente a Juan Bautista Reymond, preocupado como estaba por custodiar a las familias católicas y sus numerosas descendencias, atacando de paso la regulación de la natalidad y el divorcio. Las consecuencias de los actos políticos que él creía equivocados, debían ser para él meros artificios populacheros, falsos humanismos vacíos, rebeliones juveniles frustradas. Incluso, aunque Félix Arana aparentemente se hubiera olvidado de su antigua militancia, viviendo otra vida tan distinta en Nueva York, ella hubiera querido contarle al sacerdote cómo tiritaba él de miedo aquella mañana en Chile, cuando su compañera, su amiga delatora, le había pedido que *confesara* para salvar su vida. Los ojos vendados de revolucionarios y curas caídos en desgracia, no hacían sino recalcar la caótica insensatez de sus vidas sin salvación.

Estaban parados frente a Manhattan, mientras un trasatlántico avanzaba por el Hudson hacia mar abierto. La visión era estatuaria, como si todo se hubiera quedado rígido, muerto, aunque el barco avanzaba con cierta rapidez. Y Romina Olivares se preguntó entonces si había que ser siempre razonable, aun en los momentos en que todo parece incierto. Ella no lo había sido un rato antes al comprarse esa cartera absurda que había lanzado dentro de su maleta. Tampoco lo había sido eligiendo al cura Reymond como imagen de cierta forma de vulnerabilidad humana. El cura le quedaba grande, o estaba muy lejos, o no había manera de llegar a entenderse con él. En algún momento hay que saber detenerse para calibrar nuestras limitaciones. Tenía que reconocer que se había sentido muchísimo más en paz al escribir sobre Félix Arana. Lo sentía más cercano, más real, más parecido a ella. Juan Bautista Reymond era un espejismo que no terminaba de comprender.

—¿En qué piensas? —le preguntó Félix de pronto, sintiendo el viento de la bahía que los traspasaba—. Has estado callada desde que salimos de casa.

—Estoy pensando en el cura Reymond. Estoy pensando en qué sentido tendría que el cura me contara a mí sus secretos. Yo no podría ayudarlo. Además, él nunca me habría recibido. Lo sabía desde el momento en que salí de Chile, pero igual vine. Por eso, cuando hablé con Isabel la otra tarde, le mentí. Tengo que contártelo a ti. Le dije a esa mujer que el cura había sido afectuoso conmigo cuando lo conocí hace algunos años. No sé por qué le dije eso, o sí, lo hice para ver si lograba hacerla hablar. Creí que al decirle que el cura había sido tierno y amoroso la conquistaría a ella.

—¿Y no fue así?

—El cura Reymond me recibió apenas en un pasillo, ni siquiera me hizo pasar a su oficina. Yo era una pobre chiquilla y aunque nunca tuve una educación católica porque a mis padres la religión les daba lo mismo, estaba asustada como si me hubiera encontrado por primera vez delante de Dios. Si me lo hubieran pedido, creo que hasta me habría arrodillado delante de él. Pero ese hombre displicente no era Dios. No podía ser Dios. No me habló de que su iglesia fuera el refugio de los pobres y los oprimidos, ni discutimos sobre los posibles sentimientos de culpa por darle la comunión a Franco y a Pinochet. Tampoco hablamos sobre las cuentas que les cobrarían a los presidentes democráticos, ni del divorcio, ni del sida, ni del aborto, ni mucho menos de la dignidad de las mujeres. Cuando le dije que no era católica, sin que ni siquiera hubiéramos tomado asiento, porque él nunca se dio cuenta de mi presencia, se disculpó diciéndome que no tenía nada que hablar conmigo, que no lo hiciera perder el tiempo, que lo sentía mucho pero yo me di cuenta de inmediato que él no sentía nada. Era un ser frío, un sujeto orgulloso y pagado de sí mismo. Parecía no tener sentimientos. Jamás me miró a la cara, como si yo hubiera sido una especie de musulmana impura que no merecía su gracia. Nunca le vi los ojos y lo único que yo quería era que me mirara. Tal vez con los muchachos varones actuaba diferente, a ellos los encantaba, pero a mí, pobre mujercita insignificante, me trató como si no hubiera existido. Esa es la verdad, Félix. No sé por qué le dije a Isabel Reymond que me había enamorado de él.

—Y entonces, ¿para qué viniste?

—Por el mismo motivo por el que vine la vez anterior, cuando te busqué a ti.

—¿Me vas a decir que sólo te mueven las personas para sacarles alguna confesión?

—No lo había visto así. Es posible. Aunque sólo cuando hay un enigma detrás de ellos —confesó Romina.

—Debo deducir que, en tal caso, yo también ocultaba un acertijo.

—Pero el tuyo creo haberlo resuelto.

Romina no quiso ni siquiera preguntarse cómo lo había solucionado. Temió que, de seguro, una vez más se equivocaría.

—Entonces, vamos a almorzar, mejor —dijo Félix, como si la conversación en torno a los Reymond lo hubiera comenzado a aburrir. Aunque había que concluir que ya no hablaban de los demás. La tomó de la mano en un gesto amistoso que bajo ningún punto de vista había que confundir con la atracción. Aún así, mientras caminaban hacia el centro de la ciudad, agregó—: Creo que te gusta la carne tanto como a mí. Vamos a comer los mejores *steaks* de Hoboken.

Cuando faltaban pocos segundos para que se iniciara la celebración de la misa del domingo en la capilla octogonal de Mount Saviour, Juan Bautista Reymond pareció buscar a Matías con la mirada para que fuera su monaguillo. (O era sencillamente para asegurarse que se encontraba allí.) Si hubiese sido capaz de levantar la voz, si hubiera podido hacerlo, habría clamado para que ese sobrino suyo educado en la iglesia católica fuera su servidor en el altar en ese último domingo, antes de volver a partir. Pero Matías rehuyó su mirada porque no se sentía en condiciones de estar junto a él. Ya no habría otra oportunidad. Isabel era la dueña del tiempo y había decidido partir a su vez en cuanto terminara la misa. Además, él nunca había ayudado a decir misa cuando estaba en el Colegio del Verbo Divino y desde que había terminado su educación no había vuelto a comulgar. Era parte de su falta de conservación de las tradiciones familiares. La capilla en que se encontraban tenía una extraña forma: el altar se hallaba al centro del frío recinto de estuco blanco, y había un tríptico del siglo XV de la Escuela Flamenca con un motivo de la crucifixión, que evocaba otras tierras, otros lugares muy distantes de la desolación campestre del norte de Nueva York. El tríptico parecía haber sido sacado de la sección europea del Metropolitan Museum. Quizás lo habían donado unos peregrinos ricos menos intransigentes que el obispo chileno, de paso alguna vez por allí. El tríptico no distraía ni provocaba sentimentalismos inútiles. Nada era *kitsch* como suele suceder en templos católicos más vulgares. El día anterior, mientras esperaba a Isabel ocupada conversando con su primo, Matías había tenido la oportunidad de recorrer el lugar. Abajo, en la cripta, apenas iluminada por las luces votivas, había una estatua de la Virgen Reina de la Paz, de la Escuela Francesa del siglo XIV, acaso para recordar que los benedictinos alguna vez habían venido del Viejo Mundo. Ningún monje se cruzó delante de Matías mientras vagaba por las dependencias del monasterio, como si aquellos hombres lo hubieran estado rehuyendo, o estuvieran demasiado ocupados en sus labores para orientar a un peregrino extraviado. Había sido huésped en Mount Saviour pero no lo recibieron, como mandan las Escrituras. Podía ser que, con su poca anhelada presencia, el rígido obispo chileno había llegado a imponer el desorden. Aunque igual allí estaban en la misa los catorce monjes de Mount Saviour —con lo que suele llamarse su reconocida *paciencia benedictina*—, mientras la mayor parte de las bancas permanecían vacías al momento en que monseñor Reymond avanzó hacia el altar. Supuso que el muchacho que asistiría a su tío en el altar era un feligrés venido del pueblo. O podía ser el gitanillo Pedro Miguel que seduce al cura Deusto en la novela de d'Halmar. (Aquel del cabello ensortijado y los párpados sensibles y ojerosos.) Pero ni el muchacho tenía aspecto de gitano, ni el hombre que iniciaba la misa recordándoles que era el día de la virgen de Lourdes, era un personaje salido de otra novela. Aquel era el personaje de la novela que Matías tenía en su cabeza. Esa novela que comenzaba a tomar forma a partir de cierta apremiante intertextualidad. No podía perder ese pie, ese tosco bordado, esa mano tendida por d'Halmar desde el pasado. Ahí estaba el cura, su propio cura, quien parecía privilegiarlos a Isabel y a él. Hablaba en español como si se encontrara en su propia diócesis. Quizás esa fuera la razón del abandono de muchos de los feligreses angloparlantes de Pine City. Cómo podía saberlo él. Cómo podían saber los propios feligreses que el cura de turno diría la misa de aquel domingo en español. A Matías le pareció extraño que su tío recordara a los enfermos que acudían a Lourdes desde mediados del siglo XIX, a implorar un milagro a María Inmaculada. Hablaba como un viejo patriarca cuando se refería a la enfermedad como un presente de Dios. Un extraño presente que nos envía para castigarnos por nuestros pecados, o para apartarnos de ellos, o para ejercitar nuestra paciencia. Sonaban extrañas en su boca esas palabras como si se estuviera acusando a sí mismo: *Si seriamente buscáramos la razón de nuestros sufrimientos, encontraríamos que Dios quiere acosarnos para que renunciemos a nuestros vicios y llevemos una vida más santa.*

Se lo decía a Isabel quien comenzaría a trabajar en forma asalariada en aquella institución que alimentaba a enfermos de sida. Ya era hora de que ella encontrara un lugar en la vida productiva de ese país, aunque fuera pasados sus cincuenta años. Lo habían conversado a la pasada la noche anterior cuando Isabel golpeó a la puerta de su dormitorio. Matías se encontraba viendo el DVD de *La decisión de Sophie* que había llevado consigo, cuando tuvo que cambiar el rostro de Meryl Streep interpretando a la polaca antisemita que escapa de los campos de concentración nazis, por el de la hermana de su padre que apenas había escapado de Chile con su orgullo.

(En la capilla de Mount Saviour, Juan Bautista clamaba, *Yo confieso ante Dios Todopoderoso y ante vosotros, hermanos, que he pecado mucho de pensamiento, palabra, obra y omisión. Por mi culpa, por mi culpa, por mi gran culpa...*)

Yo también he pecado, parecía decir Isabel la noche anterior en el pasillo del hotel. Cuando Matías bajó la cabeza al verla en el marco de la puerta, se encontró al fin con sus pies desnudos. Isabel ya no tenía las uñas pintadas perfectamente de rojo como ese verano en la playa chilena. Acudía hasta él desprovista de antiguas vanidades, como una especie de penitente. Afuera no había sol alguno iluminando porque había caído la noche, y si aún hubiera quedado algo del día, el débil sol del invierno neoyorquino no habría alcanzado para entibiarlos siquiera. Sin maquillaje nuevamente, con una bata blanca sobre el camisón, su figura podía asociarse con las monjas de la ópera estudiada por su hija. ¡Por qué esa insistencia suya por ver a las mujeres a las puertas del convento! El monasterio estaba lejos de allí, en lo alto de la colina. Aquel sólo era el pasillo mal alfombrado de un Holiday Inn. De esa forma, se aplacaba la antigua curiosidad del niño estimulado en su imaginación por el barniz artificioso que en la película de Kubrick apenas se veía en blanco y negro. Esas uñas sin esmalte podían pertenecer a los pies de su madre, a los de sus tías, a los de su abuela: las otras mujeres de la familia. Isabel volvía a parecerse a todas ellas. Era lo que correspondía. Entonces Matías le miró sus manos. Tenía una carpeta negra en las manos.

—Quiero entregarte esto —le dijo simplemente, y le extendió la carpeta.

Él supo de inmediato que eran las horribles fotografías comprometedoras, las que Bill había guardado por muchos años como un testimonio fiel de su infidelidad. Todos habían pecado. Todos habían pecado de pensamiento, palabra, obra y omisión.

Creyó que, especialmente, la omisión había gobernado en todos ellos.

—Quiero que las veas y después las rompas —agregó Isabel.

Había dos enormes camas en el dormitorio que ocuparía por esa noche. Isabel había entrado, sentándose en el borde de una de ellas. Eligió la que parecía en orden, suponiendo que Matías dormiría en la otra, la que estaba ligeramente desordenada, sus almohadas dispuestas para el descanso. El muchacho volvió precisamente a su lugar, frente a su tía. Abrió la carpeta.

Eran por cierto las fotografías de la mujer muriendo. *Cuando el corazón y el obturador se sincronizan en una milésima de segundo... ¿no lo dijo Cartier-Bresson?* De acuerdo a la descripción que Isabel había hecho de ellas con bastante precisión, no le impresionaron tanto. No solía tener conductas sensibleras ante el sufrimiento de los desconocidos. Además, una vez más, era imposible describir el rostro de esa mujer. El amor de Bill Bradley parecía haber muerto sin rostro, porque era imposible tal nivel de precisión, de cronometría, entre el disparo de la cámara y el del revólver. Era poco probable que alguien pudiera construir un relato sobre esas fotografías, sin la intervención de un testigo. Aunque era cierto que la mujer se desmoronaba, era cierto que caía sobre la cama como un monigote al que le habían cortado los hilos, era mucho más cierta la presencia de algo a su lado. Isabel había hablado de un bulto sin apariencia, el pie, la mano del niño, pero si algo vio Matías con la más absoluta exactitud en esa sucesión de fotografías, fue al niño, a Sanford. El niño que iniciaba su vida era mucho más real que la mujer que terminaba con la suya.

(*Por mi culpa, por mi culpa, por mi gran culpa...*)

¿Qué esperaba Isabel de él? ¿Estaba pidiéndole que ocupara el lugar del hijo? ¿Que él asumiera la revelación para librar a Sanford del mal?

—Creía que estas fotografías las tenía Bill —le dijo a Isabel mirándola.

—Me las dejó sobre mi mesa de noche, sin decirme ni una sola palabra.

—¿Puedo entonces? —dijo él, sosteniéndolas con sus manos a punto de iniciar el acto de romperlas.

Ella asintió.

(Juan Bautista se había arrodillado en la capilla de los benedictinos: *Cordero de Dios, que quitas el pecado del mundo, ten piedad de nosotros. / Cordero de Dios, que quitas el pecado del mundo*, repitieron ellos, *ten piedad de nosotros. / Cordero de Dios, que quitas el pecado del mundo, danos la paz.)*

Sanford podía estar en paz. Seguiría su vida sin cargar con el rostro muerto de su madre. Un rostro muerto es la ausencia del mismo rostro. Ya no conocería las fotografías. Había estado en las manos de Matías librarlo del mal, aunque aún los atenazaran todos los pecados del mundo. Porque no había sido el sacerdote quien los había salvado. Isabel le confesó a Matías que había llevado esas fotografías para entregárselas a su primo Juan Bautista pero, a último minuto, se había arrepentido de mostrárselas.

—Me pareció mucho más razonable que tú las conocieras, que tú me ayudaras a ponerle fin a esta historia —le dijo Isabel—. Al fin y al cabo, tú has estado al tanto de todo. ¿Qué sentido tendría a estas alturas que Juan Bautista se haga cargo de mis errores?

Quiso decirle que estaba equivocada, que no eran sus errores sino las faltas de Bill Bradley, a su juicio, ese extraño hombre que había elegido por compañero. Pero así como la muerte deja en claro la condición de solitarios de todos los seres humanos, los errores cometidos confirman que en las vidas familiares todo está irremediablemente atado. Era la propia Isabel quien venía a descubrírselo. Le habló de sus planes inmediatos, de la necesidad de dejar el departamento de la calle 86 Este y trasladarse a uno más pequeño y sencillo, de las conversaciones sostenidas con sus posibles empleadores para pasar a formar parte del *staff* de la organización en donde había servido por años como voluntaria. Matías sintió que estaba haciendo tiempo para enfrentar lo más grave, si es que había algo más. Debía haberlo. No podía ser de otra forma. No habían llegado hasta los límites del estado para dormir plácidamente en unos transitorios cuartos de hotel.

Fue al volver a hablar de sus hijos, cuando Isabel comenzó a quitarse la carga de encima. Dijo que tal vez podría mirar a sus hijos con otros ojos ahora que había sido capaz de enfrentarlos con la verdad. Dijo que era el momento de quererlos como no lo había hecho cuando eran niños. Especialmente a Sanford. Matías la miró extrañado porque no le creyó. No los habría llevado a Chile para convertirlos a la devoción familiar. Parecía imposible que eso fuera cierto. Era una forma de insistir en su culpabilidad. Por mucho tiempo, en los meses siguientes, Matías creyó que todo lo dicho por Isabel esa noche sólo había sido una repetición de lo que conversara con Juan Bautista una vez que se habían quedado solos el día anterior. Porque Isabel habló con la seguridad de quien ya ha recorrido el camino una vez y se lo conoce de memoria.

En Mount Saviour había llegado el momento de la comunión y Matías prosiguió sentado en su banca, mientras Isabel se ponía de pie. Intuyó que, más que sostener una conversación con el sacerdote, su tía se había confesado con él la mañana del sábado. Imaginó su confesión con las mismas palabras con que se había dirigido a él, la noche anterior, en el dormitorio del Holiday Inn ubicado en un cruce de caminos que parecía no conducir a ninguna parte. Estas habían sido sus palabras: Mi mamá me llevó a la consulta de un médico porque yo estaba enferma. Al menos, eso fue lo que se le dijo a las monjas del colegio. Se les comunicó que estaba enferma y faltaría a clases por un tiempo indefinido. No importaba si perdía el año escolar. Antes que nada estaba mi salud. Me convertía en la protagonista de una historia que comprendía a medias, o tal vez la comprendía del todo pero tenía tanto miedo de lo que podía suceder que preferí quedarme callada. En el silencio me cobijaba del miedo. El doctor hacía preguntas insólitas y mi madre lo hacía callar. Todo parecía terriblemente absurdo porque el doctor insistía en dirigirme sus preguntas, me sostenía la mirada con cierta simpatía para que me tranquilizara e incluso llegué a creer que, en cualquier momento, lanzaría a mamá fuera de la consulta. Pero eso era imposible. Mi madre jamás me habría dejado sola. Daba la impresión de que ambos pudieran haber estado secretamente peleando por mí. Estaba claro que tenía trece años y que, de no tomar cartas en el asunto, mi vida estaba arruinada para siempre. Estaba claro que yo era incapaz de expresar nada. A las dificultades de los adolescentes para expresarse —en mi caso una niña ignorante en el más amplio sentido de la palabra—, se sumaba ese descalabro que nos tenía a todos perdidos. Mi padre estaba tan extraviado que dejó todo en manos de mi madre. Mi pobre madre que debió sacar fuerzas quién sabe de dónde. Ella que no tenía fuerza alguna para ir por la vida. Sin embargo, fue ella la que me hizo salir de aquella sala para aclarar las cosas con el médico. Por el resto de mi vida he sentido en justicia que esa tarde de fines de abril de 1968, todo lo manejó ella. ¿De qué otra forma podía haber sido? Fue ella la que me condujo de la mano a esa otra sala en donde había una camilla y donde una enfermera me pidió que me sacara la ropa para ponerme una bata celeste. Mi madre me desabotonó el vestido, me quitó las medias, me bajó los calzones. Mi madre me sostenía la mano, aunque no, me la tuvo que soltar al momento que me puso una píldora en la boca y luego me pasó un vaso de agua para que la tragara. Después me condujo a la camilla mientras yo comenzaba a quedarme dormida y creía que me estaba muriendo. A lo mejor era el castigo por lo que había hecho. Y mi madre era la encargada de castigarme mientras mi pobre papá lloraba en casa, a puertas cerradas. Pero era probable que no fueran mis sentimientos los que estaban en juego sino la seguridad de mi madre en eliminar todo rastro de suciedad dentro de mí. Tenía que salir limpia de esa sala y a medida que me sumía en la más oscura noche, iba perdiendo su mano, tenía la sensación de que me la soltaría y me dejaría sola. Que me quedaría perfectamente sola y vacía para el resto de mi vida. Antes de perder la conciencia, lo recuerdo aún hoy, me acordé de algo que me había dicho una empleada. Que el desfloramiento sonaba como la rajadura de una sábana. Traté de imaginarme ese sonido. ¿Me sucedería eso, o algo mucho peor? *El niño viene en camino dispuesto a abrirse paso a como dé lugar, sin importarle nada, tiene que salir, tiene que ver la luz aunque aquello signifique la oscuridad para la madre.*

Matías los vio delante suyo en el altar, a Juan Bautista depositando la sagrada hostia en la boca de Isabel. No habían estado tan juntos desde hacía muchos años. Tal vez desde esos mágicos veranos de los años 60 en ese mítico fundo que la familia había perdido por razones poco claras. ¿No había sido precisamente en 1968? Pero ahí, en ese punto extraviado de la geografía del Estado de Nueva York, terminaba todo. Parecía imposible medir el trecho que se abría y se cerraba al mismo tiempo, desde un hemisferio al otro. Probablemente no volverían a verse nunca más, salvo mirándose en las fotografías de viejos álbumes familiares. Porque el hombre ya había elegido su camino: *los que han de hacerse solitarios son, en general, solitarios ya.* (Palabras dichas por otro monje: Thomas Merton.) Lo había sido desde siempre, desde que había descubierto su verdadera naturaleza humana. ¿Antes o después de que Isabel comenzara a amarlo? Recordó las palabras de su tía: *los amores incompletos parecen ser los más desalentadores y a la vez los más sublimes.* No estaba hablando entonces de literatura. Pero la historia de sumisión que le había contado la noche anterior no tenía nada de sublime y era por completo desalentadora. Ese hombre que se escondía incapaz de enfrentar su verdad y al que no volvería a ver, podía —debía— representar lo difícil, lo imborrable, lo desalentador, lo sublime. Isabel nunca había estado pensando en Dios cuando hablaba del amante sin rostro. Un escalofrío atroz lo recorrió al medir las consecuencias de ese posible amor. Pero aún eran páginas en blanco. Hasta que él no fuera capaz de escribirlas, había que darlas por sobrentendidas.

No había sucedido ni siquiera un pequeño milagro en Pine City. Aún así, demás esta decirlo, Matías se sintió un privilegiado por encontrarse esa mañana allí.

Zoé regresó de su corto viaje a Canadá como sumida en una especie de encantamiento. Lo que había tenido oportunidad de observar en Toronto, la llenaba de una alegría indescriptible que le impedía quedarse callada.

—No te imaginas lo que fue esa boda —le dijo a Ana Marie, echadas ambas sobre la cama del departamento en Brooklyn, cuando la luz de la tarde iba declinando—. Edith estaba tan feliz, como si se hubiera estado casando por primera vez.

—¿Y no es así? —interrumpió Ana Marie, mirándola de costado.

—¡Claro que no! Ah, tienes que conocerla de una vez por todas. La próxima semana sin falta vamos a comer con ellas. ¡Por supuesto no es su primer matrimonio! Edith estuvo casada muchos años y tiene tres hijos y creo que cuatro o cinco nietos, no estoy segura.

—¿Cinco nietos?

—*Annie, dear*, Edith tiene 75 años.

Lo dijo como si fuera lo más natural del mundo. Pero Ana Marie sabía que aquello no era lo más natural. Nada en esa historia le parecía del todo legítimo. De partida, el hecho de que Edith, la desconocida amiga de Zoé, fuera tan mayor. Le costaba imaginar que aquella venerable abuela fuese a la vez una respetable lesbiana. ¿O era al revés? De cualquier forma, todo eso era parte del antiguo mundo de Zoé, antes que entrara en su vida. Amistades mantenidas en secreto por razones poco claras. No lograba precisar la razón por la que su amante no le había presentado a quien ahora resultaba ser una viejecita. Antes, había llegado a pensar —con cautela e incomodidad— en la posibilidad de que esa Edith hubiese sido su compañera en el pasado, y que Zoé actuaba así por una suerte de discreción. Nunca nos entusiasma mucho conocer a las anteriores parejas de nuestro actual amor por el temor de que, al compararnos, salgamos perdiendo. Pero Ana Marie descartó de plano aquello cuando supo que Edith, por su parte, estaba emparejada hacia muchos años con Kate. Quizás, en un comienzo, cuando comenzó la relación entre Ana Marie y Zoé, ambas habían supuesto que Ana Marie se aburriría con esas señoras de otra generación. Ella no tenía una vida gay anterior y, por el contrario, había mantenido unos noviazgos breves y deslucidos con compañeros de estudios que, invariablemente, terminaban cuando el muchacho quería tener sexo con ella. Pesaba de alguna forma el tema del sida y la insistencia de Isabel —que, al fin y al cabo, bastante sabía de aquello— sobre todas las precauciones posibles. En más de algún momento, Ana Marie había creído que el sida era un buen motivo para mantenerse virgen. Cuando conoció a Zoé ya comenzaba a tener más que claro que aquello sólo era un pretexto. Con o sin el virus de la inmunodeficiencia no tenía interés en ser penetrada por un hombre. Pero aún más si se pensaba en la posibilidad del riesgo por vía masculina. En otra ocasión se preguntó cuántas muchachas se harían lesbianas en los tiempos por venir, simplemente por miedo. Se habían conocido en un frecuentado restaurante del Village adonde la llevó otra amiga lesbiana y tampoco fue fácil iniciar una relación. La perturbaban esas mujeres ahombradas —esas *dykes*— vestidas como obreros o labradores. En cualquier momento abrirían sus braguetas y se sacarían el pene. Incluso podrían transmitir todas las pestes de comienzos de siglo. Pero eso no ocurrió con Zoé quien, por el contrario, abrió apenas su cartera y sacó un *lipstick* (después, esa misma noche, cuando se besaron, le embadurnó el rostro por completo). Tenía unos hermosos labios, y era decididamente femenina, a su propia manera, porque también podía ser enérgica y dura cuando era necesario. La intimidad con esa mujer la sedujo arrebatadoramente. Quería hacer el amor con una mujer como ella, no con el remedo de un hombre. Después vino el tiempo de crear sus propios vínculos, siempre en torno al teatro y los compañeros de Juilliard, por lo que Edith y Kate fueron quedando relegadas en una etapa anterior de Zoé a la cual Ana Marie no llegaría a tener nunca acceso. Pero aún había algo más. Casi sin confesarlo, cada una por su lado, temía que un hermético círculo de lesbianas en torno a ellas pudiera perjudicarlas en sus respectivas carreras. Ambas pertenecerían por el resto de sus vidas a distintas formas del *show business*, y, aunque pareciera mentira, dejarse ver de ese modo tan abiertamente no resultaba del todo conveniente. Todo lo que a los homosexuales se les permitía en Nueva York, a las lesbianas parecía habérseles negado. El tabú era mucho más feroz. Había que revisar el pasado: mientras cuatro homosexuales se unían en los conservadores años 50 para crear un glorioso musical como *West Side Story*, ellas apenas escribían indecorosa *pulp fiction*, estereotipadas historias pasionales entre mujeres en busca de castigo. Pero, ¡qué diablos! Los tiempos habían cambiado y tomarían la decisión de dar el riesgoso paso para unir sus vidas. Al menos, eso pensaba Zoé quien prosiguió contando sobre los prodigios ocurridos en Toronto. Ya era tiempo de dejar de comportarse como si hubieran vivido en el Medio Oriente, o tal vez en Chile. ¿Qué podría contarles Isabel si alguna vez fueran capaces de abordar el tema? Aunque apenas estuvieran en Manhattan era tiempo de vencer el recelo.

—Edith estaba muy hermosa, con un vestido muy sencillo de Eileen Fisher en tonos crema. Parecía una hippie avejentada. Todas estábamos vestidas más o menos iguales, salvo Kate que optó por una elaboradísima chaqueta negra, muy elegante, de Comme des Garçons. Pero Edith estaba terriblemente asustada. No era para menos. ¿Te conté que tiene esclerosis múltiple, verdad? Bueno, por eso me invitó especialmente para que fuera una especie de dama de honor. No quería entrar a la ceremonia sentada en su *scooter*, sino que caminando, como una verdadera novia. Recién cuando llegamos al Sheraton me enteré que la otra dama de honor era una de sus hijas. Edith le había regalado un vestido muy parecido al que me regaló a mí, y la mujer que debe tener más o menos la edad de Isabel, parecía muy serena e incluso entusiasmada con el nuevo matrimonio de su madre. Después, a la hora de la comida, Edith me contó que es la única hija con la que mantiene una relación cordial. Sus otros dos hijos se han alejado de ella y prácticamente no la ven.

No ha de ser fácil mantener a tu propia familia con cierta cohesión, cuando estás legitimando tu unión con otra persona de tu mismo sexo, pensó Ana Marie, e incluso, de acuerdo a lo que contara Zoé, lo harían saber a todo el mundo a través de las páginas sociales del *New York Times*. (*Cada vez salen más parejas gay casándose en el* New York Times.) Ya resulta difícil, apenas, cuando tu padre dice haber amado toda su vida a otra mujer.

—Su hija tomó a Edith de un brazo y yo la tomé por el otro. El estrés de la situación la hizo agotarse, pero ella sacó fuerzas y, con mucha calma, caminamos hacia Kate y la jueza. ¿Sabías que se conocieron en el mismo restaurante donde nos conocimos nosotras? Fue en 1970, ¿puedes creerlo?

—Treinta y...

—Hace treinta y siete años.

—¿Y por qué se casaron?

Zoé la miró.

—Edith dijo algo que me llegó al alma. Dijo que sentía como si, por primera vez, fuera dueña de su vida. Incluso a pesar de la enfermedad, de los dolores, de los años, de los errores cometidos, de la cercanía de la muerte, porque ella tiene claro que el tiempo que le queda junto a Kate es muy, muy breve. Pero las dos son dueñas de sus vidas. ¿Te das cuenta, Annie? Y cuando uno es dueño de su vida sabrá hacer con ella lo más adecuado. Incluso, tomar una decisión extrema en el caso de ellas. Ir a Toronto a casarse a los setenta años y con esclerosis múltiple.

Ana Marie se levantó perturbada de la cama, sin muchos deseos de salir, pero tenía que hacerlo. Se preguntó si ella era dueña de su vida. ¿Cómo podía serlo si no sabía siquiera quiénes habían sido sus verdaderos padres? Quizás lo mejor sería no preguntárselo más y enfocarse en lo que venía por delante. Había roto con su verdadera madre no bien nació. (O mejor dicho, fue su madre la que rompió con ella). Tenía que oponer a los errores del pasado que ella no había cometido, la certeza de las acciones más oportunas que sí realizaría en el futuro próximo. Para ella y Zoé no sería una acción extrema ir a casarse —¿tenía que ser necesariamente en Toronto?—, porque ni siquiera estaban en la mitad de sus vidas. Entonces, por primera vez, Ana Marie pensó en la posibilidad de un hijo. No supo si aquello podía llamarse instinto, si era una revelación angelical o sencillamente un paso más en la construcción de su vida. Si quienes la engendraron quisieron deshacerse de la carga demasiado rápido, tal vez ella podría concebir un hijo y darle algún sentido a su historia. Pero de inmediato le pareció insólito el destino que podía llegar a compartir con Isabel. Porque si Zoé estaba pensando en casarse con ella, ¿de dónde saldría un hijo? Hasta en el aspecto *técnico* de quedar embarazada, terminaría pareciéndose a su madre adoptiva. Apenas repetirían los mismos actos yermos de Bill e Isabel. Ellas vivirían despobladas salvo que también adoptaran un hijo. Al menos, pensó, esa Edith había tenido varios hijos en su anterior vida, antes de la esclerosis múltiple que, según tenía entendido, era una enfermedad autoinmunológica. Edith había terminado encontrando su propio sida, desde lo más profundo de sí misma, sin necesidad de hombre alguno.

—Tengo que salir —le dijo a Zoé.

—¿Hoy domingo? ¿Adónde?

—A casa —y se arrepintió de inmediato de haber dicho eso. La casa de Bill e Isabel no era su casa. Mucho menos ahora. Su casa estaba allí, su cama, su mesa, su vida.

—Mi padre regresó —explicó—. Quiere vernos. Incluso vendrá Sandy. Espero que no sea mi madre la que ahora desaparezca.

—¿Por qué dices eso?

—No me hagas caso. No sé en qué anda Isabel.

—¿Quieres que te acompañe?

—Creo que es mejor que vaya sola.

—¿Me vas a contar todo lo que pase?

—Claro que sí.

Se besaron. Ana Marie se miró al espejo sobre la cómoda. Vio a Zoé aún recostada sobre la cama. ¿Su vida se había malogrado al nacer al no encontrarse con su madre? ¿Podría decirse que en ella el impulso de vivir había logrado triunfar? Pero, ¿a qué precio? ¡Qué caprichosa visión de su propia madre debió quedar alojada en el fondo de su alma para pensar en repetir la experiencia!

—¿Has pensando alguna vez en la posibilidad de tener un hijo? —le preguntó mirándola a través del espejo.

Zoé se enderezó.

—¿Un hijo?

—Cuando hablaste de los hijos de tu amiga Edith...

Zoé dio la vuelta en torno a la cama y la alcanzó antes de que Ana Marie saliera del dormitorio. Volvió a abrazarla.

—Nunca hemos hablado de eso —le dijo, en un tono muy bajo, casi en un susurro.

—Nunca hemos hablado de muchas cosas —agregó Ana Marie. Estaba pensando en los grandes ideales que Bill e Isabel le habían inculcado cuando chica. Los ideales de verdad, de bondad, de justicia, para que fuera fiel a la imagen que se esperaba de ella. Le habían ocultado las sombras, las tinieblas de la realidad, es decir, la sexualidad, la brutalidad, todo lo que hay en el fondo de nosotros mismos y queremos extirpar a como dé lugar. Aunque sabía que a Zoé le gustaba vivir el presente, como si sus momentos fueran escenas de una obra de teatro, siempre avanzando hacia el final, había que encontrar un final coherente. Pensó entonces en Blanche de la Force y ese combate espiritual del que ella se había hecho parte. Era preciso cuidarse de la indiferencia y la preocupación por la comodidad. ¿No era la indolencia lo que jugaba en contra? ¿No había sido más cómodo para su propia madre entregarla en adopción apenas le había dado la vida? Era hora de reconocer que ella estaba dispuesta a transitar por todos esos caminos que alguna vez creyó tapiados.

Había caído por completo la noche cuando Bill Bradley pudo verlos al fin a todos en el salón. Si se les miraba con cierto descuido, a la ligera, era posible que parecieran la más perfecta familia americana. No era una imagen quieta, como figuras cotidianas de alguna pintura de Edward Hopper que se colaban con frecuencia en su conciencia. En sus obras, creía Bill, especialmente las que reflejan la vida en Manhattan, las personas parecen estar a salvo de las tinieblas —como si encontraran un mísero refugio para protegerse de su propia melancolía—, detrás de los muros de los *brownstones*, las habitaciones de hotel, en oficinas públicas, en los restaurantes chinos, en las salas de cine, incluso en el vagón de un tren. En los exteriores pictóricos de Maine o de Cape Cod, en cambio, aunque el día esté brillante, siempre hay zonas oscuras, amenazantes, bosques impenetrables en los que no puede ocurrir nada bueno. Y de vuelta a Nueva York, sus calles están siempre vacías, como en *Nighthawks*, donde el cantinero atiende a los tres últimos sobrevivientes de una fuente de soda del Village en los años 40. También estaba oscuro en la calle 86 Este esa noche, en las inmediaciones del parque y en los pasillos del departamento. Allí no podía ocurrir tampoco nada bueno, y ellos no estaban a salvo. Esa era la gran diferencia. *La mayor austeridad posible, sin perder la emoción*, decía Hopper. Bill no supo cuál era el motivo por el que asociaba ese momento con las obras de aquel pintor emblemático del realismo de su país. Él menos que nadie. Había conocido sus pinturas cuando ya era un adolescente. Tal vez un poco antes de iniciar sus estudios universitarios. De niño, había visitado en varias ocasiones el Metropolitan Museum, siempre en grupos estudiantiles, por lo que solía distraerse con las chanzas de sus compañeros o mirando chicas atractivas. No había que perder la ocasión. Un paseo a Manhattan se valoraba mucho en los años 60, y las chicas de Queens, las que tenía a mano —robustas italianas, judías deslavadas, negras vocingleras—, no podían compararse con las airosas bellezas blancas del east side. No recordaba haber ido nunca de niño a un museo de arte moderno. El arte no era materia de primera necesidad en su vida, ni en la de sus maestros, ni mucho menos en la vida de su madre. Sin embargo, pese a ello, su madre había colgado en el living de la casa una reproducción de *Early Sunday Morning*, esas fachadas continuas pintadas de rojo que Hopper había realizado en 1930. Después, muchos años después, conoció el original en el Whitney Museum junto a Trisha. Quizás por eso, por Trisha, Hopper reaparecía con sus enigmas esa noche en medio del aislamiento y la soledad en que se encontraban. En rigor, su pasado no guardaba relación alguna con esa noche precisa de mediados de febrero. Lo único cierto, lo único real en ese perturbado presente era que Ana Marie estaba sola, sin su compañera con la que pretendería casarse —si es que lo había entendido bien—, y Sanford había viajado desde Baltimore sin Susan y sin el niño, como si temiera exponerlos a esas zancadillas en medio de las cuales él había crecido. Ambos parecían intranquilos, inseguros, ansiosos por volver a partir. Pese a ello, Ana Marie se había dado a la tarea de encender las lámparas de sobremesa, recobrando, a su juicio, cierta calidad femenina, que él creía irremediablemente perdida. Sanford estaba de pie, de espaldas al salón, frente a los ventanales, absorto en la pantalla de su celular. Habría sido el vivo retrato de una pintura de Hopper de no mediar el teléfono móvil. Una figura aislada mirando indiferente hacia la oscuridad. Isabel había sido la última en llegar. Se disculpó por haber tenido que ausentarse fuera de la ciudad para visitar a un pariente —no ahondó en detalles y a nadie pareció importarle demasiado—. Su vuelo de regreso había tenido algún retraso, o el tráfico desde La Guardia hacía honor a lo que podía esperarse un domingo a esa hora. Tampoco la acompañaba su sobrino y Bill agradeció en silencio ese gesto. De tal forma, nadie faltaba ni nadie sobraba.

Isabel besó a Ana Marie en silencio y luego fue hasta Sanford que se mantenía firme en su posición distante, como si ya hubiera tomado la indiscutible decisión de apartarse de ellos. Cuando Isabel encontró su lugar, sentándose en uno de los sillones, las distancias entre todos aumentaron. Ana Marie se mantuvo de pie en un rincón levemente iluminado y Sanford apenas se dio la molestia de darse vuelta hacia él. Allí estaban esperando sus palabras.

¿Qué les diría? ¿Iba a pedirles perdón por el daño que les había causado con su ausencia? ¿Le explicaría a su hijo quién era la mujer de las fotografías que botó aquella mañana a la puerta del edificio en Baltimore?

Entonces pensó que, por el contrario, debía ser hora de iniciar su defensa. No estaba dispuesto a agotar el catálogo de autorecriminaciones. Si esperaban que él se convirtiera en una especie de cabecilla de los desafortunados, de los perdidos, de los inadaptados, más valía en tal caso que miraran hacia otro lado porque no les daría en el gusto. Podía decirles que él nunca quiso ser un hombre irresponsable, mucho menos violento. En los años en que podría haberse enrolado en los Marine Corps, optó por estudiar derecho. En vez de defender los derechos de las transnacionales, eligió alegar por los nuevos miserables del país. Tampoco quería pasar por cínico y hacer creer a nadie que era una especie de apóstol. Ni él ni Michael Donelly lo eran. Pero de inmediato se preguntó si sus hijos y su mujer estaban esa noche para oírle divagar sobre la forma que había escogido para hacer dinero y darles una buena vida. Esa noche, contrariamente, aguardaban perturbados porque creían que sus vidas habían sido una miseria. De iniciar su defensa tenía que comenzar con Isabel. No se había casado con una italiana o una judía, pero tampoco fue capaz de obtener una belleza completamente blanca. Si algo había aprendido al lado de Isabel, era a mirar a través de su propia mirada. Él había crecido en un mundo pequeño a pesar de que sólo le habían hablado de la grandeza de ese país que se imponía ante el mundo por la fuerza de las armas. Pero Isabel le enseñó que el mundo era mucho más grande, y mucho más ajeno. Sudamérica, sin ir más lejos, era harto más que la enorme selva virgen en donde se había perdido Bomba, el ídolo de su infancia. Precisamente, escapando de esas patrias desleales, llegaban sus tristes clientes a esta otra América, o tal vez huían de los infinitos Bombas que, tras adueñarse de las selvas y de las tribus de pigmeos y caníbales, habían dado el golpe final creando sus propias corporaciones. Con Isabel nunca habían hablado particularmente de política, pero ella le mostró esos otros mundos que en Elmhurst Avenue ni siquiera se avistaban. Junto a Isabel no sólo vio esos otros mundos, sino que vio a su país desde fuera, y se vio a sí mismo. Y lo que vio de su país y de sí mismo, no le gustó. Porque entonces tomó conciencia de su vulnerabilidad, se desmoronaron de repente todas las certezas de su mísera juventud, y las fuerzas irracionales empezaron a vigilarlo. Vivía en una sociedad conformista sólo atenta a sus gratificaciones individuales. Aguardaba *otro siglo de extremismos y horrores*. El miedo atenazaba furtivamente como si el ligero avión que había derribado a su abuelo, fuera creciendo y creciendo. Los cielos de Nueva York estaban plagados de aviones sin rumbo aparente y cualquiera podía repetir la terrible hazaña. Lamentablemente, sus compatriotas seguían creyendo que se puede lanzar una piedra al aire sin que le caiga a uno encima.

Tampoco podía ser que Isabel tuviera la culpa de todo. Acaso no era la culpable de nada. Cuando la noche del lunes anterior sacó a relucir delante suyo las fotografías del suicidio de Trisha que él había escondido por años, lo embargó una furia tan irracional que podría haberla abofeteado. Había sido un golpe bajo por parte de ella. Pero tenía que reconocer que el primer golpe lo había dado él, hacía muchos años. Le arrebató la carpeta de las manos sin mirarla a la cara ni mucho menos oírla. Esa noche no durmió pensando en que todo se había terminado de derrumbar. A la mañana siguiente, muy temprano, partió a Baltimore. Lo cegaba la ira. ¿Pensaba castigarla y castigarse arrastrando a Sanford en esa caída interminable?

Ahora tenía a su hijo aguardando inquieto —no dejaba de mirar la pantalla de su celular—. Ya era hora de cerrar el momento. Con unas pocas, leves palabras, podía lograr que todos se salvaran. O que al menos hicieran el intento. Isabel parecía completamente dispuesta a ayudarlo. Él había dejado nuevamente las fotografías en el dormitorio de su mujer, la noche del viernes, con la seguridad de que ella les daría el uso más conveniente. No se había equivocado. Isabel aguardaba con las manos vacías. No era mucho. Pero era algo.

—¿Entonces? —dijo Sanford, impaciente.

Y Bill Bradley, por un instante, perdió el miedo que lo había acobardado durante toda la semana, y fue capaz de hablar.

DOCE

Una mañana de mayo, tres meses después, Matías Reymond invitó a su padre a almorzar en aquel hotel frente al cerro Santa Lucía. No sólo le quedaba al lado de su departamento, sino también significaba un pequeño guiño de complicidad con Isabel. Aquel era el lugar en donde ella decía haberse alojado en esos furtivos y secretos viajes que había realizado a Santiago, cuando no quería toparse con nadie de la familia. Las posibilidades de que Isabel se encontrara allí, ese mediodía otoñal en el hemisferio sur, eran absolutamente imposibles, aunque igual Matías sintió una ligera conmoción al imaginar a Isabel dándoles la sorpresa, e ingresando de improviso a ocupar una mesa ante el desconcierto de su hermano. De saberlo, José Pablo jamás podría comprender esas inverosímiles visitas fantasmales de su hermana Isabel y a Matías no se le ocurriría nunca revelar que, efectivamente, habían ocurrido. Si su padre suponía que él lo había invitado a almorzar para contarle sus aventuras en Nueva York, lo decepcionaría. Muy por el contrario, quería preguntarle acerca de la pérdida de aquel fundo familiar ocurrida el año '68, y la posible participación de su abuelo en aquellos hechos. Por lo que Isabel le había contado esa noche en el hotel de Elmira, había sido un año aterradoramente duro para ella aunque sólo tuviera trece años. Ateniéndose al hecho de que José Pablo era menor que Isabel —dos años menor—, podría muy bien no haberse enterado de nada. Pero, de seguro, el tiempo no habría pasado en vano para nadie, mucho menos para su padre quien, a juicio de Matías, jamás había sido inocente en ningún sentido. Mucho menos en los asuntos relacionados con dinero. Y la pérdida del fundo debió haber significado menoscabo económico para todos los Reymond. Tal vez una materia llevaría a otra, y casi sin que ninguno de los dos se diera cuenta, habrían ingresado en algún cuarto clausurado en el tiempo. Aunque no veía el motivo por el que su padre querría abrir puertas cerradas por el terror, la ignorancia o los prejuicios. José Pablo entendería que esas preguntas surgían por la relación que Matías había establecido con Isabel durante esos meses en Nueva York. Y así como tendría que ser cauteloso al preguntar, debería serlo también al responder si es que su padre lo interrogaba sobre la desconocida vida de su hermana.

Mientras subía en el pequeño ascensor al último piso del hotel, pensó si acaso no era una torpeza lo que estaba realizando. En verdad, no sabía qué grado de conocimiento podía tener José Pablo de los últimos acontecimientos. ¿Se habría enterado, por ejemplo, de la separación de los Bradley? ¿Sabría que Isabel se había mudado a otro departamento? ¿Que por primera vez en su vida estaba trabajando en forma asalariada? ¿Podría hablar con su padre sobre lo que él sabía respecto a los hijos adoptados? Eran preguntas que, en cualquier caso, se había hecho con anterioridad, desde la semana en que dejó el departamento de la calle 86 Este, tras la visita a monseñor Reymond en el monasterio benedictino. Al lunes siguiente de aquellos hechos, alguien en la Universidad de Nueva York le dio el dato de una agencia donde podía encontrar dormitorios a precios razonables. Debió pagar cien dólares tan solo por entrar al sistema y eligió el segundo o tercer cuarto que vio, en el departamento de un profesor retirado, ubicado en la calle 75 Oeste en el upper west side. Durante los dos meses siguientes compartió el frío baño y la cocina destartalada de un hombre relativamente joven, jubilado tal vez antes de tiempo, en un departamento descuidado y silencioso, salvo por los pisos de madera que crujían notoriamente cuando uno de los dos moradores se desplazaba sobre ellos. La gran casona empedrada de cuatro pisos y el dormitorio mismo, eran lo que Matías esperaba encontrar en esa ciudad incluso antes de salir de Chile. Los había visto en infinitas películas sobre Nueva York y estaban mucho más cerca de sus fantasías que aquel pulcro cuarto que le asignaron en el departamento de los Bradley. Una habitación pequeña sin vista, con una ventana de guillotina que daba sobre un desarreglado jardín común interior. Pagó trescientos dólares semanales por ese nada de razonable disparate pero no le quedaba otro camino, salvo renunciar a los cursillos y volverse antes de tiempo a Chile. La otra quimera con los Bradley terminó cuando Isabel le comunicó que había comenzado a trabajar en la organización que daba alimentos a los enfermos de sida, y que ella a su vez se encontraba buscando una nueva vivienda. Ya era tiempo de actuar en forma razonable. Dicho de otro modo, había llegado el momento de que Isabel dejara de vivir cerca del cielo, como él la imaginaba cuando recién llegó a la ciudad, y bajara a la tierra a ocupar su ordinario lugar. Después de todo —aún con el comercial en Univisión y todas esas oportunas indemnizaciones ganadas para míseros clientes—, Donelly, Bradley y Asociados no parecía dar para tanto. (Incluso llegaron a prescindir de los servicios de Charitín). No habría salas en ningún museo con los nombres de Bill e Isabel, y a falta de sirvienta, él mismo ayudó a su tía a empacar sus libros en varias enormes cajas de cartón. Supuso que cuando Bill dejara el departamento —también se marcharía del duodécimo piso en la calle 86 Este—, el trabajo le costaría aún mucho más, porque quedaron tres cuartas partes de la biblioteca abandonadas en esa última tarde en que Matías acompañó a Isabel en su antigua residencia. (El vaticinio se había cumplido. La biblioteca se desperdigaría para siempre.) Como estaba decidida a darle un giro radical a su vida, ella eligió un departamento con tan solo un dormitorio, por lo que las posibilidades de convertirse en el *roommate* de su tía se esfumaron también por completo. Tampoco ella se quedó en Manhattan. Los precios de los alquileres eran exorbitantes y no quiso aumentar las tensiones con su marido (aunque igual mantuvo el Jaguar). El asunto es que Ana Marie y Zoé no volvieron a pensar en la posibilidad de mudarse, porque Isabel cruzó el East River con sus bártulos hasta Brooklyn y terminaron viviendo en una relativa cercanía a siete u ocho cuadras de distancia. A mediados de marzo, Ana Marie le contó a Matías que irían con Zoé a casarse a Toronto. A diferencia de Edith y Kate (las viejas amigas de las cuales Matías no tenía ningún conocimiento), ellas viajarían completamente solas y la historia de su romance no aparecería en las páginas sociales del *New York Times*. Aunque estaban conscientes de que, una vez que cruzaran la frontera de vuelta, tras la ceremonia civil en el City Hall canadiense, los papeles de matrimonio no les servirían de nada. Para todos los efectos, seguirían siendo dos mujeres solteras compartiendo el mismo piso. (Parecía mentira que, en las mismas condiciones, dos madrileñas pudieran sentirse más seguras que dos neoyorquinas, pero así se daban las cosas en el mundo). En consecuencia, habían tomado definitivamente la decisión mientras una ensayaba el nuevo musical de la temporada, y la otra aprendía el rol lírico que interpretaría en Young Artists. Ana Marie le dijo a Matías que, al regresar de Canadá, querían sostener con él una importante conversación.

Matías nunca más volvió a saber de Juan Bautista Reymond. Ni Isabel lo nombró nunca más, ni Romina Olivares dijo una sola palabra después que regresó a Chile sin entrevista alguna. Sebastián Mira le contó por e-mail, al poco tiempo, que se había encontrado con Romina en Santiago y que ella estaba trabajando con renovado entusiasmo en un libro sobre historias de ex torturados que vivían fuera de Chile y habían logrado rehacer sus vidas. Sebastián le había preguntado cómo iba el caso del cura y ella le confesó sin reparos que había abandonado el tema. Un tanto al desgaire, casi como una forma de desquitarse de su fracaso —o de la indiferencia del cura—, Romina le contó a Sebastián dónde se encontraba escondido, a ver si ustedes con sus cámaras y sus influencias tienen más suerte que yo, le dijo. Y Sebastián, siempre alerta a conseguir una mejor posición en el canal, transmitió el dato al editor de reportajes. Nadie había barajado la posibilidad de que el ex obispo se encontrara en los Estados Unidos, por lo que la noticia dada por Romina Olivares —y guardada por el departamento de prensa del canal con la mayor reserva—, se convirtió en una verdadera bomba. De muy corto alcance, por cierto, porque tras golpear a todas las puertas con la ilusión de una nota exclusiva, llamando al monasterio de los benedictinos en el Estado de Nueva York, contactándose con las máximas autoridades eclesiásticas chilenas, todo resultó ser tiempo perdido. Juan Bautista Reymond jamás había pasado por Mount Saviour y sus hermanos del clero insistieron en la necesidad del silencio, el retiro y la oración. Reymond no había habido sido afectado por ninguna suspensión o castigo. Se insistía en la ausencia de juicio eclesiástico, puesto que no había habido ninguna denuncia en su contra. Matías tuvo que reconocer ante la molestia de Sebastián que él había sabido acerca del paradero de su tío, prácticamente desde el momento en que había llegado a Nueva York, pero al mismo tiempo le hizo saber que, tras verlo sólo una vez, pudo comprender que era imposible cualquier forma de acercamiento. El asunto comenzó a enfriarse vertiginosamente como si alguien lo hubiera cubierto de hielo. Aparecieron otras noticias relacionadas con las molestias e inseguridades de la vida diaria, y a nadie le interesó ya la existencia de un sacerdote cobarde, por lo que Sebastián dio por zanjado el asunto. Con el paso de los meses, Matías tuvo la impresión de que esa última misa, aquel domingo de febrero en Mount Saviour, había sido en definitiva una suerte de misa de difuntos. En realidad, su tío ya estaba muerto y, pese a la defensa de los otros curas, podía concluirse que lo había tocado la vileza. Matías buscó nuevamente aquel texto de d'Halmar sobre Oscar Wilde: *Un hombre como él, haga lo que haga, será siempre un hombre específico y representativo, más allá del bien y del mal, asexuado, como el espíritu y como los ángeles teológicos.*

José Pablo ya esperaba a su hijo en el comedor ubicado en la terraza cerrada del séptimo piso. Miraba con aire distraído hacia los rascacielos de la calle Miraflores, detrás de la línea de edificios más tradicionales ubicados frente al cerro Santa Lucía. Dominaba en la esquina aquel imponente edificio con aires de trasatlántico de los años 30, con sus ojos de buey, barandas tubulares, y la sutil curva que define su silueta Art Déco. Parecía la entrada más armónica al centro de la ciudad, aunque para los dos hombres significó un subjetivo punto de vista para abrir el fuego. Tras abrazarlo, y después que decidieran los respectivos platos, su padre hizo entusiastas comentarios acerca del prestigio del mismo edificio en donde, según tenía entendido, Juan Bautista era propietario de un departamento. No parecía un comentario al azar. Y Matías lo sabía tal vez mejor que su propio padre. Había sido la misma Isabel quien en esa noche de confidencias en Elmira, le había contado cuál era la razón por la que Juan Bautista tenía tanta necesidad de verla. Había querido comunicarle que le dejaba a ella un departamento de su propiedad, precisamente en aquel edificio. Matías se preguntó si acaso su padre sabía aquello, lo que era poco probable, salvo que el sacerdote se lo hubiera comunicado antes al resto de su familia. A su hermana Lucía, por ejemplo. Pero eso era todavía más ilógico. El sacerdote no iba a desestimar aún más a su hermana contándole que la había desheredado en favor de su prima. De cualquier forma, como ese no era el objetivo inmediato de Matías, aunque no dejó de parecerle curioso el comentario de su padre respecto a la propiedad del pariente, fue directo al grano.

—Nunca me has contado cómo perdieron el fundo —le dijo a boca de jarro.

José Pablo se estaba tomando un pisco sour. Dejó la copa sobre la mesa y lo miró extrañado.

—¿Nunca? ¿A qué viene eso? —dijo a su vez, como si no supiera de qué estaban hablando.

—Me interesa saber cómo se dieron las cosas. Isabel me contó algo...

—¿Isabel? —repitió él—. Veo que se hicieron muy amigos.

La informalidad al llamarla simplemente por su nombre, convencía de inmediato a su padre para emitir ese juicio. Pero Matías no se dejó atrapar en ningún tipo de revelación. Corría el riesgo de que tomaran el camino equivocado. La cautela, se dijo. La cautela antes que todo. Por eso mismo, guardó silencio, mientras su padre apuraba el resto de la copa.

—Ese fundo le pertenecía a mi abuela Malú. Tú no la conociste. Murió antes de que nacieras. Es una vieja historia que no le interesa a nadie.

Eso ya lo sabía y era totalmente irrelevante. De esa forma, José Pablo pretendía soslayar el tema.

—¿En qué circunstancias lo expropiaron? —insistió Matías.

José Pablo pareció decididamente incómodo.

—Por decreto, como lo hicieron con todas las tierras. Un robo del gobierno demócrata cristiano. Matías, tú sabes que siempre me ha cargado hablar de eso.

El servicio en el hotel era rápido y ya les estaban sirviendo el almuerzo. Guardaron silencio mientras la camarera acomodaba los platos en la pequeña mesa. Matías observó a su padre. Era notorio que la conversación le resultaba absolutamente incómoda.

—¿Qué tal te pareció Nueva York? —preguntó sin convicción alguna, observando el grado de cocción del filete.

—Bien, muy bien. Tengo que agradecerte que me hayas puesto en contacto con Isabel. Tienes razón. Nos hicimos muy amigos.

—Yo sabía que te entenderías bien con ella.

—A propósito, ¿por qué no querías que le contara a Isabel de los problemas del tío Juan Bautista?

José Pablo lo miró sorprendido como si no supiera de qué le estaba hablando su hijo.

—Cuando recién llegué a Nueva York me pediste que no le hablara de lo que estaba sucediendo.

Su padre movió la cabeza negativamente y comenzó a comer. Era un hecho que José Pablo no querría abrir ninguna puerta. Absolutamente ninguna. No quería toparse con ningún esqueleto en ningún armario. Nunca estaría dispuesto a dejarse incomodar de esa forma. Pero también era cierto, tal como él lo había pensado con anterioridad, que un hecho llevaría a otro. Prosiguió:

—Isabel me contó algo que me impresionó mucho, papá. Que el abuelo Pedro Nolasco movilizó a los campesinos para la expropiación...

José Pablo tenía la boca llena pero igual rezongó.

—Matías, no seas antipático. No tengo ganas de acordarme de mi padre.

—Dime solamente si es cierto eso.

—¡Para qué! ¿No te lo contó ya Isabel?

—No lo entiendo. ¿Tan comprometido estaba?

José Pablo lanzó los cubiertos sobre el plato. Iba a gritar, pero se reprimió. No tuvo necesidad de buscar las palabras porque estas reventaron en su boca como un pequeño atentado, dado los fragmentos de carne que se atisbaron entre los dientes, sobre la lengua.

—¡Comprometido con qué...! ¿Tú crees que mi padre estaba comprometido con el socialismo? ¿Qué tenía algún interés en los campesinos, en la miseria? ¡Jamás iba al famoso fundo, de seguro para no ensuciarse los zapatos! ¡A tu abuelo le cargaba el campo porque era un tipo cómodo al que le gustaba la buena vida aunque no tuviera un peso! —guardó silencio por unos segundos—. Expropiaron el fundo porque estaba mal explotado, y mi abuela se lo había entregado al tío Rafael...

—El padre de Juan Bautista...

—Exacto —continuó José Pablo—. Si mi papá participó fue por despecho, porque éramos los pobretones de la familia, y el tío Rafael y sus hijos, los afortunados, los que se daban grandes aires. ¿Sabes lo que era mi padre? ¡Un burócrata, un mediocre! De seguro eso no te lo dijo la Isabel porque ella jamás se dio cuenta de nada. Ella se casó con el gringo de mierda y cerró la puerta. Mi padre vivía tratando de acomodarse con quienes estuvieran en el gobierno, a ver si de esa forma lograba escalar un poco más. Estuvo con los demócratas cristianos durante el gobierno de Frei y recibió un ascenso en el Ministerio. Después coqueteó con los socialistas durante el gobierno de Allende y si es cierto que participó en la expropiación del maldito fundo, lo premiaron mandándolo a Washington como agregado de tercer orden. ¡Qué honor! Era tan descomprometido que jamás militó en ningún partido. Cuando vio que no tenía ninguna posibilidad con Pinochet, entonces se rasgó las vestiduras y nos hizo quedarnos en los Estados Unidos, mientras agarraba esa porquería de pega en las Naciones Unidas. Esa es la historia de tu abuelo. No hay nada más.

Así pues, esa era la biografía desatendida de Pedro Nolasco Reymond. En el preciso, exacto, redondo resumen elaborado por su propio hijo. A Matías le costó comprender el odio con que hablaba su padre. Él sabía que habían existido dificultades entre ambos, aquellos viejos escrúpulos después que José Pablo estudiara en Chicago. Pero, ¡decir esas cosas! Su padre actuaba con impúdica ventaja sobre un hombre muerto. Era como hacer el mal sabiendo que se hace el mal. Siempre queremos saber más de lo que jamás llegaremos a saber, se dijo Matías, y aunque los padres son los que, por lo general, nos enseñan la historia de nuestra familia, en muchos casos, como el suyo, ni siquiera era capaz de enmendar los errores. Esa carencia de conciencia no podía tener sino un nombre, mediocridad. Por lo visto, una virtud que se heredaba con extrema facilidad. Tal como no harían más comentarios, tampoco José Pablo le preguntaría nada sobre Isabel porque comía con desgano, rumiando la mala idea de haber aceptado esa invitación, y mirando hacia el edificio del frente —su perfecta fisonomía Art Déco a punto de iniciar la navegación—, como una forma de salvarse de la tristeza que le fue cayendo encima en la medida en que dimensionaba sus propias desafortunadas palabras. La moratoria había durado muy poco. Apenas unos pocos meses desde esa última comida en Providencia cuando él había anunciado su partida. Ahora, al regresar, probablemente sabía mucho más respecto al destino de todos. Atesoraba la confesión de Isabel como una forma de comprender lo que su padre le negaba. Le pareció que ese hombre a quien siempre había visto poderoso, se empequeñecía en su asiento como si hubiera retrocedido a ese incierto 1968, cuando apenas tenía once años y, por consiguiente, no se había enterado de nada, porque, como todos los niños pequeños, siempre debió estar durmiendo. ¡Qué puede saber un niño de once años sobre los pasos de su propio padre, sobre las decisiones que toma, sobre el dolor que ha padecido por todos los errores cometidos! ¡Qué podía saber ese mismo niño sobre los pasos perdidos de su hermana mayor! ¡Su hermana mayor! Una chiquilla que apenas lo aventajaba en dos años y que, sin embargo, estaba brutalmente desenmascarada: ¿Era posible que esa niña de trece años pudiera ser madre si ella misma era todavía una hija que dependía de sus propios padres? ¿Cómo era posible saber que algo se había introducido en su pequeño vientre? Una amenaza inmaterial se había adueñado de Isabel cuando recién salía de la niñez y había que mantener el secreto, mientras el hermano menor seguía durmiendo sin enterarse de nada. Porque José Pablo nada supo de la enfermedad que hizo perder a Isabel el año escolar, cuando su madre —es muy posible que haya hecho eso— se la llevara desde la casa en Santiago a la playa o al campo, aunque al campo es poco probable si ese mismo año les habían expropiado el fundo. ¡Quién puede saber qué cosas sucedieron en ese año tan lejano, en otro siglo! Siempre queremos saber más de lo que jamás llegaremos a saber. ¿Y en esas circunstancias, Pedro Nolasco Reymond habría cometido ese acto extremo de impulsar la reforma agraria en las tierras de su propia madre? El funcionario de Relaciones Exteriores acomodándose a los nuevos tiempos que venían en camino. ¿O había sido una manera de castigarse a sí mismo por descuidar a su hija? ¿Una forma de hacer notar su enorme ira? ¿Una forma de castigar a toda esa parentela ociosa y sus vástagos, privándolos de sus privilegios?

¿Incluido Juan Bautista? ¿Cuál de esos departamentos sería la propiedad que el sacerdote le había dejado en vida a su prima Isabel casi como una compensación? Creyó ver en uno de los grandes ventanales modernizados, en la vereda del frente, la forma de una escultura contemporánea. Tal vez, Raúl Valdivieso. Por contraste, tuvo la sensación del derrumbe del departamento en la calle 86 Este. Los libreros vacíos, los escritorios dispersados, las orquídeas muertas, los cuartos vacíos.

Entonces volvió a experimentar aquella fantasía extrema en la cual veía a Isabel enamorada de Juan Bautista. Pero ahora estaba en conocimiento de que las cosas habían llegado muy lejos en la vida de Isabel. Ella había experimentado en carne propia, a los trece años, un amor incompleto que la había dejado vacía por dentro. Después de todo, la fantasía tenía alguna posibilidad de ser cierta.

Esa misma tarde, tras despedirse de su padre sin que él hubiera preguntado absolutamente nada acerca de su hermana, Matías tomó la decisión de comunicarse telefónicamente con su abuela Silvia. La mujer pareció más que sorprendida, al otro lado de la línea, ante el repentino llamado de un nieto. Se había acostumbrado más bien a la indiferencia de sus descendientes. Prácticamente no se acordaba de tenerlos. Aún así, aceptó recibirlo al día siguiente en su dormitorio en las monjas de la Providencia. Matías se preparó para la extraña cita con la repentina sensación de ser uno de los hijos de Isabel visitando a la abuela y pensando en que era una monja de clausura. La abuela que jamás los había acariciado ni atendido, la abuela desconocida, era una fría monja sin hábito encerrada en un convento. Al menos, ese era el recuerdo que le había transmitido Ana Marie cuando hacía memoria de su desastrosa pasada por Santiago. Por un momento, al enfrentarla, Matías creyó que se repetirían las circunstancias de la visita a Juan Bautista en Mount Saviour, pero al segundo siguiente se dio cuenta de su error, porque Silvia Court, su abuela, se había convertido en una anciana deslavada y desmemoriada, extremadamente considerada con la otra vieja que apareció para servirles una taza de té y unas tostadas con mantequilla y mermelada, y particularmente afectuosa con ese nieto que se asomaba sin motivo aparente a media semana y con un ramo de flores en las manos. Hasta donde ella recordaba, no estaba ni siquiera de cumpleaños.

Como recibía pocas visitas y nadie la ponía al tanto de los hechos más recientes en torno a la familia, Silvia no sabía que ese muchacho había publicado una novela ni mucho menos que había pasado algún tiempo en Nueva York junto a su hija Isabel. Le advirtió de inmediato que prácticamente no leía porque le lloraban los ojos al hacerlo, como una manera de disculparse por el descuido de no hacer los honores ante el triunfo de otro Reymond.

—Tu papá debe estar muy orgulloso de ti —le dijo con sinceridad.

No había necesidad de desencantarla. De su padre sólo brotaba un enorme amor por sí mismo. Si esa mujer lo hubiera escuchado hablando sobre el pasado de Pedro Nolasco Reymond. Pero ella estaba a salvo de aquellas infidencias.

Encima de la cómoda, a un costado de la cama, junto al silloncito en que él se hundió tragado por alguna forma de remordimiento, se repetían las fotografías que hacia fines de enero había estado observando en el living de la casa de sus padres. Parecía que los miembros de la familia hubieran reproducido idénticas copias para repartirlas entre quienes las merecieran. Volvió a ver a Bill e Isabel Bradley en la misma antigua fotografía, junto a sus pequeños hijos. Cualquiera que hubiera mirado con atención esa fotografía, podría haberse dado cuenta de que ese niño y esa niña no podían ser hijos de ella. A la ausencia de rasgos físicos que los enlazara, se añadía una distancia entre la mujer y los pequeños, como si ella hubiera sido real, y ellos, imaginados. ¿O era él quien no se cansaba de imaginar? El catálogo ilustrado de inutilidades e ingratitudes proseguía hasta los parientes menos cercanos. Porque Matías también creyó ver expuestos a los miembros de la familia de su tía Lucía, y por cierto, a monseñor Reymond en toda la majestad de su principado religioso. La presencia de ese sujeto deslumbrante, en tonos negros y morados, aunque fuera a través de la refulgencia provocada por el vidrio, hizo ver a Matías que su abuela estaba aún más distante que su propio padre. De seguro, ella seguiría esperando que aquel otro triunfador celebraría, llegado el momento, su misa de difuntos. Al fin y al cabo, era su sobrino y ella pasaba sus últimos días en algo parecido al olor a santidad. Por cierto, no tenía idea de que Juan Bautista ya estaba muerto a los ojos del mundo. Guardó silencio mientras su abuela retiraba las tazas con pulso tembloroso y las amontonaba con los platos y el resto de las tostadas junto a la misma inservible galería de recuerdos.

Entonces, la mujer recordó que su nieto acababa de mencionar un viaje. Y él le recalcó que había estado con Isabel. La observó al decirlo, recapacitando a su vez sobre la escasa o nula disposición de Isabel para repetir los ritos a que él se veía expuesto en esa tarde de mayo. Imaginó a Isabel caminando por las calles de Santiago incapaz de golpear a la puerta de su madre. La mujer que no tenía fuerzas para ir por la vida. Esa era la mujer que, a juicio de Isabel, nunca la había querido. La misma que estuvo dispuesta a eliminar todo rastro de suciedad en el interior del pequeño cuerpo de su hija. ¿No era aquello una injusticia? ¿Qué habría sido de Isabel de proseguir con el embarazo? ¿No había actuado esa buena mujer de la única manera posible? Silvia no pareció furiosa, ni alzó la voz ni reclamó nada, y muy por el contrario, preguntó cálidamente por sus nietos. Le contó a Matías que apenas los conocía, ¿cómo es que se llaman? preguntó, sin el sarcasmo que Isabel había creído oír en la playa de Cachagua. Y se puso de pie para indicar temblorosa la foto enmarcada que él ya había observado. Dijo haber estado solamente una vez con ellos porque, lamentablemente, ella no estaba en condiciones para viajar a Nueva York. Matías no supo a qué se refería al decir eso. Pero supuso que esa mujer no tenía ni ánimo ni dinero para un viaje tan largo y tan lejos. Aún así, volvió a su asiento sonriente, sin quejas, pareciendo olvidarse de todo lo anterior, mientras la vieja que les había servido el té regresaba a retirar las tazas. Su abuela no se dejaba ver particularmente interesada en la vida de Isabel, como si diera por sobreentendido que en Nueva York todo debía marchar a la perfección. Tal vez suponía que Isabel y los suyos vivían en el paraíso: ella había atisbado alguna vez el sueño americano y había renegado a él. No así su hija, la más cuerda de la familia. ¿Qué otra cosa podía esperarse sino su más completa felicidad?

Pero en ese momento ella dijo algo que nuevamente lo hizo dudar:

—Con la misma certeza con que sé que Isabel va a golpear a mi puerta en cualquier momento, cualquier día, sé que no volveré a ver nunca más a Bill. ¿Cómo está él?

A Matías le asombró la pregunta de su abuela. O tal vez su comentario. O ambas cosas. ¿Sería él capaz de responderle que su hija no tenía la intención de golpear a su puerta y que Bill había desaparecido de su vida?

Sólo contestó:

—Está bien.

La anciana comenzó a hacer un recorrido mental por ciertos momentos que la vinculaban con su yerno.

—Una vez, cuando estaban a punto de casarse —dijo—, Bill nos invitó a comer a la casa de su madre que vivía fuera de Nueva York, al otro lado del río. No me acuerdo cómo se llamaba ese lugar. Nunca habíamos estado allí, salvo cuando habíamos venido del aeropuerto, pero eso sólo lo sabía tu abuelo que fue quien hizo el comentario. No sé para qué nos invitó. Tal vez para hacernos ver que tenía a su madre, que no estaba completamente solo. Igual la gringa vivía sola en una casa vieja muy descuidada, muy fea, y estaba nerviosa e incómoda. No hablaba ni una palabra de español y yo hablaba muy poco inglés. No sé para qué nos invitó a comer, todos lo pasamos mal, la comida estaba muy mala y la señora, si mal no recuerdo, se murió al poco tiempo. Así que todo fue completamente inútil, sin sentido. Igual Bill se iba a casar con Isabel aunque tal vez a la mujer no le gustara que su hijo se casara con una extranjera, y a nosotros no nos gustara que nuestra hija se casara con ese abogado que parecía tan poca cosa.

—Y agregó concluyente—: Nunca íbamos a ser familia.

No había nada más que decir ni que preguntar. Todo lo demás podría considerarse un intolerable exceso. Había que dejarla en paz y Matías llegó a pensar en que sus familiares —los verdaderos— obraban misericordiosamente al impedirle el paso a otros terrenos más inciertos. Incluso al desentenderse de ella, la libraban de otros males. No era el egoísmo lo que los movía a rehuirla sino la piedad. Isabel debía sentir algo parecido al negarse a visitarla. O es que, de alguna forma, había comprendido lo que su madre intuyó ese día que almorzaron en Queens en la casa familiar de Bill. Aún con esa falsa fotografía enmarcada sobre la cómoda, Isabel libraba a su madre de su propia furia, de su propio rencor. Después de todo, habían dejado de ser familia.

Al salir a Providencia, en el caos de las seis de la tarde en esa ciudad desprolija y cruel a punto de ingresar al invierno, asaltó a Matías la duda de si era cierto todo lo que había vivido, incluido ese breve encuentro con Silvia Court. Parecía más cuerdo creer que todo era obra de su propia naturaleza imaginativa. Los hechos reales eran concisos y exactos, como la repetición sucesiva de inviernos de una ciudad a la otra. Estaba esa mujer en Nueva York, separada de su marido, dos hijos adoptados porque ella no había podido dar a luz, un sacerdote penitente olvidado por todos, y él mismo regresando a casa a retomar su vida e intentar escribir una nueva novela. ¿Había algo más tangible? ¿Algo que pudiera escapar al imperceptible mundo de las ilusiones?

Tenía que reconocer como poco real su modo de enfrentar la vida. Creía ver pasiones donde sólo había desolación. No porque

Isabel Bradley le hablara de amores incompletos, había que suponer que el desaliento la había hecho suya por el resto de su vida. Él mismo había sido testigo de su devoción por los libros. El propio Augusto d'Halmar al cual volvía insistentemente en esos días, tras el retorno desde Nueva York, se preguntaba: *¿Quién de nosotros no tuvo un primer amor tímido e irresoluto?... Y más tarde, cuando la carne en madurez se estremeció con irresistibles impulsos, ¿quién no sintió la atracción, y al mismo tiempo, el espanto, la angustia, ante el misterio de la primera caída, que viene repitiéndose desde los tiempos en que la pareja humana se dio el impulso de robar su secreto al árbol de la ciencia del bien y del mal?*

Cuando regresó a casa, ya al anochecer, era Isabel quien esta vez le hacía un guiño desde la pantalla de su computador:

Anteanoche comí en la casa de Ana Marie y Zoé. Como Zoé se retrasó debido a los ensayos del musical que abrirá en Broadway el próximo mes, tuvimos mucho tiempo para estar juntas. Todo lo que sucede en estos días en torno a ella me resulta extraño. Tal vez Ana Marie pensará lo mismo respecto de mí. Después de haber vivido juntas tantos años interpretando los roles equivocados, hemos pasado a convertirnos en una especie de amigas, digo *una especie de amigas*, porque tengo claro que amigas como tales nunca vamos a ser, al menos no es lo que se les permite a dos mujeres que debieron ejecutar los roles de madre e hija, y de pronto, repentinamente, decidieron dar un salto al vacío y pasar a ser confidentes, como si todos los recelos del pasado se hubieran desvanecido, y hubiera surgido esta otra forma de vernos, más sincera, sin falsos significados. Ella dejó de ser mi hija cuando tenía alrededor de un año, en el momento en que, de la nada, apareció Sanford en nuestras vidas y yo sentí que había sido elegida para criar niños extraños y ajenos, que ese iba a ser mi papel; en el mejor de los casos, para que al hijo de Trisha Borger no le faltara nunca compañía. En realidad, no estuvo completamente solo al lado de Ana Marie, quien fue su mejor hermana, su protectora, su guardiana. Esa niña tenía algo de heroína griega, algo de las Ifigenias, de las Electras, vaya a saber una de dónde son sus raíces. Si algo logró hacerme feliz cuando eran pequeños, fue ver que esa niña podía llegar a convertirse en una buena madre, pero, una vez más, la fatalidad griega, los dioses que no pueden vernos en paz, torcieron su camino. Ana Marie nunca sería madre. En eso había salido a mí. En su incapacidad para llegar a ser madre nos parecíamos como dos gotas de agua. No me resultó para nada fácil comprender que Ana Marie se convertiría en una lesbiana solitaria. En Chile jamás supe que existiera esa condición. Cargo conmigo desde pequeña un enorme catálogo de prejuicios y repulsiones, memorizado desde la más tierna infancia. En aquel registro ni siquiera existía la posibilidad de la homosexualidad femenina. Perfeccioné el inventario de todos esos desatinos y esas furias durante esta larga vida en Nueva York, porque acá, esos males lejos de disminuir, se acrecentaron con vehemencia: al ser yo una paria, un bicho raro, un ser de ninguna parte, me miraba a mí misma con disgusto, y me enfurecía al comprender mi incapacidad para ubicarme junto a quienes estaban en bandos opuestos. Tal vez en Chile, con los años, habría podido llegar a ser una mejor persona, ¿salirme de la norma? Todo habría sido posible. Algunos lo hacen, ¿no es cierto, querido Matías? ¿No vas tú por ese otro camino? Dicen que los pueblos que han estado mucho tiempo reprimidos, como lo ha estado el nuestro, o como los negros y los judíos, podemos a veces ser capaces de la extrema locura. (No sé qué puedan tener de locos los judíos, a los cuales considero los seres más cuadrados del mundo, pero eso es sólo una nueva confirmación de mis prejuicios.) Como te digo, en medio del aparente relativismo norteamericano, en donde todo quiere pasar por normal, por sano, por bendito, surgió lo peor de mí. (Les pasa a muchos. Es cuestión de que leas *A sangre fría* o, nuevamente, *Pastoral americana*, para confirmarlo.) No era yo la persona más adecuada para criar a esos niños.

Pero ahora comienzo a salir de mis errores y Ana Marie me hace ver que, en definitiva, somos muy distintas. Al fin y al cabo, incluso va a ser mamá. Me cuesta creer que este pequeño milagro, o mejor dicho, este acto de extrema locura, haya ocurrido. Supongo que ya te lo habrá contado a ti. Anteanoche me confirmó que está dispuesta a tirarlo todo por la borda: va a renunciar a Young Artists porque está embarazada.

No te escribí de inmediato porque tenía que terminar de comprender esta historia. No es un hecho al azar, te lo aseguro, Matías. Tú no viniste simplemente a tomar unos cursos en la Universidad de Nueva York y a ponerme al día sobre lo que le había sucedido a mi primo Juan Bautista. Fíjate que ahora que lo pienso, tú viniste a cerrar una historia. Al menos, la que yo conozco, la que se inició ese verano del año 1968 en el fundo de mi abuela Malú, cuando una chiquilla de trece años se encaprichó con su primo de veintiuno que estudiaba derecho en la Universidad Católica. Una vez, sólo una vez, a la hora de almuerzo, dije que me había enamorado de él. Mi abuela me hizo pararme de la mesa y me llevó a su dormitorio en donde me llamó la atención severamente. Ninguna niña de tu edad puede estar enamorada, me dijo, mucho menos de un primo hermano. No vuelvas a repetir semejantes estupideces, de dónde has sacado esas palabras; qué puedes, niña tonta, saber del amor. Pero Eduardo Barrios había escrito *El niño que enloqueció de amor*, y en este caso, fue la niña la que enloqueció. Ese verano, en silencio después de las recriminaciones de mi abuela, no dejé en paz a Juan Bautista. Había descubierto sus debilidades mientras leía una novela de José Donoso que, precisamente, le había arrebatado. Los juegos más endiablados encierran de hecho un humor macabro. Los juegos entre la Manuela y la Japonesa Grande en *El lugar sin límites* tienen en realidad un humor desesperado. Yo creí ser la Japonesa poseyendo a la Manuela. Ya ves, había enloquecido y, por cierto, no sabía nada del amor. No razonamos, nos comportamos como animales, queríamos experimentar un placer inmediato. Fueron los actos sexuales más libres, menos tabús de mi vida. Aquello tenía mucho de lo que, posiblemente, sería la vida sexual futura de Juan Bautista. Todo fue esencialmente físico, obsesivo. Nada fue romántico durante varias noches. Éramos dos desconocidos. Casi no nos hablábamos. He leído toda mi vida, ya lo sabes. He leído que lo que para algunas mujeres es la expresión de su feminidad, para otras es su destrucción. Unas mujeres se apoyan en su papel de madre, otras deben eludirlo para poder ser. Unas mujeres son felices al parir, otras se destruyen al hacerlo. Unas mujeres abortan y se sienten enormemente aliviadas, otras ya no pueden hacer el amor después de un aborto.

Volviendo a lo de Ana Marie, supe de otros casos parecidos en años anteriores. Lesbianas jóvenes que deseaban formar su propia familia. Las conocí a través de los posibles padres de sus hijos. Pero ellos habían llegado demasiado tarde a la cita. Uno de ellos ya había recibido el diagnóstico positivo que le permitía acudir a comer al subterráneo de la iglesia de San Pablo, pero le impedía embarazar a su más íntima amiga. En esos años, cuando me convertí en voluntaria de Momentum, el sida estaba en todas partes en esta ciudad. En los rostros de hombres demacrados en el Village, en los carteles de venta de departamentos que habían quedado vacíos en la calle Christopher. A diez años del inicio de la epidemia, parecía que nadie sobreviviría. Aún así, había lesbianas que no querían donadores anónimos de algún banco de esperma. Y era muy posible que el candidato elegido fuera el más vulnerable. ¿Qué pasó con Ana Marie? ¿Tanto quiso a Bill, o de qué forma sintió su amor, para querer tener un hijo con un padre conocido? ¿En qué momento pensó en ti? ¿Cuándo lo decidieron todo?

Esa noche, cuando regresamos de Mount Saviour después de haber visto a Juan Bautista, ¿te acuerdas?, te pedí que fueras al cine porque teníamos una reunión en casa con Bill que había vuelto. Estuvimos largo rato en silencio. Parecía que nadie diría nada. Nos rehuíamos muertos de susto. Entonces, Bill les dijo, nos dijo, que Ana Marie y Sanford lo habían justificado todo. Habíamos cometido miles de errores, pero habíamos sido los seres más cuerdos al permitir que esos dos niños vivieran a nuestro lado. Conmovido, les dio las gracias. Yo quise morirme. Sentí que donde debí estar siempre y darme por entera, sólo había pasado de prisa haciendo valer mi mezquindad.

Quizás en ese momento, Ana Marie comenzó a elaborar su plan.

Está muy agradecida, como si yo hubiera sido quien te puso a ti en su camino. No hubo nadie más puro, más incontaminado, más perfecto, más dispuesto, que ese sobrino, el hijo de mi hermano, que llegó a visitarnos. No había hombres como tú en Nueva York para Ana Marie. Eras, sin duda, mucho más puro que Juan Bautista. En algún momento pensé en que podías ser el hijo que deseé tener alguna vez, pero ahora comprendo que resultarás perfecto como el padre de mi futuro nieto. Porque después de todo, voy a tener mi propio nieto e incluso creo que le pediré a Ana Marie —en el caso de que sea varón— que le ponga Pedro. Espero que a Zoé no le parezca mal.

¿Más puro que Juan Bautista? Apenas había sido un examen de sangre para asegurar lo que él ya sabía: estaba limpio. Como los muchachos del aviso publicitario que viera en un periódico en Miami hacía muchos años, cuando él era un adolescente aterrado. Fue después del regreso de Ana Marie y Zoé desde Toronto cuando le contaron de sus planes. No les fue tan difícil convencerlo de participar. Aunque no había descartado la posibilidad de algún romance antes de salir de Chile, nunca en su imaginación habría logrado verse envuelto en una aventura sexual con Ana Marie. Pero tampoco había que considerarlo una pequeña caída. Era la carne de Isabel la que se había estremecido, la que sintió la atracción, el espanto, la angustia. No la de ellos. Y era Isabel quien, ya sin desalientos, le comunicaba la noticia. Nada había más tangible que esa nueva vida que se gestaba en el interior de Ana Marie. De seguro, ella le escribiría en los próximos días para ponerlo al tanto. Pero ahí terminaría todo. Él no tendría mayor responsabilidad y había límites que no estaba dispuesto a superar. ¿Era un egoísta? ¿Un pusilánime? No iría por el mundo con un sentimiento de indulgencia moral. Tampoco creía ser víctima de una suerte de maquinación por parte de Ana Marie y Zoé, quienes se desentenderían por completo de él cuando naciera el niño. Como cualquier hombre, había resultado impotente frente a los sentimientos de una mujer. ¿De una sola? ¿No lo había sido también frente a las confesiones de Isabel? Ni blando de corazón, ni pasivo. Había reaccionado de la forma más civilizada posible.

Ya era hora de volver a lo suyo. Había estado mucho tiempo ausente y, en verdad, los cursillos neoyorquinos no habían justificado para nada el viaje. Tal vez en un futuro postularía nuevamente a Iowa y podría codearse con las nuevas voces transponiendo fronteras. Más que el aspecto físico de su habitación, sentado frente a su escritorio y a las tenues luces del cerro Santa Lucía al otro lado de la ventana, Matías captó la voluntad de sus propios pensamientos. El otoño con sus noches heladas se había dejado caer y era necesario comenzar a escribir de una vez por todas. Los movimientos en el cerro estaban coartados por completo, como una noche de aquel otro invierno hubiera él visto la amplia planicie congelada de Central Park, allá muy lejos. Y volvió a pensar en su abuela Silvia encerrada en su pieza y lo que ella le había dicho sobre la incapacidad de Isabel para formar un clan. A su propia manera, de una forma inusual, después de todo iban a ser familia con los Bradley.

COLOFÓN
Este libro se terminó de imprimir
en los talleres de
Productora Gráfica Andros Ltda.
en mayo de 2008.